Diogenes Taschenbuch 24199

Andrea De Carlo
Als Durante kam

Roman
*Aus dem Italienischen von
Maja Pflug*

Diogenes

Titel der 2008 bei Bompiani, Mailand,
erschienenen Originalausgabe:
›Durante‹
Copyright © 2008 by RCS Libri S.p.A.
Die deutsche Erstausgabe
erschien 2010 im Diogenes Verlag
Umschlagfoto (Ausschnitt):
Copyright © Nina Buesing/Corbis

Veröffentlicht als Diogenes Taschenbuch, 2013
Alle deutschen Rechte vorbehalten
Copyright © 2010
Diogenes Verlag AG Zürich
www.diogenes.ch
80/13/8/1
ISBN 978 3 257 24199 0

Der Autor versichert ausdrücklich, dass die Namen der Gestalten dieses Romans NICHT mit denen von realen Personen übereinstimmen, die diese auch nur teilweise inspiriert haben. Da es jedoch möglich – und in einigen Fällen sogar wahrscheinlich – ist, dass es reale Personen mit den gleichen Namen und einigen Eigenschaften der Figuren dieses Romans gibt, versichert der Autor, dass es sich um reinen Zufall handelt: Nicht von ihnen wird hier erzählt.

Am 19. Mai nachmittags um vier Uhr zwanzig

Am 19. Mai nachmittags um vier Uhr zwanzig saß ich bei einer Arbeitspause auf der Wiese vor dem Haus, ohne an etwas Bestimmtes zu denken. Das Thermometer, das in dem Bogen zwischen Haus und Werkstatt hing, zeigte siebenundzwanzig Grad im Schatten, doch in der Sonne waren es mindestens dreißig. Mein Kopf brannte, die Augen schmerzten beinahe. Das zum Teil schon verdorrte Gras pikte mich an Fußsohlen und Knöcheln. Mücken, Bienen und andere Insekten unterschiedlicher Größe ließen sich auf mir nieder oder summten um mich herum. Ab und zu wedelte ich mit den Händen, um sie zu verjagen; ich atmete langsam. Manchmal fuhr auch ein leichter Lufthauch durch die Schwüle und kräuselte die schwache Welle von *electric blues*, die aus den Fenstern drang. Stieglitze, Buchfinken und Turteltauben mit Halsband sangen in den Bäumen und Büschen; die Hügellandschaft rundherum war bezaubernd wie immer, obgleich die Farben durch die lange Trockenheit und das grelle Licht schon etwas verblasst waren. Insgesamt hätte ich sagen können, dass negative und positive Empfindungen sich die Waage hielten, vielleicht überwogen die negativen ein ganz klein wenig, was der Hitze und der Langeweile geschuldet war, die sich hinter meiner Gedankenlosigkeit anstauten.

Dann hörte ich ein Auto die Schotterstraße herunterkommen und sprang auf. Oscar, der Hund, begann zu bellen: kurze, tiefe Laute, in rhythmischen Abständen. Astrid, meine Freundin, streckte den Kopf aus einem der offenen Fenster und fragte: »Wer ist das?«

»Keine Ahnung!«, antwortete ich, während ich im Gras herumstolperte und nach meinen Filzschlappen tastete, die am großen Zeh schon ganz durchlöchert waren.

Ich ging an die Stelle, wo das steile Sträßchen die Ebene des Hauses erreicht, mit den zwiespältigen Gefühlen dessen, der weitab von der Geschäftigkeit der urbanen Gesellschaft lebt und die ständige Begegnung mit Menschen nicht mehr gewohnt ist: genervt, beunruhigt, neugierig, instinktiv auf Verteidigung meines Reviers eingestellt. Oscar bellte aufgeregter und zerrte an der gestrafften Kette. Zwischen den Sauerkirschbäumen, Heckenrosen, dem wilden Fenchel und dem hohen Gras tauchte ein kleines weißes Auto auf und hielt ein paar Meter vor mir. Auch ich blieb abrupt stehen, alle Muskeln meines Körpers und meines Gesichts angespannt, mir plötzlich meines verwaschenen militärgrünen T-Shirts und meiner ausgebeulten schwarzen Leinenhose bewusst, den Kopf schon voller verneinender und abwehrender Gesten und Sätze.

Die Autotür öffnete sich. Ein großer magerer Typ stieg aus, schmales Gesicht, auf dem Kopf einen Cowboyhut aus Stroh. »Ciao«, sagte er.

»Hallo«, erwiderte ich, ohne die geringste Andeutung eines Lächelns.

»Weißt du, wo der Reitstall Valle della Luna ist?«, fragte er etwas lauter, um Oscars Gebell zu übertönen.

»Nein!« Ich sprach ebenfalls lauter und schüttelte den Kopf, die Hände in den Hosentaschen vergraben. »Nie gehört!«

Der Typ pflückte einen Fenchelhalm ab, kaute ein bisschen darauf herum. Sein Blick schweifte über die Landschaft: die welligen Hügelketten, auf denen sich das Gelb schon gemähter Felder mit dem Grün der Wälder abwechselte. Er atmete tief, als sei er zu Fuß gekommen und nicht im Auto. Er trug ein zu weites Hemd und zu weite Baumwollhosen, dazu ein provenzalisches Halstuch, einen enggeschnallten abgenutzten Ledergürtel und ausgetretene Cowboystiefel.

»Übrigens ist das hier eine Privatstraße«, sagte ich. »Die Schilder sind nicht zu übersehen.«

Er antwortete nicht, sondern betrachtete den Hund Oscar, der ihn mit gesträubtem Nackenfell aus etwa zehn Meter Entfernung ankläffte. »Warum haltet ihr ihn an der Kette?«, fragte er.

»Weil er sonst durch die Gegend streunt und sie ihn vergiften«, sagte ich, verärgert über die Einmischung.

»Wer?«, fragte der Typ und ging auf Oscar zu.

»Die Jäger, die Trüffelsucher«, sagte ich und fragte mich gleichzeitig, ob er einer dieser beiden Kategorien angehörte. Ich folgte ihm und legte mir im Geist einige Gesten zurecht, um ihn aufzuhalten und zu seinem Auto zurückzudrängen. Ich hob die Stimme: »Es ist schon mal vorgekommen, vor zwei Jahren. Ein Wunder, dass es uns gelungen ist, ihn zu retten. Vorher lief er frei herum, so viel er wollte, kilometerweit, jeden Tag.«

»Schweine«, sagte der Typ halblaut; ob er uns oder die

Jäger und Trüffelsucher meinte, war unklar. Ein Meter trennte ihn noch von Oscar, der immer wütender bellte und seine weißen Zähne fletschte und die Stirn in Falten legte und an der Kette riss, bis er auf den Hinterbeinen stand.

»Vorsicht!« Ich sah schon vor mir, wie ein unerwarteter tiefer Biss seine Hand, seinen Arm oder sein Bein zerfetzte, dann sein Zurückspringen, zu spät, Schmerzensschreie, Blut, helfende Hände, Verbände, Desinfektionsmittel, Klagen, gezwungene Entschuldigungen, Rollenkomplikationen, Erklärungen, die sich ins Gegenteil verkehren.

Doch der Typ ging mit größter Natürlichkeit vor Oscar in die Hocke, bis er auf gleicher Augenhöhe war, und flüsterte etwas. Und Oscar hörte von einer Sekunde zur anderen mit Bellen auf: Gerade wirkte es noch, als wollte er den Typen zerfleischen, und nun lag er auf dem Rücken, der Schwanz bewegte sich hin und her wie ein Scheibenwischer, das Maul halb geöffnet in einem echten Hundelächeln. Der Typ kraulte ihn an der Brust, am Hals, hinter den Ohren, unter den Achseln: »Ja, ja, ja«, sagte er, »hier magst du es besonders gern, und hier, und hier, aaah... Aber selbstverständlich, natürlich...«

Ich war in gleichem Maße erstaunt und beleidigt zu sehen, wie leicht ein Unbekannter den Hüter unseres Hauses erobern konnte, eine fast vierzig Kilo schwere Kreuzung aus Beauceron und Deutschem Schäferhund, vor dem kein Postbote bereit war, aus dem Auto auszusteigen, wenn wir nicht dabeistanden. »Vor vier Jahren haben sie seine Mutter vergiftet«, sagte ich. »Da unten im Gemüsegarten haben wir sie gefunden, tot.«

»Schweine«, sagte der Typ erneut, ohne aufzuhören, Oscar zu kraulen. Aber gleichzeitig warf er mir einen so traurigen Blick zu, und in seinen Augen leuchtete eine so seltsame, innige Betrübnis, dass ich schlucken musste.

Ich wusste nicht recht, wie ich ihn loswerden sollte; unschlüssig drehte ich mich nach seinem kleinen weißen Auto um, berechnete, welches Manöver er machen musste, um zu wenden und die Schotterstraße wieder hinaufzufahren. Die Tür auf der Fahrerseite hatte eine Delle, die ganze Seite war verkratzt, an den Rädern fehlten die Radkappen.

Astrid trat aus dem Bogen heraus, der die Werkstatt mit dem Haus verband, die hellblauen Augen halb geschlossen im grellen Licht, mit weizenblonden kurzen verstrubbelten Haaren, einem buntgestreiften T-Shirt, Leggings an den langen Beinen, roten Sandalen an den Füßen. Sie betrachtete den Typ, der da hockte und Oscar kraulte, dann sah sie mich fragend an. »Alles in Ordnung?«, erkundigte sie sich.

Der Typ erhob sich, groß und mager, wie er war. »Ciao«, sagte er, den Hut abnehmend.

»Ciao«, sagte Astrid unsicher, mit schräg gelegtem Kopf.

Der Typ ging auf sie zu und deutete eine Verbeugung an, fließend und doch etwas hölzern wie alle seine Bewegungen. Er streckte ihr die Hand hin: »Durante.«

»Wie bitte?«, fragte Astrid, während sie ihm weiter die Hand drückte. Es war heiß, das Licht belagerte uns.

»Durante«, wiederholte der Typ.

»Ach so, Astrid.«

Der Typ, der Durante hieß oder sich so nennen ließ, drehte sich zu mir um; erneut sahen wir uns an, mit einem kurzen Zucken in den Beinen, aber ohne uns zu rühren. Ich hob matt die Hand und sagte: »Pietro.«

Im Tiefflug düste ein Jagdflugzeug über unsere Köpfe, sofort gefolgt von einem zweiten, das ganze Tal bebte und hallte vom doppelten Dröhnen dieser brutalen mechanischen Aggressivität. Wir folgten den Flugzeugen mit dem Blick, während sie am Himmel ostwärts rasten, Astrid mit den Händen auf den Ohren, ich mit einer Hand über der Stirn. Durante tat so, als zielte er mit einer Schleuder auf die Kondensstreifen.

Sobald der Lärm verklungen war, sagte ich zu Astrid: »Er hat sich verirrt.«

»Nicht *verirrt*«, sagte Durante. »Ich habe bloß ein bisschen die Orientierung verloren.«

»Hier in der Gegend gibt es keinen Reitstall Valle della Luna«, sagte ich gereizt, weil er seine Lage nicht anerkennen wollte. »Wir leben seit sechs Jahren hier, das wüssten wir doch.«

»*Val di Lana*«, sagte Astrid sofort, ohne zu bedenken, dass sie damit meine Position untergrub. »Der Ferienhof der Morlacchis.«

»Aber das ist doch kein Reitstall«, sagte ich, um meine Glaubwürdigkeit zurückzugewinnen. »Und der Name klingt auch etwas anders, gib's zu.«

Astrid hörte gar nicht auf mich, sie war ganz auf Durante konzentriert. »Es ist da unten, zwischen diesem Tal und dem nächsten. Der Hof heißt Val di Lana, weil es da früher viele Hirten mit Schafherden gab.«

Durante nickte, leicht enttäuscht. »Valle della Luna klang viel schöner.«

»Vor allem ist es kein Reitstall«, sagte ich im vollen Bewusstsein meines nörglerischen Tons.

»Aber Ställe für Pferde haben sie doch«, sagte Astrid.

»Ein paar morsche Holzboxen«, erwiderte ich. »Halb verfallen. Die hat schon ewig keiner mehr benutzt.«

Dieser Aspekt der Frage schien Durante nicht sonderlich zu interessieren: Mit distanzierter Neugier ließ er seine grauen Augen von Astrid zu mir wandern.

Astrid zeigte den Hügelkamm entlang, der unser Tal im Halbkreis umschloss, und sagte: »Jedenfalls ist es dort. Du musst zurück auf die Straße, die von Hof zu Hof führt, oben biegst du links ab und dann nach drei Kilometern wieder rechts. Dann fährst du noch ein Stück, bis ans Ende des Wegs. Da siehst du das Schild, neben einer großen Eiche.«

Durante nickte, aber sehr distanziert, als beträfe das Ganze mehr uns als ihn. Sein schwarzer Schopf mit wenigen weißen Haaren bildete eine kompakte Masse über der schmalen gebogenen Nase, den eckigen Wangenknochen, dem sinnlichen Kinn. Ohne Eile oder Verlegenheit stand er zwischen uns mit seinem Strohhut in der Hand und schaute wie einer, der unbegrenzt Zeit hat.

»Na gut«, sagte ich, »wir müssen wieder rein an die Arbeit. Den Weg hast du ja verstanden, oder?«

»Was macht ihr denn?«, fragte er, mehr zu Astrid gewandt als zu mir.

»Wir weben«, antwortete sie mitteilungsfreudig.

»Ihr macht *Stoffe*?«

»Ja«, sagte Astrid. »Aus Wolle, Baumwolle, Seide. An Handwebstühlen, mit Pflanzenfarben.« Sie lächelte und mimte mit den Händen die Bewegungen am Webstuhl.

»Wow!«, machte Durante. »Da drin?« Er zeigte auf die orangefarbene Mauer.

»Ja«, sagte Astrid. »Willst du es sehen?«

»Unbedingt«, sagte Durante ohne das geringste Zögern. Er setzte den Hut wieder auf und ging zielstrebig auf die Tür zu.

Astrid ging vor ihm her, bevor ich sie aufhalten konnte. Alle drei betraten wir den offenen Raum des ehemaligen Stalls, der unsere Werkstatt war. Der *electric blues* schwappte um die Webstühle, durch den großen Raum mit dem Deckenbalken aus altem Eichenholz, den wir beim Umbau gerettet hatten.

»*Phantastisch!*«, sagte Durante. Er zeigte auf die farbigen Garnrollen in den Regalen, die Nuancen von Gelb und Rot und Grau und Grün und Blau, die in dem starken Licht vibrierten.

»Schön, gell?«, sagte Astrid und strahlte.

Durante deutete mit dem Finger auf die Stereoanlage. »*Albert King*«, sagte er zu mir.

»Ja«, antwortete ich widerwillig.

»Großartig«, sagte er.

Ich nickte, empfand die Bemerkung aber schon wieder als Einmischung und stellte den Ton leiser.

Durante ging zu einer Schale aus Olivenholz, in der einige Äpfel lagen, nahm einen heraus, ohne zu fragen, rieb ihn an seinem Hemd und biss genüsslich und entschlossen hinein.

Ich hätte gerne etwas gesagt, vielleicht auch nur eine kleine ironische Bemerkung, aber ich war zu verblüfft über dieses Benehmen; ich sah Astrid an in der Hoffnung, sie würde eindeutiger reagieren.

Doch sie tat, als wäre nichts, als fände sie es ganz normal, Fremde im Haus zu haben, die sich mit der größten Selbstverständlichkeit nehmen, was ihnen passt. Sie zeigte ihm die Webstühle, die Garne auf den Spulen, die Knäuel aus Wolle, Seide und Baumwolle in den Regalen, die fertigen Stoffe, die im Nebenraum hingen. Ich folgte den beiden, voller Verdruss bei dem Gedanken, dass sich dieser Besuch nicht nur ungehindert in die Länge zog, sondern geradezu erwünscht schien. Ich blickte auf Durantes staubige Stiefel: Unfassbar, dass Astrid ihn nicht wenigstens gebeten hatte, die Schuhe auszuziehen, wie wir es sonst von jedem verlangten, der hereinkam, auch von unseren wichtigsten Kunden.

Durante erkundigte sich nach technischen Einzelheiten und aß dabei weiter schmatzend unseren Apfel. Er lehnte sich an den Ständer eines Webstuhls, fuhr mit der Hand über die Lade und das Webblatt, beugte sich hinunter, um die Verschnürung an den Tritten zu betrachten. »Ist das schön«, sagte er, »ihr seid *toll*. Handwerkliche Tätigkeiten bewundere ich schon immer grenzenlos. Da entdeckt man jedes Mal eine ganze Welt, in der man sich *verirren* kann.«

»Danke«, sagte Astrid mit einem offenen Lächeln, das mich rasend machte. »Willst du nicht etwas trinken? Einen Eistee, einen Espresso?«

Ich schritt zur Verteidigung unseres Privatlebens, wenn auch mit Verspätung: Breitbeinig, die Hände in den Taschen, stellte ich mich in den Durchgang zwischen Werkstatt und Wohnhaus, um eine deutliche Schranke zu markieren.

Vielleicht erfasste Durante die Botschaft, denn er schüttelte den Kopf, während er unseren Apfel zu Ende aß: »Nein«, sagte er, »ich fahre, sonst komme ich zu spät.« Er schob den Apfelbutzen in seine Hemdtasche und wischte sich die Hand am Hosenbein ab.

»Ja, und wir gehen wieder an die Arbeit«, sagte ich.

Alle drei traten wir hinaus in die Sonne, die noch heißer zu sein schien als vorher. Durante machte eine Handbewegung zum Himmel: »Am 20. *Mai*? Auch wer nicht an die Klimaerwärmung glauben will, spürt doch wohl, wie ihm der Kopf brennt, oder?«

»Am *19.*«, sagte ich.

»Wie bitte?« Er sah mich fragend an.

»Heute ist der 19. Mai«, sagte ich, »nicht der 20.«

Astrid warf mir einen gereizten Blick zu, als wäre meine Pedanterie völlig unangebracht.

»Ach ja?« Durante lächelte. »Das ändert auch nicht viel, gemessen am Schicksal des Planeten.«

»Stimmt«, sagte ich, während ich versuchte, ihn durch meine Körperhaltung zu seinem Auto zu drängen.

Astrid blickte zum Himmel: »Furchterregend, wenn man daran denkt«, sagte sie.

»Besser daran denken als nicht daran denken, oder?«, sagte Durante. »Immerhin wissen wir, wohin wir gehen, im Gegensatz zu den Bewohnern der Osterinsel.«

»Was?«, fragte ich unwillkürlich.

»Die haben nach und nach alle ihre Bäume gefällt. Bis ihre Insel eine Wüste war und sie alle gestorben sind.«

»Ja, eine schreckliche Geschichte!«, sagte Astrid. »Und wir machen es mit der Erde genauso, als wären wir uns der Folgen nicht bewusst.«

Doch jetzt, wo er endlich am Gehen war, hatte ich gar keine Lust, mich auf eine so umfassende Frage einzulassen. Ich deutete auf unser Schottersträßchen und sagte: »Also hier rauf, dann an der Straße oben links und ...«

»Alles klar.« Durante lächelte erneut. Er umarmte Astrid und küsste sie auf die Wangen, als wären sie gute Freunde, dann reichte er mir die Hand und ging mit langen Schritten zu seinem kleinen weißen Auto zurück. Er wendete neben unserem Kleinbus und winkte zum Abschied aus dem offenen Fenster, während er die Schotterstraße hochfuhr; das kleine weiße Auto verschwand hinter der Kurve.

Astrid und ich blieben vor dem Haus stehen, ohne uns anzublicken, bis das Motorgeräusch verklungen war.

»Was ist denn mit dir los?«, fragte Astrid.

»*Mit mir?* Was habe ich denn getan?«

»Du warst total feindselig, von Anfang an«, sagte Astrid.

»Stimmt nicht«, sagte ich. »Sein Benehmen hat mich einfach genervt.«

»Welches Benehmen?«

»Du hast es doch selbst gesehen, oder nicht?«, sagte ich. »Als würde ihm alles einfach zustehen, Auskünfte, Zeit, Äpfel! Nicht ein Mal habe ich ihn bitte oder danke sagen hören! Und da wunderst du dich, wenn ich ihn nicht dazu einlade, für immer hierzubleiben, so wie du es gern gemacht hättest.«

»Ich habe ihm nur angeboten, sich die Webstühle anzusehen«, sagte sie. »Das interessierte ihn.«

»Sicher. Und eine Sekunde später hat er sich an unseren Äpfeln vergriffen!«

»Hab dich doch nicht so, wegen einem Apfel!«, sagte Astrid.

»Mir geht's nicht um den Apfel!«, sagte ich. »Sondern darum, dass er uns nicht mal gefragt hat, ob er sich einen nehmen darf! Und du überschlägst dich gleich vor Fürsorge: ›Möchtest du einen Tee, einen Espresso, Kekse, ein Sorbet?‹ Der wäre am liebsten überhaupt nicht mehr gegangen.«

»Das war das mindeste an Gastfreundschaft, Pietro«, sagte Astrid. »Und wie du gesehen hast, ist er dann doch gegangen.«

»Das haben wir bestimmt nicht dir zu verdanken«, knurrte ich. »Du hast ihn sogar mit Stiefeln ins Haus gelassen!«

»Ich konnte nicht verlangen, dass er sie auszieht. Der Ärmste, wir kannten ihn ja gar nicht.«

»Genau, wir kannten ihn nicht«, sagte ich. »Und wieso überhaupt der Ärmste, kannst du mir das erklären?«

»Einfach so«, sagte sie.

»Was hat denn dein weibliches Mitgefühl erweckt?«

»Er wirkte ein bisschen verloren, ich weiß auch nicht«, sagte Astrid. »Mager wie einer, der nicht genug isst. Er hatte so einen intensiven Blick, teilnehmend, aber auch distanziert. Außerdem gefielen ihm unsere Stoffe wirklich, er sorgt sich um die Umwelt, du hast es ja gehört.«

»O ja«, sagte ich. »Und er suchte das Valle della Luna und wusste nicht einmal, welcher Tag heute ist.«

»Was heißt das schon?«, fragte Astrid. »Früher wussten wir das gewöhnlich auch nicht.«

»Jetzt wissen wir es aber gewöhnlich«, sagte ich.

»Großartige Errungenschaft«, erwiderte Astrid.

»Jedenfalls hat er erreicht, dass wir uns jetzt streiten«, sagte ich. »Schönes Ergebnis.«

»Du bist das«, sagte sie. »Du.«

»Siehst du?«, sagte ich. »Da kommt ein wildfremder Typ daher, und schon streiten wir.«

»Du führst dich auf wie ein Steinzeitmensch«, sagte Astrid. »Musst dein Revier verteidigen, nicht zu fassen. Kaum siehst du ein neues Gesicht, greifst du zur Keule.«

»Eindringlinge stören mich«, sagte ich. »Das ist doch normal. Dich haben sie auch immer gestört, gewöhnlich.«

»Das war kein Eindringling«, sagte sie. »Er hatte sich nur verfahren. Durch das Leben hier draußen ist dir die Fähigkeit zum sozialen Umgang abhandengekommen.«

»Das ist nicht wahr«, sagte ich. »Meine sozialen Fähigkeiten sind absolut intakt.«

»Na, dafür war das aber grade kein Beweis«, sagte Astrid.

»Es war eine völlig natürliche Reaktion«, sagte ich.

»Es war die Reaktion eines Höhlenmenschen«, sagte sie.

»Sei jetzt nicht unversöhnlich«, sagte ich.

»Es gab keinen Grund«, sagte sie, verschränkte die Finger im Nacken und betrachtete die Linie zwischen Himmel und Hügeln, wo das helle Band der Asphaltstraße nach rechts führte und dann verschwand.

»Komm schon, Astridina«, sagte ich in dem leicht infantilen Ton, den ich benutzte, um unsere seltenen Meinungsverschiedenheiten aus der Welt zu schaffen.

»Nein«, sagte sie, »ich bin empört.«

Ich machte Oscar von der Kette los, hielt ihn am Halsband fest und sagte: »Gehen wir rein? Trinken wir einen Eistee zusammen? Hören wir auf zu streiten, bitte!«

Astrid blickte noch einige Sekunden in die Ferne, leicht zurückgelehnt. Dann drehte sie sich um und folgte mir und Oscar ins Haus. Mit einem Gefühl der Erleichterung schloss ich die Tür.

*Samstag früh fuhren Astrid und ich
zum Markt*

Samstag früh fuhren Astrid und ich zum Markt wie jeden Samstag, wenn wir nicht auf irgendeiner Messe oder im Norden unterwegs waren, um einen Kunden zu treffen. Wir parkten unseren gelben Kleinbus außerhalb der Stadtmauer von Trearchi, dem einzigen Ort hier in der Gegend, der annähernd den Namen Stadt verdiente, und gingen zu Fuß zu den Ständen hinauf, die in drei Reihen unter den Platanen aufgebaut waren. Für alle Sinneseindrücke offen, schlenderten wir Hand in Hand zwischen den schreienden und gestikulierenden Verkäufern umher, die Matratzen, Pflanzen, Unterwäsche, Portemonnaies, Käse, Obst und Gemüse feilboten, umgeben von dem Geruch nach frittiertem Fisch und dem Gedränge von Personen, die langsam hin und her schlenderten, nach rechts und links blickten, redeten, auf etwas zeigten, stehen blieben, einander begrüßten und schauten, schauten, schauten. Es war, als träten wir aus dem Zustand unserer Quasi-Unsichtbarkeit auf den Hügeln heraus, um uns von außen mit den Augen der anderen zu sehen: zwei vom Land, halbe Ausländer, die in die Stadt kommen und nach sechs Tagen beinahe vollkommener Ungestörtheit begierig einen Vorrat an bunten Eindrücken anlegen.

Jedes Mal war ich fasziniert von der Vielfalt an Menschentypen, Physiognomien, Proportionen und Stilen. Ich erinnerte mich plötzlich, wie viele Unterschiede es auf der Welt gab, wie viele mögliche Kombinationen. Ich kam an Mädchen und Frauen vorbei, die hingerissen Röcke, Gürtel und winzige Höschen betrachteten, ich nahm umherstreifende Blicke wahr, Gesichter, Arme, Hintern, Beine, Haarfarben und Frisuren, und einen Moment lang stellte ich mir mit jeder dieser Frauen ein Leben vor, ganz anders als das Leben mit Astrid. Es waren nur Gedankenblitze, dennoch empfand ich dabei ein seltsames Gefühl von Verlust, während ich zwischen den Ständen weiterging, oder auch Zweifel an dem, was ich hatte.

Astrid wühlte zusammen mit den Mädchen und den Frauen des Orts in den bunten Haufen von T-Shirts und Röcken und Baumwollhemdchen, ein weibliches Spiel, das kaum Platz hatte in unserem Alltag, der aus Arbeit am Webstuhl und im Gemüsegarten und unendlich vielen kleinen und größeren praktischen Notwendigkeiten bestand. Ab und zu zog sie etwas, das ihr gefiel oder sie neugierig machte, aus dem Haufen heraus und hielt es sich an den Oberkörper oder an die Hüften, um zu sehen, ob es passen könnte. Sie zögerte, eher versonnen als unsicher, bis ich mich neben sie stellte und versuchte, sie zu einem Entschluss zu bewegen. »Gefällt es dir?«, fragte ich. »Willst du das?«

Natürlich war die Sache nicht so einfach, das wusste ich: Astrid brauchte Zeit, um im Geist die Bilder zu betrachten, die diese besondere Farbe, dieser besondere Stoff und dieser besondere Schnitt in ihr auslösten, und um sie dann mit anderen Bildern anderer T-Shirts oder Röcke zu vergleichen, die sie an irgendeinem anderen Stand, in irgendeinem Geschäft, in einer Zeitschrift oder im Kino gesehen hatte. Ich wusste, dass ihre Lust am Einkaufen großenteils im Antizipieren von Situationen und Verhaltensweisen und Augenblicken bestand, in den schier unendlichen gleichzeitigen Möglichkeiten, die vor der Entscheidung für das eine oder das andere im Raum schwebten.

Manchmal fand ich ein T-Shirt oder Hosen für mich, zweite Wahl oder Reste von Lagerbeständen zu Ausverkaufspreisen. Ich prüfte, ob Farbe und Größe stimmten, und hielt sie sofort mit einer mindestens teilweise demonstrativen Entscheidungsgeschwindigkeit dem Verkäufer hin. Öfter jedoch ließ ich Astrid an den Ständen allein, um ihr mit meiner männlichen Ungeduld nicht die Freude zu verderben, und kaufte Obst und Käse ein oder drehte eine Runde im Zentrum.

An diesem Samstag ging ich durch das Stadttor die steile Straße zur zentralen Piazza hinunter, wo die Leute an den Tischchen vor den Bars saßen und in Grüppchen um den Brunnen standen. Ich ging zum Kiosk, kaufte eine Zeitung und ein paar Zeitschriften, wechselte mit dem Besitzer einige Worte über das Wetter und unsere jeweilige Arbeit. Dann verabschiedete ich mich lächelnd, im Bewusstsein der Geschmeidigkeit meiner Muskelbewegungen in einem städtischen Kontext, was Teil des Spiels war, alles auf der Piazza zu registrieren und mich mit den Passanten und Umstehenden zu vergleichen. Ich betrachtete das Kinoplakat, die Schaufenster der Apotheke und einer Buchhandlung, las die Anzeigen des Höhlenforscherclubs und des Anglervereins in den Aushängekästen unter den Arkaden. Die pralle Sonne verlangsamte die Bewegungen und dehnte die Gespräche, sie spiegelte sich in den Gläsern der modischen Sonnenbrillen der jungen Leute. Der Samstagmorgen spielte in unserem Leben als Großstadtaussteiger eine grundlegende Rolle: ein Sprung hinein in die Welt, nicht, um unsere Stoffe zu verkaufen oder bürokratische Angelegenheiten zu regeln, sondern aus reiner Freude. Das gab mir ein Gefühl von wieder hergestellten Verbindungen, ich konnte unbeschwert und zwanglos meine Fähigkeiten üben, die Realität zu deuten und mit anderen zu kommunizieren.

Ich betrat die alte Backstube, die Pizza zum Mitnehmen anbot, stand unter dem niedrigen Deckengewölbe im Gedränge der vom Warten und dem köstlichen Duft hungrigen Kunden und registrierte Gesichtszüge, Stimmlagen, Akzente. Als ich an die Reihe kam, ließ ich mir auf einem Papptablett Pizza mit Tomaten und Focaccia mit Zwiebeln geben; vor dem Einpacken pflanzte der Verkäufer rasch einen kleinen Wald von Zahnstochern darauf, damit das Papier nicht anklebte. Beim Hinausgehen hielt ich in der Linken die Zeitungen und auf der flachen rechten Hand das glühend heiße Päckchen, darauf bedacht, es nicht fallen zu lassen.

Draußen begegnete ich Stefania Livi; die Livis lebten etwa zwei Kilometer nördlich von uns. Groß und dünn kam sie mir entgegen, mit ihrer Brille mit der schmalen Fassung und dem mahagonibraunen Pagenkopf, beladen mit Tüten voll Obst und Gemüse. Wir wechselten ein paar Bemerkungen über die unnatürliche Hitze, dann sagte sie unvermittelt: »Kommt ihr nächsten Donnerstag zu uns zum Abendessen? Die Morlacchis und Nino Sulla werden auch da sein.«

Ich geriet in Aufruhr, wie immer bei einer Einladung und den Verpflichtungen, die daraus folgten, doch sosehr ich mich auch bemühte, schnell eine Ausrede zu finden, mir fiel einfach nichts Überzeugendes ein. Deshalb sagte ich lächelnd: »Ja gut, danke.«

»Gern geschehen, grüß Astrid«, sagte sie und verschwand mit ihren vollen Tüten quer über die Piazza.

Ich kehrte auf die steile Straße zurück, auf der Touristen, Rauchern und allen anderen, die nicht daran gewöhnt waren, nach wenigen Metern die Puste ausging, und erreichte den Markt entlang der Mauer. Astrid stand gedankenverloren vor einem Stand mit Handtaschen. »Was gefunden?«, fragte ich. »Ist was dabei, was dir gefällt?«

Sie schüttelte den Kopf: »Ich hab bloß geschaut.«

Ich zeigte ihr mein heißes Pizzapäckchen und die Zeitungen; sie zog aus einer Plastiktüte ein petrolfarbenes Baumwollhemdchen.

»Schön«, sagte ich.

»Vier Euro«, erwiderte sie.

»Am Donnerstag sind wir bei den Livis zum Abendessen eingeladen, ich habe vor der Backstube Stefania getroffen«, sagte ich. »Es ist mir nicht gelungen, rasch eine Ausrede zu erfinden.«

Sie sah mich so an, wie ich es erwartet hatte. Wir waren nicht asozial und fühlten uns auch nicht zu Einsiedlern berufen: Wir mussten einfach jedes Mal einen kleinen Widerstand überwinden bei der Aussicht, unsere Gesichter zeigen, die Stimme erheben, bestimmte Gesten machen zu müssen.

Wir kauften Äpfel, Kiwis und Karotten und gingen mit unseren Vorräten zu unserem gelben Kleinbus zurück, froh, dass wir den Lärm und das Drängen der Welt hinter uns lassen und uns wieder in die arbeitsame Ruhe unseres Hügellebens flüchten konnten.

Am Donnerstagnachmittag buk Astrid ihren Nusskuchen

Am Donnerstagnachmittag buk Astrid ihren Nusskuchen, dessen Rezept sie im Lauf der Jahre den Grenzen unserer schlecht funktionierenden Röhre angepasst hatte. Wir wickelten ihn in ein Tuch und stellten ihn auf den Küchentisch. Um halb acht Uhr abends duschten wir uns und liefen auf der Suche nach akzeptablen Kleidungsstücken nackt durchs Haus, um die Rolle von Leuten einnehmen zu können, die ausgehen, Hände schütteln, anderen in die Augen sehen und Gespräche führen. Oscar bekam noch einen Knochen, dann machten wir uns auf den Weg.

Die Livis wohnten in einem Haus aus Naturstein und Ziegeln: Es war dreimal so groß wie unseres, mit einem Bogen rechts und links vom Eingang und einem Türmchen in der Mitte, das so restauriert war, dass es auch in bester Chianti-Lage als Schmuckstück gegolten hätte. Um den ganzen Besitz lief ein Zaun, auf dem automatisch betriebenen Tor aus grünen Eisenstäben mit Lanzenspitzen leuchtete ein Licht auf, wenn es sich öffnete, und die Zufahrtsstraße zum Haus war auf beiden Seiten von kleinen Gartenlampen gesäumt.

Aber Val del Poggio und Val di Lana bei Trearchi sind nicht im Chianti: Sie gehören zu einem entschieden abgelegeneren Teil Mittelitaliens, oben auf den Hügeln von wilder Schönheit und in den Ebenen verunstaltet von Industriehallen, Hochspannungsmasten, Tankstellen, scheußlichen Gebäuden und von Schnellstraßen, wie sie das ganze Land entstellen. Die Rede ist vom östlichen Teil des Apennins, wo das Klima sehr viel rauher ist als auf der anderen Seite, mit starkem Wind zu jeder Jahreszeit, Schnee und Frost im Winter und Hitze im Sommer, lehmigem Boden, der sich beim ersten Regen in Schlamm verwandelt und unter der Sonne steinhart wird. Wer dorthin zieht, tut es, weil er von den Hügeln, den historischen Dörfern und dem zurückhaltenden, ernsten Charakter ihrer Bewohner fasziniert ist, aber auch, weil die Häuser dort viel weniger kosten als in Umbrien oder in der Toskana.

Sobald wir die Türen des Kleinbusses öffneten, sprang der Labrador des Hauses hinein, um Oscars Spuren zu beschnuppern und uns die Beine vollzugeifern, bis Sergio Livi rief: »Pugi, komm her, hör auf zu nerven!« Er überrumpelte uns mit seinem demonstrativ energischen Händeschütteln, seinem Lächeln, seinem Schulterklopfen und einem Wortschwall, der uns schlicht überforderte. Der ehemalige Kleinindustrielle aus der Lombardei, der seine Aluminiumdosenfabrik verkauft, weil er sein Leben ändern will, und in die Marken zieht, wo er als Hobby zwei oder drei Bienenstöcke aufstellt, dann aber nach kürzester Zeit schon Hunderte davon über Dutzende von Quadratkilometern verteilt hat: Das Hobby hat sich in eine neue Unternehmertätigkeit verwandelt. Er kam mir vor wie der wandelnde Beweis dafür, dass sich die wahre Natur eines jeden letztlich unabhängig vom Ort immer wieder durchsetzt, stärker als jede Entscheidung oder Absichtserklärung.

Wir folgten ihm ums Haus herum, am beleuchteten Swimmingpool, dem großen Birnbaum und den Fenstern vorbei, die einen Lichtschein auf den perfekt geschnittenen Rasen warfen. »Hereinspaziert, hereinspaziert«, sagte er und schob uns ins Wohnzimmer, wo seine Tochter Seline und seine Frau Stefania und Nino Sulla, der mit dem Wein, und die Morlacchis vom Ferienhof Val di Lana warteten. Er mit dem großen Lockenkopf und dem dichten Bart des Philosophen aus Vicenza, sie zierlich und mediterran in einem kurzen schwarzen Kleid, das ihre Formen betonte. Leise fragte ich Astrid, wie sie mit Vornamen hießen, weil ich mich nie daran erinnerte; sie zischte mir ins Ohr: »Ugo und Tiziana.«

Mit leicht forcierter Herzlichkeit machten wir die Begrüßungsrunde, Händeschütteln, Umarmungen und Wangenküsse, Bewohner derselben Gegend, die ein paar Dinge gemeinsam hatten und ebenso viele nicht. Ich betrachtete den Fußboden aus handgeschöpftem Cotto, die sorgfältig eingelassenen Kastanienbalken an der Decke, die Sofas und Sessel mit Baumwollbezügen in warmen Farben – wie viel provisorischer da unser Haus wirkte im Vergleich. An den Fenstern hingen leuchtend gelbe Vorhänge mit orangefarbenen Streifen, die uns die Livis vor einigen Jahren in Auftrag gegeben hatten; jedes Mal, wenn ich sie in diesem Rahmen wiedersah, fand ich es seltsam, dass sie auf unseren Webstühlen entstanden waren.

Stefania Livi füllte unsere Gläser mit Nino Sullas Rotwein, wies auf die Schälchen mit Oliven und die Platten mit Schinken und Salami aus der Gegend, die auf dem Tisch aus Nussbaum bereitstanden. Sie war ganz in Anspruch genommen von ihrer Rolle als Gastgeberin, ihre Aufmerksamkeit wanderte ständig hin und her zwischen der fünfzehnjährigen Tochter ihres Mannes, den Morlacchis, Nino Sulla, uns und der offenen Küche mit den geblümten Kacheln, sie war schon leicht beschwipst, ihre Stimme schrill. Sergio war sie begegnet, als sie noch eine Studentin aus Teramo war, die sich an der Universität von Trearchi in Soziologie eingeschrieben hatte; eine Zeitlang waren die beiden zusammen ausgegangen, bevor sie ein richtiges Paar wurden und diesen trotz der Unterschiede von Alter und geografischer Herkunft scheinbar soliden Hausstand gründeten.

An einem bestimmten Punkt wechselte sie den Ausdruck und sagte in ernstem Ton: »Habt ihr gehört, was dem armen Tom passiert ist?«

Astrid, ich und die Morlacchis schüttelten den Kopf. »Was ist mit ihm?«, fragte Astrid.

»Von einem Auto zusammengefahren«, sagte Nino Sulla, rasch in den Bewegungen, mit dem gedrungenen Körperbau und der Robustheit der Leute aus Trearchi.

Gelegentlicher Austausch über Neuerwerbungen, Verluste, Veränderungen des Familienstands und gesundheitliches Befinden gehörte zu unserem Leben als Nachbarn auf den Hügeln. Auch wenn Tage, ja selbst ganze Wochen vergehen konnten, ohne dass wir uns sahen, war jeder von uns eigentlich immer auf dem Laufenden über das, was den anderen zustieß.

Alle machten wir ein betroffenes Gesicht, während wir

aus unserem geistigen Archiv das Bild von Tom Fennymore abriefen, dem Historiker aus Manchester, der auf der Suche nach dem guten mediterranen Klima im falschen Teil Italiens gelandet war. Es schien mir doppelt ungerecht, dass ihm nun auch noch das passiert war, nach allem, was nach seiner Ankunft schon schiefgelaufen war.

»Ja wie? Wann denn?«, fragte Tiziana Morlacchi, ein Scheibchen Brot mit Salami in der Hand.

»Er war auf dem Weg nach Rom, um nach England zu fliegen, zur Hochzeit seines Cousins«, sagte Stefania Livi rasch, damit ihr Nino Sulla nicht wieder zuvorkam. »Auf der Höhe von Perugia, spätabends, müde, ihr könnt es euch ja vorstellen. Er steigt aus dem Auto, weil er in einer Bar auf der anderen Seite der Schnellstraße was trinken will, da kommt mit Vollgas ein Auto angerast.«

»*Peng*, Volltreffer«, sagte Nino Sulla mit der Rohheit, die er brauchte, um seine Rolle als einziger Vertreter der einheimischen Bevölkerung zu betonen. »Zehn Meter weit hat es ihn geschleudert.«

»Mit Vollgas wohl kaum«, sagte Sergio Livi. »Sonst wäre nicht mehr viel von ihm übrig.«

»Jedenfalls eine Katastrophe, der Ärmste«, sagte Stefania Livi. »Linkes Bein gebrochen, rechte Schulter gebrochen, schwerstes Schädeltrauma.«

»Mamma mia«, sagte Astrid mit ihrem deutschsprachigen Akzent, der in Stressmomenten deutlicher zu hören war.

»Seit fünf Tagen liegt er im Koma«, sagte Sergio Livi.

»Wo?«, fragte Tiziana Morlacchi. Auch wenn unser Austausch von Neuigkeiten natürlich zum Teil ein Gesellschaftsspiel war, nahmen wir alle doch entschieden größeren Anteil am Schicksal unserer Nachbarn als zum Beispiel die Bewohner eines Miethauses in der Stadt.

»Im Krankenhaus von Perugia«, sagte Sergio. »Wir haben ihn besucht.«

»Und?«, fragte Astrid.

»Nichts«, antwortete Stefania. »Er wacht nicht auf. Totale Finsternis.«

»Ziemlich hinüber«, sagte Nino Sulla.

»Donnerstag verlegen sie ihn ins Krankenhaus von Trearchi«, sagte Sergio. »Das ändert ja nichts, schlafen kann er überall.«

»Armer Tom«, sagte Astrid.

»Tut mir leid«, sagte ich.

»Er war so nett«, sagte Tiziana Morlacchi, auch wenn Tom vielleicht eher zerstreut als nett war, immer ein bisschen woanders, egal, was er gerade tat.

Einige Minuten herrschte trauriges Schweigen im Raum. Wir waren zu verschieden und räumlich zu weit von einander entfernt, um eine Gemeinschaft im engeren Sinn zu bilden, von Menschen, die durch ständige Beziehungen und gemeinsame Aktivitäten verbunden waren. Aber dennoch waren wir eine Gemeinschaft, wenn auch verstreut und unstet, deren Grenzen von den Wellenlinien der Hügel und den mit wildem Gestrüpp bestandenen Gräben am Ende der abschüssigen Felder bezeichnet wurden. Jean Creuzot, der Franzose, der Ziegen hielt und Joghurt und Käse herstellte, und seine nicht gerade mitteilsame Familie gehörten dazu, Richi und Giovanna Ceriani, die am Konservatorium von Mariatico unterrichteten und eine echte Phobie vor Spinnen, Skorpionen und fast allen anderen Tieren außer Haustieren hatten, Paolina Ronco, die bei der Gemeindeverwaltung von Trearchi arbeitete und nach einer Liebesenttäuschung allein in ein weißes Häuschen gezogen war, Pluto Orbinsky und seine Frau Stella, die beschlossen hatten, ihren Traum von einem Haus auf dem Land in Italien zu verwirklichen, nachdem Plutos Geschäftspartner in ihrem Rotterdamer Büro an einem Herzinfarkt gestorben war. Von Hügel zu Hügel behielten wir uns im Auge, immer die nächsten Nachbarn, und der Bekanntheitsgrad verringerte sich proportional zur Entfernung auf der Straße, die in Kurven auf dem Hügelkamm von Hof zu Hof führte. Übrigens passiert das überall, wo man auch lebt: Man schneidet sich ein Stück Landschaft heraus und pflegt Tag für Tag die Vertrautheit damit.

Stefania Livi servierte die Pasta, Maltagliati mit Brennnesseln, und wir setzten uns zu Tisch. Beim Essen sprachen wir über verschiedene Themen, wobei uns eine stillschweigende Übereinkunft daran hinderte, ein einzelnes so weit zu vertiefen, dass Konfliktpotentiale auftauchten. Wir übten eine Art gedankliche Selbstzensur, da wir eben Bekannte, aber nicht wirklich Freunde waren, wohl unterrichtet über viele Einzelheiten des Lebens der anderen, aber einander keineswegs sehr nahe. Ob wir nun über internationale Politik redeten oder über den Mangel an Regen oder über die dringend notwendige Reparatur der Schlaglöcher auf der Asphaltstraße oder über den armen Tom, der im Koma lag, oder über einen Deutschen, der soeben ein ehemaliges Pfarrhaus zu einem nicht marktüblichen Preis erworben hatte – wir wussten von vornherein, dass wir nie über allgemeine Bemerkungen hinausgehen würden: Es gab diese nicht überschreitbare Sicherheitsschranke.

Zum Ausgleich behandelten wir bestimmte Aspekte unseres Lebens sehr detailliert und akkurat: rechtliche Fragen, Steuerfragen, territoriale Fragen, technische Fragen. In diesen begrenzten Bereichen gingen wir in die Tiefe, doch jeder folgte dabei seiner eigenen Logik, wie der Bewohner einer eigenen Insel, die Argumente wiederholten sich, was durch den Wein noch angeheizt wurde.

Stefania Livi schilderte Meter für Meter in allen Einzelheiten und mit gelegentlichen Korrekturen, wie sie den Hund Pugi zurückgeholt hatten, der in der Woche vorher wegen einer läufigen Hündin ausgerissen war. Wir nickten teilnahmsvoll, während wir uns wahrscheinlich alle fragten, aus welchem Grund sie sich wohl so ereiferte.

Sergio Livi sekundierte ihr etwa zehn Minuten lang, dann sah ich, wie er genervt die Augen verdrehte; er sagte zu den Morlacchis: »Und wie geht es mit eurem geheimnisvollen Reiter?«

»Gut«, antwortete Tiziana Morlacchi.

»Bis jetzt«, sagte Ugo Morlacchi.

»Sie haben einen Reitlehrer eingestellt«, sagte Stefania Livi zu mir und Astrid.

»Wir haben ihn nicht *eingestellt*, ich hoffe, dass ihm das auch klar ist.«

»Er steht auf einmal in der Tür, am Nachmittag gegen Viertel nach fünf«, sagte Tiziana Morlacchi, bereit, von einer ausufernden Geschichte zur nächsten überzugehen. »Guten Tag, sagt er zu mir, ich habe eure Anzeige in der Zeitschrift *Il mio cavallo* gelesen.«

»Von vor drei Monaten, wohlgemerkt«, sagte Ugo. »Dabei hatten wir in der Zwischenzeit beschlossen, es sein zu lassen, weil es unterm Strich eine große Investition ohne Gewinngarantie ist.«

»Freundlich, mit guten Manieren, muss ich sagen«, bemerkte Tiziana, »hat irgendwie Stil. Aus dem Norden. Ein hagerer Typ.«

»Klapperdürr«, sagte Ugo. »Mit einer Schrottkarre von Auto, ein Wunder, dass es überhaupt noch fährt.«

»Fast null Gepäck«, sagte Tiziana. »Ein Seesack, wo kaum drei Sachen reinpassen.«

»Durante heißt er«, sagte Ugo. »Durante.«

»Wir haben nicht mal begriffen, ob es sein Vor- oder sein Nachname ist«, sagte Tiziana.

»Wir kennen ihn«, sagte ich. »Er war vorige Woche bei uns, hatte sich verirrt.«

Astrid sah mich schief an, als hätte ich ein Geheimnis verraten, das wir lieber für uns hätten behalten sollen.

Doch die Morlacchis quittierten meine Bemerkung sowieso nur mit einem schwachen Kopfnicken, sie folgten ganz der Logik ihrer rein persönlichen Sorgen.

»Ich verlange nichts von euch, sagt er zu mir«, erzählte Tiziana Morlacchi. »Weder ein Gehalt noch einen Vertrag. Nur, dass ihr mich die Boxen und die Paddocks da unten instand setzen lasst, danach könnt ihr entscheiden, ob ich den Gästen eures Ferienhofs Reitstunden geben soll oder nicht.«

»Womit denn?«, fragte Stefania Livi.

»Er hat ein Pferd«, sagte Tiziana Morlacchi. »Ein schönes sogar. Einen schwarzen Hengst, groß, mit einer so langen glänzenden Mähne, dass man als Frau vor Neid erblasst. Gestern früh um neun hat er ihn mit einem Transporter herbringen lassen, von einem Freund.«

»Dem fehlt eine Hand, dem Freund«, sagte Ugo Morlacchi. »Sieht aus wie der Gehilfe von Captain Hook.«

»Drei Finger fehlen ihm«, sagte Tiziana Morlacchi.

»Ich habe jedenfalls Klartext geredet, mit diesem Durante«, sagte Ugo Morlacchi. »Ich habe ihm erklärt, dass wir uns auf eine Probezeit einlassen können, aber ohne jede Verpflichtung unsererseits. Sobald uns die Sache aus irgendeinem Grund nicht mehr überzeugt, Ende des Experiments. Einseitig. Dann geht er.«

»Nicht einmal versichern wollt ihr ihn?«, fragte Sergio Livi, während er sich den Teller noch einmal mit Maltagliati füllte.

»Doch, aber es ist noch viel zu früh«, sagte Ugo Morlacchi. »Jetzt muss man erst mal sehen, ob er wirklich in der Lage ist, die Boxen und die Gehege zu reparieren.«

»Wieso?«, fragte Seline, Sergio Livis Tochter. Sie hatte ein spitzes Gesicht, schmale lange Augen; ich wunderte mich, dass sie überhaupt den Mund aufmachte.

»Das ist sehr viel Arbeit«, sagte Ugo Morlacchi. »Und woher nimmt er überhaupt die Mittel, wenn er wirklich nichts von uns verlangt?«

»Da braucht man mindestens zwanzigtausend Euro«, sagte Nino Sulla. »Wenn man es ordentlich machen will.«

»Eben«, sagte Ugo Morlacchi.

»Wenn er doch sicher ist, dass er es schafft«, sagte seine Frau.

»Abwarten«, erwiderte er.

»Ich fand ihn sympathisch«, sagte Astrid. »Sensibel. Kein banaler Typ.«

»Und Arzt ist er auch, oder?«, sagte Tiziana Morlacchi.

»Wer?«, fragte Stefania Livi.

»Durante«, sagte Tiziana Morlacchi. »Er hat in Pavia studiert.«

»Ja«, sagte Ugo Morlacchi. »Obwohl nicht klar ist, wie ein Arzt plötzlich dazu kommt, mit Pferden zu arbeiten. Und noch dazu so.«

»Wahrscheinlich sind Pferde seine Leidenschaft, Papa«, sagte Seline Livi in ihrem wegen der Zahnspange etwas nuscheligen Ton.

»Bestimmt«, sagte Astrid. »Er wird die Medizin aufgegeben haben, um zu tun, was ihm wirklich Spaß macht.«

»Ich glaube kaum, dass einer seine Karriere einfach wegwirft, für eine Leidenschaft«, sagte Sergio Livi.

»Wieso, hast du es nicht genauso gemacht?«, sagte Stefania Livi. »Hast du nicht deine Firma verkauft, um hier in den Hügeln zu leben?«

»Hm, ja«, sagte Sergio Livi mit leichtem Unbehagen. »Aber nicht, um wie ein abgerissener Landstreicher durch die Gegend zu ziehen und in Ställen Arbeit zu suchen.«

»Er ist kein abgerissener Landstreicher«, sagte Tiziana Morlacchi beinahe mit dem Stolz einer Arbeitgeberin und Kunstmäzenin. »Und er sucht auch keine Arbeit im Stall. Er will ein Reitzentrum aufziehen.«

»Angeblich hat er ein Diplom als Reitlehrer«, sagte Ugo Morlacchi.

»Was der alles ist«, sagte Nino Sulla in zweifelndem Ton.

Ich schwieg, aber mein Gesichtsausdruck lag mit seinem auf einer Linie.

»Schon seit Jahren denken wir darüber nach, Pferde anzuschaffen, um den Gästen der Ferienwohnungen etwas mehr zu bieten«, sagte Tiziana Morlacchi, »und dann kommt so eine Gelegenheit. Und noch dazu zum Nulltarif.«

»*Beinahe* zum Nulltarif«, sagte Ugo Morlacchi. »Vorerst schläft er unten in der Sattelkammer. Er behauptet, Strom und Gas würde er uns später bezahlen. Na ja, mal abwarten.«

»Steht da ein Bett, in der Sattelkammer?«, fragte Stefania Livi.

»Er schläft auf dem Boden«, antwortete Tiziana Morlacchi. »Auf den Holzbrettern, die sind in fürchterlichem Zustand. Aber er hat einen Schlafsack und ein flaches Kissen und sagt, er sei's gewohnt.«

»Wie romantisch«, sagte Stefania Livi. »Der Arzt, der im Namen seiner Leidenschaft auf alles verzichtet und auf dem Boden neben seinem Pferd schläft.«

»Schaut sie euch an, die Frauen«, sagte Ugo Morlacchi. »Natürlich denken sie sich sofort eine Schnulze aus zu dieser Geschichte. *Romaaantisch*.«

»Hör auf, du«, sagte seine Frau.

»Ihr Männer, ihr seid zynisch bis ins Mark«, sagte Stefania Livi.

»Hat er euch einen Klinikausweis gezeigt, der Arzt?«, fragte Sergio Livi, ich glaube, aus Trotz gegenüber seiner Frau. »Eine Urkunde, irgendwas?«

»Nein«, antwortete Ugo Morlacchi. »Aber ich habe ihn

auch nicht danach gefragt. Er kommt schließlich nicht her, um seinen Arztberuf im Val di Lana auszuüben.«

Sergio Livi begriff, dass es Zeit war, das Thema zu wechseln, um Streit zu vermeiden; er fing an, von einer neuen Produktlinie auf der Basis von natürlichem Propolis zu erzählen, die er im September auf den Markt bringen wolle. Und so ging es weiter, zwischen einzelnen selbstbezogenen Monologen und allgemeinen unverbindlichen Gesprächen.

Astrid und ich hatten einen baldigen Abgabetermin

Astrid und ich hatten einen baldigen Abgabetermin, neun Tagesdecken aus Seide und Baumwolle, die wir nach Südtirol schicken mussten. Der Besitzer eines kleinen Hôtel de Charme hatte bei einer Freundin einen Vorhang von uns gesehen, den sie auf einer Messe gekauft hatte, und daraufhin hatte er uns per E-Mail erklärt, was er wollte. Manchmal fanden wir auf diese Weise Arbeit, auch wenn ich mich nur schwer daran gewöhnte, mit Auftraggebern umzugehen, die ich nie gesehen hatte. Da bestand dieser Widerspruch zwischen der Immaterialität der Bestellung und der Materialität des Bestellten: ein auf dem Bildschirm des Computers erschienener Name, das Gewicht des Stoffes. Nach beendeter Arbeit legten wir die Stoffe sorgfältig zusammen, verpackten sie in Schachteln, die mit Seidenpapier ausgeschlagen waren, und verschlossen alles gut mit Klebeband. Dann fuhren wir zu dem Kurier etwas außerhalb von Trearchi, füllten ein Formular aus, zwei Unterschriften und fertig. Es war seltsam, wenn auch gewiss bequemer, als ganze Tage in der Kälte oder der Hitze auf einer Messe zu verbringen, um mit Dutzenden von allgemein neugierigen Leuten zu sprechen, bevor man auf einen echten Interessenten stieß. Allerdings kam es nicht häufig vor und befreite uns keineswegs von der wiederkehrenden Sorge, einen Käufer für unsere nächsten Stoffe zu finden.

Unsere Arbeitszeiten waren ziemlich normal: Gegen neun Uhr morgens setzten wir uns an den Webstuhl und machten durch bis eins, dann Mittagspause, dann weiter bis abends um sieben. Der Nachteil, ganz selbständig zu arbeiten, bestand darin, dass wir nie wussten, ob wir von einem Monat zum anderen genug Geld zum Leben haben würden. Der Vorteil war, dass wir zu Hause arbeiten konnten, mitten auf dem Land, und die Freiheit hatten, zu unterbrechen und weiterzumachen, wann wir wollten. Die Stereoanlage lief ununterbrochen, wir hatten Stapel von selbstgebrannten CDs, Musik aller Art, aus dem Internet heruntergeladen, um unsere Handbewegungen zu begleiten. Einmal, als wir mit einem wichtigen Auftrag im Verzug waren, hatte ich *Cold Sweat* von James Brown eingelegt und auf die Taste »*repeat*« gedrückt; zwei volle Tage hatten wir gewebt und gewebt auf der gepressten, sich wiederholenden Welle des *uuum-pah uuum-pah taratara taratara-pah*, die uns auch in den Pausen und bis in den Schlaf verfolgte. Astrid dagegen zog bei Stress Mozart, Paisiello, Haydn oder auch die Walzer von Strauß vor, jedenfalls musikalische Architekturen, die heiterer und strukturierter waren, aber gleichfalls Zugkraft besaßen.

Weben ist eine hypnotische Tätigkeit. Du bereitest die Garne vor, lässt die Spulen im Schützen durch das Spiel von Litzen und Weberkamm sausen, treibst mit der Rechten den Schussfaden durch die Kettfäden, fängst das Schiffchen mit der Linken auf, drückst mit dem Fuß den nächsten Tritt, treibst die Spule wieder nach rechts, ziehst die

Lade mit dem Webblatt zu dir hin und erschaffst auf diese Weise ein Gewebe, das langsam wächst und unten am Zeugbaum aufgewickelt wird. Manchmal verfällst du durch die Gleichförmigkeit des Tuns fast in Trance, manchmal folgst du der Inspiration des Augenblicks und improvisierst Motive oder Farbvariationen, an die du vorher nicht gedacht hast. Du kannst das Gefühl haben, ein Kunstwerk zu schaffen oder etwas rein Funktionales herzustellen. Ab und zu empfindest du es als großes Privileg, eine so freie und selbstbestimmte Tätigkeit gewählt zu haben, dann wieder fühlst du dich als Sklave deines Webstuhls: ein uralter Wechsel von Stimmungen, der sich im Lauf der Jahrhunderte kaum verändert hat, wenn man die Arbeitsmittel benutzte, die ich und Astrid benutzten.

Bis vor zehn Jahren bestand meine einzige Erfahrung mit handgemachten Textilien darin, dass ich meiner Großmutter beim Stricken zuschaute, wenn ich in den Sommerferien mit meinen zwei Schwestern nach Alba fuhr. Auch wenn es mich faszinierte, zu beobachten, wie sie aus ein paar Wollknäueln einen Schal oder eine Mütze zauberte, hätte ich mir wirklich nie träumen lassen, dass ich mir eines Tages mit einer ähnlichen Tätigkeit meinen Lebensunterhalt verdienen würde. Nach meinem Abschluss in Kommunikationswissenschaften an der Universität Bologna verfolgte ich wegen der Diskrepanz zwischen meinen Interessen und dem realen Leben einen Zickzackkurs: zuerst als Redakteur eines Musikprogramms für ein Lokalradio, dann einer Zeitschrift über Weine, dann als Hilfskraft mit befristetem Vertrag an der Fakultät für Journalismus der Universität Urbino. Dann fuhr ich in einem August in den Ferien nach Kreta, lernte Astrid kennen und verliebte mich.

Unsere Beziehung hatte sich, genährt durch unsere kulturellen, körperlichen und charakterlichen Unterschiede, bald in eine so enge Bindung verwandelt, dass es mir Ende August absurd vorkam, uns zu trennen. Wir konnten nicht einfach zu unserem vorigen Leben zurückkehren. Ich fuhr nach Italien, gab meine prekäre Stellung an der Universität auf, kündigte mein Untermietzimmer und zog zu Astrid nach Österreich, in das Haus bei Graz, das sie mit ihrer Schwester Ingrid und drei Freunden teilte. Einige Wochen war ich ganz auf sie angewiesen, ohne einer anderen Tätigkeit nachzugehen, ohne ein anderes Ziel im Kopf, als Deutsch zu lernen, und fragte mich, ob ich je wieder eine Arbeit finden würde. Dann schrieb sich Astrid für den Webkurs bei Gabo Svorniak ein, und spontan schloss ich mich ihr an. Wir gingen mit dem Entdeckergeist hin, mit dem wir auch einen Kurs in Töpfern oder Tai-Chi hätten besuchen können, doch sobald wir uns an den Webstuhl gesetzt und unter der Anleitung des Meisters die ersten Versuche mit den Garnen gemacht hatten, entdeckten wir alle beide, dass wir genau damit unseren Lebensunterhalt verdienen wollten. Was Astrid fesselte, war, glaube ich, der künstlerische Aspekt, das unbegrenzte Spiel von Linien und Farben; bei mir war es eher die Konkretheit der Ergebnisse.

Am Ende des Kurses kauften wir einen Webstuhl aus dritter Hand, an dem wir uns monatelang mit der leicht besessenen Leidenschaft der Neulinge abwechselten. Er stand in einer nur teilweise ausgeräumten Rumpelkammer. Es gelang uns, unsere ersten Schals und Stolen auf kleinen

Märkten und an einige Geschäfte zu verkaufen, dann konnten wir uns einen zweiten gebrauchten Webstuhl von besserer Qualität anschaffen. Wir mieteten eine kleine ehemalige Lagerhalle, zusammen mit zwei Freunden von Astrid, die Lauten bauten. Nach und nach wurden wir immer besser und eroberten uns einen kleinen Kundenstamm von Direktkäufern. Im Laufe der Monate hatte sich unsere Leidenschaft in eine echte, wenn auch wenig einträgliche Arbeit verwandelt. Vor sechs Jahren haben wir dann beschlossen, nach Italien zu ziehen, mehr auf Astrids Drängen als aus Heimweh meinerseits. Wir fanden ein verlassenes Haus in nicht allzu schlechtem Zustand zwölf Kilometer von Trearchi, nahmen mit einer kleinen Unterstützung von Astrids und meinen Eltern einen Kredit auf, um es zu kaufen, und setzten es nach und nach instand.

Ein weiterer positiver Aspekt der Arbeit am Webstuhl ist, dass die Gedanken dabei frei ihrer Wege gehen können, ohne dass dies im Geringsten das Endergebnis beeinträchtigt. Das, was du tust, nimmt nur einen Teil deiner Aufmerksamkeit in Anspruch, abgesehen von Momenten, in denen du eine Wahl oder eine Entscheidung treffen musst; ansonsten kannst du dir ausmalen oder ins Gedächtnis rufen, was du willst, in allen Einzelheiten. Weben ist fast wie Geschichten schreiben: Es handelt sich darum, Farben auszuwählen, Fäden zu einem Muster zu schlingen, einen Plan zu verfolgen, der sich in eine für andere lesbare Dimension übersetzt.

Am Nachmittag begann Oscar zu bellen und lief zur Haustür.

Astrid und ich standen von den Webstühlen auf, um nachzuschauen. Draußen waren Stefania Livi und die junge Seline gerade aus ihrem großen Geländewagen ausgestiegen, beide zögerten wegen Oscar.

»Wir wollten nur kurz guten Tag sagen, hoffentlich stören wir nicht«, sagte Stefania Livi.

»Nein, gar nicht«, sagte Astrid mit Blick auf die Reithosen und Stiefel des Mädchens.

»Wir fahren zum Val di Lana«, sagte Stefania Livi, »zur Reitstunde mit dem neuen Lehrer.«

»Wirklich?«, erwiderte Astrid. »Mit Durante?«

»Durante, genau«, sagte Stefania Livi, als kennte sie ihn schon seit langem. »Er ist wundervoll, wirklich.«

»Na ja«, brummte Seline durch ihre Zahnspange.

»Findest du nicht?«, fragte ich.

»Immerzu sagt er einem, tu dies, tu jenes«, nuschelte sie. »Kopf hoch, Fersen runter, Rücken gerade, Schultern nach hinten, Blick nach vorn, er ist nie zufrieden.«

»Er versucht eben, dir die richtige Haltung beizubringen«, sagte Stefania Livi. »Deswegen gehen wir doch hin, oder?«

Das Mädchen zuckte die Schultern, es war klar, dass sie keinerlei Absicht hatte, der Frau ihres Vaters eine Mutterrolle zuzugestehen.

»Jedenfalls ist Reiten etwas Tolles«, sagte Stefania Livi. »Demnächst versuche ich es auch mal, ich habe mich schon angemeldet.«

»Sehr gut«, sagte Astrid, auch wenn ihr der Zweifel ins Gesicht geschrieben stand.

»Wo finden die Reitstunden überhaupt statt?«, fragte ich.

»Durante hat schon fast alles hergerichtet«, sagte Stefania. Ihre gewöhnliche Rastlosigkeit war einer anderen Stimmung gewichen: Sie lächelte verhalten, schob sich die Haare hinters Ohr, blickte beiseite.

»Na ja«, sagte Seline noch einmal.

»Er hat das Gehege repariert, ganz allein«, sagte Stefania. »Und jetzt bringt er die Boxen in Ordnung, auch allein.«

»In so kurzer Zeit?«, sagte ich, denn ich erinnerte mich ziemlich gut an den verrotteten Zustand der ehemaligen Pferdeboxen auf dem Hof der Morlacchis.

»Ja«, sagte Stefania. »Er hat gearbeitet wie ein Verrückter. Ihr müsstet es sehen.«

»Dieser Tage schauen wir vorbei«, sagte Astrid. »Ich bin gespannt.«

»Komm doch gleich mit«, sagte Stefania.

Astrid schüttelte den Kopf: »Wir müssen einen dringenden Auftrag fertigmachen, wir sind schon im Verzug.« Aber der Vorschlag reizte sie, sie warf mir mehrere kurze Blicke zu.

»Es sind doch nur zehn Minuten von hier«, sagte Stefania. »In anderthalb, höchstens zwei Stunden bringen wir dich zurück.«

»Wir schaffen es einfach nicht«, sagte ich. »Wir müssen das Ganze übermorgen abschicken, spätestens am frühen Nachmittag.«

»Na gut, nächstes Mal«, sagte Stefania.

»Nächstes Mal«, sagten Astrid und ich, beide die Augen im warmen Südwestwind halb geschlossen.

Sobald der Geländewagen der Livis verschwunden war, schob ich eine CD von John Lee Hooker in die Stereoanlage, drehte die Lautstärke auf und setzte mich wieder an den Webstuhl. Astrid machte eine Bewegung, als wollte sie protestieren, aber dann setzte sie sich wortlos an ihren Webstuhl. Wir arbeiteten bis zum Ende der CD im monotonen Rhythmus der Elektrogitarre und des Basses und des Schlagzeugs, während die tiefe Stimme immer wieder Energieschübe aussandte.

Danach stand Astrid auf und legte ein Konzert für Harfe und Orchester von Händel ein. Auch ich verzichtete auf Protest, denn wir waren darauf eingespielt, abwechselnd auf die Vorlieben des anderen einzugehen, was sich in all den Jahren gemeinsamer Arbeit bewährt hatte. Auf der Welle dieser neuen Musik arbeiteten wir weiter, in einem etwas anderen Rhythmus, mit leicht verschiedenen Ergebnissen.

Um Viertel vor acht Uhr abends konnten wir nicht mehr, die Arm- und Beinmuskeln schmerzten, der Blick war getrübt. Ich sprang auf und sagte: »Das reicht für heute!« Wir waren gut vorangekommen, es fehlte höchstens noch ein Arbeitstag.

Astrid stellte die Stereoanlage ab und trat neben mich, um die Tagesdecke, die ich eben beendet hatte, aus der Nähe zu betrachten. »Hast du nicht ein bisschen zu viel Rot hier eingewebt?«, fragte sie.

»Es hat sich so ergeben«, erwiderte ich. »Die Inspiration des Augenblicks.«

»Aber sie ist anders als die Übrigen«, sagte Astrid.

»Besser, findest du nicht?«, sagte ich.

»Herr Klemens wollte sie alle gleich«, sagte sie.

»Sie sind doch gleich«, sagte ich. »Mehr oder weniger.«

»Die hier entschieden weniger.«

»Tja, das kann vorkommen«, sagte ich. »Wenn Herr Klemens absolute Gleichheit gewollt hätte, hätte er ja industriell gefertigte Decken nehmen können.«

Astrid nickte skeptisch.

»Bist du nicht überzeugt?«, fragte ich.

»Nein«, sagte sie.

»Bist du sauer auf mich, weil du gern zu den Morlacchis mitgefahren wärst?«, fragte ich.

»Nein«, antwortete sie.

»Um das überraschende Werk von Durante zu begutachten?«, sagte ich.

»Neiiin«, sagte sie.

»Bist du ganz sicher?«, sagte ich.

»Hör auf«, sagte sie.

»Du hast einen total feindseligen Ton«, sagte ich.

»Ich hasse dich, wenn du so bist«, sagte sie.

»So, wie?«, sagte ich.

»So wie jetzt«, sagte sie.

»Du hast gesagt, du hasst mich, ist dir das bewusst?«, fragte ich.

»Ja«, sagte sie.

Dann gingen wir in die Küche, um Abendessen zu machen.

*Auf dem Rückweg, nachdem wir
die Stoffe abgeschickt hatten*

Auf dem Rückweg, nachdem wir die Stoffe abgeschickt hatten, schlug ich Astrid vor, auf einen Sprung beim Ferienhof der Morlacchis vorbeizufahren. Es war fünf Uhr nachmittags, wir fühlten uns von einer Last befreit und hatten keine Verpflichtung, die nicht bis zum nächsten Tag warten konnte.

»Einverstanden«, sagte Astrid.

»Wir schauen es uns mal an«, sagte ich. »Das wolltest du doch, oder?«

»Wenn du es nur meinetwegen tust, nein«, sagte sie.

»Uff«, machte ich. »Ich bin auch neugierig, okay?«

»Also gut«, sagte sie.

So fuhren wir über unsere Abzweigung hinaus weiter auf der Asphaltstraße die Kurven entlang, die dem Auf und Ab des Gebirgskamms um unser Tal folgen. Eigentlich umreißt der Ausdruck »Tal« die geographische Beschaffenheit dieser Gegend nicht präzise: In Wirklichkeit handelt es sich um Hügelketten, deren Hänge steil zu tiefen, von Dickicht überwucherten Gräben abfallen. Die Gräben trennen eine Hügelkette von der nächsten und erschaffen damit eine Reihe von Parallelwelten, die in Luftlinie nah beieinanderliegen, aber nur über lange, gewundene Strecken zu erreichen sind. Die Häuser stehen oben auf den Hügeln oder kleben jeweils an der einen oder anderen Seite des Kamms; am Horizont, gegen Süden, erkennt man die höchsten Gipfel des Apennins.

Am letzten Punkt der Straße, den man von unserem Haus aus noch sehen konnte, bogen wir rechts ab und folgten der Kurve zwischen die Hainbuchen und Pinien, die vor etwa vierzig Jahren vom Forstamt gepflanzt worden waren, um Jahrhunderte wilder Abholzung wettzumachen. Der Ferienhof der Morlacchis lag genau da, wo die Straße endete, ein großes Tuffsteinhaus, das einmal eine zahlreiche Bauernfamilie beherbergt haben musste, am letzten Ausläufer des Val del Poggio, nach Osten dem Val di Lana zugewandt. Die Boxen und der Heuschober befinden sich gleich rechts vom Tor, auf der kleinen Hochebene über den abschüssigen Feldern.

Wir parkten unseren Bus neben dem verbeulten weißen Auto von Durante und einem schwarzen Mercedes Coupé mit tückisch und böse funkelnden Scheinwerferaugen und gingen auf die Holzkonstruktionen zu. Drei Boxen und die Sattelkammer waren notdürftig hergerichtet, Löcher und Ritzen mit hellen Kiefernbrettern vernagelt, das Dach mit Wellblech abgedichtet. Ich drückte gegen eine Wand: Sie hielt stand, auch wenn die Arbeit bestimmt nicht perfekt war. Ein Heuballen lag neben jedem Dachpfosten, in einer Ecke war Pferdemist aufgehäuft, an der Tür einer Box hing altes Zaumzeug, in einem Weidenkorb lagen eine Bürste und ein Striegel.

Durante war auf der leicht abfallenden, von einem Lattenzaun umgebenen Wiese gleich hinter den Boxen; zu Fuß folgte er einem großen schwarzen Pferd, auf dem eine blondierte Frau saß. Astrid und ich näherten uns langsam. Die Blonde trug hochhackige Stiefel, mit Pailletten besetzte Jeans, eine weiße Bluse mit Puffärmeln. An den Lattenzaun gelehnt stand ein Typ, der vermutlich ihr Mann war, in ein Gespräch am Handy vertieft. Der Zaun war kürzlich erneuert worden, mit Pflöcken und Querlatten aus rohem Robinienholz. Ich lehnte mich ebenfalls dagegen, mit meinem ganzen Gewicht: Er hielt.

»Herrlich«, sagte Astrid mit Blick auf das Pferd.

Der Mann der Blonden fixierte uns, sein Ausdruck schwankte zwischen Misstrauen und Mitteilungsbedürfnis.

»Guten Tag«, sagte ich zu ihm.

»Tag«, erwiderte er.

Astrid und ich winkten mit offener Hand in Richtung Durante, obwohl er uns den Rücken zuwandte.

Er drehte sich um und winkte zurück. »Sei *locker*«, sagte er zu der Blonden. »Und versuch *da zu sein*. Probier es wenigstens. Nimbus spürt es, ob du da bist oder nicht.«

Die Frau blieb stocksteif auf dem großen schwarzen Pferd sitzen, das harmonisch im Schritt ging. Es war ein edles Tier, das kapierte sogar ich, obwohl ich fast nichts von Pferden verstand: Es genügte, die kräftige Kruppe zu sehen, den mächtigen geschwungenen Hals, den fülligen Schweif und die glänzende Mähne. Durante lief mit seinem halb elastischen, halb hölzernen Schritt aufmerksam nebenher und spornte abwechselnd Pferd und Reiterin an.

Der Mann klappte sein Handy zu, wies mit dem Kinn auf Durante und sagte halblaut: »Seid ihr mit ihm befreundet?«

»Nicht wirklich«, sagte ich. »Wir sehen ihn zum zweiten Mal. Und ihr?«

»Wir sind fünf Tage hier auf dem Hof«, sagte der Typ. »Samantha wollte unbedingt eine Probestunde, hoffentlich bricht sie sich nicht das Rückgrat.« Sein Handy klingelte erneut, er antwortete hastig und redete über irgendwelche Prozente.

Astrid und ich lehnten weiter an der Umzäunung und beobachteten Durante, der seiner Schülerin erklärte, mit welchen Bewegungen sie das große schwarze Pferd lenken sollte. An einem gewissen Punkt half er ihr absitzen und schwang sich selbst in den Sattel. Er ließ das Pferd vorwärtsgehen, dann ein paarmal im Kreis und wieder zurück, ohne die Zügel zu berühren, nur durch leichten Druck mit den Beinen. Um zu zeigen, dass er die Zügel nicht brauchte, ließ er sie los und stemmte die Hände in die Seiten. Das Pferd hob die Knie und bewegte den Kopf in einer barocken Gangart, es achtete auf jedes noch so winzige Zeichen seines Reiters. Man sah, dass zwischen den beiden ein vollkommenes, in Jahren gemeinsamer Arbeit gewachsenes Einverständnis bestand: Durante brauchte nur den Oberkörper ein wenig vorzubeugen oder die Flanke leicht mit der Seite eines Fußes zu streifen, schon reagierte das Pferd.

Ich fragte mich, ob ein Teil dieser Vorführung als Show für uns und den neben uns stehenden Ehemann gedacht war, aber es war nicht klar auszumachen. Durante sah uns nicht an, er schien ganz auf die Frau konzentriert, die ihn halb verwundert, halb zerstreut beobachtete. »Siehst du?«, sagte er zu ihr. »Linkes Bein, sooo rum. Rechtes Bein, sooo rum. Aber vor allem musst du *denken*, wohin er gehen soll, dann tut er es. Verstanden?«

Die blondierte Frau namens Samantha nickte, aber man sah, dass sie diese Feinheiten einfach nicht erfasste: Ständig fummelte sie an ihrer Frisur, klopfte sich den Staub von der Hose, blickte auf die Uhr, schaute zu ihrem Mann herüber. Durante sprang ab, half ihr wieder in den Sattel und leitete sie und das Pferd zu einer neuen Reihe von Übungen an. Doch Samantha schaffte es nicht, sich zu konzentrieren, versteifte sich immer wieder und drehte den Kopf; als Nimbus ein paar Meter in Trott verfiel, stieß sie einen kleinen Schrei aus, wurde durchgeschüttelt wie ein Sack.

Nach einer Viertelstunde nahm Durante das Pferd am Zügel, führte es an den Zaun und half Samantha aus dem Sattel.

Samantha kam unsanft auf dem Boden auf, strich sich sofort die Hose, die Haare und die Ärmel der Bluse zurecht und sagte: »Mann, war das anstrengend.«

Ihr Mann fragte: »Wie sieht's aus? Hat sie das Zeug zur Amazone?«

»Nein«, antwortete Durante gleichmütig.

»Wie bitte?«, sagte Samantha. Etwas theatralisch drehte sie sich um und blickte ihn an.

»Du hast nicht das Zeug dazu«, sagte Durante. Sein Ausdruck war traurig, zeigte kaum die Spur eines Lächelns.

»Sie kann es aber lernen, oder?«, sagte der Mann. »Wenn sie noch einige Stunden nimmt?«

»Ich glaube nicht«, sagte Durante, ohne Rücksicht auf seine beruflichen Interessen und ihren fehlgeleiteten Ehrgeiz.

»Was soll das heißen?«, sagte Samantha, offenbar unsicher, wie sie sich verhalten sollte.

»Dir fehlt jedes Gefühl für *Gleichgewicht*, darum geht es«, sagte Durante. Er hatte diese Art, die Schlüsselwörter zu betonen, aber sonst war sein Ton ganz gelassen.

»Was erlaubt der sich?!«, sagte Samantha zu ihrem Mann und teilweise auch zu uns, den Zuschauern, gewandt. »Ich habe acht Jahre klassisches Ballett gemacht!«

»Hat nichts genutzt«, sagte Durante, immer noch in Form einer einfachen Feststellung.

»Entschuldigen Sie, Herr Lehrer«, sagte der Ehemann, die Stimme hebend. »Aber müssten nicht Sie ihr das Gleichgewicht beibringen?«

»Das bräuchte *Jahre*«, sagte Durante. »Und es würde nichts helfen ohne eine total andere *geistige Einstellung*.«

»Was?«, sagte der Mann, immer gereizter. »Was nützen sie dann, diese Reitstunden? Wofür bezahlen wir eigentlich?«

»In diesem Fall nützen sie gar nichts. Und ihr braucht mich nicht zu bezahlen.«

»Ich fass es nicht!«, sagte Samantha, nun schon seine Exschülerin, bebend vor Empörung.

»Erklären Sie mir eins, Herr Lehrer«, sagte der Mann. »Was genau ist das Problem?«

»Die *Aufmerksamkeit*«, erwiderte Durante. »Sie ist vollkommen unfähig, in sich hineinzuhorchen oder aufzunehmen, was von außen kommt.«

»Was redest du da?«, sagte die Frau. »Für wen hältst du dich?!« Sie fuhr sich weiter mit der Hand durch die Haare, drehte sich um sich selbst.

»Was ist das für ein Geschwätz?«, sagte der Mann. Genau wie seine Frau und auch Astrid und mich befremdete ihn Durantes Art vielleicht mehr als seine Worte: die scheinbare Naivität, mit der er die Wahrheit aussprach, ohne einen der üblichen Filter normaler gesellschaftlicher Höflichkeit dazwischenzuschalten.

»Das gilt natürlich auch für dich«, sagte Durante im selben Ton. »Wenn du dich von außen sehen könntest, mit deinem Handy. Keine Sekunde hast du aufgehört zu telefonieren, weil du völlig unfähig bist, *hier* zu sein.«

»He, mit welchem Recht behauptest du solches Zeug?«, sagte der Mann. »Wer gibt dir das Recht dazu?!« Er fuchtelte mit der gestreckten Hand vor Durantes Gesicht herum und stellte sich auf die Zehenspitzen, um auf gleicher Augenhöhe zu sein.

»*Ihr.*« Durante sah ihn mit seinen grauen Augen an. »Habt ihr mich nicht nach meiner Meinung gefragt?«

»Der spinnt!«, sagte Samantha kopfschüttelnd. Sie wechselte auf die andere Seite des Zauns, wie um sich von dem Teil ihrer selbst, der Reitstunden genommen hatte, zu distanzieren.

»Ich werde mit dem Chef reden!«, sagte der Mann. »Was glauben die, wie sie hier mit ihren Kunden umspringen können?!«

»Was *genau* hat euch eigentlich beleidigt?«, fragte Durante in einem Ton, der keine Ironie aufzuweisen schien. »Versucht es zu erklären.«

»Ich hau dir eine in die Fresse!«, brüllte der Mann und machte einen Satz, gebremst nur von dem Zaun, der die beiden trennte. »Von wegen erklären!«

»*Ohooo*«, sagte Durante. »Immer mit der Ruhe.«

»Leck mich mit deiner Ruhe!«, brüllte der Mann. »Und spar dir gefälligst dein ›oho‹! Ich bin nicht dein Pferd, ich!«

»Lass gut sein, Cesare«, sagte Samantha.

»Ich denke nicht daran!«, brüllte Cesare. »Erst beleidigt er einen, und dann verarscht er einen auch noch!«

»Los komm, es lohnt sich nicht!«, sagte Samantha und zog ihn am Arm zum Parkplatz.

Durante sah mich ratlos an, dann übergab er mir die Zügel des schwarzen Pferds: »Kannst du mal halten?«

Ich hatte keine große Wahl, deshalb schlüpfte ich unter dem Zaun durch und hielt es. Nimbus folgte mit dem Blick seinem Herrn, der hinter seiner Exschülerin und deren Mann herging, und gab ein lautes Wiehern von sich, das seinen ganzen Körper schüttelte; von unten sah ich das Weiß seiner Augen, seine geblähten Nüstern. Ich fasste die Zügel fester vor Angst, dass er mir davonlaufen könnte mit all seiner verschwitzten schwarzen Masse, seinem starken Geruch.

Astrid lachte.

»Was gibt's da zu lachen?«, sagte ich. »Wenn er anfängt zu ziehen, schleift er mich mit.«

Samantha und Cesare stiegen wütend in ihren schwarzen Mercedes Coupé, knallten die Türen zu und fuhren zu ihrer Ferienwohnung, um sich die etwa zweihundert Meter zu Fuß zu ersparen. Durante sah ihnen nach, dann kehrte er ohne Eile zu uns zurück. »Sie sind schrecklich *beleidigt*«, sagte er kopfschüttelnd, als würde er wirklich nicht verstehen, warum.

»Erstaunt dich das?«, fragte ich.

»Wieso?«, fragte er zurück und schaute mich an.

»Na ja, also«, sagte ich. »Wenn du so einer sagst, dass sie keinerlei Gleichgewichtssinn hat und mehr als jahrelang brauchen würde, um in der Richtung was zu lernen, was erwartest du dann?«

»Aber es ist *wahr*«, sagte er.

»Ja«, warf Astrid ein.

»Das macht wenig Unterschied, ob es wahr ist oder nicht«, sagte ich, gereizt, weil sie ihm so eilig zustimmte.

Durante schüttelte noch einmal zweifelnd den Kopf. Er schob den Robinienpflock beiseite, der in dem Zaun als Gatter diente, nahm mir die Zügel aus der Hand, ohne sich zu bedanken, und führte Nimbus zu den Boxen.

Astrid und ich folgten ihm. »Jedenfalls hattest du recht«, sagte Astrid in einer ihrer kommunikativen Anwandlungen, mit denen sie versuchte, die Grenzen ihres grundsätzlich schüchternen Wesens zu durchbrechen.

Durante drehte sich um: »Meinst du das ehrlich?«

»Ja«, sagte Astrid. »Sie hatten eine fiese Art, alle beide. Als könnte man verlangen, auch das Gleichgewicht mitzukaufen, auch das Talent zum Reiten, alles.«

»Hmm«, machte er.

»*Ehrlich*«, sagte sie mit einem Nachdruck, als hätte seine Sprechweise sie angesteckt. »Und Kompliment für die Boxen, den Zaun. Hast du toll gemacht.«

»Nein«, sagte Durante. »Es ist alles ganz provisorisch.«

»Es ist aber schon viel«, sagte Astrid. »Und wenigstens hat das Pferd ein Dach überm Kopf.«

»Nimbus?« Durante lächelte. »Der bleibt draußen, auf der Wiese. Pferde sind doch nicht dafür gemacht, in einer

Schachtel von drei mal drei Metern zu leben. Würde es dir etwa gefallen, wenn man dich in eine Telefonkabine steckte und dich, wenn es gutgeht, einmal am Tag eine Stunde zum Auslauf herausholte?«

»Bestimmt nicht«, sagte Astrid verlegen.

»Siehst du«, sagte Durante.

»Warum hast du dir dann überhaupt die Mühe gemacht, die Boxen zu reparieren?«, fragte ich, und es klang polemischer als beabsichtigt.

»Wegen der Besitzer des Ladens hier«, sagte er. »Ich weiß nicht, ob ihr mit ihnen befreundet seid.«

»Nicht richtig«, sagte Astrid. »Es sind eher Bekannte.«

»So sieht es wie auf einem richtigen Reiterhof aus«, sagte Durante. »Das beruhigt sie.« Er nahm Nimbus das Kopfgestell ab, zog ihm ein Halfter aus verschossenem rotem Leinen über, band ihn an einem Ring zwischen den Boxen fest, nahm ihm Sattel und Satteldecke ab und säuberte ihm die Hufe.

»Herrliches Pferd«, sagte Astrid. »Was ist das für eine Rasse?«

»Ein Friese«, antwortete Durante. Er fuhr Nimbus rasch mit einer Bürste über den Hals, die Flanken und den Rücken, um den Schweiß abzustreifen, dann band er ihn wieder los und führte ihn zurück auf die Wiese. Wir gingen hinterher. Durante nahm ihm das Halfter ab und ließ ihn gehen. Das Pferd trottete ein kurzes Stück, dann scharrte es mit dem Huf im Boden, drehte sich ein paarmal um sich selbst, beugte die Knie, um sich auf dem Boden zu wälzen. Anschließend erhob es sich und schüttelte sich kräftig; nach einigen Schritten begann es zu grasen.

»Und hast du schon Schüler?«, fragte Astrid. »Abgesehen von Seline Livi?«

»Die Kleine, die hier in der Nähe wohnt?«, sagte Durante.

»Ja«, sagte Astrid. »Wir haben sie vorgestern gesehen, sie schien begeistert zu sein.«

»Na ja, nicht besonders«, sagte ich. »Höchstens *Stefania* Livi war begeistert.« Mit Befremden stellte ich fest, dass ich mich offenbar ebenfalls von Durantes Sprechweise hatte anstecken lassen.

»Aha.« Er lächelte.

»Hoffentlich laufen die zwei nicht auch noch weg«, sagte ich.

Durante sah mich mit leicht schiefgelegtem Kopf an, als verstünde er nicht.

»Wegen deiner Praxis der absoluten Aufrichtigkeit«, sagte ich. »Ich weiß nicht, wie viele Schüler du haben kannst, wenn du es mit allen so machst.«

»Du findest bestimmt noch welche, da bin ich sicher«, sagte Astrid. »Wenn es sich nach und nach herumspricht.«

»Kommt drauf an, was sich herumspricht«, sagte ich.

Durante schien anderen Gedanken nachzuhängen; er blickte versonnen über die Wellenlinien der Hügel bis zum Horizont.

Eigentlich eine absurde Situation, dachte ich, wie wir ihn da ermutigten oder uns jedenfalls mit ihm beschäftigten, als schuldeten wir ihm etwas. Ich sah ihn an, und mir schien, als gehöre er zu der Kategorie von Leuten, die andere von Berufs wegen moralisch erpressen, ein Zigeuner, Künstler, halb Arbeitsloser, der von den anderen Aufmerksamkeit erwartet, weil er eine Mischung aus Schuldgefühlen und uneingestandenem Neid in ihnen weckt. Ich hob das linke Handgelenk, das mit der Uhr, und sagte: »Wir müssen gehen.«

»Es ist doch erst zwanzig nach sechs«, sagte Astrid, als schmerzte sie der Gedanke, nicht mehr aus einer so wunderbar anregenden Quelle schöpfen zu können.

»Ich gehe auch bald«, sagte Durante. »Ich muss mir ein paar Pferde anschauen.«

»Nimmst du noch welche dazu?«, fragte Astrid, teilnehmend, aufmerksam, ganz zugewandt.

»Wenn ich die richtigen finde«, erwiderte er. »Ich kann ja nicht jeden *beliebigen* Gast auf Nimbus reiten lassen.«

Ich betrachtete die Linien seines Gesichts, die Unterarme, den Bizepsansatz, der unter den aufgekrempelten Hemdsärmeln hervorlugte, die Muskeln und die Adern, die unter der Haut durchschimmerten, und fühlte mich latent bedroht.

»Jedenfalls noch mal, Kompliment!«, sagte Astrid. »Wir sehen uns.«

»Euch interessiert es vermutlich nicht, reiten zu lernen, oder?«, sagte er mit einem Funkeln in den Augen, und ich wusste nicht, ob es einladend oder herausfordernd gemeint war.

»Nein«, sagte ich, um die Sache von Anfang an abzuschließen.

»Schade«, sagte er. »Wenn ihr's lernen würdet, könntet ihr nämlich herrliche Ausflüge unternehmen, hier auf den Hügeln.«

»Die machen wir schon zu Fuß«, sagte ich. »Wir gehen viel wandern.«

»Mir würde es Spaß machen«, sagte Astrid ungestüm. »Ich habe immer davon geträumt, zu reiten, seit meiner Kindheit.«

»Du darfst auf Nimbus reiten, wenn du kommst«, sagte Durante.

»Wirklich?«, sagte Astrid. »Aber ich weiß ja gar nicht, wie das geht.«

»Ach, das weißt du sofort«, sagte er, »da bin ich sicher.«

»Wie kannst du da sicher sein?«, fragte Astrid errötend.

»Man braucht dich bloß *anzusehen*«, sagte Durante. »*Du* hast einen Sinn für Gleichgewicht.«

»Das stimmt nicht!«, sagte Astrid. »Ich habe mich immer unglaublich unbeholfen gefühlt mit meinen zu langen Beinen, und dünn, wie ich bin, weiß ich nie, wie ich mich bewegen soll.«

»Es ist dein *Wesen*«, sagte er und betrachtete sie, als wäre nichts Ungehöriges daran, eine beinahe Fremde aus wenigen Zentimetern Abstand zu studieren. »Deine Art, dich zu bewegen, *zuzuhören*.«

»Danke!«, sagte sie. »Auch wenn es nicht wahr ist, danke!«

Ihre Begeisterung ärgerte mich genauso wie vor ein paar Tagen der Umstand, dass sie ihn eingeladen hatte, unsere Werkstatt zu besichtigen, ohne wenigstens zu verlangen, er solle die Stiefel ausziehen, und dann tatenlos zugeschaut hatte, wie er einen unserer Äpfel aß. »Na gut«, sagte ich. »Wir machen uns auf den Weg. Wir melden uns, gelegentlich.«

»Wollt ihr meine Behausung sehen?«, fragte Durante, als hätten meine Worte keinerlei Gewicht für ihn.

»Ja!«, sagte Astrid, ohne mich auch nur mit einem Blick zu befragen.

Durante ging mit seinem langen Schritt voraus. Er öffnete die schiefe Tür der Sattelkammer und deutete eine Verbeugung an, um uns zum Eintreten aufzufordern. Drinnen stand ein alter Tisch mit einem Päckchen Tee darauf, einer halben Packung Haferkekse, einer Schachtel Reis, einer Tüte Salz und einem Töpfchen auf einem blauen Campingkocher. An den Wänden waren Sattelhalter, auf denen zwei stark abgenutzte Sättel lagen, mehrere Haken, an denen Zügel und Zaumzeug hingen, eine Konsole mit vier oder fünf alten Bechern, ein paar mit Reißzwecken befestigte Zettel, in einer Ecke ein militärgrüner Seesack. Die Fußbodenbretter waren gesplittert und verwittert, aber es gab auch zwei oder drei hellere, und die Nägel, mit denen sie befestigt waren, stammten aus neuerer Zeit; unter dem Tisch lagen eine Luftmatratze und ein Schlafsack.

»Na ja«, sagte ich, »wenigstens ein Dach über dem Kopf, nicht wahr?«

»Ich könnte mir nichts Besseres wünschen«, sagte Durante, und es klang irritierend ehrlich und froh.

Ich fragte mich, ob er uns nur hereingebeten hatte, um unser Mitleid zu erregen, oder ob es einfach eine vertrauliche Geste ohne Hintergedanken war.

Astrid sah sich mit einer Mischung aus Interesse und Befangenheit um, als wären wir in einem ländlichen Museum, wo jede Einzelheit eine tiefe Bedeutung hätte. Sie strich mit dem Finger über einen Zettel, der mit einem Reißnagel an ein Brett der Holzwand geheftet war, und fragte: »Darf ich das lesen?«

Durante nickte, während er mit einem Tuch über einen der abgenutzten Sättel fuhr, um den Staub zu entfernen.

Astrid las den kleinen Zettel und sagte: »Wie schön!«

»Was?«, fragte ich, immer angespannter wegen ihres Verhaltens.

Sie las laut vor, deklamierte wie im Schultheater:

Das Schwere ist die Wurzel des Leichten.
Die Ruhe ist die Herrin der Instabilität.

»Das habe nicht ich erfunden«, sagte Durante, mit seinem Tuch in der Hand. »Ich habe es nur interpretiert.«

»Und das?«, sagte Astrid. Sie las die Worte, die auf einem anderen, weiter drüben hängenden Zettel standen:

Ein guter Reisender hinterlässt keine Spuren,
ein guter Redner klaubt keine Worte,
ein guter Planer stellt keine Berechnungen an.
Die stärkste Bindung hat keine Knoten,
und niemand kann sie lösen.

»Das ist wunderschön«, sagte Astrid; sie blickte Durante an.

Durante staubte weiter den Sattel ab, mit einer Sorgfalt, die in dieser Umgebung absurd wirkte.

Ich ging zu dem Zettel, der noch übrig war, und las ihn, bevor Astrid ihn laut vorlesen konnte. In einer schrägen Schrift stand da mit schwarzer Tinte:

*Wenn der Weg vergessen wird,
erscheinen die Pflicht und das Recht.
Dann entstehen das Wissen und die Weisheit,
zusammen mit der Heuchelei.
Wenn sich die harmonischen Beziehungen auflösen,
erscheinen der Respekt und die Verehrung.*

»Und was hast du da interpretiert?«, sagte ich, gereizt durch die Vagheit dieser Sätze.

»Den *Sinn*, Pietro«, sagte Durante.

»Den Sinn wovon?«, fragte ich.

»Es gibt Unmengen Übersetzungen aus dem Altchinesischen«, sagte er. »Manche schauderhaft und abstrakt, andere poetisch und ungenau. Aber der Punkt ist, *über* den Text *hinaus*zusehen, ihn gegen das Licht zu betrachten. Wenn es dir gelingt, kommen dir auch die richtigen Worte.«

»Von wem reden wir eigentlich?« Ich war immer genervter von seiner Art, in Andeutungen zu sprechen.

»Lao-tzu«, sagte er. »Oder Lao-tse, oder auch Laozi, wie es dir lieber ist.«

»Ach, der mit dem Tao«, sagte ich rasch, um zu zeigen, dass ich doch nicht ganz ungebildet war.

»*Die*«, sagte Durante.

»Es ist eine legendäre Gestalt«, sagte ich. »Wahrscheinlich hat es ihn nie gegeben.«

»Es waren fünf oder sechs verschiedene Personen«, sagte Durante, nicht in besserwisserischem Ton, sondern so, als würden seine Worte ganz selbstverständlich meine überflügeln. »Im Lauf von zwei bis drei Jahrhunderten haben sie das *Tao-Te-King* herausdestilliert. Und mindestens drei von ihnen waren *Frauen*.«

»Und wann haben sie das destilliert?«, fragte Astrid.

»Vor etwa zweitausendsechshundert Jahren«, sagte Durante. »Den Taoismus haben andere dann gemacht, wie es immer geht bei Religionen.«

Ich entdeckte noch ein Blatt, das unter einer Konsole hing. Darauf standen nur zwei Zeilen:

> *Wenn zwei Gegner aufeinanderprallen,*
> *siegt der, der wider Willen kämpft.*

Ich fragte mich, wer von uns beiden nur widerwillig kämpfte.

»Aber ist das Tao denn Gott?«, fragte Astrid, ganz auf Durantes Gesichtsausdruck konzentriert.

»Nicht im Sinn der drei Wüstenreligionen«, sagte Durante lächelnd. »Das Tao ist kein Super-Mann mit Super-Bart und Super-Stimme und super-grässlichem Charakter, der auf einer Super-Wolke sitzt und runterschaut, seine Geschöpfe bedroht und erpresst und das Schauspiel der Katastrophen genießt, die sie anrichten.«

»Und was wäre es dann?«, sagte ich, von seinen Worten ebenso verstimmt wie von der Art, wie Astrid ihm lauschte, als koste sie vom reinen Wasser der Wahrheit.

»Die Quelle«, sagte Durante. »Der Ursprung, die Essenz. Es ist nicht außen, es ist *innen*. Es ist nicht männlich, sondern *weiblich*.«

Wir schwiegen alle drei, sicherlich aus unterschiedlichen Gründen.

»Es gibt eine sehr schöne Geschichte über Konfuzius und Lao-tzu«, sagte Durante. »Konfuzius war neugierig und auch ein wenig eifersüchtig auf den Einfluss von Lao-tzu und besuchte ihn, oder *sie*, um seine beziehungsweise ihre Meinung zu einigen Punkten der zeremoniellen Etikette zu hören. Das war ziemlich paradox, denn es war wohlbekannt, dass Lao-tzu die Etikette als eine sinnlose Heuchelei betrachtete. Daher beruhigten ihn die Antworten, die er erhielt, keineswegs, sondern stürzten ihn in tiefe Verwirrung. Bei seiner Rückkehr sagte Konfuzius zu seinen Schülern: ›Von den Vögeln weiß ich, dass sie Flügel haben, um zu fliegen, von den Fischen, dass sie Flossen haben, um zu schwimmen, von den Wildtieren, dass sie Beine haben, um zu laufen. Für die Flügel gibt es die Pfeile, für die Flossen die Netze, für die Beine die Fallen. Doch wer weiß, wie die Drachen es machen, auf Winden und Wolken zu reiten, um in den Himmel aufzusteigen? Heute habe ich Lao-tzu gesehen, und das ist ein Drache.‹«

»Wunderschön«, sagte Astrid, ihre Augen glänzten vor Anteilnahme.

Ich warf einen Blick auf das Handy, das ich in der Tasche hatte, einfach um zu zeigen, dass ich nicht auf ihr pseudo-philosophisches Esoterikspiel hereinfiel. Mein einziger Wunsch war, Astrid am Arm zu nehmen und mit ihr nach Hause zu gehen.

»Ja«, sagte Durante mit seinem alten Lappen in der Hand.

»Und das da?« Astrid zeigte auf ein kleines rahmenloses Bild in dunklen Braun- und Grüntönen, das über dem Tisch an der Wand hing, ein Pferd mit langen Beinen, am Zügel gehalten von einem Jockey.

»Das habe ich in einem alten Geschäft in Bath aufgestöbert, in England«, sagte Durante.

Astrid trat näher, um es zu betrachten.

»Ich musste *drei Tage* mit der Besitzerin verhandeln«, sagte Durante. »Sie war bestimmt um die neunzig, eine phantastisch temperamentvolle Frau. Ich bin wieder gegangen, zurückgekommen, noch einmal gegangen, wir sind beinahe Freunde geworden, zuletzt ist sie auf einen akzeptablen Betrag runtergegangen.«

»Wie viel?«, fragte ich, überzeugt, dass ich seiner Antwort nicht trauen konnte.

»Alles, was ich hatte«, sagte er lachend. »Also ein akzeptabler Betrag.«

»Schau das Auge des Pferdes an, richtig feurig«, sagte Astrid. »Und die Halslinie, so edel und nervös.«

»Und der Ausdruck des *Jockeys*?«, sagte Durante. »Seine ehrerbietige Zurückhaltung, die fast abstrakt wirkt?«

»Phantastisch«, sagte Astrid.

»Gefällt es dir wirklich?«, fragte Durante.

»Sehr«, sagte Astrid. »Sehr.«

»Mich fasziniert, wie es zwischen Realismus und Idealisierung schwankt«, sagte Durante. »Der Auftraggeber konnte sein Pferd mühelos erkennen, andererseits ist es ganz nah an den Idealvorstellungen von damals.«

»Genau«, sagte Astrid. »Und die beiden Elemente geraten kaum wahrnehmbar in Konflikt. Sie sind beide vorhanden, und *bzzzzz*, erzeugen sie eine Schwingung.«

»*Das* ist es«, sagte Durante; überrascht und glücklich stellte er fest, dass sie auf seiner Wellenlänge lag. »Ganz genau *das*.«

»Frühes neunzehntes Jahrhundert, nicht wahr?«, sagte ich, um nicht ganz draußen zu sein.

»Ungefähr«, antwortete Durante. Er nahm das kleine Bild von der Wand.

»Es ist wundervoll«, sagte Astrid, während sie es von nahem betrachtete. »In seinem Genre ein *Meisterwerk*, wirklich.«

»Hier«, sagte Durante und hielt es ihr hin.

Astrid blickte verunsichert von ihm zu dem Bild und zu mir.

»Es gehört *dir*«, sagte Durante.

»Soll das ein Scherz sein?«, sagte Astrid, im engen Raum der Sattelkammer zurückweichend.

»Was wäre das für ein blöder Scherz?«, erwiderte Durante. Er drückte ihr das Gemälde in die Hand.

»Wie?«, sagte Astrid, die Finger am Bildrand, ohne zuzufassen.

»Komm schon, es gehört dir«, sagte Durante. Er ging etwas auf Abstand, zwang sie, es festzuhalten.

»Nein, entschuldige vielmals«, sagte ich. »Das können wir nicht annehmen.« Ich warf Astrid einen Blick zu, der besagte, sie solle es zurückgeben, wütend, dass sie es nicht schon getan hatte.

Da stand sie, das kleine Gemälde in gedeckten Farben in der Hand, und wusste nicht, was tun, gelähmt vor Verlegenheit.

»Warum könnt ihr nicht?«, fragte Durante. »Gefällt es euch nicht?«

»Natürlich gefällt es uns!«, sagte Astrid; mir war, als hätte sie Tränen in den Augen.

»Dann ist die Sache ja erledigt«, sagte Durante.

»Keineswegs«, sagte ich, denn mir schien, dass seine Geste uns in eine unhaltbare Lage bringen würde, selbst wenn es sich nur um eine wertlose Kopie handeln sollte. »Das können wir keinesfalls annehmen.«

»Und ich kann es keinesfalls *zurücknehmen*«, sagte Durante. »Es gehört mir nicht mehr. Es gehört ihr. Schluss, aus.«

Astrid war sprachlos, sie betupfte sich mit dem Handrücken der Linken die Augenwinkel.

Ich hätte sie immer noch gern überredet, das Bild zurückzugeben, aber an diesem Punkt wäre es beleidigend gewesen, das war mir klar. Zu verwirrt von der Situation, sagte ich schließlich ohne den nötigen Nachdruck: »Das ist absurd, wirklich.«

Durante versuchte jedoch nicht, die Wirkung seines Geschenks auszukosten; im Gegenteil, er drängte uns fast aus der Sattelkammer hinaus. »Na, gut«, sagte er, »ich muss jetzt gehen, und ihr auch. Bis bald.« Er klopfte mir auf die Schulter, umarmte Astrid, küsste sie auf die Wangen und ging los zu der Wiese, wo Nimbus stand.

Astrid und ich gingen wortlos an den teilweise hergerichteten Boxen entlang zu unserem Bus. Wir legten das Bild mit dem Pferd und dem Jockey auf den Rücksitz, und ich startete den Motor; wir sahen uns nicht einmal an.

Am Sonntag gingen wir zu Paolina Ronco zum Grillen

Am Sonntag gingen wir zu Paolina Ronco zum Grillen; Richi und Giovanna Ceriani und Nino Sulla und Stella Orbinsky waren auch da, Stella allein, weil ihr Mann Pluto sich auf Geschäftsreise in Holland befand. Wieder schien prall die Sonne, und gemäßigter Südwestwind verwehte den Holzkohlenrauch und rüttelte an dem Sonnenschirm, der auf dem kleinen Rasen hinter dem Haus aufgespannt war. Während Paolina und Richi Würste und Koteletts auf dem Grill wendeten, tauschten wir neben dem weißen Plastiktisch ein paar belanglose Bemerkungen aus, jeder an sein Glas Rotwein oder Bier geklammert, auf der Suche nach möglichen gemeinsamen Themen.

Lange hatte ich es beruhigend gefunden, mit einem so beschränkten Ausschnitt der Welt zu tun zu haben, doch in letzter Zeit empfand ich den Gedanken, nur Leute treffen zu können, die ich schon kannte und mit denen mich nichts weiter verband als der Ort, wo ich lebte, immer häufiger als Mangel. Hätte ich diese Stimmung näher beschreiben sollen, hätte ich gesagt, dass es sich weniger um einen allgemeinen Mangel als vielmehr um eine Gesamtheit einzelner Dinge handelte: Mangel an Anziehung, Mangel an Aufmerksamkeit, Mangel an Vertiefung, Mangel an Überraschung, Mangel an Vergnügen, Mangel an Vielfalt, Mangel an Verwicklungen, Mangel an Intensität. In solchen Augenblicken fühlte ich mich auf schmerzhafte Weise im Exil, obwohl ich nicht hätte sagen können, wovon oder von wem ich mich abgeschnitten fühlte.

In anderen Momenten schien es mir ungerecht und oberflächlich, mein Mangelgefühl dem Ort, an dem wir lebten, zuzuschreiben – der wahre Grund dafür war eher in meinem Zusammenleben mit Astrid zu suchen. Ich dachte, dass ich mich vermutlich in einer Großstadt irgendwo anders auf der Welt genau gleich gefühlt hätte, wenn sie und ich unsere Tage, die aus langen Rhythmen und vernünftigen Zielen, niedrigen Erwartungen und realistischen Träumen bestanden, dorthin verlegt hätten.

Außerdem war es auch bequem und beruhigend, sich mit minimalem Aufwand zwischen bekannten Gesichtern und vertrauten Stimmen zu bewegen, gestützt auf Verhaltensweisen und Gesten, die man bei hundert ebensolchen Situationen schon gespeichert hatte, auf Argumente, die sich wiederholten wie ein Refrain. Unsere Beziehungen waren schon in allen möglichen Variationen erprobt, es gab Schwankungen in den Sympathien und Antipathien, Annäherungen, Entfremdungen, Bündnisse, die eingegangen und dann gelöst und dann wieder aufgefrischt wurden. Die Cerianis, zum Beispiel, waren eng mit den Livis befreundet gewesen, doch irgendwann hatten sie eine heftige Auseinandersetzung über ein Wegerecht mit ihnen gehabt. Die Morlacchis wiederum waren mit den Cerianis in Konflikt geraten, weil deren Foxterrier einen Pfau getötet hatte, und dies hatte sie den Livis angenähert, mit denen sie zu Anfang kein gutes Verhältnis gehabt hatten. Wenn also Paolina Ronco, die von den beiden Gruppen gleich weit entfernt war, die Cerianis einlud, konnte sie die Livis und Morlacchis nicht einladen, oder umgekehrt, mit der Nebenwirkung, die anderen Gäste den Ausgeschlossenen gegenüber leicht in Verlegenheit zu bringen. Das war das Höchste an Verwicklungen, was unsere gesellschaftlichen Beziehungen normalerweise hervorbringen konnten.

Als wir uns endlich zum Essen setzten, erzählte Paolina Ronco weitschweifig von ihren Problemen mit der Kommunalverwaltung von Trearchi, und alle nickten dazu, während sie an anderes dachten.

Nino Sulla beschrieb die verschlungenen Wege seines Antrags auf einen nicht rückzahlbaren Zuschuss bei der Europäischen Union und erntete ebenfalls wenig Aufmerksamkeit.

Stella Orbinsky erklärte, warum ihr Mann nach Rotterdam gereist war, und ihr Akzent, der vieles unverständlich machte, trug einiges zum allgemeinen Desinteresse bei.

Wir waren alle vorwiegend mit den Hammelkoteletts befasst und damit, dass sie zum Teil verbrannt und zum Teil noch roh waren.

Irgendwann sagte Richi Ceriani: »Habt ihr schon von Stefania Livi und dem einsamen Reiter gehört?«

»Nein«, sagte Astrid sofort.

»Dieser Durante, nicht wahr?«, sagte Giovanna Ceriani lachend. »Richi nennt ihn den einsamen Reiter.«

»Sehr appropriat«, warf Stella Orbinsky ein.

»Ist was passiert?«, fragte ich, eigentlich nur, um Astrid zuvorzukommen.

»Sie ist ü-ber-ge-schnappt«, sagte Richi, den Mund voll faserigem Fleisch. »Hat völlig den Kopf verloren.«

»Ständig geht sie zur Reitstunde zu den Morlacchis«, sagte Giovanna. »Zuerst mit der Ausrede der Kleinen, obwohl die gar keine Lust dazu hatte, ist ja logisch.«

»Jeden Tag hängt sie dort rum, scheint es«, sagte Richi, während er mit der Gabel eine Wurst aufspießte.

»Scheint was Ernsteres zu sein«, sagte Giovanna. »Sie hat sich Reitstiefel gekauft, eine Reitkappe, eine Weste, alles.«

Die anderen lachten genüsslich.

»Ich habe sie vor zwei Tagen am Zeitungskiosk getroffen«, sagte Paolina Ronco. »Sie machte einen aufgedrehteren Eindruck als sonst.«

»Du solltest sie mal im Reitdress sehen«, sagte Giovanna. »Sie machte den Eindruck, als würde sie gleich an einem internationalen Wettbewerb teilnehmen, vorgestern.«

»Alles wegen diesem Durante«, sagte Richi Ceriani. »Damit sie eine Ausrede hat, um zu ihm zu gehen, ihr versteht schon.«

»Und Sergio Livi?«, sagte Stella Orbinsky.

»Ach, der lässt sie machen«, sagte Giovanna Ceriani.

»Auch wenn's ihn einen Haufen Geld kostet«, sagte Richi Ceriani. »Die Reitstunden, die Ausrüstung...«

»Aber wenigstens hat er ein bisschen Luft«, sagte Giovanna Ceriani. Sie blickte in die Runde, als wollte sie ihre Ansicht bestätigt sehen, wie schwer es war, mit Stefania Livi zu leben.

»Von wegen, lässt sie machen«, sagte Nino Sulla im Ton dessen, der ein Geheimnis enthüllt. »Vorigen Dienstag haben sie einander beinahe umgebracht.«

»Wer, was?«, sagte Giovanna Ceriani.

»Oh, aber das bleibt unter uns, ja?«, sagte Nino Sulla mit einer Handbewegung, die alle Anwesenden einschloss.

»Keine Sorge, Nino«, sagte Richi Ceriani.

»Schieß los«, sagte seine Frau.

»Mein Cousin hat es mir erzählt«, sagte Nino Sulla. »Er geht einmal in der Woche zu den Morlacchis und macht ihnen den Garten.«

»Und was ist passiert?«, fragte Paolina Ronco, während alle anderen erwartungsvoll schwiegen.

»Sie haben sich wie wild geprügelt, meine Güte«, sagte Nino Sulla.

»Wann?«, fragte Richi Ceriani.

»*Wer?*«, sagte Stella Orbinsky.

»Sergio Livi und Durante«, sagte Nino Sulla, »vor ein paar Tagen.«

»Richtig geprügelt?«, sagte Giovanna Ceriani.

»Und wie!«, sagte Nino Sulla. »Kinnhaken, Fußtritte. Sie haben sich an der Gurgel gepackt und sind im Graben gelandet, die Böschung runter. Wenn sich Stefania nicht dazwischengeworfen hätte, wäre es tatsächlich übel ausgegangen.«

»Aber warum denn?«, fragte Giovanna Ceriani. »Wie hat es denn überhaupt angefangen?«

»Anscheinend hat sie ihm Geld geliehen«, sagte Nino Sulla.

»Wem?«, fragte Paolina Ronco.

»Na, Durante natürlich«, sagte Nino Sulla. »Als Sergio es erfahren hat, ist ihm der Kragen geplatzt.«

»Und dann?«, fragte Giovanna Ceriani mit verkniffenem Gesicht.

»Nichts«, sagte Nino Sulla. »Alles wie vorher. Wer kann Stefania schon aufhalten? Sergio bestimmt nicht.«

»Ein echter Filou, dieser Durante«, sagte Richi Ceriani.

»Meinst du?«, sagte Paolina Ronco. »Ich habe ihn wenig gesehen, aber er kam mir gar nicht so vor. Er wirkt sehr nett, mit diesen nachdenklichen Augen.«

»Alles Taktik«, sagte ich.

»Taktik, du hast es erfasst.« Giovanna Ceriani nickte. »Pietro hat recht.«

»Pietro kennt ihn überhaupt nicht«, sagte Astrid. »Er hat ihn *zwei* Mal gesehen.«

»Genau wie du«, sagte ich.

»Mir reicht das, um zu wissen, dass er kein Filou ist«, sagte sie. »Im Gegenteil, er ist einer der aufrichtigsten Menschen, die ich je getroffen habe.«

»Donnerwetter!«, sagte Richi Ceriani.

»Weil er den Leuten unangenehme Sachen ins Gesicht sagt?«, fragte ich. »Meiner Meinung nach handelt es sich da eher um Grobheit als um Ehrlichkeit.«

»Er sagt keine unangenehmen Sachen«, erwiderte Astrid. »Er sagt die *Wahrheit*.«

»*Seine* Wahrheit«, sagte ich.

»Er sagt, was er *denkt*, okay?«, sagte Astrid. »Anstatt sich hinter Heucheleien und Falschheit zu verstecken wie alle anderen.«

»Es hört sich an, als kenntest du ihn schon ein *Leben* lang«, sagte ich, irritiert von ihrem überzeugten Ton.

»Auch Stefania hat diese Geschichte mit der Ehrlichkeit betont«, sagte Paolina Ronco. »Er ist praktisch unfähig zu lügen, sagt sie zu mir, und ich: Ja, ja, bestimmt.«

»Also eine Art Heiliger«, sagte Richi Ceriani lachend.

»Stefania Livi hat er voll in der Hand, der gute Durante.« Nino Sulla kicherte sarkastisch.

»Er hat die Livi in der Hand und die Morlacchi auch«, sagte Giovanna Ceriani mit ihrer schrillen Stimme.

»Die Morlacchi auch?«, sagte Paolina Ronco. »Jetzt wird mir alles klar! Ich habe sie gestern Morgen auf dem Markt getroffen, sie war ganz aufgedreht. Auf Hochtouren, dass man's mit der Angst bekam.«

»Sie zieht sich auch völlig anders an«, sagte Stella Orbinsky.

»Sie rivalisieren miteinander, die zwei«, sagte Nino Sulla.

»Sieh an«, sagte Richi Ceriani. »Der einsame Reiter.«

Ich beobachtete Astrid immer wieder, sie wirkte schrecklich verärgert. Vielleicht auch deshalb sagte ich: »Er spielt den romantischen Helden, damit er ihren Phantasien entspricht. Offenbar ist es ihm gelungen.«

»Genau«, sagte Richi Ceriani. »Genau.«

»Das ist einfach nicht wahr!«, platzte Astrid mit spitzer Stimme heraus. »Das sind nur eure bösartigen Unterstellungen!«

»Wir versuchen bloß objektiv zu sein, Astrid«, sagte Richi Ceriani.

»Ihr seid kein bisschen objektiv«, erwiderte sie. »*Eifersüchtig* seid ihr!«

»Entschuldige mal, wer ist ›ihr‹?«, fragte ich.

»Ihr alle«, sagte Astrid und knallte ihr Glas auf den Tisch.

»Eifersüchtig auf Durante?«, sagte Richi Ceriani mit etwas gekünsteltem Lachen.

»Ja!«, sagte Astrid.

»Worauf sollten wir denn eifersüchtig sein, hm?«, fragte ich.

»Darauf, wie er ist, im Vergleich zu euch!«, sagte sie.

»*Phantastisch!*«, sagte Stella Orbinsky, ob als Zustimmung oder als Distanzierung gemeint, war nicht klar.

»Und wie wäre er denn, im Vergleich zu uns?«, fragte Richi Ceriani.

»*Freier!*«, sagte Astrid. »*Interessanter!*«

»Astrid«, sagte ich, um sie zu beschwichtigen.

»Ihr fragt euch, warum er den Frauen gefällt«, sagte Astrid. »Vielleicht, weil er sie ein bisschen *versteht*.«

»Woher willst du das wissen?«, fragte ich. »Wie kommst du darauf?«

»Ich *weiß* es einfach«, sagte sie. »*Intuitiv.*«

»Aha, die weibliche Intuition«, sagte Richi Ceriani ironisch.

»Ob er den Frauen tatsächlich gefällt, muss sich erst noch zeigen«, sagte Paolina Ronco. »Ich habe ihn bloß mal zwei Minuten gesehen, aber ehrlich gesagt, als Mann...«

»Selbst wenn er dir gefallen hätte, würdest du es nie zugeben!«, sagte Astrid, ganz rot im Gesicht.

»Ach nein?«, sagte Paolina Ronco, zu überrascht, um den richtigen Ausdruck zu finden.

»Nein!«, schrie Astrid. Sie warf die Serviette auf den Tisch und sprang auf.

»He, immer mit der Ruhe, meine Damen!«, sagte Richi Ceriani.

»Astrid!«, sagte ich und erhob mich ebenfalls.

Mit wütenden Schritten ging Astrid schnurstracks auf das Tor zu.

»Erklärt ihr mir bitte, was mit ihr los ist?«, fragte Paolina Ronco und blickte sich um.

»Ojemine«, sagte Giovanna Ceriani.

»Nicht streiten!«, sagte Stella Orbinsky.

»Ich schwöre, dass ich nicht heimlich in Durante verliebt bin!« Paolina Ronco versuchte zu lachen, aber der Wein geriet ihr in die falsche Kehle, und sie hustete.

»Astrid, warte!« Ich lief über den Rasen hinter ihr her.

Die anderen schauten uns nach, sichtlich bestürzt über das böse Ende des Spiels, aber auch gekränkt, da die gesellschaftlichen Regeln verletzt worden waren, und verwirrt, da nun auf Worte Taten folgten.

Astrid öffnete das Tor, ging hinaus und mit raschen Schritten die Asphaltstraße entlang.

Ich lief ihr nach, rief: »Hallo? Bleib stehen! Was ist denn los mit dir?« Als ich sie eingeholt hatte, wollte ich sie am Arm nehmen, aber sie riss sich los und ging mit gesenktem Kopf weiter. So folgte ich ihr noch eine Weile, dann kehrte ich um, rannte zu Paolina Roncos Tor zurück, machte den anderen, die noch immer starr um den Tisch saßen, von den Gitterstäben aus ein paar entschuldigende Zeichen und sprang in den am Straßenrand geparkten Bus. Nach ein paar Kurven war ich mit Astrid, die schnell lief, auf einer Höhe und forderte sie, aus dem Fenster gebeugt, hundertmal zum Einsteigen auf.

Sie marschierte stur noch mindestens einen Kilometer weiter, ohne sich umzudrehen oder mir zu antworten; als sie sich endlich entschied einzusteigen, verschränkte sie schweigend und schnaufend die Arme und starrte die ganze Strecke bis nach Hause geradeaus.

Dienstag früh rief Stefania Livi an

Dienstag früh rief Stefania Livi an, und da ich näher am Telefon war, hob ich ab.

»Ich habe von Sonntag gehört«, sagte sie.

»Sonntag?«, sagte ich in dem Versuch, Zeit zu gewinnen.

Astrid, die an ihrem Webstuhl saß, hörte auf zu arbeiten und sah mich an.

»Vom Barbecue bei Paolina Ronco«, sagte Stefania Livi.

»Ah, ja«, sagte ich, immer verlegener.

»Ich wollte Astrid danken, dass sie mich in Schutz genommen hat«, sagte Stefania Livi. »Es ist einfach unglaublich, wie gemein manche Leute sind.«

»Da hast du recht«, erwiderte ich; insgeheim fragte ich mich, ob die Informationen, die zu ihr gedrungen waren, Einzelheiten über meine Rolle in dem Gespräch umfassten.

»Ständig spionieren sie einem nach und ziehen hinterrücks über einen her.«

»Stimmt«, sagte ich.

»Ohne zu wissen, wie es wirklich ist«, sagte sie.

»Willst du Astrid sprechen?«, sagte ich und hielt ihr den Hörer hin.

Doch Astrid machte mir Zeichen, dass sie keinesfalls mit Stefania sprechen wolle: Sie kreuzte die Hände vor dem

Gesicht, zog finster die Augenbrauen herunter, schüttelte den Kopf: nein, nein, nein.

Also musste ich erfinden, sie sei aus dem Haus gegangen, ohne dass ich es bemerkt hätte, und mir fast eine Viertelstunde lang Stefania Livis Wahrheit über ihre Beziehung zu Durante, zu ihrem Mann, zu Tiziana Morlacchi und allen anderen Einwohnern im Umkreis von sechs bis sieben Kilometern anhören, während Astrid mit forschendem Blick meinen Gesichtsausdruck beobachtete.

Nicht zum ersten Mal befand ich mich in der Situation, von jemandem vollgequasselt zu werden, der gar nicht auf die Idee kam, dass Zuhören auch ein klein wenig auf Gegenseitigkeit beruhen sollte. Ich hatte mich schon gefragt, warum mir das öfter passierte als anderen: Vielleicht hing es damit zusammen, dass ich einen bestimmten Grad an Freundlichkeit, an Neugier, an Verständnisbereitschaft zeigte. Wollte man Astrids Worten glauben, ist diese letzte Eigenschaft bei mir im Vergleich zu Durante eher unterentwickelt, doch wenn ich mich umschaue, sehe ich, dass sie bei anderen noch viel mehr zu wünschen übriglässt. Ich habe den Eindruck, dass fast alle dazu neigen, immer mehr von sich zu sprechen und immer weniger zuzuhören. Es ist eine Art geistiger Veränderung, die von Jahr zu Jahr, ja beinahe von Monat zu Monat zunimmt und sich ausbreitet wie eine Epidemie. Sobald folglich ein Sprecher einen Zuhörer entdeckt, hängt er sich an ihn wie eine Klette und redet und redet, bis er erschöpft ist oder bis es der Zuhörer schafft, eine Ausrede zu finden, die glaubwürdig genug ist.

Ich sagte zu Stefania Livi, dass Astrid mich von draußen

rufe und dass es sich um etwas Dringendes handeln müsse, weil ich sie am Fenster mit den Armen wedeln sähe.

Astrid fixierte mich von ihrem Webstuhl aus, ohne zu lächeln.

»Er gab sich immer so zuvorkommend, der Signor Nino Sulla«, sagte Stefania Livi, beinahe ohne Atempause. »Solange wir unseren Wein bei ihm gekauft haben, rief er ständig an, hallöchen, ich wollte nur mal guten Tag sagen. Du hast ihn ja letztes Mal bei uns gesehen, nicht wahr? Seit Sergio aber dann beschlossen hat, dass er den Wein von Forciani vorzieht, der außerdem noch weniger kostet, ist er fuchsteufelswild, so ist das.«

»Ich glaube, es handelt sich um die Pumpe, sie muss kaputtgegangen sein!«, sagte ich in beunruhigtem Ton.

Stefania Livi schien nicht gewillt, mich loszulassen: Sie zog ein höheres Register, verkürzte die Zwischenräume zwischen den Wörtern: »Und Richi Ceriani was für ein mieser giftiger Kerl nicht zu fassen wie manche Leute es schaffen sich so zu benehmen ich meine Gemeinheit gut und schön aber da gibt's einfach keine Grenze mehr das ist doch grauenhaft ich meine so hinter deinem Rücken über dich herziehen ich weiß nicht.«

»Entschuldige, aber da draußen scheint es eine Überschwemmung zu geben!«, sagte ich. »Ich muss mich beeilen.«

»Na gut«, sagte Stefania Livi, als wäre ihre Notlage auf jeden Fall schwerwiegender als meine.

»Wir hören uns! Ciao!«, sagte ich und legte auf.

»Und?«, fragte Astrid, immer noch an ihrem Webstuhl. »Was wollte sie?«

»Dir danken, dass du sie am Sonntag in Schutz genommen hast«, sagte ich, während ich mich an meinen Webstuhl setzte.

»Ich habe sie nicht in Schutz genommen«, sagte Astrid.

»Was glaubst du?«, sagte ich. »Dass die Gerüchte genau der Wahrheit entsprechen?«

»Und dann?«, sagte sie.

»Was dann?«, erwiderte ich.

»Ihr habt eine Viertelstunde lang geredet«, sagte Astrid.

»*Sie* hat geredet«, sagte ich. »Du hast es doch gesehen, oder? Sie hörte gar nicht mehr auf.«

»Was hat sie gesagt?«, fragte Astrid.

»Über ihr Verhältnis zu Durante und so weiter.«

»Und wie wäre das, ihr Verhältnis?«, sagte Astrid, indem sie langsam die Fäden am Webstuhl bewegte.

»Zwischen Schülerin und Reitlehrer«, sagte ich. »Und auch freundschaftlich, geprägt von gegenseitiger Achtung, weil er ein wunderbarer Mensch ist und so weiter.«

»Also stimmt es nicht, dass sie eine Beziehung haben?«, sagte Astrid.

»Ich glaube kaum, dass sie mir das erzählen würde«, sagte ich. »Was meinst du?«

»Und die Prügelei zwischen ihrem Mann und Durante?«, sagte Astrid.

»Alles Verleumdung böser Zungen«, sagte ich. »Anscheinend ist nichts davon wahr.«

»Und glaubst du, sie war ehrlich?«, sagte Astrid.

»Woher soll ich das wissen«, sagte ich. »Du hättest ja selbst mit ihr sprechen können, anstatt sie mir aufzuhalsen, wenn es dich so brennend interessiert.«

»Mich? Was soll mich denn brennend interessieren?«, erwiderte sie mit dem Blick, den sie hatte, wenn sie verlegen war und es überspielen wollte.

»Na, das Verhältnis von Stefania Livi und Durante«, sagte ich.

»Was geht mich das an«, sagte sie und begann langsam wieder zu weben. »Das ist doch deren Angelegenheit.«

»Was gibt's dann für ein Problem?«, fragte ich.

»Gar keins«, sagte Astrid.

»Umso besser«, sagte ich.

Erst wollte ich noch etwas hinzufügen, doch dann nahm auch ich mein Muster wieder auf.

Ingrid, Astrids Schwester, rief vom Flughafen Bologna an

Ingrid, Astrids Schwester, rief vom Flughafen Bologna an, sobald sie mit dem Flug aus Wien gelandet war. Wir hatten vereinbart, dass sie eine Woche bei uns bleiben würde, bevor sie nach Neapel weiterfuhr, wo sie an einer Tagung von Vulkanologen teilnehmen sollte. Ich half Astrid, das Bett im Gästezimmer zu richten, dann stellten wir noch ein Sträußchen Heckenrosen und Lavendelblüten aufs Fensterbrett und buken einen Kirschstrudel mit Ingwer und Zimt.

Anschließend fuhren wir zum Busbahnhof von Trearchi, der nun auf dem Platz war, wo früher der Viehmarkt abgehalten wurde. Der Bus kam an, die Tür öffnete sich, und nach sieben oder acht Jungen und Mädchen mit riesigen Sonnenbrillen stieg Ingrid aus. Die zwei Neumann-Schwestern umarmten sich stürmisch: Astrid groß und mager und hell mit ihren kurzen Haaren, Ingrid ein paar Zentimeter kleiner, mit sanfteren Kurven und ihren halblangen kastanienbraunen Haaren. Eng umarmt drehten sie sich zweimal unter dem hässlichen Schutzdach vor der alten Stadtmauer und zwitscherten »Hey hey hey«; ihre Stimmen klangen so ähnlich, dass ich die beiden am Telefon nicht unterscheiden konnte. Als sie sich von einander gelöst hatten, umarmte ich Ingrid ebenfalls, mit der Mischung aus familiärer Herzlichkeit und Anziehung und Freude und leichter Verlegenheit, die zwischen uns herrschte, seit wir uns kannten.

Auf dem Heimweg tat ich so, als sei ich aufs Fahren konzentriert, während die zwei Schwestern in einem fieberhaften Reigen von Fragen und Antworten, Ausrufen und kleinen Lachanfällen die neuesten Neuigkeiten über Personen und Orte, Beziehungen, Hochzeiten, Trennungen, Begegnungen, Konflikte, Umzüge und Wechsel von Arbeitsstellen austauschten. Wie jedes Mal, wenn ich Astrid Deutsch sprechen hörte, fragte ich mich, wie viel sie die Anpassung an eine Sprache und eine Kultur, die von der ihren weit entfernt waren, tatsächlich kostete, nachdem jetzt die Begeisterung darüber verflogen war, in dem Land zu leben, in dem sie als Kind die Ferien verbracht und das mittlerweile all seine Fehler offenbart hatte. Ich fragte mich, ob sie es leid war, wenigstens ab und zu; ob das Wiedersehen mit ihrer Schwester plötzliches Heimweh bei ihr auslöste. Ich hatte keine Schuldgefühle diesbezüglich, denn ich hatte nie darauf gedrängt, nach Italien zurückzukehren, sondern ihr im Gegenteil tausendmal erklärt, dass ich lieber anderswo wohnen würde; dennoch konnte ich nicht umhin, mir diese Fragen zu stellen.

Als wir zu Hause ankamen, fing Oscar an, wie verrückt um Ingrid herumzutollen, sprang vor Freude winselnd an ihr hoch, schnupperte zwischen ihren Beinen und leckte ihr mit größter Begeisterung Hände und Gesicht. Sie spielte mit ihm, auf ihre fröhliche, natürliche, warmherzige, weibliche Art. Wir führten sie auf einem Wiedererkennungsrundgang durchs Haus und durch die Werkstatt, dann durch den Garten und zu den Gemüsebeeten, die durch die verfrühte Hitze und den Wassermangel schon ganz vertrocknet waren. Ingrid schaute sich um, stellte Fragen, lächelte. Ich folgte ihrem Blick und lauschte ihren Kommentaren, und mir wurde klar, dass sich an meinem Leben mit Astrid seit Ingrids letztem Besuch fast nichts geändert hatte, abgesehen von der Jahreszeit. Wir zeigten ihr die Stoffe, die wir gerade webten, die Fotos von bereits fertigen und verkauften Arbeiten. Wir erzählten ihr die Neuigkeiten über das Leben der anderen Bewohner des Tals, die klimatische Situation der Gegend, die Vorhersagen bezüglich Weinernte und Futterpflanzen, einfach alles, was uns nur einfiel.

Zum Abendessen gab es Lasagne mit Pesto, die sie so gerne mochte, und nach dem Kirschstrudel zeigte sie uns auf ihrem Laptop die Fotos von ihrer Forschungsreise nach Sumatra: sie mit einem blauen Kopftuch auf der Straße in Padang, sie mit Rucksack auf einer Straße durch den Dschungel, sie mit zwei Kollegen auf dem Krater eines Vulkans. Mit ihrer wohlklingenden Stimme nannte sie uns Namen von Orten und Personen; sie lehnte sich an die Schulter ihrer Schwester, um auf ein Detail zu zeigen, und wenn sie sich bei mir anlehnte, bekam ich jedes Mal eine Gänsehaut. Unwillkürlich nahm ich ständig ihr zart duftendes Parfüm wahr, die Temperatur ihres Körpers neben mir, die Beschaffenheit ihres linken Beins, das an mein rechtes Bein drückte. So war es schon immer mit Ingrid gewesen: Es gab dieses heimliche Spiel von verstohlenen Berührungen und Blicken, von scherzhafter Galanterie, die doch echt gemeint war. Ich fragte mich, wie weit sich

Astrid dessen bewusst war und ob es sie störte oder freute, ob sie es als eine annehmbare Erweiterung meiner Beziehung zu ihr betrachtete.

Ingrid zeigte uns noch mehr Fotos aus ihrem Leben des letzten Jahres: *klick, klick, klick*, moosbewachsene Felsen in Island, dampfende Geysire, eine Party am See, Freundinnen und Freunde im Ruderboot, Fahrrad fahrende Kinder, Gruppen um Geburtstagstorten, Hunde in Gärten, Katzen auf Sesseln und Fensterbrettern, Kiefernwälder, Holzhäuser im Gegenlicht, Sonnenaufgänge, Sonnenuntergänge. Jedes Foto vermittelte eine Aura von Temperaturen, Gerüchen, Geschmacksnuancen, die Astrid und ich nicht erlebt hatten; hinter jedem Gesicht und jedem Ort stand eine noch nicht gehörte Geschichte.

Je länger Ingrid uns ihre Fotos zeigte und sie kommentierte, umso mehr bekam ich den Eindruck, dass ihre Schwester und ich uns keinen Zentimeter bewegt hatten, am selben Ort festgenagelt wie unsere beiden Webstühle am Werkstattboden. Ich versuchte eine Inventur der Überraschungen zu machen, die wir erlebt hatten, während Ingrid privat und bei der Arbeit Überraschungen gesammelt hatte, und konnte mich an keine einzige erinnern. Ich fragte mich, ob das, absolut gesehen, ein Verlust oder ein Gewinn war, ob wir an Tiefe und Konzentration gewonnen hatten, was wir an Vielfalt und Ausdehnung eingebüßt hatten, indem wir uns von den anstrengenden, gefährlichen Strömungen der Welt fernhielten. In Wirklichkeit hatten weder Astrid noch ich je entschieden, so lange in einer bestimmten Situation zu verharren, jeden Tag die gleichen Dinge zu tun, die gleichen Leute zu treffen, die gleichen

Speisen zu essen, am Fenster die gleiche Landschaft zu sehen. Ganz am Anfang schien uns das Weben eine freie, poetische Tätigkeit zu sein, die es uns erlaubte, selbstbestimmt und ohne Zwänge von außen zu leben. Unsere Vorstellung von Zukunft war vage; nie hatten wir konkret die Möglichkeit erwogen, uns sechs Jahre lang in einem verlorenen Winkel Mittelitaliens aufzuhalten, gezwungen, jeden Monat eine bestimmte Menge an Stoffen zu produzieren und zu verkaufen, wenn wir es schaffen wollten, das Darlehen abzubezahlen und den Kühlschrank zu füllen.

Ich redete und lachte mit den Neumann-Schwestern in der Küche, wir saßen eng beisammen, jeder ein Glas von Nino Sullas leicht säuerlichem Wein in der Hand, und ich hätte Ingrid zu gern etwas Interessanteres oder Überraschendes erzählen mögen, die hiesige Entsprechung einer Reise nach Sumatra oder nach Island zu den Eisbergen.

Dann kam mir Durante in den Sinn, wie er auf dem Reiterhof der Morlacchis groß und hager neben seinem schwarzen Pferd im Paddock stand. Ich sagte zu Ingrid: »Weißt du, dass ein geheimnisvoller Reiter hier ins Tal gekommen ist?«

»Ein Reiter?« Sie sah mich an.

»Einer, der Reitstunden gibt«, sagte Astrid. »Er hat ein bildschönes großes schwarzes Pferd.«

»Wieso geheimnisvoll?«, fragte Ingrid.

»Man weiß nicht, wo er herkommt«, sagte ich und bereute es schon ein bisschen, dass ich ihr davon erzählt hatte. »Man weiß nicht, wie es ihn hierher verschlagen hat. Er hat diesen etwas rätselhaften Ausdruck, der mindestens teilweise Berechnung ist.«

»Überhaupt nicht«, sagte Astrid. »Hör auf, so giftig zu sein, Pietro.«

»Ich bin nicht giftig«, erwiderte ich. »Ich sage bloß, was ich denke. Wenn Durante sagt, was er denkt, ist er so wunderbar ehrlich, und wenn ich das mache, bin ich giftig? Wieso eigentlich?«

»Wer ist Durante?«, fragte Ingrid.

»Der geheimnisvolle Reiter«, sagte ich.

»Er hat uns das hier geschenkt«, sagte Astrid. Sie zeigte auf das kleine englische Gemälde mit dem Pferd und dem Jockey, das wir halb versteckt zwischen einer Konsole und einem Schrank an die Wand gehängt hatten, weil ich es nicht ständig im Blickfeld haben wollte.

»*Dir* hat er es geschenkt«, berichtigte ich. »*Dir*.«

Ingrid erhob sich, um das Bild aus der Nähe zu betrachten. »*Geschenkt* hat er euch das?«

»Ja«, sagte Astrid. »Schön, gell?«

Ingrid antwortete nicht, die Nase fast auf dem Bild. Wenn sie stand, gefiel sie mir genauso gut, wie wenn sie sich bewegte: Es war eine Frage der Proportionen, der Harmonie, der Energie, der Weiblichkeit, die in jeder Linie ihres Körpers zum Ausdruck kamen, in jedem Blick, jeder Geste von ihr.

»Einfach so, ganz überraschend«, sagte Astrid. »Ich wusste nicht, wie ich mich verhalten soll. Und Pietro wollte mich um jeden Preis dazu bringen, es abzulehnen, er war wütend.«

»Ich war nicht wütend«, sagte ich. »Ich fand es übertrieben für einen, den wir zum zweiten Mal sahen.«

»Das ist ein Dewett«, sagte Ingrid. Sie nahm das Bild

von der Wand und schaute auf die Rückseite der Leinwand.

»Ist der bekannt?«, fragte Astrid.

»Bekannt?«, erwiderte Ingrid, während sie das Bild hin und her drehte, um es genauer zu sehen. »Er ist einer der bedeutendsten englischen Pferdemaler der ersten Hälfte des 19. Jahrhunderts.«

»Was?«, sagte Astrid. Sie wurde knallrot im Gesicht, wie immer, wenn sie sich aufregte. Sie stand auf, um genau hinzusehen, und stolperte über ihren Stuhl.

»Schau den Kopf an, die Zeichnung des Halses«, sagte Ingrid, indem sie mit dem Finger darauf deutete. »Die Beine. Und das Gesicht des Jockeys, die Art, wie er dasteht.«

»Ist bestimmt eine Kopie«, sagte ich. »Er hat es für wenig Geld in einem winzigen Geschäft in Birmingham gekauft.«

»In *Bath*, nicht in Birmingham«, sagte Astrid. »Und woher willst du wissen, dass er es für wenig Geld gekauft hat?«

»Das vermute ich«, sagte ich. »Nachdem er es dir einfach so geschenkt hat. Außerdem hat er selber gesagt, dass er der Alten in dem Geschäft das gegeben hat, was er in der Tasche hatte.«

»Was er *hatte*«, sagte Astrid. »Nicht, was er in der Tasche hatte.«

»Jedenfalls ist es keine Kopie«, sagte Ingrid. »Es ist ein Dewett. Ich habe ein Seminar in Kunstgeschichte gemacht, über englische Pferdemaler. Es ist ein bisschen schmutzig, aber ein Original.«

»Und was wäre es wert, wenn es echt wäre?«, fragte ich; mir war immer unbehaglicher zumute.

»Weiß ich nicht«, sagte Ingrid. »Da müsste man einen Galeristen fragen, einen Fachmann, oder im Internet nachschauen.«

»Nur so ungefähr«, sagte ich.

»*Sehr viel*«, sagte sie.

»Na hör mal, hätte er es dann einfach so hergegeben?«, sagte ich. »Einer, die er zum zweiten Mal sieht?«

»Und die einen neben sich hat, der total feindselig und misstrauisch ist und ihr Zeichen macht, dass sie es nicht annehmen soll?«, sagte Astrid. Sie nahm das kleine Gemälde in die Hand wie eine wunderwirkende Reliquie.

»Wie alt ist er?«, fragte Ingrid.

»Durante?«, sagte ich. »Fünfundvierzig, fünfzig, schwer zu schätzen. Er ist ziemlich zerfurcht, aber vielleicht kommt es davon, wie er lebt.«

»Wieso, wie lebt er denn?«, sagte sie.

»Na ja«, sagte ich, obwohl ich keine Lust hatte, dem Bild, das sie sich gerade von ihm machte, weitere Einzelheiten hinzuzufügen. »Frische Luft, Sonne, Wind, isst wenig, schläft auf dem Boden und so weiter.«

»Er schläft auf dem Boden?«, sagte Ingrid, an ihre Schwester gewandt, als hielte sie mich für eine nicht ganz verlässliche Quelle.

»Auf dem Boden der Sattelkammer«, sagte Astrid.

»Seine eigene Entscheidung«, sagte ich in dem ungeschickten Versuch, die reizvollen Merkmale abzuschwächen, die sich zu Durantes Gunsten anzusammeln begannen.

»Er braucht kaum was zum Leben«, sagte Astrid.

»Interessanter Typ«, sagte Ingrid.

»Ja, schon«, sagte Astrid, das Bild in der Hand. »Eindringlich. Sensibel.«

»Faszinierend«, sagte Ingrid.

»Ha«, sagte ich. »Das musste ja kommen – sie findet ihn faszinierend...«

»Er *ist* faszinierend«, sagte Astrid.

»Großartig, wie die kalkulierte Rätselhaftigkeit funktioniert«, sagte ich, auf der ganzen Linie pikiert und wütend darüber, wie mir die Situation entglitten war.

»Hör auf, Pietro«, sagte Astrid. »Sei nicht so kleinlich. Du kannst nicht abstreiten, dass er ein besonderer Mensch ist.« Sie hängte sein kleines Gemälde mit größter Vorsicht wieder an die Wand.

»Tja, muss er ja wohl sein«, sagte ich. »Wenn er diese Wirkung auf dich ausübt. Und auf Stefania Livi. Und auf Tiziana Morlacchi.«

»Jetzt reicht's«, sagte Astrid; sie pustete auf das Gemälde. »Du bist peinlich.«

»Groß, klein, blond, schwarz?«, sagte Ingrid zu ihrer Schwester.

»Also Ingrid!«, sagte ich.

»Schwarz, groß«, sagte Astrid; sie hielt zu ihrer Schwester, um mich auszuschließen.

»Dürr wie eine Bohnenstange«, sagte ich.

»Ja, aber muskulös«, sagte Astrid.

»Ach, hast ihn dir aber genau angeschaut«, sagte ich. »Bravo.«

»Na, da braucht es ja nicht viel«, sagte sie.

»Nein?«, sagte ich. »Springen sie einem unwiderstehlich ins Auge, seine Muskeln?«

»Komm schon, Pietro«, sagte Astrid. »Sei nicht kindisch.«

»Kindisch?«, sagte ich. »Du ziehst einen Fremden mit den Augen aus, was soll ich dazu sagen?«

Astrid warf ihrer Schwester einen raschen, komplizenhaften Blick zu.

»Und außerdem ist es normal, dass er muskulös ist«, sagte ich. »Bei der Arbeit, die er macht. Ich bin es ja auch, aber meine Muskeln werden längst nicht mehr wahrgenommen, geschweige denn gewürdigt.«

»Verheiratet, verlobt?«, sagte Ingrid mit halbgeschlossenen Augen.

»He!«, sagte ich. »Sind wir auf Männerjagd?«

»Soweit wir wissen, ist er solo«, sagte Astrid.

»Abgesehen von den zwei Damen, die er kürzlich verführt hat.«

»Warum stellt ihr ihn mir nicht vor?«, sagte Ingrid, ohne im Geringsten auf mich zu hören. Sie hielt ihr Weinglas gegen das Licht, auch sie hatte gerötete Wangen.

Ehrlich gestanden hatte sie mir schon immer besser gefallen als ihre Schwester, schon seit Astrid sie mir zum ersten Mal vorgestellt hatte, als wir gerade etwas über einen Monat zusammen waren und ich sie in Graz besuchte. Mir gefiel Ingrids Intensität, ihr Reaktionsvermögen, die Wärme in ihrem Blick, ihre Stirn, ihre Wangenknochen, ihr Lächeln, ihr Hintern, das Timbre ihrer Stimme, alles. Manchmal kam es vor, dass ich an sie dachte, wenn ich arbeitete oder herumlief; manchmal dachte ich an sie, wenn ich mit ihrer Schwester schlief. Manchmal stellte ich mir vor, ich hätte sie anstatt Astrid in Griechenland getroffen, und malte mir in allen Einzelheiten aus, wie unser gemeinsames Leben hätte sein können. Zum Ausgleich wiederholte ich mir, dass ihr unruhiger, impulsiver Charakter nicht gut zu meinem gepasst hätte und dass die geistige Alchimie mit Astrids stabilem und eher kühlem Wesen das Beste war, was mir hatte passieren können. Doch wenn ich die zwei Schwestern Neumann zusammen sah, war ich dessen nicht mehr sicher: Ich geriet in einen Zustand ständigen Schwankens zwischen Trieben und Vernunft, Träumen und Realität.

»Können wir machen«, sagte Astrid mit kaum wahrnehmbarem Widerstand.

»Wann?«, fragte Ingrid mit vor Lebendigkeit sprühenden Augen.

»Und Heinz, was ist mit dem?«, fragte ich.

»Mach dir um Heinz keine Sorgen«, sagte Ingrid.

»Natürlich mach ich mir Sorgen«, sagte ich. »Du bist doch schon vergeben, oder?«

Ingrid zuckte die Achseln.

»Was soll das heißen?«, sagte ich mit einem Gefühl wachsender Beunruhigung. »Wie läuft es denn mit Heinz?«

Erneut tauschten die zwei Schwestern einen ihrer Blicke.

»Schlecht?«, erkundigte ich mich. »Habt ihr gestritten?«

Die zwei Schwestern antworteten nicht, sie schauten weg.

»Habt ihr euch *getrennt*?«, fragte ich bestürzt.

Ingrid drehte sich um und sah mir direkt in die Augen: »Was ist das Problem?«, sagte sie. »Heinz war dir sowieso nie sympathisch.«

»Das stimmt nicht!«, sagte ich. »Wir waren zwar keine Busenfreunde, aber ich habe immer gefunden, dass er ein prima Typ ist.«

»Ach ja? Voriges Jahr in Steinberg habt ihr euch beinahe geprügelt!«, sagte Ingrid. »Bloß weil er beim Scrabble gewonnen hatte.«

»Du hast zu ihm gesagt, er sei ein stumpfsinniger, arroganter Depp«, warf Astrid ein.

»So ist es«, sagte ich, »aber er ist auch ein prima Typ, und die beiden passten ausgezeichnet zusammen.«

»Das sagst du«, sagte Ingrid.

»Entschuldigung, das verstehe ich nicht«, sagte ich. »Er ist so solide, so zuverlässig, der Heinz.«

»So zuverlässig, dass ich das Gefühl hatte, ich ersticke«, sagte Ingrid.

»Siehst du, wie ihr seid, ihr Frauen?«, sagte ich. »Ihr bringt euch schier um vor Anstrengung, einen, der es nicht ist und nie sein wird, zu einem zuverlässigen Partner zu erziehen. Wenn ihr aber einen findet, auf den ihr euch von vornherein tatsächlich verlassen könnt, habt ihr nach fünf Minuten das Gefühl, zu ersticken.«

»Sie war fast drei Jahre mit Heinz zusammen«, sagte Astrid, »nicht fünf Minuten.«

»Egal«, sagte ich. »Es ist grauenhaft.«

»Jedenfalls ist es aus«, sagte Ingrid. »Finde dich damit ab, Pietro.« Sie machte eine Handbewegung, die einen definitiven Schnitt bedeutete und nur deshalb so wunderbar ausdrucksstark war, weil sie sie machte.

»Ich denke nicht daran!«, sagte ich in beleidigtem Ton, der nur teilweise gespielt war. »Und ich finde es hochgradig empörend, dass ich so im Dunkeln darüber gelassen wurde.«

»Ich hätte nicht gedacht, dass es dich derartig interessiert«, sagte Ingrid.

»Natürlich interessiert es mich«, sagte ich. »Du gehörst schließlich zur Familie, oder nicht? Wie lange seid ihr schon getrennt?«

»Seit einer Weile«, sagte Ingrid.

»Du wusstest es doch bestimmt, Astrid«, sagte ich. »Und hast es nicht für nötig gehalten, es mir zu erzählen.«

»Ach Pietro«, sagte Astrid mit einem zutiefst gelangweilten Ausdruck.

»Was ach?«, sagte ich. »Was heißt hier ach?«

»Wir stellen dir Durante vor«, sagte Astrid zu ihrer Schwester, als ob ich gar nicht mehr im Raum wäre. »Morgen fahren wir bei ihm vorbei, es ist zehn Minuten von hier.«

»Vorher gehen wir aber auf den Samstagsmarkt!«, sagte Ingrid in einem ihrer jähen Umschwünge, die mich genauso faszinierten wie ihre anderen Äußerungen.

»Natürlich!«, sagte Astrid. »Wie könnten wir je den Samstagsmarkt auslassen?«

»O wie schön!«, sagte Ingrid. »Juhu!« Sie streckte sich, um ihrer Schwester und mir einen Kuss zu geben: einen vibrierenden, feuchten Schmatz mit ihren warmen, süßen Lippen.

Ich lächelte, war aber völlig verunsichert. Von allen Männern, die Ingrid hätte haben können, war mir Heinz immer als das kleinste Übel erschienen mit seiner offensichtlichen Beschränktheit, seinem Mangel an Phantasie, seiner Arbeit als Investor, der abends spät heimkommt und auch im Urlaub die halbe Zeit am Computer und am Mobiltelefon hängt, um auf dem Laufenden zu bleiben. Seine Rolle als Bremse für Ingrids explosives Potential, seine Art, einen Schutzdamm um sie zu errichten, hatten mich beruhigt. Selbst wenn ich sie mir zusammen im Bett vorstellte, war ich nicht sonderlich eifersüchtig, wenigstens verglichen mit damals, als sie zum Beispiel mit einem narzisstischen und psychopathischen baskischen Maler zusammen war, der echte Mordlust in mir weckte, oder als sie sich Hals über Kopf in einen Amerikaner verliebt hatte, der Flugzeuge testete und nebenbei Bergsteiger war, hauptberuflich aber den rüden, harten Mann verkörperte. Mit Heinz dagegen konnte ich sie mir nachts gut in ihrer Wohnung in Graz vorstellen – er, der sein begrenztes Repertoire an Zärtlichkeiten abspult, sie sexuell gelangweilt, aber im noch annehmbaren Rahmen, der Mangel an Leidenschaft und Phantasie ausgeglichen durch Vernunft und das gegenseitige Vertrauen einer reifen Beziehung –, und es ging mir nicht so schlecht dabei. Nun war die reife Beziehung aus und vorbei, Ingrid war frei für die Welt mit ihrem unerschöpflichen Vorrat an Lebhaftigkeit und Aufmerksamkeit und Neugier und ihrem bezaubernden Lächeln, und ich war hoffnungslos in Sorge.

Wir sprachen über die Eltern Neumann, über den derzeitigen Zustand des Vesuvs und des Ätnas, über die gemeinsamen Freunde in Graz, die Astrid und ich aus den Augen verloren hatten, über einige österreichische Kunden von uns, über eine Kunsthandwerksmesse im Aostatal, auf der wir im September ausstellen wollten. Wir zogen mit dem, was von der zweiten Flasche Sulla-Wein noch übrig war, ins Gästezimmer um und redeten und tranken und lachten zusammen weiter und malten uns bis spät in die Nacht verschiedenste und widerstreitende Szenarien aus.

*Astrid und Ingrid kauften
zwei Baumwollblusen*

Astrid und Ingrid kauften zwei Baumwollblusen, eine türkisfarbene und eine olivgrüne. »Fünf Euro pro Stück!«, jubelten sie im Duett, als ich mit den Zeitungen und einem Päckchen aus dem Delikatessenladen zu den Ständen zurückkehrte.

Wer welche Bluse lieber mochte, hatten sie noch nicht entschieden, und kaum zu Hause angekommen, probierten sie sie neben dem Eingang vor dem einzigen richtigen Spiegel, den wir besaßen, an, tauschten zwei- oder dreimal, wirbelten kurz durch die Küche, fragten mich nach meiner Meinung, ohne viel darauf zu geben. Schließlich wählte Astrid die olivgrüne und Ingrid die türkisfarbene, und beide schienen glücklich über die endgültige Entscheidung. Ich war einverstanden, zweifellos stand Astrid Olivgrün gut, und Ingrid strahlte in türkis.

Dann setzten wir uns zu Tisch, es gab frittierte Felddisteln, gratinierte Zucchini und Auberginen und ein gegrilltes Biohühnchen, das ich bei der Frau im Feinkostladen gekauft hatte. Im Gegensatz zu ihrer Schwester, die sich nur mäßig für Essen interessierte, aß Ingrid mit Begeisterung: Sie nahm ein Stück Huhn in die Hand, biss gierig hinein, machte »*mmmmm*«, langte über den Tisch und angelte sich einen Zucchinistreifen oder ein Stück Brot, trank in genießerischen Schlucken den Wein, den ich ihr einschenkte, lachte. Zwischendurch stellte ich mir vor, sie und ich wären zusammen zum Mittagessen bei Astrid, der Schwester, mit der ich mich nicht eingelassen hatte, und hinter jedem Zeichen, hinter jedem Blick, den wir wechselten, stünde ein dichtes Netz von kleinen körperlichen und geistigen Übereinstimmungen. Dieses Spiel war recht kindisch, auch wurde es ständig von der unzweideutig familiären Art Lügen gestraft, mit der sie mich behandelte; dennoch konnte ich es nicht vermeiden. Ich glaube nicht, dass Astrid etwas ahnte, denn meine Gedanken waren weit unter der Oberfläche und unsere Beziehung bewegte sich mittlerweile vorwärts wie ein Schiff auf einer altbewährten Route, auf der man sich auf die automatische Steuerung verlassen kann. Ich saß mit den zwei Schwestern Neumann am Tisch, aß und trank Wein, gebeutelt von Aufregung und Frustration; ich fühlte mich als Mann unter Frauen, ich fühlte mich allein.

Nach dem Essen spülte ich das Geschirr, die beiden Schwestern trockneten ab und räumten auf, es war gutes Teamwork. Wir erzählten uns Geschichten und neckten einander, wir lachten; im Haus herrschte viel mehr Leben als gewöhnlich, die Töne und Bewegungen reichten bis in die hintersten Ecken.

Ich trödelte in der Küche herum, bis Ingrid und Astrid nach oben gingen, dann griff ich zur Zeitung und setzte mich damit unter die Pergola. Obwohl wir sie so stabil wie möglich gebaut hatten, lebten wir doch einfach in einer für Pergolen ungeeigneten Klimazone: Bei jedem neuen Sturm wurden Blätter und Triebe weggefegt, das Gestänge geknickt, die kleinen weißen Trauben zerquetscht und zerdrückt. Ehrlich gesagt eignete sich die Stelle auch nicht zum Zeitunglesen im Freien, weil durch den tiefen Graben unterhalb des Hauses von Südwesten die Böen heraufwehten, dir die Blätter aus der Hand rissen und dich zwangen, sie ständig neu zu ordnen. Sowieso las ich nur gelegentlich Zeitung, und am Ende war mein Kopf gewöhnlich so voll mit deprimierenden oder verzerrten oder unnützen Nachrichten, dass mir für einige Wochen wieder völlig die Lust an dieser Art von Lektüre verging. Dennoch war die Idee, mich am Samstagnachmittag unter der Pergola über das Weltgeschehen zu informieren, manchmal zu verlockend, auch wenn ich von vornherein wusste, dass ich es hinterher bereuen würde.

Astrid trat zu mir, als ich noch bei der dritten Seite war, vertieft in eine aktuelle Aufstellung der Betrügereien und widerrechtlich angeeigneten Privilegien der italienischen Abgeordneten und Senatoren. »Gehen wir?«, fragte sie.

»Wohin?«, erwiderte ich, durch ihr forderndes Auftreten gleich in der Defensive.

»Zu Durante«, sagte sie.

»Was, jetzt?«, sagte ich. »Es ist heiß. Können wir nicht warten, bis es etwas abkühlt?«

»Nein«, sagte Astrid. »Ingrid brennt darauf, ihn kennenzulernen.«

»Wusstest du«, sagte ich, »dass unsere Parlamentarier jedes Mal, wenn sie sich im Restaurant den Bauch vollschlagen, weniger als ein Zehntel der Rechnung bezahlen und den Rest auf die Wähler abwälzen?«

»Wenn du willst, gehen wir allein«, sagte Astrid. »Und du bleibst hier.«

»Ist dir das alles ganz egal?«, fragte ich. »Letztendlich lebst du doch auch in diesem Land.«

»Dass die Politiker Halunken sind, ist doch nichts Neues«, erwiderte sie. »Wenn du mitwillst, dann komm. Wir sind fertig.«

»Uff«, machte ich. »Ihr habt's aber eilig. Ich war grade am Lesen.«

»Lies ruhig weiter«, sagte sie. »Wir gehen allein.«

»Aber nein«, sagte ich und sprang auf. »Ich komme mit. Außerdem war ich nicht ruhig, sondern angewidert.«

Sie war fast schon im Haus, außerhalb der Reichweite meiner Stimme.

Wir stiegen in den glühend heißen Bus, öffneten alle Fenster. Ingrid setzte sich mit ihrem zarten Duft nach Myrte und Mandarine auf den Rücksitz. Sie hatte sich die Augen mit blauem Kajal umrandet und schimmernde Lippenpomade auf die schönen vollen Lippen aufgetragen. Sie war eine hinreißende Frau, ich hatte nicht die geringste Lust, sie zu dem Reiterhof zu fahren, um ihr einen Serienverführer vorzustellen, den sie schon aufgrund einer oberflächlichen Beschreibung faszinierend fand.

Astrid legte eine CD einer Sängerin von den Kapverdischen Inseln ein und drehte die Lautstärke auf. Wir fuhren unser steiles Sträßchen hinauf und folgten oben hügelauf, hügelab den Kurven der Straße, die von Hof zu Hof führte. Die beiden Schwestern bewegten den Kopf im Rhythmus der Musik, trällerten mit, drehten sich um, wechselten Blicke, schlossen mich aus. Die Reifen des Busses knirschten auf dem Splitt, eine weiße Staubwolke wehte hinter uns her. Die Musik und Ingrids Anwesenheit auf dem Rücksitz beeinflussten meine Fahrweise, bei jeder Kurve war ich in Gefahr abzuheben.

Auf dem Hof der Morlacchis parkten wir den Bus auf dem ungepflasterten kleinen Platz neben den Pferdeboxen, wo auch Durantes kleines weißes Auto stand. Astrid ging mit ihren langen Beinen voraus, Ingrid und ich zwei Schritte hinterher. Von Durante keine Spur. Astrid rief nach ihm, aber vergebens. Auch sein schwarzes Pferd war nicht im Gehege hinter den Boxen. Astrid rief noch einmal: »Duraaante?«, so laut sie mit ihrer schüchternen ausländischen Stimme vermochte. Ingrid sah sich schweigend um.

»Na gut«, sagte ich, bemüht, meine Erleichterung zu verbergen. »Fahren wir wieder heim?«

»Warte noch zwei Minuten«, sagte Astrid. »Vielleicht kommt er noch.«

»Zwei Minuten«, sagte ich so gleichgültig wie möglich.

Wir lungerten im Schatten des Vordachs bei den Boxen herum. Ingrid spähte in den Heuschober: neugierig, aufmerksam, gespannt. Astrid hielt Abstand, weil sie vermeiden wollte, dass ich sie drängte oder ihr Vorwürfe machte, weil sie mich umsonst von der Zeitungslektüre losgerissen hatte.

Gerade wollte ich erneut sagen: »Gehen wir?«, als Ugo Morlacchi in seinem grünen Geländewagen vom Gästehaus herübergefahren kam. Er lehnte sich aus dem Fenster und sagte in fragendem Ton: »Hallo?«

»Hallo«, antwortete ich, etwas steif in Erinnerung an all

das Gerede über sein Privatleben bei Paolina Roncos Barbecue.

»Guten Tag«, sagte Ingrid und hob mit einer ihrer speziellen kleinen Gesten die Hand.

»Guten Tag!«, sagte Ugo Morlacchi mit einem tiefen Blick in den Ausschnitt ihrer türkisfarbenen Bluse.

»Wir suchen Durante«, sagte Astrid, indem sie mit einer Handbewegung ihre Schwester einbezog, als wolle sie die Verantwortung nicht allein übernehmen.

»Er macht einen Ausritt«, sagte Ugo Morlacchi. »Mit Tiziana und einem Gast aus Turin.«

»Mit einem einzigen Pferd?«, fragte ich und stellte mir vor, wie die drei sich im Sattel abwechselten.

»Er hat noch zwei dazugenommen«, sagte Ugo Morlacchi ohne die geringste Begeisterung. »Hoffentlich geht alles gut. Denn wenn der Gast runterfällt und sich den Arm oder das Bein bricht, lande ich vor Gericht, nicht Der Herr Durante.«

»Viel Glück!«, sagte ich. Ich betrachtete Ugos außerordentlich dichten schwarzen Bart, die dunklen runden Augen. Ich fragte mich, ob ihm die Gerüchte über ihn und Tiziana zu Ohren gekommen waren und ob etwas Wahres daran war, an den Gerüchten.

Er sagte, er müsse bei Jean Creuzot Ziegenkäse abholen, den er für das Sonntagsessen brauche, und fuhr mit einem letzten beifälligen Blick auf die beiden Neumann-Schwestern davon.

Wir warteten noch ein paar Minuten in dem Geruch nach Heu und frisch geschnittenem Fichtenholz; Astrid und Ingrid kicherten über Ugo Morlacchis klebrige Blicke.

Als wir schließlich zum Parkplatz zurückgingen, kam uns Durante auf dem schweißglänzenden, schäumenden Nimbus entgegen, gefolgt von Tiziana Morlacchi und einem rothaarigen Typen auf zwei gewöhnlicheren Pferden, einem Fuchs und einem Grauen, die noch verschwitzter waren.

»Hey!«, sagte Durante und lüftete den Hut.

»Ciao!«, sagte Astrid mit zu viel Überschwang. Sie bemerkte es auch selbst, denn gleich darauf schob sie verlegen die Hände in die Jeanstaschen.

»Ciao«, sagte Ingrid, weniger laut als ihre Schwester, aber dafür mit ihrem strahlenden Lächeln.

»Das ist Ingrid«, sagte Astrid, »meine Schwester.«

»Wir sind nur kurz vorbeigekommen«, sagte ich; am liebsten hätte ich die beiden sofort weggezogen. »Wir wollten gerade gehen.«

»*Jetzt* nicht mehr, hoffe ich«, sagte Durante. Er ritt um Ingrid herum, streckte ihr die Hand hin. Auch sie streckte die Hand aus, und er beugte sich mit der größten Selbstverständlichkeit herunter und küsste sie ihr.

Ingrid errötete, was sofort stechende Eifersucht in mir auslöste.

Tiziana Morlacchi war völlig verschwitzt und gestresst, sie trug einen zu weiten Reithelm mit zu engem Kinnriemen. In ihrem venezianischen Tonfall sagte sie: »Herrje, noch nie im Leben habe ich so viel Angst gehabt.«

Auch der Turiner Gast wirkte erschüttert, mit seinen schwarzen Stiefeln, seiner cremefarbenen Hose, dem weißen Hemd und den hirschledernen Handschuhen, er hatte einen Kratzer an der Nase, das Blut war teilweise schon angetrocknet. Er merkte, dass ich ihn ansah, und sagte: »Ein Zweig, weiter nichts.«

»Wir haben einen schönen *wilden* Galoppritt gemacht«, sagte Durante. »Über die Lichtungen dort im Wald.« Er zeigte auf die Hügelkette im Westen. Mit demonstrativer Gewandtheit saß er ab, führte Nimbus zu einem hölzernen Pfosten, zog seine Zügel durch einen Ring: schnell, präzis, lässig. Anschließend half er Tiziana Morlacchi aus dem Sattel.

Sobald sie auf dem Boden aufkam, nahm sie den Helm ab und schüttelte energisch die zerdrückten Haare. »Du benimmst dich ganz schön verantwortungslos, du, ist dir das klar?«, sagte sie.

»Halte dein Pferd fest«, sagte er, die Zügel in der Hand. »Du kannst es nicht einfach da stehen lassen. Es ist kein *Motorroller*.«

Widerwillig nahm sie die Zügel: »Hast du gehört, was ich gesagt habe, du verantwortungsloser Kerl?«

»Wieso verantwortungslos?«, sagte Durante mit dem Ausdruck naiver Neugier, den ich schon an ihm gesehen hatte.

»Fandest du diesen Trip geeignet für eine Anfängerin?!«, sagte Tiziana Morlacchi. »Ich weiß nicht! Und dann dieses Stück am Abgrund entlang! Mich hat fast der Schlag getroffen!«

»Das war kein *Abgrund*«, sagte er. »Es war bloß eine kleine Böschung.«

»Böschung oder Abgrund, jedenfalls hätten wir uns den Hals brechen können.«

»Es ist aber nichts passiert, oder?«, sagte Durante lächelnd.

»Es hätte passieren können!«, sagte Tiziana Morlacchi in dem Versuch, vor unseren Augen ihre Rolle als Arbeitgeberin wiederzuerlangen. »Einfach verantwortungslos, Punkt!« So richtig gut gelang es ihr nicht, denn ihren Worten widersprach ihr Blick, die ganze Haltung ihres Körpers, ihre Art, Durante zu bedrängen und sich ihm in gewisser Weise anzubieten.

»Du warst völlig verspannt«, sagte er. »Nicht gerade elegant anzusehen.«

»Vielen Dank, Herr Kavalier!«, sagte sie. »Ich hatte wahnsinnige Angst herunterzufallen, ich versuchte mit aller Kraft, mich im Sattel zu halten!«

»Du warst auch mutig«, sagte er.

Ganz kurz entspannte sie sich in einem Lächeln, dann sagte sie: »Herrje, das Herz klopft mir immer noch bis zum Hals.«

Der Gast aus Turin saß allein ab, er hielt die Zügel fest, um nicht getadelt zu werden wie sie.

»Umberto, wie geht's?«, fragte Durante.

»Ausgezeichnet«, sagte Umberto steif.

»Na ja«, sagte Durante. »Die Arme, die Schultern, der Rücken tun dir weh und wahrscheinlich auch das Kreuzbein, deine Waden und Fesseln sind vor Anspannung ganz steif.«

Umberto stampfte mit den Füßen auf den Zementboden auf, um den Kreislauf wieder in Gang zu bringen, *stock, stock*.

»Das kommt, weil du besser scheinen willst, als du bist«, sagte Durante. »Dich reizt die *Idee*, ein guter Reiter zu sein.« Er sprach nicht im paternalistischen Ton eines Reitlehrers, sondern als hätte er das rein zufällig beobachtet, ohne technische oder persönliche Vorurteile.

»Kann sein«, sagte Umberto. »Ich reite nämlich, seit ich acht bin.«

»Das sieht man aber nicht«, sagte Durante und fixierte ihn.

»Danke«, sagte Umberto noch betretener.

Durante boxte ihn leicht in die Rippen: »Sei doch nicht so verlegen.«

Umberto zupfte an seinem Hemdkragen. »Ich bin nicht verlegen«, sagte er.

»*Doch*«, sagte Durante. »Es nervt dich, dass du eine schlechte Figur abgegeben hast, aber das ist völlig *irrelevant*.«

»Im Vergleich wozu?«, fragte Umberto, um Zeit zu gewinnen.

»Im Vergleich zum Tag einer *Eidechse*, zum Beispiel«, sagte Durante.

Umberto runzelte die Brauen.

»Oder zu den Gedanken eines Kindes dort in dem Haus auf dem Hügel«, sagte Durante und wies in die Weite. »Oder zu den ganzen zahllosen Leben, die durch die *Jahrtausende* dahingeflossen sind.«

Umberto kratzte sich am Kopf; er wandte sich zu Tiziana Morlacchi um, aber sie war zu sehr auf Durante fixiert.

»Verschiebe deinen Gesichtspunkt, um wenig oder viel«, sagte Durante. »Betrachte die Erde vom *Mond* aus, du wirst sehen, dass du dich dann viel freier und leichter bewegst, ohne dir Sorgen zu machen, wie die anderen dich wahrnehmen.«

»Vielen Dank für den guten Rat«, sagte Umberto mit zusammengekniffenen Lippen.

»*Versuch's* mal«, sagte Durante. Er nahm dem Grauen und dem Braunen das Kopfgestell ab, streifte beiden ein Halfter aus Leinen über und befreite sie von ihrem Sattel. Dann reinigte er ihnen die Hufe, spritzte ihnen mit einem Wasserschlauch die Beine ab. Jeder Handgriff lange erprobt, scheinbar mühelos.

Tiziana Morlacchi, Astrid und Ingrid verfolgten jede Bewegung: Dass alle weiblichen Blicke und alle weibliche Empfindsamkeit auf ihn gerichtet waren, machte mich rasend.

Außerdem taxierte Tiziana Morlacchi Ingrid und Astrid wie eine Schneiderin, die mit den Augen Maß nimmt, sie ließ kein einziges Detail aus. Sie fragte, ob wir auf einen Tee mit ins Haus kommen wollten, wahrscheinlich, um die Schwestern noch genauer zu studieren. Wir lehnten dankend ab, vielleicht ein andermal. Sie trödelte noch eine Weile in Durantes Nähe herum auf der Suche nach Anknüpfungspunkten, konnte aber keine finden, auch weil die Schwestern Neumann und ich im Weg waren. Schließlich fragte sie: »Brauchst du Hilfe?«, als er gerade fertig war.

»Nein«, sagte Durante.

Sie schüttelte erneut die Haare, strich ihre Bluse glatt; zuletzt sagte sie schweren Herzens: »Na gut, ich muss gehen und ein Abendessen für zwölf Personen zubereiten. Wir sehen uns.«

»Ciao«, sagten die Schwestern Neumann, Durante und ich.

»Auf Wiedersehen«, sagte der Turiner Gast kalt.

Mit steifen Schritten gingen die beiden auf das Gutshaus zu, Muskeln und Nerven noch angespannt von dem wilden Ritt. Tiziana wandte noch ein paarmal den Kopf, um uns aus der Ferne zu kontrollieren.

»Hier, Pietro, nimm, wir bringen sie auf die Wiese.« Durante reichte mir die Longe des grauen Pferds, ging hinüber und band den Braunen los. Das graue Pferd hob den Kopf, stemmte die Beine auf den Boden, es hatte nicht die geringste Absicht, mir zu folgen. Ich zog heftig, um seinen Widerstand zu überwinden, weil ich vor Ingrid und Astrid, die mir zuschauten, nicht als unfähig dastehen wollte, aber das Pferd rührte sich nicht.

»Nicht *ziehen*«, sagte Durante. »Es kommt von allein.« Er ging mit dem anderen Pferd an mir vorbei, und meines folgte ihm sofort. Wir ließen sie auf der abschüssigen Wiese oberhalb des flacheren Teils frei, Durante schloss das Gatter mit einem Haken. Die Pferde entfernten sich einige Meter, dann scharrten sie in der Erde und wälzten sich auf der dürren Wiese, um den Schweiß zu trocknen. Danach schüttelten sie wie zwei große Hunde den Staub ab.

Als wir zurückkamen, bewunderten Astrid und Ingrid gerade Nimbus, der an dem Pflock festgebunden war. »Fantastico«, sagte Ingrid in ihrem bemühten Italienisch. »Er ist so gut gebaut. Ein Traum von einem Pferd.«

»Hast du gehört?«, sagte Durante zu dem Pferd. »Bilde dir jetzt bloß nichts ein.«

Ingrid lächelte: wieder strahlend, strahlend.

Astrid warf ihr einen raschen Blick zu, nicht viel anders als Tiziana Morlacchi kurz vorher.

Still und stumm standen wir alle vier da, wie blockiert in unserer Haltung. Ich hätte gern gesagt, dass wir jetzt gehen müssten, schwieg aber.

Auf Deutsch sagte Durante zu Ingrid: »Willst du's versuchen?« Er zeigte auf Nimbus.

Astrid sah mich an, wir waren beide überrascht.

»Ja!«, sagte Ingrid und machte vor Begeisterung einen kleinen Sprung.

Astrid fixierte sie mit verkniffenem Gesicht.

»Kannst du reiten?«, fragte Durante, wie selbstverständlich immer noch auf Deutsch.

»Nein«, sagte Ingrid, fast ohne den Übergang zu der anderen Sprache zu bemerken. »Ich habe es ein paarmal probiert, aber ich bin eine Niete.«

Durante nickte kaum merklich; er nahm Nimbus am Zügel, führte ihn zu dem halbflachen Paddock.

Ingrid, Astrid und ich gingen hinterher, alle drei angespannt, aber aus unterschiedlichen Gründen.

»Bist du sicher?«, fragte Astrid halblaut.

»Ja«, erwiderte Ingrid, ohne sie anzusehen.

In dem Paddock betrachtete Durante eingehend ihre Beine, genau wie bei Astrid, als sie zu ihm gesagt hatte, sie fühle sich ungelenk.

»Was ist?«, fragte Ingrid mit einem Blick auf ihre wohlgeformten Beine.

»Deine Beine«, sagte er.

»Sind sie zu kurz?«, sagte sie mit einer Verlegenheit, die ihrer natürlichen Anmut keinerlei Abbruch tat.

»Spinnst du?«, sagte ich unwillkürlich. »Sie sind nicht zu kurz!«

Sie sah mich schnell an, Astrid warf mir einen längeren Blick zu.

»Im Vergleich zu Astrids schon«, sagte Ingrid. »Ich habe mich neben ihr immer wie ein Knirps gefühlt.«

Astrid blieb ernst, sie war zu sehr damit beschäftigt, die verschiedenen beweglichen Elemente der Situation zu kontrollieren.

»Ihr habt beide wunderbare Proportionen«, sagte Durante.

Die zwei Schwestern lächelten, aber jede für sich, wobei sie es vermieden, dem Blick der anderen zu begegnen. Meine Rolle als Zuschauer nervte mich immer mehr.

Durante regulierte die Steigbügelhöhe nach Gefühl, dann hielt er Ingrid den linken Steigbügel hin und machte ihr ein Zeichen, den Fuß hineinzusetzen. Nimbus stand reglos da, gespannt, gehorsam.

Ingrid schob den Fuß in den Steigbügel, schwang sich entschieden in den Sattel. Es stimmte, dass sie wunderbare Proportionen hatte, ganz andere als ihre Schwester: Ihr Hintern und ihre Schenkel spannten in reizvoller Fülle ihre helle Jeans.

Auch Durante sah sie natürlich genau an, mit dem Vorteil, ihr noch näher zu sein. Er drückte ihr die Fersen nach unten, gab ihr die Zügel in die Hand und zeigte ihr, wie sie damit umgehen sollte: »Rechts, links. Okay? Fersen nach unten«, sagte er.

»Okay«, sagte Ingrid, die Beine um das Pferd geklammert, den Blick auf die Wiese gerichtet.

»Nicht runterschauen, schau *vorwärts*«, sagte Durante. »Und es ist nicht nötig, Nimbus zwischen den Schenkeln einzuzwängen wie in einem Nussknacker. Berühr ihn nur leicht mit den Fersen, wenn er losgehen soll. Es genügt, ihn zu streifen, er versteht sofort.«

Ingrid drückte mit den Fersen; Nimbus bewegte sich vorwärts, mit der Kraft seiner starken Muskeln.

»Und um ihn anzuhalten?«, fragte Ingrid, erregt und erschrocken und eigensinnig auf dem großen, schweißglänzenden schwarzen Pferd.

»Zieh die Zügel an«, sagte Durante, der ihr Schritt für Schritt folgte. »Ganz *sanft*.«

Ingrid zog die Zügel an, Nimbus blieb sofort stehen. Sie lächelte, ebenso erstaunt, glaube ich, wie Astrid und ich, dass ein so energisches Tier so fügsam auf ihre Befehle reagierte. »Unglaublich!«, sagte sie. Sie drückte erneut mit den Fersen; Nimbus ging wieder los.

Durante lief weiter mit langen Schritten nebenher, er verpasste keine einzige Bewegung. »Nach links«, sagte er. »Links. Folg dieser Kurve.«

Ingrid führte die Zügel nach links, Nimbus bog ab: kraftvoll, geschmeidig, er hob die Knie wie ein Zirkuspferd. »Phantastisch!«, sagte Ingrid lachend. »Man braucht ihn wirklich nur leicht zu streifen!«

»Ja«, sagte Durante. Mit den Händen in den Hüften blieb er stehen, folgte Ingrid nur mit dem Blick.

Sie ließ das Pferd aus eigener Initiative im Kreis gehen; sie ließ es stehen bleiben, weitergehen, wieder stehen bleiben. »Das ist ja kinderleicht! Ich bin begeistert!«

Ich blickte Astrid an: Ihr Gesichtsausdruck ließ nicht den geringsten Zweifel daran, dass sie gern an der Stelle ihrer Schwester gewesen wäre.

Dann versetzte Ingrid Nimbus einen festeren Schlag mit den Fersen, und er preschte in einem kurzen, komprimierten Galopp los. Ingrid hopste im Sattel auf und ab, behielt aber zumindest teilweise die Kontrolle. Doch dann wurde sie übermütig, gab noch einmal Fersendruck; das Pferd beschleunigte das Tempo, als kennte seine Kraft keine Grenzen; Ingrid löste sich aus dem Sattel.

Durante machte einen Satz auf sie zu: »Stopp!«, schrie er.

Nimbus blieb sofort stehen, doch Ingrid flog über seinen Hals weg und landete mit Armen, Kopf und Händen voran: Alles ging so schnell, dass ich es nicht genau mitbekam, obwohl ich nur zwanzig Meter entfernt stand.

»O Gott, Ingrid!«, schrie Astrid und krallte sich am Zaun fest, um unter den Latten durchzukriechen.

Wir schlüpften gleichzeitig auf die andere Seite, sie und ich, rannten quer über den Paddock, so schnell wir konnten.

Durante kauerte schon neben Ingrid, die mit dem Gesicht nach unten reglos dalag. Er streichelte ihr den Kopf, fragte sie in absurd ruhigem Tonfall: »Alles in Ordnung?«

»Ingrid!«, rief Astrid, hockte sich außer Atem und rot im Gesicht neben sie. »Kannst du uns hören?«

Durante drehte Ingrid um, vorsichtig, aber ohne sich im Geringsten an die Regeln zu halten, die man wegen möglicher Verletzungen der Wirbelsäule beachten soll.

»Pass auf, sie einfach so zu bewegen!«, sagte ich.

Ingrid öffnete die Augen: Ihre Pupillen waren vor Schreck geweitet, ihre Lippen halb geöffnet und blass, in ihrem Haar steckten trockene Grashalme und kleine Zweiglein.

»Hallo«, sagte Durante. »Wie geht's?«
»Was ist passiert?«, fragte Ingrid.
»Nichts«, sagte Durante. »Du bist ein Stückchen geflogen.« Er lächelte, als wäre die Szene nicht dramatisch, sondern zärtlich.
»Ein ziemlich *großes* Stück bist du geflogen«, sagte ich mit einer Mischung aus Schrecken und Zorn und teilweiser Erleichterung, die mein Blut in Wallung brachte.
»O Gott, Ingrid«, sagte Astrid; sie hatte feuchte Augen, ihre Hände zitterten.
»Tut es dir irgendwo weh?«, sagte Durante, immer noch unerträglich ruhig.
»Ingrid? Hey?«, sagte Astrid kurzatmig vor Angst. »Bist du mit dem Kopf aufgekommen?«
»Nein«, sagte Durante, als hätte er jeden einzelnen Moment ihres Fallens ganz genau gesehen. Er nahm ihr ein Ästchen aus den Haaren, mit einer Vertraulichkeit, dass ich ihn am liebsten am Kragen gepackt hätte.
»Nein«, sagte Ingrid.
»Kannst du die Beine bewegen?«, fragte Astrid.
»Klar kann sie das«, sagte Durante.
Ingrid hob schüchtern ein Knie, dann das andere.
»Siehst du?«, sagte Durante. Er legte ihr einen Arm um die Schultern und half ihr, sich aufzusetzen.
»Pass auf!«, sagte ich noch einmal. »Eigentlich dürfte man sie nicht bewegen!«
»So was Dummes, so was Dummes«, sagte Ingrid. Sie versuchte zu lächeln, ohne dass es ihr ganz gelang.
»Es war nur ein Übermaß an *Begeisterung*«, sagte Durante und zog ihr einen Grashalm aus den Haaren.

»Es war ein Übermaß an Verantwortungslosigkeit!«, sagte ich. »Sie hätte sich den Hals brechen können.«

»Sag mir, ob dir irgendwo was weh tut«, sagte Durante, ohne mich zu beachten.

»Die Hand«, sagte Ingrid mit einer Falte um den Mundwinkel, die so schön war wie ein Lächeln.

»Die rechte oder die linke?«, fragte Durante.

»Die rechte«, sagte sie.

Ich betrachtete sie aus nächster Nähe, schmerzlich auf ihre leicht gerunzelte Stirn, ihre geweiteten Nasenflügel, die Adern an ihrem glatten hellen Hals konzentriert. Am liebsten hätte ich sie mitgenommen, sie ganz allein gepflegt, sie mit außergewöhnlichen Aufmerksamkeiten überhäuft, bis sie sich im Laufe der allmählichen Genesung in mich verliebt hätte.

»Die Hand oder das Handgelenk?«, fragte Durante, noch immer ohne spürbare Besorgnis, trotz allem selbstsicher. Er legte ihr drei Finger auf die weiche Haut der Innenseite des Unterarms.

Ingrid versuchte, die Hand zu bewegen, und machte: »*Autsch!*«

»Es ist das Handgelenk«, sagte Durante.

»Sie hat sich das Handgelenk gebrochen!«, sagte Astrid.

»Immer mit der *Ruhe*«, sagte Durante mit einer beschwichtigenden Geste.

»Ruhe, von wegen!«, sagte ich.

»Sie ist meine Schwester!«, sagte Astrid.

Durante sah weiterhin nur Ingrid an: »Wie ist der Schmerz? Dumpf, stechend?«

»Ich weiß es nicht«, sagte Ingrid. »Schmerz.«

»Soll sie dir jetzt auch noch die Art von Schmerz beschreiben?«, sagte ich außer mir. »Sie steht unter Schock! Sie hat ein gebrochenes Handgelenk!« Die Lautstärke meiner Stimme wuchs mit der wachsenden Anspannung meiner Muskeln, dem Ansteigen meiner Temperatur und meinem schneller werdenden Atem in Erwartung eines möglichen körperlichen Zusammenstoßes zwischen uns.

Durante drehte sich um und schaute mich mit seinen nervtötenden hellen Augen an: »Es ist nicht gebrochen«, sagte er.

»Natürlich ist es gebrochen!«, sagte ich, als hielte ich schon die Röntgenaufnahme in der Hand. Meine Wut war stärker als jede eventuelle medizinische Kompetenz seinerseits.

»Ich habe mir alle Knochen gebrochen, die man sich brechen kann, wenn man vom Pferd fällt«, sagte Durante.

»Ich wüsste es.«

»Sie kann es ja nicht mal bewegen, hast du das nicht gesehen?«, sagte Astrid.

»Hilf mir, sie auf die Füße zu bringen«, sagte Durante zu mir.

»Man darf sie nicht bewegen!«, sagte ich. »Sie muss liegen bleiben! Lernt man das nicht im ersten Semester Medizin?!«

»Das stimmt!«, sagte Astrid. »Bis die Ambulanz kommt!«

»Ganz vorsichtig«, sagte Durante zu mir, ohne auf uns zu hören.

Jeder auf einer Seite fassten wir Ingrid unter den Achseln und zogen sie langsam hoch. Mich überkamen absolut gemischte Gefühle dabei, einerseits die Empörung über ihn und die Sorge um sie, andererseits die uneingestandene Erregung, Ingrid so an mich drücken zu dürfen.

Durante machte mir mit dem Kopf ein Zeichen, sie festzuhalten, und öffnete mit der freien Hand das Gatter. Astrid war dicht neben mir, wie auf dem Sprung, nötigenfalls meine Fehler auszubügeln, und sagte dauernd: »Passt auf!«

Wir betraten die Sattelkammer, Durante deutete auf einen alten Stuhl. Ganz vorsichtig setzten wir Ingrid hin und blieben an den Seiten stehen. Er sagte zu ihr: »Atme tief, entspanne dich.«

»Von wegen entspannen!«, sagte Astrid. »Wir rufen einen Krankenwagen oder bringen sie selbst in die Notaufnahme, *sofort*!«

»Immer mit der *Ruhe*!«, sagte Durante erneut in einem beschwichtigenden Ton, der unter den gegebenen Umständen beleidigend klang. Er bedeutete mir zu bleiben, wo ich war, ging zu seinem militärgrünen Seesack und kramte darin herum.

»Wir müssen was tun!«, sagte Astrid, noch blasser als ihre Schwester. »Ohne Zeit zu vergeuden!«

»Spiel jetzt nicht die Deutsche, komm«, sagte Durante lachend.

»Ich bin nicht Deutsche, ich bin *Österreicherin*!«, sagte Astrid. »Und da gibt es nichts zu lachen!«

»Spiel du lieber nicht den Italiener!«, sagte ich.

»Was meinst du damit?«, sagte er, indem er mit einer Tube Salbe und einer kleinen Elastikbinde in der Hand zurückkam.

»Den Hang zur Oberflächlichkeit, zur Schlamperei!«, sagte ich. »Die grundsätzliche Unzuverlässigkeit.«

»Und du, bist du etwa kein Italiener?«, sagte er und blickte mich an, als suchte er die Antwort in meinen Gesichtszügen.

»Du weißt ganz genau, was ich meine!«, sagte ich.

»Hört jetzt auf, ihr zwei!«, sagte Ingrid; sie stellte uns auf die gleiche Ebene.

Durante drückte etwas Salbe aus der Tube auf seine Handfläche; seine Unerschütterlichkeit glich immer mehr einer bewussten Provokation.

»Es war verantwortungslos, sie auf dieses Pferd zu setzen«, sagte ich.

»Ich habe sie nicht draufgesetzt«, sagte er. »Sie hat es selber gemacht, mit wunderbarem Schwung.«

»Sie ist aufgestiegen, weil *du* sie dazu ermuntert hast!«, sagte ich.

»Ja«, sagte er, offensichtlich nicht interessiert, seine Verantwortung zu leugnen.

»Dann steh auch dazu!«, brach es aus mir heraus.

»*Aufhören!*«, schrie Astrid. »Alle beide! Schluss jetzt!«

»Die Hand«, sagte Durante leise zu Ingrid, als wollte er angesichts unserer Aufregung sein großartiges Gleichgewicht unter Beweis stellen.

Ingrid hielt ihm vertrauensvoll die rechte Hand hin.

Er nahm sie an den Fingerspitzen, rieb ihr Handgelenk mit Salbe ein und massierte es behutsam.

»Was ist das?«, fragte Astrid.

»Arnika«, sagte Durante.

»Oje«, sagte ich, leicht verspätet, »*Arnika.*«

Er umwickelte Ingrids Handgelenk mit der Elastikbinde, führte sie um den Daumen herum und befestigte das Ende mit einer Sicherheitsnadel. Auch diese Gesten waren präzise, rasch, gekonnt, genau wie vorher, als er die Pferde versorgt hatte. »So«, sagte er.

Auf dem alten Stuhl leicht nach hinten gelehnt, gelang es Ingrid zu lächeln.

»Aber jetzt fahren wir zur Notaufnahme«, sagte Astrid.

»Wenn euch das lieber ist«, sagte Durante.

»Es ist uns nicht lieber!«, sagte ich. »Es ist einfach das einzig Richtige!«

Er schüttelte den Kopf. »Auf jeden Fall ist das Handgelenk nicht gebrochen«, sagte er mit einem resignierten Lächeln auf den Lippen, das mich ebenso wütend machte wie der Rest seines ganzen Gehabes.

»Das lassen wir einen Arzt feststellen, der auch wirklich Arzt ist, okay?!«, sagte ich. Ich nahm Ingrid am rechten Arm, obwohl sie versuchte, allein aufzustehen.

Astrid stützte sie auf der anderen Seite: »Mach langsam«, sagte sie zu mir und schob Durante weg.

Er folgte uns zum Bus und wollte uns helfen, Ingrid auf den Rücksitz zu setzen, aber ich ließ es nicht zu.

Demonstrativ knallte ich die Türen zu und ließ den Motor an.

Durante beobachtete mich beim Wenden mit dem Ausdruck dessen, der seine Gäste aus unerklärlichen Gründen verfrüht wieder abreisen sieht. Er machte eine Handbewegung: »Ich nehme Nimbus den Sattel ab und komme nach«, sagte er.

»Nicht nötig!«, schrie ich aus dem geöffneten Autofenster. »Du hast schon genug Schaden angerichtet, vielen Dank!« Wutentbrannt raste ich auf der Sandstraße davon und wirbelte eine lehmig weiße Staubwolke auf.

In der Notaufnahme mussten wir mit den Pflegern streiten

In der Notaufnahme mussten wir mit den diensthabenden Pflegern streiten, damit sie Ingrid zum Röntgen brachten, anstatt sie wer weiß wie lange auf einer Metallbank zwischen Leuten mit verschiedensten und unerklärlichsten Verletzungen oder Gebrechen warten zu lassen. Als sie sie, blass und angegriffen, endlich wegfuhren, gingen Astrid und ich durch lange, gewundene Gänge, um im Flur vor der orthopädischen Abteilung auf sie zu warten. Wir wechselten kein Wort, als gäbe es auch zwischen uns Gründe zum Groll, nicht nur gegenüber Durante. Tatsächlich lagen mir schon zwei oder drei Versionen von Vorwürfen auf der Zunge – schließlich hatte sie so hartnäckig darauf bestanden, Durante zu besuchen –, und ich konnte mir gut vorstellen, dass auch sie mir böse war wegen meines Verhaltens gegenüber ihrer Schwester oder weil ich nicht schnell genug reagiert hatte oder einfach weil ich überhaupt zu dem Reiterhof mitgekommen war.

So saßen wir stumm und angespannt auf den Metallstühlen in einem Flur, der heiß war wie ein Backofen. Um uns nicht ansehen zu müssen, betrachteten wir die anderen Leute, die ebenfalls warteten: ein Mädchen mit Gipsbein in Begleitung der Mutter, ein Herr mit geschientem Zeigefinger, ein anderer, der sich den Fuß hielt, eine alte Dame mit Halskrause. Obwohl ich es nie zugegeben hätte, mischte sich in mein Bedauern über Ingrids Handgelenk und unseren ruinierten Samstagnachmittag auch eine gewisse Genugtuung bei dem Gedanken, dass Astrid wenigstens teilweise meine Empörung über Durante teilte. Ich war ganz und gar von dumpfer Wut auf ihn erfüllt: Ich dachte daran, wie vergnügt und heiter wir am Morgen auf dem Markt und dann nach dem Mittagessen gewesen waren und sogar noch auf dem Weg zu den Morlacchis. Mir schien, als sei er an allem Unbehagen in meinem Leben schuld. Sein Gehabe als Mann, der mit den Pferden spricht, fiel mir wieder ein, seine an ein kleines Publikum gerichteten Gesten, sein Gerede mit dem Turiner Gast über die Belanglosigkeit der Verlegenheit; ich war so wütend, dass ich ihm einen Tritt verpasst hätte, wenn er aufgetaucht wäre.

Stattdessen sah ich Ugo und Tiziana Morlacchi mit betretenen Gesichtern den Flur entlangkommen.

»Wir haben davon erfahren und sind sofort hergekommen«, sagte Tiziana außer Atem.

»Hm«, machte Astrid nicht sehr herzlich.

»Wie geht es deiner Schwester?«, fragte Ugo mit geheuchelter Anteilnahme.

»Wir warten«, sagte Astrid, »seit einer Stunde.«

»Seit einer *Dreiviertel*stunde«, sagte ich, weil ich in dem Moment keine Lust auf eine Diskussion über die Mängel des nationalen Gesundheitswesens hatte.

»Dieser verantwortungslose Kerl«, sagte Ugo kopfschüttelnd. »Eben stand er unten im Eingang und wollte heraufkommen.«

»Durante?«, fragte Astrid.

»Ja«, sagte Ugo. »Ich habe ihm gesagt, das soll er sich aus dem Kopf schlagen, ihr würdet ihn nicht mal von weitem mit dem Fernglas sehen wollen.«

»Es war wirklich nicht nötig, ihn so zu behandeln«, sagte Tiziana. »Er war untröstlich.«

»Von wegen untröstlich!«, sagte Ugo. »Er hatte den gleichen Ausdruck wie immer, ein Marsmensch, der nicht schnallt, wie es auf der Erde zugeht.«

»Genau!«, sagte ich. »Und so, als wäre nichts wirklich von Bedeutung, nicht wahr? Ein unerträgliches Getue!«

»Aber das ist kein Getue«, sagte Tiziana. »Er ist einfach so!«

»Und ob das Getue ist!«, sagte Ugo Morlacchi. »Und er kommt ja auch recht weit damit, der Signor Durante!«

Die Leute auf den übrigen Stühlen betrachteten uns halb genervt, halb neugierig; ich glaube, sie versuchten, die Beziehung zwischen uns und den Morlacchis und dem Gegenstand unserer Diskussion zu begreifen.

»Jedenfalls war es nicht nur seine Schuld«, sagte Astrid.

»Sag mal, verteidigst du ihn jetzt wieder?« Ich konnte es kaum fassen, dass sie nicht wenigstens darin voll mit mir übereinstimmte. »Es war *hundert Prozent* seine Schuld! Er hat Ingrid doch gefragt, ob sie reiten wollte, oder nicht?«

»Ja, aber sie hat sofort eingewilligt«, erwiderte Astrid.

»Er hätte es ihr gar nicht vorschlagen dürfen!«, sagte ich.

»Natürlich nicht!«, sagte Ugo. »Er weiß genau, dass man die Leute ohne Versicherung nicht aufs Pferd setzen darf! Das habe ich ihm schon hundertmal erklärt!«

»Aber sie und euer Gast sind doch auch geritten«, sagte

Astrid, auf Tiziana deutend. »Und kommen Seline und Stefania Livi nicht auch regelmäßig zur Reitstunde?«

»Die Livis haben eine Unfallversicherung«, sagte Tiziana. »Solche Sachen nimmt Sergio genau, du kennst ihn ja.« Sie starrte auf den gesprenkelten Boden. Dann hob sie den Blick: »Deine Schwester hat keine, vermute ich?«

»Doch, hat sie«, sagte Astrid. »Aber das ist nicht der Punkt.«

»Abgesehen davon ist jetzt sowieso keine Rede mehr von Ausritten«, sagte Ugo, einigermaßen erleichtert. »Nach allem, was mir der Gast aus Turin erzählt hat. Die Leute über abschüssige Pfade schleifen, wilder Galopp, am Abgrund entlangreiten, das ist kriminell.«

»Es war eine *Böschung*, kein Abgrund«, sagte Tiziana fast im gleichen Tonfall wie Durante vorher zu ihr.

»Sehr gut, verteidige du ihn auch noch«, sagte ihr Mann und warf mir einen Solidarität heischenden Blick zu.

Ich schüttelte den Kopf, um meine Distanz zu jeder weiblichen Nachsicht auszudrücken.

Doch Ugo schienen vor allem die möglichen rechtlichen Folgen des Unfalls Sorgen zu machen. »Ein Feriengast ist mit unserer Versicherung ja irgendwie abgedeckt«, sagte er. »Aber Personen von außen, wie soll das gehen?«

»Wir konnten ja nicht wissen, dass ihr reiten würdet«, sagte Tiziana Morlacchi. »Wirklich nicht.«

»Macht euch keine Sorgen«, sagte Astrid trocken. »Wir haben nicht die Absicht, euch zu verklagen.«

»Wenn ich es geahnt hätte, hätte ich euch gewarnt«, sagte Tiziana. »Ich hätte euch erklärt, dass das nicht geht.«

Auch mich ärgerte ihre Haltung immer mehr. »Seid ihr

gekommen, um nach Ingrid zu fragen oder um klarzustellen, dass ihr für das, was passiert ist, keine Verantwortung übernehmen wollt?«

»Aber Pietro, natürlich sind wir wegen Ingrid gekommen!«, sagte Tiziana.

»Pietro, wir kennen uns schon so lange«, sagte Ugo, obwohl es in Wirklichkeit erst vier Jahre waren. »Wie kannst du so was sagen? Es ist ja bloß, dass man bei den tausend Gesetzen und Bestimmungen in diesem Land nie seine Ruhe hat, das weißt du doch selber.«

»Na, jetzt könnt ihr beruhigt sein«, sagte Astrid mit abgewandtem Gesicht.

»Wir sind so erschrocken wegen deiner Schwester«, sagte Tiziana.

»Wir auch«, sagte Astrid, ohne Zugeständnisse zu machen.

»Dieser Unselige«, sagte Ugo. »Ich wusste, dass man ihm nicht vertrauen kann. Das habe ich sofort gemerkt. Gleich als er sich an der Tür vorstellte.«

»Jetzt fang nicht wieder an, Ugo«, sagte Tiziana.

»Dir habe ich das zu verdanken«, sagte er. »Du gleich mit deinem ›Dem kannst du vertrauen‹ und ›Der sieht so sensibel aus‹!«

»Du warst auch überzeugt«, sagte Tiziana. »Immer wieder hast du gesagt, dass er im Grunde schon weiß, was er tut.«

»Ja, das habe ich jetzt davon«, sagte Ugo. »Sieben Zentner Fichtenbretter und wer weiß wie viele Kilo Schrauben, Nägel und Werkzeug hat er mich kaufen lassen, der Signor Durante.«

»Doch nicht zum Vergnügen«, sagte Tiziana. »Sondern um unsere Boxen instand zu setzen. Das war eine Investition.«

»Hervorragende Investition, wirklich«, sagte Ugo. »Wie auch immer, jetzt packt der Signor Durante seine Koffer! Nach dieser Geschichte soll er sich im Val di Lana nie wieder blicken lassen!«

Eine Krankenschwester streckte den Kopf durch die Tür und fragte: »Neumann?«

Astrid sprang auf.

»Können Sie hereinkommen, um für Ihre Schwester zu dolmetschen? Wegen der Papiere?«

Astrid folgte ihr, die Tür schloss sich wieder.

Ich blieb mit den Morlacchis auf dem Flur zurück, das Letzte, was ich gewollt hätte. Sie fragten mich nach dem genauen Hergang des Unfalls, aber es gelang mir nicht, die Einzelheiten in die richtige Reihenfolge zu bringen. Ich war erschüttert, und es war heiß; in meinem Kopf drängten sich Bilder von Ingrid auf dem schwarzen Pferd und auf dem Boden liegend und von ganz nahe gesehen, Blicke von Durante, Blicke von Astrid, wieder Ingrid. Ich dachte, dass manche Ereignisse keine horizontale, sondern eher eine vertikale Entwicklung nehmen: Geste auf Geste und Wahrnehmung auf Wahrnehmung verdichten sich zu einem Augenblick. Um sie zu verstehen und ihnen eine Ordnung zu geben, muss man die Überlagerungen entzerren und alle Elemente linear aneinanderreihen, was immer ein wenig willkürlich ist.

Die Morlacchis schien meine Unbestimmtheit zu frustrieren, weil sie gleichzeitig auch ihre Position unklarer machte. Sie nickten steif, tauschten feindselige Blicke, fragten: »Und danach?«, »Und davor?«

Am Ende öffnete sich die Tür, und Astrid und Ingrid kamen heraus, beide mit einem schwer zu deutenden Gesichtsausdruck. Ingrids trug keinen Gips am Handgelenk, sondern einen Verband, der dem, den Durante ihr angelegt hatte, sehr ähnlich war.

»Und?«, fragte ich.

»Und?«, fragten die beiden Morlacchis.

»Nicht gebrochen«, sagte Astrid.

»Wie, nicht gebrochen?«, sagte ich, eher ein wenig enttäuscht als erleichtert.

»Nur ein Haarriss«, erwiderte Astrid.

»Durante hat recht gehabt«, sagte Ingrid. Sie hatte wieder ein wenig Farbe im Gesicht und lächelte auf ihre hinreißende Art.

Ich sah, wie sich Tiziana Morlacchis Gesicht vor Erleichterung entspannte, und dann, etwas zögerlicher, auch das ihres Mannes.

»Gott sei Dank!«, sagte sie.

»Diesmal ist es gutgegangen«, sagte er. »Hätte aber auch viel schlimmer kommen können, mit diesem Irren.«

»Es ist nicht seine Schuld.« In Ingrids Augen leuchtete das Bedürfnis nach Wahrheit und Gerechtigkeit. »Es war blöd von mir, dem Pferd zu heftig die Sporen zu geben.«

»Tatsache ist, dass du gar nicht auf diesem Pferd hättest sitzen dürfen«, sagte Ugo Morlacchi. »Punkt.«

»Und der Verband?«, fragte ich, teilweise aus echter Neugier und teilweise, um auf die einzige reale Konsequenz des Unfalls hinzuweisen.

»Acht bis zehn Tage soll ich ihn tragen«, sagte Ingrid.

»Laut Krankenschwester hätte es der vorherige Verband auch getan«, sagte Astrid.

»Der, den Durante ihr angelegt hat?«, fragte Tiziana Morlacchi.

»Na ja, das war so ein Standardverband aus dem Erste-Hilfe-Kasten«, sagte ich. Es brachte mich aus der Fassung, wie Durantes Schuld plötzlich zu schrumpfen, ja sich geradezu in ein Verdienst zu verwandeln schien.

»Darf ich euch zu einem Drink einladen?«, fragte Ugo Morlacchi, jetzt, da die Gefahr einer Schadensersatzklage gebannt war, schon wieder ganz in seiner gewohnten Art.

»Danke, aber wir fahren nach Hause«, erwiderte ich. »Der Nachmittag war ziemlich heftig.«

Wir gingen durch die Flure des Krankenhauses auf den Ausgang zu, ich, Astrid und Ingrid vorneweg, die Morlacchis hinterher. Durch die Glastüre traten wir in das noch warme, starke Licht des Spätnachmittags.

Auf der gegenüberliegenden Seite des Platzes stand Durante: Einen kleinen Strauß weißer Rosen in der Hand, lehnte er mit dem Rücken an einer Zementsäule, wie ein zivilisierter Landstreicher. Schnurstracks ging er auf Ingrid zu, ohne rechts und links zu blicken, und hielt ihr die Rosen hin.

Ingrid nahm sie mit der Linken und lächelte ihn in ihrer bezaubernden Art an.

»Hättest du eine Minute für mich Zeit?«, fragte Durante.

»Ja«, sagte sie. Sie machte uns flüchtig ein Zeichen und folgte ihm um die Ecke des Krankenhauses.

Astrid, ich und die Morlacchis blieben sprachlos stehen.

Wir warteten kurz, aber unsere Position schien uns unerträglich, daher gingen wir zum Parkplatz hinauf, so sprachlos und befangen, dass niemandem eine lockere Bemerkung gelang. Ugo Morlacchi öffnete die Türen seines Geländewagens: »Okay, wir sehen uns«, sagte er.

»Lasst uns wissen, wie es deiner Schwester geht, gell«, sagte Tiziana Morlacchi.

»Ja, mache ich«, sagte Astrid.

»Wir sehen uns«, sagte ich.

Mit brummendem Dieselmotor fuhren sie los – ihre verkrampften, stummen Profile hinter der Scheibe.

Danach starrten wir beide auf die Ecke, hinter der Ingrid mit Durante verschwunden war. Unsere Nervosität wuchs mit jeder Minute: Wir kratzten uns am Kopf, am Hals, bohrten die Schuhspitze in den Asphalt, schluckten.

»Manchmal benimmt sie sich einfach unerträglich«, sagte Astrid.

»Der Kerl bringt sie schier um«, sagte ich, »und hinterher steht er mit Blumen da. Und was macht sie? Sie lächelt. Hast du gesehen, wie sie ihn angelächelt hat?!«

»Ja, habe ich.« Astrid war über das wunderbare Lächeln ihrer Schwester ebenso verbittert wie ich.

»Und sie läuft *sofort* hinterher«, sagte ich, »um sich von diesem Pseudoschamanen irgendwelchen Schwachsinn erzählen zu lassen.«

»Sie war schon immer so«, bestätigte Astrid. »Schon in unserer Kindheit. Kaum war ein attraktiver Mann in Sicht, sank ihr Urteilsvermögen auf null.«

»Und Durante wäre ein attraktiver Mann?«, sagte ich in einem vor Eifersucht noch giftigeren Ton.

»Fang bitte nicht wieder an«, sagte Astrid, ohne mich anzusehen.

»Anfangen, womit?«, fragte ich, obwohl ich wusste, dass ich mich damit in eine peinliche Rolle brachte.

»Das weißt du genau«, erwiderte Astrid.

Ingrid bog um die Ecke des weiter unten gelegenen Krankenhauses und kam auf uns zu, in der einen Hand den kleinen Strauß weißer Rosen, die andere verbunden.

Wir gingen ihr entgegen und begleiteten sie stumm zu unserem Bus, bemüht, zu der fürsorglichen Haltung zurückzukehren, die wir bis vor wenigen Minuten ihr gegenüber gehabt hatten. Doch auf dem Heimweg löste sich die unausgesprochene Spannung zwischen uns kein bisschen, im Gegenteil, sie wuchs von Kilometer zu Kilometer. Niemand sagte ein Wort, wir saßen steif auf unseren Plätzen und registrierten jede noch so kleine Bewegung der anderen.

Etwa nach der Hälfte der Kurven, die bergauf führten, bevor es wieder abwärts und dann zu unseren Hügeln erneut aufwärts, sagte Astrid zu ihrer Schwester: »Was wollte er von dir?«

»*Wer?*« Ingrid wirkte wie verzaubert.

»*Durante*«, sagte Astrid. »Wer sonst?«

»Er hat mich zum Abendessen eingeladen«, sagte Ingrid.

»*Was?*«, sagte ich, mühsam den Kurs haltend.

»Wieso?«, fragte Astrid, indem sie sich mit ihrer geraden, kurzen Nase zum Rücksitz umwandte.

»Damit ich ihm verzeihe«, sagte Ingrid.

»Und was hast du geantwortet?«, fragte Astrid.

»Dass es nichts zu verzeihen gibt«, sagte Ingrid.

»In dem Sinn, dass es *unverzeihlich* ist«, sagte ich.

»Ich hoffe, du hast abgelehnt«, sagte Astrid.

»Nein«, sagte Ingrid. »Ich gehe. Wenn es euch nichts ausmacht. Er sagt, er kennt ein nettes Lokal auf den Hügeln, wenige Kilometer von eurem Haus entfernt.«

Etwa zehn Sekunden lang wälzten Astrid und ich schweigend hitzige Gedanken, umgeben vom mechanischen Geratter des Autos und dem Lärm des Luftzugs.

»Mir macht es aber was aus, falls es dich interessiert«, sagte Astrid.

»*Mir* auch.« In der Tat wurmte es mich so, dass ich immer schlechter fuhr: In jeder Kurve geriet der Bus ins Schleudern. Außerdem versuchte ich, Ingrids Gesicht im Rückspiegel zu sehen, was gewiss nicht half, die Spur zu halten.

»Aber warum denn?«, sagte Ingrid in einem Ton scheinbarer Unkenntnis der menschlichen Regungen, der verdächtig nach Durante klang.

»Ich glaube nicht, dass ich dir das erklären muss!«, sagte Astrid schroff. »Vielleicht kommst du auch alleine drauf!«

»Weil wir nichts mehr mit ihm zu tun haben wollen!«, sagte ich. »Du müsstest dich doch als Erste distanzieren!«

Von einer Sekunde zur anderen wechselte Ingrid die Rolle: vom süßen, empfindsamen, unter Schock stehenden Mädchen zur streitbaren Fürsprecherin der freien Geister. »Ihr seid ja komplett übergeschnappt!«, sagte sie. »Erst stellt ihr mich einem Typen vor, als wäre es euer Freund, und kaum passiert ein kleiner Unfall, an dem er nicht schuld ist, werdet ihr zu Furien!«

»Er *ist* aber daran schuld«, sagte ich, matt im Vergleich zu ihr.

»Als hättet ihr einen Groll auf ihn«, sagte Ingrid, »der nur darauf wartet, herauszukommen! Ihr redet schon daher wie die Morlacchis, die ihn als ›Irren‹ bezeichnen. Das ist einfach ungerecht und gemein!«

»Spinnst du?!«, sagte Astrid, ebenfalls von der Heftigkeit ihrer Schwester beunruhigt.

»Aber das ist euer Problem!«, sagte Ingrid. »Ich mache, was mir passt, ich bin euch keinerlei Erklärungen schuldig.«

»Es ist auch *dein* Problem!«, sagte Astrid. »Nachdem du hier zu Gast bist!«

»In einem Land, das du nicht gut kennst!«, sagte ich.

Natürlich war dieser ganze Schlagabtausch völlig sinnlos: Astrid und ich wussten genau, dass er zu nichts führen würde, und das frustrierte uns noch mehr.

Als wir zu Hause ankamen, füllte Ingrid als Erstes Wasser in einen Tonkrug, stellte Durantes weiße Röschen hinein und trug sie in ihr Zimmer im oberen Stockwerk. Dann schloss sie sich im Bad ein, zwanzig Minuten lang hörten wir das Wasser in der Dusche rauschen. Astrid machte mir wütende Zeichen, aber ich wusste nicht, wie ich eingreifen sollte, ohne kleinlich oder zudringlich zu wirken. Zuletzt ging sie selbst, hämmerte an die Tür und schrie: »He, Wasser ist kein unerschöpflicher Rohstoff, jedenfalls nicht hier! Der Brunnen ist halb ausgetrocknet, und du leerst das ganze Reservoir!«

Ingrid stellte das Wasser ab. Wenige Minuten später kam sie barfuß heraus, ein Handtuch um die Haare gewickelt. Ich wollte ihr etwas sagen, war aber unten im Erdgeschoss, und meine Reflexe waren durch meine Gefühle verlangsamt; sie huschte rasch vorbei und schloss sich in ihr Zimmer ein.

Um acht Uhr abends, sobald sie Durante hupen hörte, kam sie herunter. Rasch durchquerte sie die Küche, wo Astrid und ich das Abendessen zubereiteten: in einem leichten, kurzen weißen Kleid, einen Baumwollpulli über die Schultern gelegt, die glänzenden Haare sorgfältig gebürstet, in ihr Parfüm nach Myrte und Zitrusfrüchten gehüllt. »Ciao, ich gehe«, sagte sie mit einem kleinen Nicken.

Astrid und ich antworteten nicht; nur Oscar begleitete sie freudig wedelnd bis zur Tür.

Mit einer Ausrede ging ich in die Werkstatt und schaute vom hintersten Fenster aus zu, wie Durante den Hut abnahm, Ingrid auf die Wangen küsste und ihr die Türe aufhielt; dann wendete das kleine weiße Auto und kletterte im schwindenden Abendlicht mit brennenden Scheinwerfern die steile Straße hinauf.

Nachts wälzte ich mich schlaflos im Bett

Nachts wälzte ich mich schlaflos im Bett. Meine Beine zuckten, ich sah Bilder von Ingrid und Durante vor mir, Hand in Hand auf den Hügelwegen, neben alten, verlassenen Häusern, auf mondbeschienenen Wiesen. Eine Folge ihrer möglichen Gesten und Blicke zog an mir vorüber wie ein Film, wie von einem neurotischen Cutter montierte Sequenzen, die sich mit kaum wahrnehmbaren Varianten wiederholten. Mein Herz klopfte unregelmäßig, ich rang nach Luft, unaufhaltsam kroch die Angst in mir hoch.

Auch Astrid war wach, ich merkte es an ihrem Atem, an der Art, wie sie sich bewegte. Irgendwann knipste ich die Nachttischlampe an: Die Uhr zeigte fünf nach halb zwei, das Haus war in Schweigen getaucht, nur der Wind rüttelte leise an den Fenstern. »Bist du wach?«, fragte ich.

Astrid drehte sich zu mir um: »Es ist heiß«, sagte sie.

»Und windig«, erwiderte ich.

»Noch nicht sehr«, sagte sie.

»Hast du Ingrid heimkommen hören?«, fragte ich.

»Nein«, antwortete sie und setzte sich auf.

»Sie ist immer noch mit diesem Kerl unterwegs«, sagte ich. »Um fünf nach halb zwei.«

»Wer weiß, wo sie sind«, sagte Astrid.

»Was meinst du?«, fragte ich.

»Einen Platz kann ich mir schon vorstellen«, sagte sie.

»Diese blöde Sattelkammer?«, fragte ich, mit einigen unerträglichen Bildern von Ingrid und Durante, die auf dem alten, rissigen Bretterboden auf dem ausgebreiteten Schlafsack knutschten.

»Hm«, machte Astrid.

Ich versuchte, mich von dem Gedanken zu distanzieren, aber er ließ mich nicht los, traktierte mich mit viel zu vielen Einzelheiten. »Bist du dir sicher?«, fragte ich.

»Natürlich nicht«, sagte sie. »Ich stelle es mir vor.«

»Aber du kennst doch Ingrid besser als ich, oder?«, sagte ich.

»Ich glaube schon«, sagte Astrid. »Sie ist meine Schwester.«

Unsere Unruhe verband uns keineswegs, sie trennte uns vielmehr: Jeder von uns beiden wurde von seiner eigenen Strömung fortgerissen, aus persönlichen und gleichermaßen uneingestehbaren Gründen.

»Was für ein Typ ist sie, was diese Sachen angeht?« Ich hatte plötzlich ein Bild vor Augen – Ingrid, nackt, am Ufer eines kleinen Sees in den österreichischen Alpen, wo wir einmal zu viert, auch mit Heinz, Urlaub gemacht hatten: ihre lligen, weichen Kurven, die natürliche Sinnlichkeit, mit der sie ins Wasser ging.

»Du hast es selbst gesehen, heute«, sagte Astrid. »Sie lässt sich von ihren Empfindungen mitreißen.«

»Ohne nachzudenken«, sagte ich.

»Ja«, sagte Astrid. »*Wumm*, wirft sie sich rein, einfach so.«

Es gelang mir nicht, mein Gefühl zu benennen, obwohl

ich so davon überwältigt war, dass ich nicht stillhalten konnte. Es war ein Gemisch aus Verlustangst, Sich-ausgeschlossen-Fühlen, erzwungener Bewegungslosigkeit, Wehmut, Neid, Ärger, Bitterkeit, Langeweile, Begehren, Hast. Mit rauher Stimme sagte ich: »Na ja, letztlich ist es ihre Sache, nicht wahr?«

»Selbstverständlich«, erwiderte Astrid ohne jede Überzeugung.

»Aber es macht mich trotzdem wütend«, sagte ich.

»Mich auch«, sagte sie.

Selbst das brachte uns einander nicht näher; im Gegenteil, für die gleiche Aufregung entgegengesetzte Gründe zu haben verschärfte unseren Abstand noch mehr und verleitete uns zu einer potentiell zerstörerischen Art von Offenheit.

»Ist es überhaupt Wut?«, fragte ich.

»Wie meinst du das?«, sagte sie.

»Oder ist es eher *Eifersucht*?«, sagte ich.

»Wie kommst du denn darauf?«, sagte Astrid. Sie schüttelte den Kopf, aber an ihrem Tonfall war deutlich zu hören, dass ich den Kern der Sache berührt hatte.

»Ich weiß nicht«, sagte ich. »Ich versuche nur, es zu verstehen.« Mir schien, als wären wir gefangen in unseren Laken, unserem Bett, unserem Zimmer, unserem Haus, unserer Arbeit, unserer siebenjährigen Geschichte: Ich strampelte das Laken weg, veränderte meine Lage.

»Was hast du, Pietro?«, sagte Astrid. »Erklärst du mir das mal?«

»Und *du*?«, sagte ich. »Erklärst du mir das mal?«

»Nichts habe ich«, sagte sie. »Es macht mich bloß nervös, dass meine Schwester mit einem gefährlichen Idioten unterwegs ist, ich fühle mich dafür verantwortlich.«

»Ach, jetzt ist er auf einmal ein gefährlicher Idiot?«, sagte ich. »Nicht mehr der edle Ritter mit tausend wunderbaren Eigenschaften? Oder meinst du *emotional* gefährlich?«

»Ich meine gefährlich, weil er verantwortungslos ist«, sagte Astrid, ohne auf mich einzugehen.

»Oho«, machte ich. »Das ist ja eine ganz neue Ansicht.«

»Das ist meine Ansicht nach dem, was heute passiert ist. Basta.«

Wir kamen der Wahrheit nahe und zogen uns sofort wieder zurück, wie ängstliche Springer, die sich bis zum Rand des Sprungbretts vorwagen und im letzten Augenblick einen Schritt rückwärts machen.

»Ist das alles?«, sagte ich. »Oder gibt's da sonst noch was?«

»Was meinst du?«, fragte sie.

»Weiß ich nicht, vielleicht wärst du gern an Ingrids Stelle?«, sagte ich.

»Was zum Teufel redest du?«, sagte sie. »Was fällt dir *ein*?«

»Na, du hättest dich mal sehen sollen, da bei den Morlacchis«, sagte ich. »Vor dem Sturz. Wie du ihn angeschaut hast.«

»Hör auf mit diesem Quatsch«, sagte Astrid.

»Angeschwärmt hast du ihn«, sagte ich. »Total.«

»Du bist total übergeschnappt«, sagte sie. »Du spinnst!«

»Deine Augen haben *geleuchtet*«, sagte ich. »Wie an dem Tag, als du ihn das erste Mal gesehen hast. Als du ihn mit Stiefeln ins Haus gelassen hast.«

»Hör auf, Pietro!«, sagte sie. »Vielleicht möchtest *du* ja an *Durantes* Stelle sein.«

»Und warum?«, fragte ich kopfschüttelnd; genau am Rande der Wahrheit wich ich zurück.

»Glaubst du, ich weiß nicht, dass Ingrid dir besser gefällt als ich?«, sagte sie.

»Was?« Mir wurde plötzlich eiskalt, ich fühlte mich entdeckt.

»So ist es«, sagte Astrid.

»Was soll das!«, sagte ich. »Was hast du dir da in den Kopf gesetzt?«

»Ich erinnere mich«, sagte sie. »Einmal in Graz kam ich heim und fand euch in der Küche bei Tee und Keksen, die reinste *Idylle*. Mich hast du nie mit so einem Blick angeschaut, nicht einmal am Anfang.«

»Von welchem Blick sprichst du?«, fragte ich mit aufrichtiger Neugier.

»Von welchem wohl«, sagte sie. »Hingerissen, hingerissen.«

»Das ist doch absurd«, sagte ich, weil mir nichts anderes einfiel.

»Vielleicht ist es absurd«, sagte sie, »aber es ist wahr.«

»Ist es nicht«, sagte ich mit dem Gefühl, dass es mich mehr Mühe kostete als sie, mich in die Wahrheit zu stürzen und mit der Kraft der Verzweiflung darin zu schwimmen.

»Es ist eine Tatsache«, sagte sie.

»Das bildest du dir nur ein«, sagte ich.

»Sei ehrlich, Pietro«, sagte Astrid. »Du findest doch, dass sie all das ist, was ich nicht bin.«

»Wer, Ingrid?« Es machte mich schwindelig, bloß ihren Namen auszusprechen.

»Von ihr reden wir gerade«, sagte Astrid. »Findest du sie nicht spontaner, sanfter, ungezwungener, weiblicher als mich?«

»Nein«, antwortete ich.

»Wie findest du sie dann?«, fragte sie. »Genauso wie mich? Identisch?«

»Aber nein, was soll das«, sagte ich. »Ihr seid eben verschieden.«

»Tja«, sagte sie. »Und die Unterschiede sind alle zu meinem Nachteil.«

»Aber wieso?«, sagte ich.

»Weil ich zu dünn und zu groß bin?«, fragte sie. »Ohne Busen, ohne Po?«

»Bitte, Astrid«, sagte ich, erschrocken darüber, wie ihre Unsicherheit meine geheimen Gedanken einen nach dem anderen ans Licht brachte.

»Wieso schaust du mich nie so an, wie du Ingrid anschaust?«, sagte sie. »Oder sprichst mit mir in demselben Ton wie mit ihr?«

»In welchem Ton?«, fragte ich.

»Das weißt du ganz genau«, sagte sie. »Galant, ein bisschen schelmisch und komplizenhaft. Sei kein Heuchler.«

»Vielleicht, weil wir seit *sieben Jahren* zusammen sind, du und ich«, sagte ich, ohne zu überlegen.

»Und?«, fragte sie.

»Wir wissen, wie wir *sind*«, sagte ich. »Wir brauchen diesen Ton nicht.«

»Aber meine Schwester schon?«, sagte sie.

»Deine Schwester sehe ich zweimal im Jahr«, sagte ich. »Ich habe keine Ahnung, wie sie wirklich ist.«

»Und das zieht dich an?«, fragte Astrid. »Nicht zu wissen, wie sie ist?«

»Aber nein«, sagte ich. »Sie zieht mich überhaupt nicht an.«

»Also ist es die Vertrautheit, die alles kaputtmacht?«, fragte sie, ohne mir zuzuhören. »Zu wissen, wie jemand wirklich ist?«

»Nein«, sagte ich. »Oder vielleicht doch, kann sein. Aber für dich ist es genauso, was glaubst du denn? Seit mindestens sechs Jahren hast du mich nicht mehr so angeschaut wie heute Durante bei den Morlacchis, vor Ingrids Sturz. Oder sogar seit *sieben* Jahren.«

»Das stimmt nicht«, sagte Astrid in kindlich betrübtem Ton.

»Wir können beide alles abstreiten bis morgen früh«, sagte ich. »Das ändert nichts an der Realität.«

»Also gibst du zu, dass du meine Schwester vorziehst?«, sagte sie.

»Und du gibst zu, dass du Durante vorziehst?«, sagte ich.

»Hast du erotische Phantasien mit Ingrid?«, sagte Astrid mit brutaler Heftigkeit, um mir nicht antworten zu müssen. »Würdest du gern mit ihr vögeln?«

»Was soll das?«, sagte ich wie ein gehetztes Kaninchen. »Scheint mir klar, dass ich dich vorziehe.«

»Wieso klar?«, fragte Astrid.

»Ich habe dich gewählt, oder nicht?«, sagte ich. Aber natürlich war es nicht so: Ich hatte nie die Wahl gehabt zwischen den beiden Schwestern Neumann, eine neben der anderen, beide gleich verliebt in mich, jede mit ihren gut sichtbaren Qualitäten und Fehlern. Ich hatte mich einfach mit derjenigen zusammengetan, der ich zuerst begegnet war, ohne überhaupt zu wissen, dass es noch eine andere gab. Und die Zweite hatte ich getroffen, nachdem ich mit der Ersten bereits eine Beziehung eingegangen war, die wir einen Monat lang mit Blicken und Worten und Gedanken und Liebesgesten vertieft hatten. Wenn man noch hinzufügt, dass die andere ihrerseits mit einem baskischen Maler liiert war und gegenüber ihrer Schwester eine noch stärkere Loyalitätsbindung hatte als ich, kann man sagen, dass ich keineswegs eine Wahl getroffen hatte.

»Und warum hast du mich gewählt?«, sagte Astrid.

»Ich habe dich nicht *gewählt*«, sagte ich, da es mir jetzt nicht mehr gelang, etwas ganz Unwahres zu sagen. »Du standst ja nicht da wie eine Kuh auf dem Markt, die auf einen Käufer wartet.«

»Vielen Dank, das hoffe ich«, sagte sie. »Was hat dir denn an mir gefallen?«

»Das kann ich nicht so einfach sagen«, antwortete ich.

»Versuch's«, sagte sie. »Streng dich an.«

»Deine Art, wie du bist«, sagte ich. Wir waren nicht im Entferntesten zu einem sentimentalen Spiel aus zärtlichen Fragen und Bestätigungen aufgelegt. Was zwischen uns vorging, war ein Kampf, wer den anderen zuerst bloßstellt: angespannt, schmerzhaft, grausam.

»Zu allgemein«, sagte sie. »Das gilt nicht.«

»Gegensätze ziehen sich an«, sagte ich. »Du bist hell, ich dunkel, du bist groß und schmal, ich eher gedrungen, du mitteleuropäisch, ich mediterran. Die Tendenz zur Vermischung ist offensichtlich eine treibende Kraft unserer Spezies.«

»Allgemeiner geht's nimmer«, sagte sie. »Reden wir jetzt von morphologischen Typen und geographischen Regionen?«

Ich strengte mich an, genauer zu sein, aber es gelang mir nicht, mein Kopf war angefüllt mit Bildern von Ingrid, aus unterschiedlichem Abstand, in unterschiedlichen Momenten.

»Dann probieren wir es mal so«, sagte Astrid. »Was findest du an mir besser als an meiner Schwester?«

»Deine Art zu denken?«, erwiderte ich, rasch, unsicher.

»Die *geistigen* Qualitäten interessieren mich hier nicht«, sagte sie. »Sag mir, aus welchen rein *körperlichen* Gründen du mich Ingrid vorziehst.«

Mir fielen nur die verkehrten Gründe ein: ihre ungewöhnlich langen Beine, dass sie dünn war, ohne Diäten zu brauchen, ihre wasserblauen Augen, die im hellen Licht beinahe ganz durchsichtig wurden, der leicht trockene Klang ihres Lachens, ihre etwas steife Art, sich zu bewegen, wenn fremde Leute dabei waren, ihre Unfähigkeit, sich gehenzulassen, ihre großen Schwierigkeiten, zum Orgasmus zu kommen. Ingrid dagegen schien mir von Natur aus alle bei einer Frau begehrenswerten Eigenschaften zu besitzen: die warme Intensität ihres Blicks, ihr instinktives Kontaktbedürfnis, ihre Impulsivität, ihre hitzige Aufmerksamkeit, ihre Ungeduld, sogar ihre Unvernunft.

»Also?«, fragte Astrid. »Musst du so lange darüber nachdenken?«

»Ich kann das nicht«, sagte ich. Je mehr ich nach einem Ausweg suchte, umso mehr fühlte ich mich in der Falle, rettungslos in meinen Gedanken und Empfindungen gefangen.

»Ich bin einfach die Frau deiner Träume«, sagte sie. »Wunderbar. Wirklich schmeichelhaft.«

»Aber nein«, sagte ich. »Es ist mitten in der Nacht, wir schlafen schon halb.«

»Kein bisschen schlafen wir«, sagte sie. »Wir sind hellwach.«

»Morgen früh mache ich dir eine schriftliche Liste mit allen deinen Vorzügen«, sagte ich. »Körperlichen und geistigen. Versprochen.«

»Die kannst du behalten«, sagte sie. »Vielen Dank. Dann ist es zu spät.«

Um irgendwie da herauszukommen und weil ich voller wirrer und widersprüchlicher Impulse war, rollte ich zu ihr hin und drückte mich an sie, küsste sie auf den Mund, streichelte ihren Busen, die Hüfte, den Bauch, glitt mit der Hand nach unten.

Sie presste beinahe sofort die Schenkel zusammen, verkroch sich unter dem Laken. »Hör schon auf«, sagte sie, »lass uns schlafen. Es ist wahnsinnig spät.« Sie drehte sich auf die andere Seite, außer Reichweite.

Ich empfand eine Mischung aus Erleichterung und Enttäuschung, die sich fast die Waage hielten; ich rückte von ihr weg und löschte das Licht.

Wir blieben weiter wach, auch wenn wir jetzt still dalagen und so taten, als würden wir schlafen.

Viel später, gegen vier Uhr morgens, hörten wir ein

Motorengeräusch und Oscars verhaltenes Blaffen, dann die Haustür, das freudige Winseln und Scharren, Ingrids Schritte auf der Treppe. Da erst schliefen wir ein, für den Augenblick von der flirrenden Unruhe befreit, die unsere Gedanken die ganze Zeit besetzt und unsere Herzen bedrückt hatte.

Um neun Uhr morgens saßen Astrid und ich schon am Webstuhl

Um neun Uhr morgens saßen Astrid und ich schon am Webstuhl, obwohl wir nur vier Stunden geschlafen hatten und uns am Sonntag gewöhnlich etwas mehr Ruhe gönnten. Wir mussten fünf grün-lila gestreifte Türvorhänge aus Baumwolle machen, die eine Frau aus Mailand vor sechs Monaten per E-Mail bei uns bestellt hatte. Es war keine besonders anspruchsvolle Arbeit, aber wie üblich fürchteten wir, den Liefertermin nicht einhalten zu können. Es war immer so: Am Anfang glaubten wir, wir hätten alle Zeit der Welt, ein paar Tage später hatte sich die Zeit auf geheimnisvolle Weise verdichtet, der Termin war viel näher, als wir dachten. Und bald darauf setzten wir uns immer früher am Morgen an die Arbeit und hörten immer später am Abend auf: So brachte die Terminangst unser kontemplatives Handwerkerleben immer wieder aus dem Gleichgewicht.

Aber der wahre Grund, warum wir uns aus dem Bett gewälzt hatten, war jetzt Ingrid, die noch in ihrem Zimmer schlief, wie eine schwierige, vorübergehend archivierte Frage. Wir hatten nicht mehr darüber gesprochen, weder gleich nach dem Aufwachen noch auf unserem Morgenspaziergang mit Oscar noch beim Frühstück. Die Unruhe und das nächtliche Gespräch hingen noch zwischen uns in der Luft, in Form von Blicken, die sich mieden, von allzu akribischer Aufmerksamkeit, mit der wir die farbigen Fäden durch unsere Webstühle gleiten ließen.

Gegen elf kam Ingrid mit einem Glas Wasser in der Hand in die Werkstatt, Oscar trottete hinter ihr her. »Guten Morgen, ihr fleißigen Arbeiter«, sagte sie, als ob nichts wäre.

»Guten Morgen«, antworteten Astrid und ich, fast ohne den Blick von unseren im Werden begriffenen Stoffen zu heben.

»Wie geht's?«, fragte Ingrid. Auch ohne sie direkt anzusehen, konnte ich erkennen, dass sie ausgeruht und zufrieden wirkte in ihrem weißen Baumwollhemd, das bis zur Hälfte der Schenkel reichte, das Gesicht vom Schlaf entspannt, die Haare gebürstet.

»Gut«, sagte ich, dabei wäre ich am liebsten aufgesprungen, um sie zu schütteln und mit Fragen zu bestürmen, was sie denn mit Durante gemacht hatte, während ihre Schwester und ich nicht schlafen konnten.

»Das Handgelenk?«, fragte Astrid.

»Viel besser«, sagte Ingrid. »Es tut fast nicht mehr weh.« Sie bewegte ihre rechte Hand ruhig und sicher im Morgenlicht.

»Viel Lärm um nichts also, das ganze Drama gestern«, sagte Astrid.

»Ja«, sagte Ingrid und trank das Glas Wasser aus. Oscar schwänzelte Aufmerksamkeit heischend um sie herum, drückte die Schnauze an sie, um zwischen ihren Schenkeln zu schnuppern.

»Oscar!«, sagte ich. »Schluss jetzt!«

Sie lachte, schob ihn weg und ging in die Küche, um zu frühstücken.

Astrid und ich begannen wieder zu arbeiten, so als wären wir ganz auf unsere Stoffe konzentriert.

Wir webten weiter bis halb eins, ohne Musik und ohne Pause, wie zwei Akkordarbeiter. Eine Art Test, wer zuerst nachgeben und aufstehen und es wagen würde, Ingrid die erste Frage zu stellen. Zuletzt standen wir beinahe gleichzeitig von den Webstühlen auf, gingen in die Küche und schenkten uns ein Glas Eistee mit Zitrone ein. Stumm tranken wir ein paar Schlucke, dann traten wir vors Haus.

Ingrid saß unter der Pergola, die rechte Hand im Schoß, in der linken eine alte Taschenbuchausgabe von *Northanger Abbey* von Jane Austen.

»Und?«, fragte Astrid.

»Schön«, sagte Ingrid. »Ich bin gerade an der Stelle mit der Fahrt in der Kutsche mit dem unerträglichen Typen, in Bath.«

»Ich meinte gestern Abend«, sagte Astrid.

Beide heuchelten wir auf dieselbe lächerliche Art Gleichgültigkeit, nippten an unserem Eistee und betrachteten die sonnenbeschienenen Hügel, während wir in Wirklichkeit mit jeder Faser auf Ingrid konzentriert waren.

»Ach so«, sagte sie, als ob der gestrige Abend in ihren Gedanken weit weg wäre. »Wir sind hier in der Nähe auf den Hügeln essen gegangen. Durante hatte nicht zu viel versprochen, es gab einfaches, gutes Essen aus der Region.«

»Und dann?«, sagte Astrid. Daran, wie sie schluckte, konnte ich sehen, wie angespannt sie war: Ich brauchte nur ihren Hals anzuschauen.

»Nichts«, sagte Ingrid. »Wir haben einen Spaziergang gemacht, im Mondschein. Er war erst dreiviertel voll, aber unglaublich hell.«

»Wie romantisch«, sagte Astrid.

»Was ist los?«, sagte Ingrid und sah ihre Schwester und mich an. »Seid ihr immer noch sauer, dass ich mit Durante ausgegangen bin?«

»Nein, natürlich nicht«, sagte Astrid. »Wir haben uns riesig gefreut, das kannst du dir ja vorstellen.«

»Fang nicht wieder an«, sagte Ingrid.

»O doch«, sagte Astrid. »Du hättest dich etwas vernünftiger verhalten können.«

»Wir sind keine kleinen Mädchen mehr, Astrid«, sagte Ingrid, »ich weiß schon, was ich tue.«

»Offensichtlich nicht!«, sagte Astrid. »Mit einem Typen auszugehen, der schuld war, dass du dir wenige Stunden davor beinahe den Hals gebrochen hättest!«

Ingrid stand auf: »Ihr wisst genau, dass das nicht stimmt! Schon gestern habt ihr ihn die ganze Zeit zu Unrecht beschuldigt!«

»Wir waren nur um dich besorgt!«, sagte Astrid eher aggressiv als kummervoll.

»Von wegen!«, sagte Ingrid. »Ihr wart bloß ungerecht und kleinlich!« Mit wütenden Schritten ging sie ins Haus.

Astrid und ich folgten ihr, hin- und hergerissen zwischen Eifersucht, Schuldgefühlen, Verlegenheit, Ressentiment, ungestilltem Hunger nach Informationen. »Jetzt komm, Ingrid«, sagte ich. »Sei doch nicht so.«

»Kann man überhaupt nicht mit dir reden«, sagte Astrid, »ohne dass du gleich an die Decke gehst?«

»Redet ihr unter euch, wenn es euch so interessiert!«, sagte Ingrid, ohne sich umzudrehen.

»Warum sagst du ›ihr‹?«, fragte ich, verzweifelt bei dem Gedanken, dass sie zwischen unseren entgegengesetzten Gründen nicht unterscheiden könnte. »Warum siehst du uns als eine Front?«

»Weil es so ist!«, sagte sie, während sie mit ihrem Buch in der Hand die Treppe hinaufging.

»Komm wieder runter«, sagte ich. »Setz dich vors Haus und lies weiter, wie vorher.«

»Nein danke!«, brüllte sie, schon oben angekommen. Sie knallte die Tür zu ihrem Zimmer zu und drehte den Schlüssel um.

Etwa eine Stunde später klopfte ich an ihre Tür, ein Glas Granita in der Hand, selbst gemacht mit der Pfefferminze aus unserem Garten. Nach einigem Widerstand öffnete sie und nahm das Glas entgegen. Dass ich ohne Astrid mit ihr in einem Zimmer war, ließ mein Herz schneller klopfen, mein Blick war magnetisch angezogen von jeder kleinsten Veränderung ihres Ausdrucks.

»Tut mir leid wegen vorhin«, sagte ich. »Auch Astrid tut es leid.«

»Astrid ist eifersüchtig«, sagte sie.

»Worauf?«, sagte ich, schockiert über die Sicherheit, mit der sie meine Diagnose der vergangenen Nacht bestätigte.

»Auf mich«, sagte sie. »Schon immer.«

»Also komm, Ingrid«, sagte ich mit vorgetäuschtem Erstaunen, vorgetäuschter Abgeklärtheit, ganz der loyale Lebensgefährte ihrer Schwester.

»Von klein auf«, sagte Ingrid und sah mich über den Rand des Glases an.

»Du irrst dich ganz sicher«, sagte ich, den Kopf voller hypothetischer Bilder der beiden als kleine Mädchen. »Als ältere Schwester fühlt sie sich einfach für dich verantwortlich.«

»Verantwortungsgefühl, dass ich nicht lache«, sagte Ingrid.

»Du weißt genau, dass sie dich liebhat«, sagte ich.

»Mag ja sein«, sagte Ingrid, »aber sie ist eifersüchtig.«

Ich hätte ihr gern gesagt, dass ich ebenfalls eifersüchtig war, aus dem entgegengesetzten Grund; dass der Gedanke an sie in Durantes Armen mich schmerzte wie ein Korkenzieher, der sich ins Herz bohrt. Doch ich schwieg, und nach ein paar Sekunden verabschiedete ich mich, schloss die Tür hinter mir und ging wieder hinunter an die Arbeit.

Zu Mittag kochte ich Makkaroni mit Kirschtomaten und rief die beiden Schwestern zu Tisch. Ohne sich anzusehen, setzten sie sich wortlos an ihren Platz, stocherten appetitlos mit ihren Gabeln im Essen herum. Um das Schweigen zu brechen, begann ich, ein bisschen über die Morlacchis am Vortag im Krankenhaus zu witzeln. Ich parodierte ihren Tonfall, übertrieb Einzelheiten, und nach einer Weile gelang es mir, Ingrid ein Lächeln abzuringen und zum Schluss auch Astrid.

Dann, als es schien, als würden wir wie durch ein Wunder auf unserer kleinen Festlandinsel zu einem Klima heiterer Familieneintracht zurückkehren, begann in Ingrids Tasche auf dem Küchenbüfett ihr Handy zu klingeln. Sie stand rasch auf, sagte »Oh, ciao!«, und ging hinaus, damit wir sie nicht hörten.

Astrid und ich tauschten einen Blick, erneut von den unkontrollierbaren Gefühlen eingeholt, die uns in der Nacht gequält hatten.

Halblaut sagte ich: »Vergessen wir's, okay?«, obwohl ich wusste, dass das keine Lösung war.

»Ja, ja, was sonst«, sagte Astrid, während sie mit ihrem Messer wütend den gelben Pfirsich auf ihrem Teller zerschnitt.

»Lassen wir sie machen, was sie will.« Allein es auszusprechen bereitete mir einen unerträglichen Schmerz.

»Aber sicher«, sagte Astrid; das Messer glitt ihr aus der Hand.

Als Ingrid in die Küche zurückkam, hatten sich ihre Wangen gerötet und sie atmete schneller. Um unseren stummen Blicken oder Fragen zuvorzukommen, sagte sie sofort: »Es war Durante. Er holt mich heute Abend ab.«

»Schon wieder?«, sagte Astrid: blass, mit verkniffenen Lippen.

»Ja, wieso?«, fragte Ingrid: auch sie angespannt, zum Kampf bereit.

»Wenn's dir Spaß macht.« Astrid zitterte beinahe vor Anstrengung, sich zu beherrschen.

»Dieser Blick!«, sagte Ingrid. »Missbilligung auf der ganzen Linie.«

»Ach was«, sagte Astrid. »Macht ruhig wieder einen wunderbaren Spaziergang im Mondschein. Meinen Segen habt ihr.«

»Siehst du?«, sagte Ingrid. »Siehst du?«

»Fangt bitte nicht wieder an zu streiten«, sagte ich, obwohl von uns dreien wahrscheinlich mich die hässlichsten Gefühle plagten. Ich wusste nicht, was mir mehr zusetzte: Durantes unerträgliche Beharrlichkeit oder die in Ingrids Blick leuchtende Ungeduld bei dem Gedanken, ihn wiederzusehen, oder dass ich allem zuschauen musste, ohne es irgendwie verhindern zu können.

»Wir streiten doch gar nicht«, sagte Astrid. Sie schob sich das letzte Stückchen Pfirsich in den Mund, stand auf und feuerte den Kern und die Pfirsichschalen genervt in den Komposteimer.

*Unser Zusammenleben zu dritt
ging noch vier Tage weiter*

Unser Zusammenleben zu dritt ging noch vier Tage weiter; auf Momente größter Spannung folgten heitere Momente, auf die wieder Momente größter Spannung folgten. Die Spannungsmomente hatten unweigerlich mit Durante zu tun: mit seinen Telefongesprächen mit Ingrid, damit, wie er plötzlich abends oder nachts auftauchte, um sie abzuholen, damit, wie sein Name im Hintergrund der harmlosesten Unterhaltung zu lauern schien. Die heiteren Momente eröffneten sich in unerwarteten Abschnitten des Tages, wenn wir ihn alle drei vergaßen und es uns gelang, über anderes zu reden oder zu scherzen. Sie dauerten nie sehr lange; es genügte, dass Ingrid ihren Blick auf die Uhr, zum Fenster oder zu den Hügeln wandern ließ, und schon befanden wir uns wieder im Krieg, jeder für sich, jeder gegen die beiden anderen.

Es war eine absurde, ausweglose Situation. Ich erklärte Astrid wiederholt, dass meine Nervosität damit zusammenhing, dass ich mir als Gastgeber Sorgen um ihre Schwester machte, und sie versicherte mir eilig, ihr gehe es genauso, und natürlich glaubten wir einander kein Wort. Anstatt uns zu verbünden, versanken wir immer mehr in namenloser Feindseligkeit; heftigste Eifersucht quälte uns, ununterbrochen suchten wir mit Augen und Ohren nach irgendwelchen Indizien. Zum Ausgleich steckten wir all unsere körperliche Energie in die Arbeit; nach jeder kurzen Pause webten wir hastig und verbissen weiter.

Durante achtete seinerseits darauf, sich nicht blicken zu lassen: Er hielt oben an unserem Sträßchen, wenn es schon dunkel war, und wartete dort auf Ingrid. Ich spürte jedes Mal den Impuls, hinauszustürzen und ihm entgegenzutreten, wusste aber zu gut, wie Ingrid reagiert hätte. Mitten in der Nacht brachte er sie wieder nach Hause, entwischte im Dunkeln mit seinem klapprigen kleinen Auto. Stumm lauschten Astrid und ich dem Motorengeräusch, das sich entfernte, erst dann konnten wir einschlafen.

Am vierten Morgen fragte ich Astrid in einer unserer kurzen Arbeitspausen: »Erklärst du mir mal, was ihr an Durante so beeindruckend findet?«

»Wieso sprichst du im Plural?«, erwiderte sie, bemühte sich aber gar nicht mehr, überzeugend zu klingen.

»Was ist es?«, sagte ich. »Dass er sich gibt wie einer, der nichts braucht, nicht einmal Essen? Hat er die Ausstrahlung eines empfindsamen Vagabunden?«

»Frag Ingrid, was sie an ihm findet«, sagte Astrid.

»Ich möchte es auch von dir wissen«, antwortete ich.

»Warum?«, fragte sie.

»Um zu verstehen«, sagte ich. »Womöglich könnte ich was von ihm lernen, wenn ich mich ein bisschen anstrenge. Bodenständigkeit ist ja letztlich viel weniger anziehend, oder?«

Sie schüttelte den Kopf, sah mich nicht an.

»Ist es so oder nicht?«, fragte ich. »Los, sag schon, jetzt mal ganz ehrlich.« Die Wahrheit brannte in mir, mein Gesicht glühte.

Astrid begann mit dem Weberschiffchen zu spielen, ohne zu antworten.

»Wer will schon einen, der mit beiden Beinen auf der Erde steht?«, sagte ich. »Bei einer Gegenüberstellung, wie sie in Amerika üblich ist, nebeneinander im grellen Licht, wie viele Chancen hat da ein bodenständiger Typ gegenüber dem empfindsamen Vagabunden? Hm? Was meinst du?«

Astrid spielte weiter mit dem farbigen Garn ihres Schiffchens.

»Außerdem ist es sowieso viel *einfacher*«, sagte ich. »Den zu mimen, der nichts hat und alles aufs Spiel setzt, ohne Sicherheitsnetz. Was die anderen natürlich zwingt, ihm eines zu liefern.«

»Welche anderen?«, fragte Astrid, starr, abwehrend.

»Die anderen«, sagte ich. »Uns, die Livis, die Morlacchis. Alle, die auf sein Spiel hereinfallen. Das ist bequem so.«

»Warum bequem?« Sie feindete mich jetzt offen an. »Erklärst du mir, was daran bequem ist, nichts zu haben und nichts zu wollen und nichts zu verbergen, ohne sich um die Konsequenzen zu kümmern?«

»*Alles!*«, brüllte ich. »Es ist tausendmal einfacher im Vergleich zu dem Versuch, etwas aufzubauen und es über Jahre hin am Leben zu halten! Im Vergleich dazu, sich jeden Tag totzuarbeiten, um verlässlich, konkret, produktiv und anwesend zu sein!«

»Totarbeiten?«, sagte Astrid mit einem Ausdruck der

Verwunderung, der mich bestürzte, so ähnlich war er dem Durantes.

»Ja!«, sagte ich. »Ständig eine Last von moralischen, emotionalen und praktischen Verpflichtungen auf den Schultern zu tragen wie ein verbissener Handlanger des Alltags! Wenn ich stattdessen leicht und sorglos durch die Gegend laufen könnte, ganz Empfindsamkeit und Hingabe an den Augenblick, mit Inspirationen und Zerstreuungen nach Lust und Laune – wie es mir gefällt! Heute hier, morgen dort, mit irgendeiner anderen Frau!«

»Vielleicht müsstest du es *so machen*«, sagte Astrid, »wenn dir dieses Leben so schwerfällt.«

»Ich habe nicht gesagt, dass es mir schwerfällt« – wieder zog ich mich an den Rand der Wahrheit zurück. »Und wenn mich nicht alles täuscht, war das bisher *unser* Leben!«

»Eine unerträgliche Last von Verpflichtungen«, sagte sie, ironisch meine Stimme nachahmend. »Du Ärmster, das tut mir leid. Ich hätte nicht gedacht, dass es so unerträglich für dich ist.«

»Ich habe nicht gesagt ›unerträglich‹«, erwiderte ich.

»Jedenfalls hast du das gemeint«, sagte Astrid. »Es ist zwecklos, dass du jetzt einen Rückzieher machst.«

»Es war einfach eine Feststellung«, sagte ich. »Der erstbeste Klugschwätzer, der daherkommt und sich heimatlos und ohne Bindungen gibt, regt eure weibliche Phantasie doch viel mehr an als ein loyaler, beständiger armer Irrer, der sklavisch eine Million von Alltagsverpflichtungen am Hals hat.«

»Siehst du?«, sagte sie. »Sklavisch.«

»Aber nein« – wieder machte ich einen halben Schritt rückwärts. »Das war allgemein gesprochen.«

»Dabei sprichst du von *dir* und *mir*!«, sagte Astrid. »So fühlst du dich also! Wie ein Sklave!«

Ich stritt es erneut ab, aber eigentlich fühlte ich mich tatsächlich in Ketten gelegt und begriff nicht, wie ich mich bloß in all den Monaten und Jahren so daran hatte gewöhnen können, dass ich ihr Gewicht gar nicht mehr wahrnahm.

Um ein Uhr machte Ingrid ein Omelett

Um ein Uhr machte Ingrid ein Omelett mit Zucchini aus dem Garten, die von der Hitze bleich und fad geworden waren. Sie konnte die banalsten Dinge tun – ich fand einfach alles zauberhaft. Ich deckte den Tisch und hielt immer wieder inne, sah zu, wie sie mit einer Hand die Eier verquirlte, die blassgrünen Zucchinischeibchen daruntermischte und das Ganze in die Pfanne schüttete und brutzeln ließ, jeder ihrer Handgriffe leicht ungenau, aber durchdrungen von ihren unbegreiflichen Eigenschaften. Sie lachte: »Ich mach gleich alles falsch, wenn du mich so anstarrst.«

»Ich kann aber nicht anders«, sagte ich. Und es stimmte: Ihre Nähe elektrisierte mich, brachte mein Gesicht und meine Hände zum Glühen.

Sie wartete, bis der untere Teil des Omeletts fest geworden war, dann wendete sie es mit Hilfe eines großen Tellers und rüttelte an der Pfanne, damit es nicht anklebte. »Ein Omelett ist ja nichts Besonderes«, sagte sie zu mir, da ich sie weiter bei jeder kleinsten Bewegung beobachtete.

»Je nachdem«, sagte ich. »In diesem Fall kommt es mir vor wie ein Wunder.«

Sie lächelte, machte eine drollige Bewegung mit den Hüften, als wollte sie mich wegschieben, obwohl wir gar nicht nah genug standen.

Astrid betrat die Küche mit Oscar im Gefolge und fragte: »Ist das Essen fertig?« Sie sah uns an, als wollte sie geheime Zeichen oder Spuren erfassen.

»Beinah«, sagte Ingrid und ließ das Omelett in der Pfanne hüpfen.

Astrid dehnte sich, streckte die langen Arme zu den Deckenbalken. Ich dachte daran, wie sehr ihre biegsame Mondgestalt mich angezogen hatte: in einer anderen, fernen Phase meines Lebens.

»Bitte sehr!«, sagte Ingrid.

Ich reichte ihr den Teller, sie ließ das Omelett daraufgleiten. Wir streiften uns zweimal, während wir zum Tisch gingen, ich fühlte, wie mich zwei Schauder überliefen.

Wir aßen das Omelett, als sei es das köstlichste Gericht der Welt, alle drei scheinbar unbeschwert, trotz aller unterschwelligen Spannungen. Wir unterhielten uns über Gemüsegärten, Hühner, Klima, Stoffe, Städte, Vulkane, darum bemüht, uns so weit wie möglich fernzuhalten von jedem Thema, das an Durante erinnern konnte.

Dennoch ließ es sich nicht lange vermeiden: »Vielleicht besucht Durante mich in Graz, wenn er es einrichten kann«, sagte Ingrid.

»Ach ja?« Schlagartig bekam Astrid einen verkniffenen Gesichtsausdruck.

»Ja«, sagte Ingrid. »In einigen Wochen.«

»Falls er sich dann noch an dich erinnert«, sagte Astrid: rasch, kalt.

Ingrid lehnte sich auf dem Stuhl nach hinten, als wollte sie zum Sprung ansetzen.

»Er wirkt wirklich nicht sehr beständig«, sagte ich, aus

dem Meer meines Grolls auf Durante schöpfend. »In Gefühlsdingen jedenfalls.«

»Ganz bestimmt nicht!«, sagte Astrid. »Wenn man danach urteilt, wie er von einer Frau zur anderen übergegangen ist, nur seit er hier in der Gegend aufgetaucht ist.«

Ingrids Gesicht rötete sich: »Ihr habt ja keine Ahnung!«

»Oh doch, mehr als genug!«, sagte Astrid. »Wir kennen ihn schon länger als du! Wir haben ihn in Aktion gesehen!«

»Bitte! Streiten wir nicht schon wieder«, sagte ich, wohl wissend, dass ich als Vermittler keinerlei Anspruch auf Glaubwürdigkeit hatte.

»Ihr seid ungerecht und kleinlich und schäbig, alle beide!«, sagte Ingrid.

»Warum alle beide?«, sagte ich kindisch und unfair gegenüber Astrid.

Astrid warf ihre Serviette auf den Tisch: »Schäbig ist hier nur die Art, wie du dich in diesen Tagen aufführst! Oder in den *Nächten*!«

»Du bist ja bloß eifersüchtig!«, schrie Ingrid.

»Eifersüchtig auf was, auf wen?«, schrie Astrid zurück.

»Auf *mich*!«, schrie Ingrid.

»Da täuschst du dich gewaltig, meine Liebe!«, schrie Astrid. »Ich würde vor Scham im Boden versinken an deiner Stelle!«

»Du *lügst*!«, schrie Ingrid; sie nahm ein Glas und warf es nach ihrer Schwester.

»Dumme Gans!«, schrie Astrid, während sie rasch dem Glas auswich, das an der Wand abprallte und auf dem Boden zerschellte.

»He!«, schrie ich. »Jetzt übertreibt ihr aber, ihr zwei!«

»Was willst du mir eigentlich beweisen mit deiner kindischen Konkurrenz?!«, schrie Astrid ihre Schwester an und warf ein Stück Brot nach ihr. »Mit deinen Groschenromanphantasien, die du nicht mal hinterfragst!«

Eilig schnappte Oscar sich das Stück Brot vom Boden und fraß es in einer Ecke.

»Du bist ja so was von peinlich und frustriert!«, schrie Ingrid und warf eine Gabel nach Astrid.

»Schluss jetzt!«, schrie ich und sprang auf. Ich fuchtelte mit den Armen zwischen den zwei Schwestern herum, war aber ebenso involviert wie sie, von Eifersucht gequält, hin- und hergerissen zwischen entgegengesetzten Empfindungen.

»Selber peinlich!«, schrie Astrid. »Du merkst nicht einmal, dass du dich benutzen lässt wie jede andere!«

»Du weißt *nichts*!«, schrie Ingrid. »Weder von mir noch von ihm!«

»Ich weiß genug!«, schrie Astrid. »Genug, um zu begreifen, dass du dich hast einwickeln lassen wie eine Schwachsinnige!«

»Miststück!«, schrie Ingrid.

»Blöde Kuh!«, schrie Astrid.

Ingrid wollte etwas zurückschreien, nahm dann stattdessen ein Schälchen mit eingelegten Artischockenherzen und warf es nach ihrer Schwester. Diesmal erwischte sie sie an der Schulter: Öl und Artischocken bespritzten Astrids weiße Bluse. Oscar leckte gierig das Öl vom Boden auf.

»Oscar, *nein*!«, schrie ich und zog ihn am Halsband weg, damit er keine Glasscherben schluckte. Astrid stürzte sich auf Ingrid, stieß dabei vor Hast einen Stuhl um. Ingrid warf sich ihr noch ungestümer entgegen: Sie rauften wie wild, zogen einander an den Haaren und an den Ärmeln. Oscar begann zu bellen und wich nach jedem Laut einen Schritt zurück.

Ich stellte mich zwischen Ingrid und Astrid, aber es war gar nicht leicht, sie zu trennen: Ich musste mit aller Kraft dazwischengehen, bis sie losließen, und sie auseinanderschieben, auf Abstand halten. »Beruhigt euch!«, schrie ich, selbst alles andere als ruhig, mit krampfhaft angespannten Arm- und Beinmuskeln, während die Schwestern Neumann mich kratzten und schubsten.

Astrid und Ingrid traten immer weiter um sich, zogen und keuchten und streckten den Kopf vor, um wieder loszulegen, dann verzichteten beide fast im selben Moment: Der Druck auf meine Arme und Beine lockerte sich schlagartig, beide vollführten eine halbe Drehung.

»Ich gehe«, sagte Ingrid in beinahe normalem Ton, auch wenn sie noch heftig atmete. »Kaum zu glauben, was aus euch geworden ist. Ihr seid wie diese Morlaccis.«

»Morla*cchi*s«, sagte ich automatisch und war erstaunt, dass sie selbst so völlig außer sich noch so attraktiv war.

»Wie die heißen, ist völlig egal!«, sagte sie. »Ihr seid geworden wie sie. Eifersüchtig, misstrauisch, frustriert, paranoid – ständig verdreht ihr alles.«

»Du führst dich auf wie ein kleines Kind!«, sagte Astrid. »Total unreif!«

»Lieber bin ich ein kleines Kind, wenn Reife bedeutet, so zu werden wie ihr!«, gab Ingrid zurück. »Abgeschottet von der Welt, gestresst von der Angst, die Hypothek nicht abbezahlen zu können und ständig Käufer für eure Stoffstücke finden zu müssen, terrorisiert, sobald das winzigste unvorhergesehene Ereignis in eurem Leben auftaucht! Schaut euch doch mal an!«

»Was erlaubst du dir?!« Astrid hatte Tränen in den Augen vor Wut.

»Ich erlaube mir, was ich will!«, sagte Ingrid. »Ich gehe sowieso! Ich halte euch nicht mehr aus! Ich will euch nicht mehr sehen!«

»Bitte beruhig dich, Ingrid«, sagte ich in einem betrübten Ton, der ihr lächerlich vorkommen musste. Ich erwog, sie am Arm zu nehmen und zurückzuhalten, tat es aber nicht.

Sie verließ die Küche, lief rasch die Treppe hinauf.

Astrid und ich blieben weiter zwischen den Glasscherben stehen, wortlos, ohne uns anzusehen, bestürzt und außer Atem, erschrocken über die Folgen, die wir noch nicht abschätzen konnten.

Fünf Minuten später kam Ingrid wieder herunter, reisefertig, gekleidet wie bei ihrer Ankunft, mit Wanderschuhen an den Füßen, den kleinen Rucksack in der Hand.

»Komm schon, Ingrid«, sagte ich. »Wo willst du hin?«

»Nach Trearchi«, sagte sie mit dem verschlossenen, unbeugsamen Ausdruck einer Fremden.

»Und dann?«, fragte ich besorgt und verwirrt.

»Dann nehme ich den ersten Zug nach Rom«, sagte sie.

»Und dein Durante?«, sagte Astrid. »Willst du dich gar nicht von ihm verabschieden?«

»Hör auf, Astrid«, sagte ich, da ich fürchtete, sie könnte den Streit wieder anfachen oder Durante allein durch ihr Reden heraufbeschwören.

»Wenn ihr mich nicht hinbringen wollt, gehe ich zu Fuß«, sagte Ingrid, ohne auf die Provokation ihrer Schwester einzugehen.

Daraufhin fuhr ich sie in dem Kleinbus nach Trearchi. Zwölf Kilometer lang sagten wir kein Wort, um uns herum die Geräusche des Motors, der Reifen und der Luft, die durch die offenen Fenster hereinwehte. Ohne den Kopf zu wenden, nahm ich mit beinahe unerträglicher Intensität ihre bebende Anwesenheit zu meiner Rechten wahr, ihren Geruch, ihre Art, hartnäckig geradeaus zu blicken. Ich konnte schier ihre Gedanken lesen, ihren Atem atmen, die Temperatur ihrer Haut fühlen, ihrem Herzschlag lauschen. Ein Teil von mir hätte am liebsten gebremst und am Straßenrand angehalten, um sie stürmisch zu umarmen und zu küssen, um ihr zu sagen, dass ich sie liebte, seit ich sie zum ersten Mal gesehen und ihre Schwester sie mir in ihrer Wohnung in Graz vorgestellt hatte, um ihr vorzuschlagen, mit mir irgendwohin durchzubrennen, mit noch weniger zu leben als Durante, eigenhändig ein Haus für uns zu bauen, Sonne zu tanken, durch den Wald zu wandern, im Meer zu schwimmen, zusammen zu essen, zusammen zu schlafen, zusammen Kinder zu bekommen, was auch immer. Der andere Teil von mir fuhr weiter.

An der Bushaltestelle in Trearchi unternahm ich einen letzten plumpen Versuch, die Kluft des Unverständnisses zu überbrücken, die sich zwischen uns aufgetan hatte. Aber ich verwendete die falschen Worte, und sie war fest entschlossen abzureisen. Mit größter Selbstbeherrschung sagte sie, dass ihre Ferien sowieso zu Ende seien und sie in zwei Tagen in Neapel sein müsse, sie ziehe es vor, in Rom noch eine Freundin zu besuchen. Sie lächelte mich sogar an, aber auf eine Art, die fast nichts von ihrem Licht durchließ; das löste in mir noch mehr Bestürzung aus als ihr Zorn.

Ich bot mich an, ihr wenigstens noch bis zur Ankunft des Busses Gesellschaft zu leisten, auch wieder mit einem viel zu gewundenen Satz; sie erwiderte, sie wolle lieber allein warten. Zum Abschied streiften sich unsere Wangen kalt und flüchtig, während uns die Sonne auf den Kopf brannte.

Als ich zum Bus zurückging, den ich im Halteverbot abgestellt hatte, sah ich, wie sie mit sicherem Schritt die Bar betrat, wo die Fahrkarten verkauft wurden, ihren Rucksack über der Schulter, die Haare hochgesteckt, das rechte Handgelenk verbunden: eine bezaubernde, unbekannte Ausländerin auf Reisen.

Als ich nach Hause zurückkam, war Astrid noch in der Küche. Sie hatte die Glasscherben vom Boden aufgekehrt, aber die Reste des Omeletts mit Zucchini standen noch auf dem Tisch. Sofort fragte sie: »Ingrid?«, mit Blick auf die Tür.

»Ich habe sie an der Bushaltestelle abgesetzt«, sagte ich.

»Du hättest sie zum Bleiben überreden sollen«, sagte sie.

»Dafür war es zu spät«, sagte ich, während das Gefühl des Verlusts in mir aufwallte und mir fast den Atem nahm. »Nachdem du alles getan hast, um sie zu vergraulen.«

»Ach, ist das jetzt meine Schuld?« Ungläubig und blass sah sie mich mit großen Augen an.

»Allerdings ist es deine Schuld!« Ich hatte das verzweifelte Bedürfnis, mich mit jemandem anzulegen. »Bei den schrecklichen Sachen, die du zu ihr gesagt hast!«

»Ich habe keine schrecklichen Sachen gesagt!«, erwiderte sie. »Ich habe ihr gesagt, was ich *dachte*! Und bis heute Morgen hast *du* das Gleiche gedacht!«

»Aber nicht aus dem gleichen Grund!«, rutschte es mir spontan heraus.

»Ach nein?«, sagte sie, vor Anspannung zitternd. »Und worin würden sich unsere Gründe unterscheiden?«

»Das weißt du ganz genau!«, sagte ich, denn trotz allem konnte ich es nicht aussprechen.

»Woher denn«, sagte sie. Doch gleich danach dachte sie wohl selbst, dass auch sie keine Lust hatte, diesen Unterschied zu benennen; sie machte eine wegwerfende Handbewegung und ging aus der Küche.

Ingrids Teller war noch halb voll; ich nahm einen Bissen von ihrem Omelett. Mir war, als schmeckte es nach ihr, aber daraufhin fühlte ich mich noch schlechter. Im Haus herrschte unerträgliche Stille, die Leere nahm auch der kleinsten Geste den Schwung. Unter dem Fenster ausgestreckt, beobachtete Oscar mich aufmerksam, mit gespitzten Ohren verfolgte er jedes Detail.

Ich räumte den Tisch ab, spülte Teller, Besteck und Gläser, als wollte ich die Spuren tilgen, und trat vor die Tür, um die Tischdecke auszuschütteln.

Astrid stand mit dem Rücken an die Mauer gelehnt, die Augen in der Sonne halb geschlossen.

Ich blieb ebenfalls stehen und betrachtete die in der Hitze flimmernden Hügel.

»Glaubst du, dass es stimmt?«, fragte Astrid nach einer Weile.

»Dass wir wie die Morlacchis geworden sind?«, fragte ich, denn dieser Satz von Ingrid hatte mich am meisten getroffen. »Peinlich und frustriert und misstrauisch gegenüber allem Neuen?«

»Nein«, sagte sie, »dass Ingrid nach Rom gefahren ist.«

»Wo sollte sie sonst hinfahren?«, sagte ich, und sofort stürmten wieder tausend neue beunruhigende, schillernde Bilder auf mich ein.

Astrid antwortete nicht, sie blickte in alle Richtungen, außer in meine.

»Denkst du, sie ist stattdessen zu Durante gegangen?«, fragte ich; allein den Namen auszusprechen kostete mich Mühe.

»Hast du sie in den Bus einsteigen sehen?«, sagte Astrid.

»Nein«, erwiderte ich. »Ich habe gesehen, wie sie in die Bar ging, um die Fahrkarte zu kaufen.«

»Du hast sie in die Bar gehen sehen«, sagte Astrid, »Schluss, aus.«

»Es bringt nichts, dass wir uns hier jetzt irgendwelche Storys ausdenken«, sagte ich, obwohl die Story natürlich schon in meinem Kopf ablief wie ein Film.

»Sie wird in der Bar ein Taxi gerufen haben«, sagte Astrid. »Um zu ihm zu fahren.«

»Ach was.« Ich versuchte, mir den letzten Eindruck von ihr wieder zu vergegenwärtigen. »Sie sah aus wie jemand, der auf Reisen geht. Mit diesem zielgerichteten Blick, weißt du?«

»Ihr Blick interessiert mich nicht«, sagte Astrid und stampfte auf den harten Lehmboden und das dürre Gras.

Ich machte einen rein mentalen Versuch, das Thema zu wechseln, doch es gelang mir nicht. Gleich anschließend fühlte ich, wie ich in einen wahrhaft selbstquälerischen Sog geriet: »Vielleicht haben sie entdeckt, dass sie die zwei Hälften eines wunderbaren Ganzen sind. Hast du sie das nicht gefragt?«

»Nein«, sagte Astrid.

»Womöglich ist es viel ernster, als wir denken«, sagte ich. »Vielleicht hat auch er sich unsterblich verliebt, und sie werden für immer glücklich und zufrieden zusammenleben.«

»Hör auf mit diesem Schwachsinn!«, sagte Astrid erbittert. »Das ist nicht witzig! Kein bisschen!« Sie ging ins Haus zurück.

Ich folgte ihr und sagte: »He Astrid, fängst du jetzt auch an, verrückt zu spielen wie deine Schwester?«

Sie ging in die Küche zu der Kupferschale auf dem alten Holzschrank, in der wir die Schlüssel aufbewahren, und griff nach dem Autoschlüssel.

»Wo willst du hin?«, fragte ich und folgte ihr zurück in den Flur.

»Nachschauen, ob sie bei ihm ist«, sagte Astrid. Sie hatte den gleichen entschlossenen Gesichtsausdruck wie ihre Schwester, den gleichen Blick einer Ausländerin.

»Und wenn sie bei ihm wäre? Was würdest du dann tun?« Ich fühlte mich so desorientiert wie seit Jahren nicht mehr: unsicher, wie wir zueinander standen, im Zweifel über jede mögliche Geste oder Bewegung.

»Weiß ich nicht«, sagte sie, während sie ihre Schuhe anzog. Sie hatte es eilig, hatte weder Zeit noch Lust, mit mir zu diskutieren, sich noch weiter aufhalten zu lassen.

»Warte«, sagte ich.

»Ich bin bald zurück«, sagte sie, schon draußen.

»Dann komme ich mit!«, sagte ich, indem ich ihr zum Bus folgte.

»Nein!«, sagte sie heftig. »Ich fahre allein, ist das klar?!«

Ich blieb stehen, sah zu, wie sie einstieg, die Tür zuknallte, den Motor anließ, voll Ungeduld mit einem kratzenden Geräusch den Rückwärtsgang und dann den ersten einlegte und wütend das steile Sträßchen hinauffuhr.

Ich legte die CD eines Konzerts der Rolling Stones ein

Ich legte die CD eines Konzerts der Rolling Stones ein, setzte mich an den Webstuhl und begann, im Rhythmus der Musik zu arbeiten: Mit dem Peitschengriff trieb ich den Schützen an, ließ den Schussfaden durchsausen, schlug die Lade heftig an. Der Webstuhl kam mir vor, als sei er zur einen Hälfte ein Instrument für Rockmusik und zur anderen ein rudimentäres Turngerät, er erforderte den ununterbrochenen Einsatz von Händen, Armen und Beinen. Ich dachte immer noch an die wütende Eile, die Astrid aus dem Haus getrieben hatte, und fragte mich, wo sie jetzt wohl war, wo Ingrid war, was zwischen ihnen beiden und Durante geschehen war oder gleich geschehen würde. Mein Kopf war voller möglicher Gesten und Mienen und Wörter und Stimmlagen, die sich in waagrechten und senkrechten Linien überlagerten, wie die Fäden, die sich vor meinen Augen kreuzten, bis sie ein einziges fortlaufendes Gewebe bildeten.

Nach etwa einer Stunde versuchte ich, Astrid auf dem Handy anzurufen: Die automatische Ansage der Telefongesellschaft flötete, der Teilnehmer sei nicht erreichbar. Ich versuchte, Ingrid anzurufen, aber ich hatte nur ihre alte Nummer, und die neue hatte mir ihre Schwester nie gegeben: Eine Ansagestimme teilte mir auf Deutsch mit, die Nummer sei nicht mehr in Betrieb. Ich versuchte, die Morlacchis anzurufen: Tiziana hob ab. Ich fragte sie, ob sie zufällig Ingrid oder Astrid gesehen habe. Ich bemühte mich, normal zu atmen, war mir aber bewusst, wie gepresst meine Stimme klang.

»Nein«, sagte Tiziana Morlacchi. »Warum?« Sie wirkte ebenfalls aufgeregt und kurzatmig.

»Ach nichts«, sagte ich. »Sie wollten vielleicht rüberkommen, zu Durante.«

»Zusammen?«, fragte sie.

»Nein«, sagte ich. »Entweder die eine oder die andere. Oder vielleicht auch alle beide, ja.« Es war mir egal, wie widersprüchlich das alles klang.

»Ich habe sie nicht gesehen«, sagte Tiziana Morlacchi. »Aber Durante ist sowieso nicht da. Ugo hat etwas Schreckliches gemacht!«

»Was denn?«, fragte ich.

»Er hat Durante rausgeschmissen«, sagte sie mit kippender Stimme. »Unter dem Vorwand der Geschichte mit Astrids Schwester.«

»Was heißt rausgeschmissen?«, sagte ich.

»Er hat ihn weggeschickt!«, sagte sie. »Ohne es vorher mit mir zu besprechen, stell dir mal vor!«

»Wann?«, sagte ich.

»Heute Morgen ganz früh!«, sagte sie. »Ich konnte es kaum glauben, als er es mir erzählt hat! Als würde der Reiterhof ihm allein gehören und nicht zur Hälfte auch mir! Wenn uns mein Vater kein zinsloses Darlehen gegeben hätte, hätten wir die Renovierung nämlich nie hingekriegt!«

»Und Durante?«, sagte ich.

»Mein Vater musste auf die Wohnung in Vicenza eine Hypothek aufnehmen, um uns zu helfen!« Sie war nicht zu bremsen in ihrem Jammertrip. »Und glaubst du, er hätte sich je dafür bedankt, der Signor Morlacchi? O nein! Nie! Und jetzt das! Und dann hat er auch noch die Frechheit, die beleidigte Leberwurst zu spielen und abzuhauen, nach Trearchi oder Ceriano oder wo zum Teufel er hingefahren ist! Ist ja auch egal, er sitzt sowieso irgendwo in der Bar und besäuft sich!«

»Und Durante?«, fragte ich erneut.

»Ich habe ihn überall gesucht!«, sagte Tiziana Morlacchi. »Aber er ist nicht mehr da, weder bei den Boxen noch am Gehege, nirgends!«

»Und die Pferde?«, sagte ich.

»Die sind noch da, aber er nicht!«, sagte sie im Ton wachsender Verzweiflung.

»Wo könnte er sein?«, fragte ich.

Natürlich war es mir ganz gleich, wohin er verschwunden war, mich interessierte nur, ob Ingrid ihn wohl irgendwo getroffen hatte, ob sie zusammen durchgebrannt waren, ob Astrid sie aufgestöbert hatte oder noch krampfhaft nach ihnen suchte. Ich hatte eine geistige Landkarte unserer sogenannten Täler im Kopf, die ich flashartig vor mir sah: zu viel Rauf und Runter und zu viele Steilhänge, zu viele Kurven und Sandsträßchen und Feldwege und Wälder und Gräben, zu viele schlicht unauslotbare Winkel.

»Ich weiß es nicht!«, sagte sie. »Ich weiß es nicht! Es macht mich halb wahnsinnig! Wenn ich daran denke, wie

Ugo sich benommen hat! Gegenüber einem, der ihm nichts getan hatte! Unglaublich, oder?!«

»Er wird seine Gründe gehabt haben«, sagte ich, bis in jede Windung meines Körpers und meines Denkens von meinen eigenen Gründen besessen.

»*Welche* denn?«, sagte sie. »Um sich derartig aufzuführen?«

»Er wird eifersüchtig gewesen sein«, sagte ich.

»Eifersüchtig auf wen, auf was?«, sagte sie quengelig.

»Auf diesen Kerl, diesen Durante!«, sagte ich, selbst von Eifersucht so umgetrieben, dass ich kaum stillsitzen konnte.

»Und warum?«, sagte sie, als wüsste sie es wirklich nicht.

»Wegen dem, was zwischen *dir und ihm* los ist!« Ich war genervt von ihrem Versteckspiel. »Oder gewesen ist!«

»Wovon redest du?«, sagte sie.

»Davon, was ich vermute«, sagte ich. »Was ich gehört habe, was weiß ich.«

»Da ist nichts Wahres dran!«, sagte sie geknickt wie feucht gewordene und wieder getrocknete Pappe. »Das sind bloß gemeine, bösartige Gerüchte!«

»Mir ist es sowieso egal«, sagte ich. »Reg dich nicht auf.«

»Ich mache mir rein *menschlich* Sorgen um ihn!«, sagte sie. »Einfach weil ich es nicht ertrage, dass einer so auf die Straße gesetzt wird! Da steckt nichts Privates dahinter!«

Es war klar, dass sie noch wer weiß wie lange hätte weiterreden können, bemüht, sich keine Blöße zu geben, und sich immer weiter entblößend, aber ich war nicht in der Verfassung, ihr zuzuhören. Ihre Ängste wegen Durante vervielfachten bloß meine eigenen Ängste um Ingrid und

Astrid: Mein Atem stockte, und Adrenalin schoss mir ins Blut. Ich sagte ihr, ich hätte zu tun, ich müsse weg, und legte auf.

Ich ging zur Stereoanlage und schob eine Live-CD von Béla Fleck and the Flecktones hinein, ein Gewirr von Banjo, Saxophon und Elektrobass in Lichtgeschwindigkeit. Noch hektischer als vorher machte ich mich wieder an die Arbeit, im Wettstreit mit den Instrumenten und den inneren Bildern, die mich verfolgten. Ab und zu hob ich das linke Handgelenk, um auf die Uhr zu sehen, und machte einen weiteren vergeblichen Versuch, Astrid auf dem Handy zu erreichen. Die Zeit verging sprunghaft: Bald dehnten sich die Minuten auf absurdeste Weise, bald verschwanden Viertelstunden und ganze halbe Stunden von einer Sekunde zur anderen vom Ziffernblatt.

Ich beendete einen Vorhang, faltete ihn zusammen und räumte ihn weg, dann legte ich neue Garnspulen in die Schiffchen ein und begann wieder zu weben. Wie ein Radfahrer, der stur die vor ihm liegende Straße bezwingt, hastete ich vorwärts, nur dass es eine biegsame, buntgestreifte, schnurgerade und scheinbar endlose Straße war. Meine Gedanken stimulierten meine Nerven und die Nerven die Muskeln in unaufhaltsamem Kreislauf; hätten Astrid und ich zusammen immer in diesem Rhythmus gearbeitet, wäre unsere Handwerkertätigkeit eher zu einer kleinen Industrie geworden. Ein ähnlicher Geist musste Edmund Cartwright im Jahr 1785 zu dem ersten Webstuhl mit Hydraulikantrieb inspiriert haben. Ich hatte immer gedacht, hinter seiner Erfindung stünden rein ökonomische Gründe, doch nun konnte ich mir vorstellen, dass ihn vielmehr die Ungeduld, der Wunsch, die Wartezeiten zu verkürzen, darauf gebracht hatten. Ich stellte mir Ingrid und Astrid und Durante in verschiedenen Situationen vor, als Liebende, als Streitende oder einfach als Komplizen, die mich ausschlossen, und ließ die Garne immer schneller hin- und hersausen.

Irgendwann, als der zweite zwei Meter dreißig lange Vorhang fast fertig war, verhedderten sich die Fäden, und ich hielt inne. Ich blickte auf die Uhr, es war Viertel nach acht Uhr abends, ich hatte Muskelkater in Armen und Beinen. Ich stand auf und sagte »Schluss, Schluss, Schluss« und ging zur Haustür. Oscar sprang freudig wedelnd hinter mir her, er witterte Ausgang.

Das Licht draußen hatte sich orange gefärbt, die Sonne versank langsam hinter den Hügelketten am Horizont. Meine Farbwahrnehmung war verfälscht, nach den vielen Stunden am Webstuhl sah ich alles verschwommen. Ich versuchte auszurechnen, wie viel Zeit vergangen war, seit ich Ingrid an der Bushaltestelle in Trearchi abgesetzt hatte, seit Astrid losgestürzt war, um sich auf die Suche nach ihrer Schwester oder Durante oder allen beiden zu machen: eine nicht zu rechtfertigende, unkontrollierbar lange Zeit, schien mir. Ich nahm Oscar an die schnurgeflochtene lange Leine, und im Laufschritt marschierte ich mit ihm das Sträßchen hinauf.

Oben an der Sandstraße verdeckte eine Hügelkuppe die Sonne, von den Wäldern und Gräben unten an den Feldrändern stieg schon Feuchtigkeit auf. Ich stellte mir Astrid vor, die ihre Schwester mit Vorwürfen und Durante mit Liebeserklärungen überhäufte, Ingrid, die wie wild darum kämpfte, ihn zu behalten, während er die Rolle des faszinierenden, unverstandenen und zu Unrecht verfolgten heimatlosen Vagabunden spielte, der verführerische Gesten und Perlen der Weisheit, moralische Urteile, Reitinstruktionen und Ratschläge zur Lebenshilfe austeilte. Ich ging schwer atmend, so schnell mich meine durchtrainierten Beine trugen. Oscar schnupperte am dürren Gras und an den Baumstämmen am Straßenrand, manchmal hob er das Bein, um sein Revier zu markieren; seine Sorglosigkeit erbitterte mich. Ich fing an zu rennen, worauf er in einen so energischen Galopp verfiel und mich so heftig vorwärtszog, dass ich auf dem ersten Stück bergab beinahe gestürzt wäre.

Wir kamen zum Haus der Livis, doch dort kehrte ich um, weil ich nicht gesehen werden wollte. Im nun unleugbaren Abendlicht traten wir den Heimweg an. Ich versuchte noch einmal, Astrid anzurufen, aber mein Handy hatte keinen Empfang; ich fühlte mich aus der Zeit ausgeschlossen, von den Informationen abgeschnitten. Ich spitzte die Ohren, um aus dem Rauschen des zwischen den Bäumen aufkommenden Windes das Brummen unseres Kleinbusses herauszuhören: Das einzige mechanische Geräusch kam von einem fernen Flugzeug am schon fast dunklen Himmel.

Ich hatte das Gefühl, dass mein gewohntes Leben mit solcher Geschwindigkeit zerbrach, dass ich zu keiner Reaktion fähig war. Ungläubig stellte ich fest, dass ich die Anzeichen nicht erkannt hatte, dass ich nicht rechtzeitig eine Verteidigungsstrategie ausgearbeitet hatte oder zum Gegenangriff übergegangen war. Es machte mich rasend, wie wehrlos ich mich jetzt fühlte, während die letzten Spuren von Sicherheit zusammen mit dem Licht des Tages schwanden. Die Stimmungen, die mich heimsuchten, gefielen mir nicht, und meine Rolle noch weniger. Ich dachte an die verschiedenen Existenzformen, die ich mir für mich vorgestellt hatte, bevor ich Astrid traf und mich der Weberei verschrieb und zu dem wurde, was ich war: Sie alle schienen mir nun reizvoller, freier, nobler, dynamischer, interessanter zu sein. Es war mir unbegreiflich, wie diese beinahe unbegrenzten Wahlmöglichkeiten sich irgendwann auf eine einzige reduziert hatten und dass ich darin gefangen war wie in einem Käfig. Von allen möglichen Pietros, von denen ich als Kind, als Jugendlicher und als junger Erwachsener geträumt oder die ich mit oder ohne Fundament geplant hatte, schien dieser mir ein reines Zufallsprodukt zu sein, das eher durch Wiederholung als aus Überzeugung zustande gekommen war. Ich fragte mich, ob ich das meiner geistigen Trägheit zu verdanken hatte oder der Macht der Gewohnheit; ob ich noch Chancen hatte, da herauszukommen, und wie. Gleich darauf überfiel mich wieder eine formlose Angst, meine Überlegungen schrumpften zu kläglichen Versuchen, zu mir selbst auf Distanz zu gehen, während ich zusammen mit Oscar die Sandstraße auf dem Hügelkamm entlangrannte, schwitzend, mit hämmerndem Herzen, Augen und Ohren hellwach.

Im Haus war die Abwesenheit der Schwestern Neumann jetzt noch spürbarer als vorher. Die Eifersucht und Angst, die ich spürte, galt beiden, auf ganz unterschiedliche Weise: Das Gefühl für Ingrid war schrecklich heftig, das für Astrid dumpfer, aber ebenso intensiv. Sie flossen ineinander in einem zweifachen Strom von Bildern und Gedanken und untergeordneten Empfindungen, den ich weder anhalten noch abschwächen konnte.

Ich versuchte noch einmal, Astrid anzurufen: nichts. Am liebsten hätte ich mich erneut auf die Suche nach ihr und ihrer Schwester gemacht, aber ich war müde und entnervt, und draußen wurde es dunkel. Die Entfernungen schienen in alle Richtungen zu sehr zu wachsen, als dass man sie ohne Transportmittel hätte überwinden können. Die weite Leere der Landschaft rundherum gab mir das Gefühl, auf einer winzigen einsamen Insel mitten in einem nächtlichen Ozean festzustecken.

Ohne mich an den Tisch zu setzen, aß ich etwas Reissalat direkt aus der Schüssel, schluckte, ohne zu kauen. Wunderbare und absolut wahre Sätze fielen mir ein, die ich zu Ingrid hätte sagen können bei unserer Fahrt nach Trearchi; ich hätte mit dem Kopf gegen den Kühlschrank rennen mögen, weil sie mir nicht in den Sinn gekommen waren, als sie vielleicht noch etwas genützt hätten.

Dann ging ich wieder hinüber in die Werkstatt, legte eine neue CD ein, entwirrte die Fäden, die sich vorher verwickelt hatten. Mit unruhigen Händen und nervösen Füßen begann ich wieder zu arbeiten.

Gegen halb zwölf begann Oscar zu winseln

Gegen halb zwölf begann Oscar zu winseln und lief zum Flur; durch die Musik hindurch hörte ich, wie die Bustür zuschlug. Um nicht zu zeigen, dass ich schon angstvoll gewartet hatte, wollte ich zuerst einfach weiterarbeiten, obwohl mir allmählich die Kraft fehlte und ich immer ungenauer wurde. Doch zwei Sekunden später hielt ich es nicht mehr aus: Ich stand auf, stellte die Stereoanlage ab, ging hinüber und stieß beinahe mit Astrid zusammen, die gerade zur Tür hereinkam.

»Ciao«, sagte sie, auf einem Fuß hüpfend, während sie sich die Schuhe auszog. »Entschuldige, dass es so spät geworden ist.« Sie versuchte zu lächeln, schaute aber auf den Boden.

»Kein Problem«, sagte ich, von bitterster Erleichterung erfasst. »Es ist doch erst halb zwölf Uhr nachts.«

»Ich habe nicht gemerkt, dass so viel Zeit vergangen ist«, sagte Astrid und warf den Autoschlüssel in die Kupferschale auf der Kommode.

Ich musterte ihre Haare, ihre Kleider, schnupperte in der Luft auf der Suche nach irgendwelchen Hinweisen. »Natürlich«, sagte ich, »wenn die Dunkelheit und die Sterne und die Grillen nicht wären, könnte es glatt noch drei oder vier Uhr nachmittags sein.«

Ich erwartete, dass sie mit einer weiteren Rechtfertigung oder wenigstens einer flapsigen Bemerkung antworten würde, aber sie schwieg.

»Ingrid?«, fragte ich.

»Nichts«, sagte sie und schüttelte den Kopf. »Sie muss tatsächlich nach Rom gefahren sein.«

»Und wo warst du?«, fragte ich.

»Unterwegs«, sagte sie.

»Unterwegs, wo?«, fragte ich. »Wozu? Mit *wem*?«

»Ich erzähl es dir gleich«, sagte sie, ging die Treppe hinauf und schloss sich im Bad ein.

Ich wartete unten, so verblüfft, dass ich nicht wusste, wie ich mich verhalten sollte. Ich nahm ein Buch aus dem Regal, legte es wieder hin, ging in die Küche, trank ein Glas Wasser. Mir kam einfach nichts in den Sinn, was meinen Gedanken oder Stimmungen hätte entsprechen können, weil sie so zerfasert in die verschiedensten Richtungen liefen. Zuletzt kehrte ich in die Werkstatt zurück und setzte mich wieder an den Webstuhl, obwohl ich nur noch unscharf sah und meine Bewegungen kaum noch koordinieren konnte.

Nach etwa einer Viertelstunde kam Astrid mit einem Teller Reissalat in der Hand. »Was machst du?«, fragte sie.

»Siehst du das nicht?«, erwiderte ich. »Ich bring die Arbeit voran, nachdem du dich ja nicht mehr drum kümmerst.«

»Ach komm, Pietro«, sagte sie. Sie betrachtete den Vorhang, an dem ich noch webte, und den schon fertigen, der gefaltet auf dem Tisch an der Wand lag.

Die bittere Erleichterung über ihre Rückkehr war schon

ganz gewichen, überdeckt von einer Mischung unklarer Gefühle. Auf Astrid war ich nicht so eifersüchtig wie noch bis vor wenigen Minuten auf Ingrid; ich fühlte mich eher in meinem Besitzanspruch betrogen und auch durch ihr Verhalten beleidigt. »Du verschwindest den ganzen Nachmittag und den ganzen Abend und einen Teil der Nacht«, sagte ich, »bist auch über Handy nicht zu erreichen, und dann erklärst du mir nicht einmal, warum!«

»Da hatte man keinen Empfang«, sagte sie.

»Wo?«, fragte ich. »*Wo* hatte man keinen Empfang?«

Sie bemühte sich gar nicht um irgendeine Antwort: Sie zuckte die Achseln und kaute dabei an ihrem Reissalat.

»Mit wem warst du zusammen?«, fragte ich. »Mit Durante?«

Sie nickte.

»Wirklich mit ihm?«, sagte ich; ich konnte kaum glauben, dass sie es nicht einmal abstritt.

»Ja«, sagte Astrid mit einem raschen, herausfordernden Blick.

»Und was habt ihr die ganze Zeit gemacht?«, fragte ich.

»Ach, nichts«, sagte sie. Ihre Augen blitzten, doch dann wandte sie sie sofort wieder ab.

»Irgendwas müsst ihr ja gemacht haben!«, sagte ich. »Habt ihr gestritten, geredet, geflirtet, im Heu eine Sexorgie veranstaltet?«

»Geredet«, sagte sie.

»Und worüber, wenn ich fragen darf?«, sagte ich. »*Neun Stunden* am Stück?«

»Über alles Mögliche«, sagte Astrid.

»Nenn mir ein Beispiel«, sagte ich.

»Wir haben auch Tom besucht«, sagte sie.

»Tom Fennymore?« Wut stieg in mir hoch, ihre Worte kamen mir absurd vor.

Astrid nickte.

»Im Krankenhaus?«, fragte ich. »In Trearchi?«

Sie nickte erneut, aß weiter mit der Gabel kleine Bissen von dem Reissalat, so als wäre sie in einer Art Trance.

»Ihr wolltet euch wohl an dem Schauspiel eines Menschen im Koma weiden?«, sagte ich.

»Durante wollte ihn sehen«, sagte sie.

»Was heißt, wollte ihn sehen?«, sagte ich. »Zu welchem Zweck?«

»Um zu verstehen, wie es ihm geht«, sagte Astrid. »Um ihn zu berühren, einen Kontakt herzustellen.«

»Damit er aus dem Koma erwacht?« Ich zwang mich zu lachen, aber es gelang mir nicht. »Durch einen Zauberspruch oder das Verbrennen eines Pülverchens, so nach Schamanenart?« Vor Erschütterung war ich aus meinem gewohnten Denkschema geraten, fühlte mich zu sehr als Fremder in meinem eigenen Haus.

»Du bist voller Vorurteile, Pietro«, sagte sie. Dass sie mich mit Namen ansprach, schien mir den Abstand zwischen uns nur zu vergrößern.

»Weil ich es absurd finde, was du erzählst?«, sagte ich. »Dass ein Nichtsnutz, der sich mit Pferden abgibt, ins Krankenhaus geht, um Kontakt mit Leuten im Koma herzustellen? Einer, den du selbst als gefährlichen, verantwortungslosen Idioten bezeichnet hast?«

»Das habe ich nie gesagt«, erwiderte sie.

»Doch, hast du!«, sagte ich. »Vielleicht nur, weil du in

dem Moment auf deine Schwester eifersüchtig warst, weil er mit ihr ausgegangen war und nicht mit dir!« Ich begann wieder zu weben, um meine wachsende Ungläubigkeit, Eifersucht und Wut irgendwie zu kanalisieren.

»Falls ich das wirklich gesagt habe, tut es mir leid«, sagte sie. »Es tut mir leid.«

»Und was ist passiert, dass du deine Meinung so radikal geändert hast?«, fragte ich über das hölzerne, raschelnde Geräusch des Webstuhls hinweg. »Dass du ihm nach Ingrids Abreise doch noch gut genug warst? Oder war es das Theater mit dem armen Tom im Krankenhaus?«

»Das war kein Theater«, sagte sie. »Wenn du dabei gewesen wärst, hättest du es auch verstanden.«

»Ach ja?«, sagte ich.

»Es war etwas unglaublich Tiefes«, sagte sie. »Ein Energiefluss, den man rational überhaupt nicht erklären kann.«

»Aha, der Energiefluss«, sagte ich. »*Oooooomh*. Und nach ein paar Minuten hat Tom lächelnd die Augen geöffnet, ist aufgestanden und durchs Zimmer gegangen, ja?«

»Nein«, sagte Astrid. »Spar dir deinen Sarkasmus, Pietro.«

»Hör auf, mich Pietro zu nennen!«, brüllte ich, während ich wütend die Fäden ineinanderwob.

Mit ihrem Teller in der Hand sah sie mich an, schüttelte leise den Kopf, als hätte sie einen Verrückten vor sich.

»Ich ertrage es nicht, wenn du mich so nennst!«, schrie ich.

Sie schwieg, aber ihr Ausdruck reizte mich immer mehr.

»Und *danach*?«, fragte ich. »Was zum Teufel habt ihr nach eurem tollen Ausflug ins Krankenhaus gemacht?«

»Wie schon gesagt, wir haben geredet«, sagte sie.

»Worüber, worüber, *worüber*?!«, brüllte ich immer lauter, bis meine Stimmbänder schmerzten.

»Beruhige dich, Pietro.« Noch einmal benutzte sie meinen Namen, um sich abzugrenzen.

»Ich denke nicht daran!«, schrie ich. »Ich beruhige mich nicht, bis du mir nicht erklärt hast, was du neun Stunden lang mit Durante gemacht hast!«

Ihr Blick war abwesend, mir war, als sähe ich ein mitleidiges Lächeln auf ihren Lippen.

Ich sprang auf, packte sie an den Armen und brüllte: »Und überhaupt, schau mich nicht so an! Als wäre *ich* derjenige, der sich rechtfertigen muss!«

Der Teller fiel ihr aus der Hand und zerbrach, Reiskörner und Oliven und Thunfisch und Käsestückchen kullerten auf den Fußbodenkacheln in alle Richtungen.

»Sag mir, was passiert ist!«, brüllte ich und schüttelte sie noch einmal. »Warum bist du wie eine Wahnsinnige aus dem Haus gestürzt, als du gedacht hast, Ingrid wäre bei ihm? Warum bist du so lange weggeblieben?!«

»Lass mich los!«, sagte sie, indem sie versuchte, mich mit dem Knie in die Leiste zu stoßen.

»Was ist, hast du dich auch in Durante *verliebt*?«, brüllte ich und hasste mich gleichzeitig für die Rolle, in die ich hineingeschlittert war. »Hast du dich in ihn verknallt, wie Ingrid?«

»*Jaaa!*«, brüllte sie.

Ich ließ los. Wir sahen uns aus wenigen Zentimetern Entfernung in die Augen, beide keuchend und mit roten Köpfen. Ich konnte es einfach nicht fassen, fühlte mich erschlagen von den Scherben meines Privatlebens.

»Bist du jetzt zufrieden?«, sagte sie.

»Nein«, sagte ich. »Kein bisschen«, als spräche ich von jemand anderem.

Sie massierte sich die Arme, wo ich sie festgehalten hatte, und verließ die Werkstatt.

Ich schlug so heftig mit der Faust auf den Zeugbaum, dass meine Hand schmerzte. Dann trat ich gegen den Rahmen und tat mir auch am Fuß weh.

*Am Morgen gab es eine Art Wettstreit
zwischen mir und Astrid*

Am Morgen gab es eine Art Wettstreit zwischen mir und Astrid, wer zuerst aus dem Bett springen und sich anziehen und das Zimmer verlassen würde. Im Abstand von Sekunden gingen wir in die Küche hinunter, frühstückten jeder für sich, ich stehend, sie am Tisch sitzend, wortlos und ohne uns anzusehen. Ich hatte den Kopf voller Eindrücke und Überlegungen und Erklärungen und Forderungen, alle unbrauchbar. Ihr ging es vermutlich ebenso, dennoch schwiegen wir beide hartnäckig, darauf bedacht, auch die Geräusche der Gegenstände zu dämpfen.

Für den Morgenspaziergang ging ich allein mit Oscar hinaus, und als ich zurückkam, saß Astrid schon an ihrem Webstuhl.

Schweigend arbeiteten wir mehrere Stunden, ohne Musik, um nicht fragen oder der Wahl des anderen zustimmen zu müssen. Der Groll, der betrogene Besitzanspruch, die Eifersucht und die Nicht-Kommunikation wirkten sich positiv auf unsere Produktivität aus: Wir webten wie die Irren, der Stoff wuchs beinahe doppelt so schnell wie sonst. Ich überlegte, welchen Eindruck wir wohl auf einen unbeteiligten Beobachter gemacht hätten, zwei Besessene mit verkniffenen Gesichtern, die sich kein einziges Mal ansahen. Nur wenn wir meinten, dass der andere es nicht bemerkte, warfen wir einander rasche Kontrollblicke zu und hielten die Lippen fest geschlossen, um die Wörter nicht herauszulassen, die uns schon auf der Zunge lagen.

Gegen ein Uhr wurde die Situation ganz unerträglich. Ich ließ die Spule los, nahm die Füße vom Pedal und machte: »Uaaaaaah!«

Astrid schaute mich schräg an: »Was hast du?«

»Wir sind *lächerlich*«, sagte ich. »*Erbärmlich*.«

Sie begann wieder zu weben, etwas langsamer, mit strengem Gesicht.

»Wir können nicht so tun, als wäre *nichts*«, sagte ich. »Das ist grauenhaft.«

»Was sollten wir denn tun?« Astrid wurde noch langsamer.

»Ich weiß es nicht«, sagte ich. »So geht es jedenfalls nicht, einfach nicht mehr miteinander reden!«

»Was dann?«, fragte Astrid, während sie mit den Händen leise zwischen die Fäden griff. »Was meinst du?«

»Ich weiß es nicht«, wiederholte ich. »Was willst du tun? Wieso bist du überhaupt hier? Wieso läufst du nicht zu ihm?«

Sie antwortete nicht, folgte mit dem Blick dem Schussfaden.

»Warum?«, fragte ich. »Hast du Angst, das magische Erlebnis von gestern könnte sich nicht wiederholen? Oder wartest du darauf, dass er sich meldet?«

»Er ist weggefahren«, sagte sie.

»Aha, deshalb«, sagte ich.

Wir schwiegen, sie sah mich nicht an.

»Für wie lange?«, fragte ich. »Einen Tag, einen Monat, ein Jahr?«

»Keine Ahnung«, sagte Astrid.

»Tut mir leid für dich«, sagte ich.

Sie webte extrem langsam weiter.

»Sonst wärst du doch längst zu ihm gerannt, oder?«, sagte ich.

»Fang nicht wieder an wie gestern Abend«, sagte sie.

»Wie hätte ich denn gestern Abend reagieren sollen?«, sagte ich. »Ganz begeistert, so wie Oscar?«

»Du warst völlig außer dir«, sagte Astrid. »Du hättest mich beinahe geschlagen!«

»Dafür bin ich nicht der Typ!«, sagte ich. »Wenigstens das müsstest du wissen!«

»Du hattest einen entsetzlichen Blick!«, sagte sie.

»Du hattest mir gerade eröffnet, dass du in einen anderen verliebt bist!«, brüllte ich.

»Das ist nicht wahr«, sagte sie.

»O doch!«, sagte ich, zu dreißig Prozent beruhigt, dass sie es abstritt, zu siebzig Prozent ohne jede Illusion über die Lage der Dinge. »Ich habe dich gefragt, ob du dich in ihn verliebt hättest, und du hast mit Ja geantwortet! Mit Ja!«

»Um die Sache abzuschließen«, sagte Astrid, aber in einem Ton, der ihre Worte Lügen strafte.

»Es war auch gar nicht nötig, dass du antwortest«, sagte ich. »Man brauchte dich nur *anzuschauen*. Du hast ausgesehen wie ein Zombie. Völlig hinüber. Restlos verknallt. *Durchgedreht*.«

»Hör auf, so banal zu sein, Pietro«, sagte Astrid.

»Es bleibt mir ja nichts anderes übrig!«, sagte ich. Ganz aufrichtig fühlte ich mich bei dieser Bemerkung allerdings nicht, denn meine Eifersucht galt vielmehr ihrer Schwester als ihr, und außerdem empfand ich seltsamerweise eine wachsende Erleichterung, seit die Bindungen unseres gemeinsamen Lebens sich wie durch Zauber gelockert hatten. Ich fragte mich, ob das eine Schockreaktion war, eine kindliche Form des Selbstausschlusses, ein automatischer Ausgleich dafür, dass ich entdeckt hatte, wie unfähig ich war, in ihren komplexen Seelenzuständen zu lesen.

Astrid stand auf und ging zu der Tür, die von der Werkstatt zum Haus führte. Oscar sprang erwartungsvoll um sie herum, wie immer, wenn wir uns bewegten.

Ich stand ebenfalls vom Webstuhl auf und folgte ihnen in den Flur, hinaus auf die Wiese; ich beteiligte mich sogar an ihrem Spiel mit dem Hartgummiball und dem Plastikbumerang, die geworfen und zurückgebracht wurden.

Dann gingen wir in die Küche, Astrid setzte Spaghettiwasser auf, ich wusch einen Endiviensalat aus dem Garten.

Die Hände im kalten Wasser, brummte ich: »Wenn du mir wenigstens etwas davon gesagt hättest.«

»Wann?«, fragte sie.

»*Vorher*«, sagte ich.

»Ich wusste ja selbst nicht, was passiert«, sagte sie.

»Doch, du wusstest es«, sagte ich. »Vom ersten Mal an, als er hier ankam, um nach dem Valle della Luna zu fragen!«

»Das ist nicht wahr«, sagte Astrid und schüttelte den Kopf.

Das erinnerte mich an einige Stunden zuvor, und ich verfiel wieder in eine heftige Abwehrhaltung. »Das Schlimmste ist deine *Heuchelei*! Dass du nicht einmal siehst, was los ist!«

»Du möchtest ja bloß die Bestätigung für deine Version der Tatsachen!«, sagte sie. »Du willst hören, dass ich alles vorher geplant habe!«

»Wenn du wenigstens zugeben würdest, dass du *unrecht* hast!«, sagte ich. »Wenigstens das!«

»Gut, das gebe ich zu«, sagte sie. »Ich habe unrecht. Behalte ruhig alles Recht der Welt für dich. Das interessiert mich nicht.«

»In welche Rolle versuchst du mich jetzt zu zwängen?«, sagte ich, bestürzt darüber, wie ihre Reaktion mich in ein unwägbares Gebiet abdrängte. »Die des kleinlichen Hüters des Ist-Zustands? Der stumpfsinnig und hartnäckig versucht, seinen Lebensbereich vor den Überfällen des Unvorhersehbaren zu schützen?«

»Ich versuche gar nichts«, sagte sie, während sie mit einem Holzlöffel, den wir vor Jahren zusammen auf einem kleinen Markt in Todi gekauft hatten, die Spaghetti umrührte.

»*Doch*, das tust du wohl«, sagte ich, immer frustrierter über die Nutzlosigkeit der Worte. »Du hast Kopf und Herz voll mit wer weiß wie vielen Vorahnungen, und sie hängen alle mit Durante zusammen!«

»Hör auf mit diesen Hirngespinsten!«, sagte sie und knallte den Kochlöffel auf den Topfrand. »Und hör auf, von Durante zu reden! Du weißt nichts von ihm, gar nichts!«

»Klar, bestimmt weniger als du und Ingrid!«, sagte ich. »Das steht fest!« Da mir nichts anderes einfiel, fing ich an, den Endiviensalat zu schneiden: *Tack, tack, tack*, durchtrennte die Messerklinge die Pflanzenfasern, von Dunkelgrün über Zartgrün, Gelb und Blassgelb bis hin zum Weißen, und knallte auf das Holzbrett.

»Ich halte es nicht mehr aus!«, sagte Astrid, ohne genau zu benennen, was. In einer Dampfwolke schüttete sie die Spaghetti ins Sieb. Das kochend heiße milchige Wasser ergoss sich ins Spülbecken, es schien, als könne es gar nicht mehr abfließen.

Ich dachte, wir würden gleich alles stehen und liegen lassen und die Küche in verschiedenen Richtungen verlassen, vielleicht für immer. Doch Astrid verteilte die Spaghetti auf zwei tiefe Teller, zupfte ein paar Blättchen Basilikum darüber und gab etwas Öl dazu; dann setzte sie sich an den Tisch. Ich setzte mich ebenfalls, füllte Wasser in die Gläser.

Wir aßen schweigend, nur den leicht bitteren Geschmack von Öl und Basilikum auf der Zunge.

Nachmittags arbeiteten wir wieder stumm an unseren Webstühlen, in der Stereoanlage eine CD von Django Reinhardt, die nach dreimaliger Wiederholung allmählich unsere Nervensysteme angriff. Doch keiner von beiden wollte aufstehen, um etwas anderes aufzulegen, also blieben wir dabei.

Ab und zu blickte ich kurz zu Astrid hinüber, um herauszufinden, ob sie auf ein Telefonklingeln oder ein Hupen oder sonst ein Zeichen von Durante wartete. Es sah nicht so aus, aber ich war sicher, dass es keine beruhigende Erklärung für ihr Verhalten gab. Im einen Moment hoffte ich, dieser Schwebezustand würde noch lange anhalten, so unerträglich er auch war, dann wieder war ich versucht, etwas zu tun oder zu sagen, um den Status quo aufzubrechen, irgendwie herauszukommen, egal wie. Doch wir schwiegen alle beide und webten immer weiter, versunken in unsere Geschäftigkeit, die mit jeder Minute surrealer wurde.

Nachts lagen wir stundenlang wach, jeder auf seiner Seite zum Bettrand hin gedreht, um möglichst viel Raum zwischen uns zu lassen und jede Berührung zu vermeiden. Das Zimmer war vollkommen dunkel, draußen wehte ein Südwestwind, der an den Fensterläden rüttelte, die Scheiben zum Zittern brachte und durch den Kamin fuhr. In meinem Kopf häuften sich Bilder von Ingrid und Durante. Ich zwang mich, an anderes zu denken, aber die Bilder kamen in Abständen immer wieder, waren bald näher, bald ferner. Astrid und ich lagen weiter beinahe regungslos da, wir atmeten, so flach die Lungen es erlaubten: blockiert an den Rändern des Bettes, ich mit meinen nicht gestellten Fragen, sie mit ihren unter Verschluss gehaltenen Antworten.

Oscar besaß eine ziemlich differenzierte stimmliche Ausdrucksfähigkeit

Oscar besaß eine ziemlich differenzierte stimmliche Ausdrucksfähigkeit: ein langes Gähnen beim Aufwachen am Morgen, Winseln, wenn Astrid oder ich nach einer Abwesenheit zurückkehrten, kurzes Blaffen bei unklaren Geräuschen, eine Abfolge von Kläffen und Knurren bei menschlichen Stimmen in der Ferne, abgehacktes, rauhes Bellen, wenn er wahrnahm, dass sich jemand näherte, langes Geheul, gefolgt von tiefen eruptiven Lauten, wenn er einen Menschen schon nah am Haus bemerkte. Gegen halb neun Uhr morgens sprang er mit diesen letztgenannten Lauten von seinem Lager und lief zur Haustür.

Ich ließ die Tasse mit kalter Ziegenmilch stehen, die ich vor der Arbeit noch hatte trinken wollen, und trat hinaus, um nachzusehen.

Draußen stand der silberne Geländewagen der Livis. Sergio stieg aus, rieb sich mit einer Hand den Nacken; er wirkte äußert verlegen. »Hast du von Tom gehört?«, fragte er.

»Nein«, erwiderte ich, schon darauf gefasst, eine traurige Nachricht zu bekommen.

Astrid trat hinter mir aus dem Haus, Oscar bellte drinnen weiter.

»Er ist wieder aufgewacht«, sagte Sergio Livi.

»Was?« Hatte ich richtig gehört?

»Heute früh um sechs«, sagte Sergio Livi. »Aus dem tiefsten Koma herausgekommen, einfach so.«

»Das war Durante«, sagte Stefania aus dem Autofenster.

Ich drehte mich zu Astrid um: Ihre Pupillen waren geweitet, die Lippen in einem beinahe erschrockenen Ausdruck halb geöffnet. Ich kratzte mich am Kopf: Die ganze Situation kam mir absolut unwirklich vor.

»Es ist einfach unglaublich«, sagte Stefania Livi. Sie hob ihre Sonnenbrille an, erst auf der einen Seite, dann auf der anderen, und trocknete sich mit zwei Fingern die Tränen.

»Was soll das heißen: Das war Durante?«, fragte ich, halb an die Livis, halb an Astrid gewandt.

»Er hat das bewirkt«, sagte Stefania schniefend.

»Vor einer halben Stunde hat mich Nigro von der Intensivstation angerufen«, sagte Sergio Livi. »Ich hatte ihm unsere Telefonnummer gegeben, da Tom ja hier sonst niemanden hat. Ich war überzeugt, dass er mir Toms Tod mitteilen wollte.«

»Stattdessen ist er wieder aufgewacht«, sagte Stefania mit erstickter Stimme.

Sergio Livi schüttelte den Kopf: »Nigro behauptet, so etwas haben sie in dreißig Jahren nicht erlebt.«

Wir sahen uns erneut ratlos an im schon starken Licht, während um uns herum der Wind wehte. Niemand wusste, was er sagen sollte.

Schließlich sagte Sergio Livi: »Wir fahren ins Krankenhaus, um nachzusehen.« Er stieg wieder in seinen Geländewagen.

»Ich komme mit«, sagte Astrid, schon halb an der hinteren Autotüre.

»Ich komme auch mit«, sagte ich und hielt sie zurück. »Wir fahren mit unserem Bus.«

Im Krankenhaus zeigte uns ein rumänischer Hilfspfleger, nachdem Sergio Livi ihm zehn Euro zugesteckt hatte, den Weg über Treppen und Flure. Tom war schon aus der Intensivstation in ein normal aussehendes Krankenzimmer verlegt worden: Gestützt von ein paar Kissen, lag er in einem Bett und verfolgte auf dem an der Wand befestigten Fernseher ein Morgenprogramm. Er hatte einen Kopfverband, ein mit Pflaster verklebtes Stück Mull am Hals, den dünnen Schlauch eines Tropfs am Arm und den etwas vagen Blick, den er auch schon vor dem Unfall gehabt hatte. Als er Stefania Livi sah, hob er matt die Hand und nuschelte: »Buongiorno.«

»Hallo, Tom!«, sagte Stefania Livi, zu überschwenglich für den Ort und die Situation. »Wie geht es dir? Wie *geht* es dir?«

»*Soso*«, brummte Tom. »Tierisches Kopfweh, und sie lassen mich nicht aufstehen.«

Eine Krankenschwester trat ein: »Was machen Sie denn hier? Hier darf man nicht rein!«

»Wir sind seine Nachbarn!«, sagte Stefania Livi in hitzigem Ton. »Und wir kennen Durante, den, der ihn gerettet hat.«

Die Krankenschwester schien weder beeindruckt noch informiert zu sein. »Hier haben nur Angehörige Zugang«, sagte sie, »zu den Besuchszeiten.«

»Er hat aber keine Angehörigen in Italien!«, sagte Stefania Livi. »Wir sind die einzigen Menschen, die er hat!«

Ein Kranker in einem anderen Bett schaute uns fragend an.

»Wir gehen gleich, machen Sie sich keine Sorgen«, sagte Sergio Livi; er drückte auch der Schwester einen Zehneuroschein in die Hand. »Wir wollten ihn nur kurz sehen.«

»Es ist geradezu unglaublich«, sagte Stefania Livi, über Tom gebeugt, die Sonnenbrille in der Hand, während ihr erneut Tränen über die Wangen liefen. »Nicht zu fassen!«

Auch Sergio Livi trat näher zu ihm heran, als wollte er sich versichern, dass Tom tatsächlich lebendig und wach war. Er berührte ihn an der Schulter und sagte: »Du willst wohl, dass uns der Schlag trifft, Tom.«

»Ich habe Durst«, nuschelte Tom. »Gebt mir ein Bier.«

Astrid stand blass und ausdruckslos mitten im Zimmer.

Die Krankenschwester beobachtete uns nervös, offenbar nicht sonderlich zufrieden mit Sergios Trinkgeld.

Im Fernsehen redete einer über den Wassernotstand in Afrika, dann musste er, vom Moderator unterbrochen, der Werbung für ein Mineralwasser weichen.

Ein grauhaariger Arzt mit Bürstenschnitt kam mit einigen Assistenten herein: »Sind wir hier auf der Piazza, oder was?«, sagte er. »Fremde haben hier keinen Zutritt!«

»Wir sind keine Fremden!«, sagte Stefania Livi. »Wir sind seine Nachbarn!«

»Ich bin Sergio Livi, Herr Doktor«, sagte Sergio Livi. »Doktor Nigro hat mich um halb neun angerufen, um mir Bescheid zu sagen.«

»Ich habe einen verdammten Durst«, sagte Tom.

»Wir *mussten* ihn sehen, nach dem, was passiert ist«, sagte Stefania Livi.

»Na gut, jetzt haben Sie ihn gesehen, Signora«, antwortete der Arzt.

»Gibt es denn eine Erklärung für das, was passiert ist?«, fragte Sergio Livi. »Eine *wissenschaftliche*?«

»Er hat das Bewusstsein wiedererlangt«, sagte der Arzt trocken.

»Aber es war Durante, der den Kontakt wiederhergestellt hat!«, sagte Stefania Livi. »*Er* hat Tom da rausgeholt!«

Der Arzt runzelte skeptisch die Augenbrauen; einer seiner Assistenten kicherte.

»Geben Sie doch zu, dass es unglaublich ist!«, sagte Stefania Livi.

Vielleicht wusste der Arzt gar nicht genau, was passiert war, jedenfalls hatte er keine Lust, sich auf diese Ebene einzulassen. »Signora«, sagte er, »wenn das Koma reversibel ist, kommt so etwas vor.«

»Es schien aber nicht reversibel zu sein!«, sagte Stefania Livi. »Er war mehr tot als lebendig! Ohne jede Bewegung, nichts!«

»Kommt dieses verdammte Bier bald, oder nicht?«, sagte Tom Fennymore mit erstaunlich klarer und lauter Stimme.

Der Arzt drehte sich zu ihm um, kontrollierte den Tropf, sagte etwas zu einem der Assistenten. Der andere Assistent deutete auf die Tür. »Meine Herrschaften«, sagte er, »bitte verlassen Sie das Zimmer.« Die Krankenschwester unterstützte ihn mit Gestik und Mimik und geleitete uns allesamt hinaus.

Draußen im Flur sahen wir Ugo und Tiziana Morlacchi kommen. Mit fragendem Ausdruck blieben sie ein paar Schritte vor uns stehen. »Und?«, fragte Ugo.

»Er ist wach, bei vollem Verstand«, sagte Sergio Livi. »Er spricht, verlangt nach Bier.«

Die Morlacchis fixierten uns, als glaubten sie uns im Besitz vieler weiterer Einzelheiten, mit denen wir nicht herausrücken wollten.

Stefania Livi sagte zu Astrid: »Du warst doch dabei, was hat Durante denn gemacht?«

Astrid schien sich in einem Trancezustand zu befinden, schlimmer als bei ihrer Rückkehr in der Nacht, nachdem sie neun Stunden mit Durante verbracht hatte. »Er hat seinen Kopf berührt«, sagte sie.

»Wie denn?«, fragte Tiziana Morlacchi.

»An der Stirn, an den Schläfen«, sagte Astrid so leise, dass man es kaum verstand.

»Und dann?«, sagte Stefania Livi.

»Dann hat er ihm etwas ins Ohr geflüstert«, sagte Astrid.

»Hast du gehört, was er gesagt hat?«, fragte Tiziana Morlacchi.

Astrid schüttelte den Kopf.

»Und Tom?«, fragte Sergio Livi.

»Nichts«, antwortete Astrid. »Er lag da wie vorher.«

»Aber entschuldigt mal«, sagte Ugo Morlacchi. »Was wusste Durante überhaupt von Tom?«

»Ich hatte ihm von Tom erzählt«, sagte Astrid.

»Ich auch«, sagte Stefania Livi. »Vor etwa einem Monat.«

Astrid zuckte die Achseln, als wollte sie sagen, dass es ihr ganz egal war, wer Durante zuerst davon erzählt hatte.

»Und er wollte Tom sehen?«, fragte Tiziana Morlacchi.

»Ja«, sagte Astrid.

»Aber wie seid ihr denn in die Intensivstation hineingekommen?«, fragte Ugo Morlacchi, er suchte immer noch nach dem Trick. »Da lassen sie ja nicht jeden rein, einfach so.«

»Durante hat mit einem Pfleger gesprochen«, sagte Astrid. »Der hat uns zu Tom hinaufbegleitet, und davor mussten wir einen Kittel anziehen und eine Papierhaube aufsetzen und Plastikhüllen über die Schuhe streifen.«

»Er wird ihm erzählt haben, er sei Arzt«, sagte Ugo Morlacchi.

»Er *ist* Arzt«, sagte seine Frau Tiziana.

»Ja sicher.« Ugo bemühte sich sichtlich, nicht wieder einen Ehestreit anzufangen.

»Welche Bedeutung hat das schon, Ugo«, sagte Stefania Livi. »Was zählt, ist, dass es ihm gelungen ist, Tom aus dem Koma zurückzuholen, nicht wahr?«

»Kann reiner Zufall sein«, antwortete Ugo Morlacchi. »Vielleicht wäre er sowieso aufgewacht.«

»Ausgerechnet, nachdem Durante ihn besucht hat?«, sagte Tiziana Morlacchi. »Nach Monaten ohne jedes Anzeichen dafür?«

»Als die Ärzte keinerlei Hoffnung mehr hatten?«, fügte Stefania Livi hinzu.

»Nun, sie waren nicht optimistisch«, sagte Sergio Livi, um die Frauen wenigstens teilweise auf den Boden der Tatsachen zurückzubringen.

»Was doch etwas anderes ist«, sagte Ugo Morlacchi.

»Du versuchst ja nur, dein schlechtes Gewissen zu beruhigen, weil du ihn rausgeschmissen hast!«, sagte Tiziana Morlacchi.

»Ich habe kein schlechtes Gewissen!«, erwiderte Ugo mit lauter Stimme, aber doch leicht verunsichert. »Jeder andere hätte es genauso gemacht wie ich, nach dem, was passiert war! Einen derart verantwortungslosen Typen konnte ich nicht länger behalten in Val di Lana!«

»Ihr habt Durante rausgeschmissen?«, fragte Stefania Livi, als würde ihr gerade klar, dass sie zwei Verbrecher vor sich hatte.

»Nicht *wir* haben ihn rausgeschmissen.« Tiziana Morlacchi sah ihren Mann richtig hasserfüllt an. »*Er* war es, *Ugo*!«

»Das war von Anfang an so vereinbart!«, sagte Ugo Morlacchi. »Dass er gehen würde, falls wir aus irgendeinem Grund nicht zufrieden wären! Deswegen hat er ja auch keinerlei Schwierigkeiten gemacht! Er hat sofort ganz ruhig seine Sachen gepackt.«

»Nur weil er ein echter Gentleman ist«, sagte Tiziana Morlacchi, »im Gegensatz zu dir!«

»Von wegen Gentleman«, murmelte Ugo.

»Demnächst kommt sein Freund mit dem Transporter«, sagte Tiziana Morlacchi niedergeschlagen. »Um den schwarzen Hengst abzuholen.«

Astrid nickte, offenbar wusste sie auch darüber schon Bescheid.

»Und die anderen beiden Pferde?«, fragte Stefania Livi.

»Die habe ich ihm abgekauft«, sagte Ugo Morlacchi

halblaut und blickte sich um. »Nachdem wir ja jetzt in unseren Prospekt reingeschrieben haben, dass man reiten kann, und die Kunden danach verlangen.«

»Für eine lächerliche Summe hast du sie ihm abgekauft«, sagte Tiziana Morlacchi.

»Ihm hat es gereicht«, sagte Ugo Morlacchi.

»Wirklich sehr großzügig von dir«, sagte Stefania Livi, mindestens ebenso hasserfüllt wie Tiziana.

»Und jetzt?« Tiziana Morlacchi schien kurz davor, in Tränen auszubrechen.

»Jetzt müssen wir ihn finden!«, sagte Stefania Livi. »Um ihm von Tom zu erzählen und zu sagen, dass er zurückkommen soll! Wenn ihr ihn bei euch nicht mehr wollt, kann er bei uns wohnen! Platz genug haben wir!«

Sergio warf ihr einen bösen Blick zu, hatte aber unter den gegebenen Umständen nicht den Mut, ihr zu widersprechen.

»Selbstverständlich wollen wir ihn!«, sagte Tiziana Morlacchi. »Das hätte gerade noch gefehlt!«

Ihr Mann starrte finster auf den Boden.

»Aber Durante will ganz sicher nicht mehr zu euch«, sagte Astrid leise. Ohne irgendjemanden anzuschauen, ging sie auf dem Flur davon.

Ich lief ihr hinterher.

*Tagelang durchkämmten Astrid und ich
die Gegend und die Dörfer*

Tagelang durchkämmten Astrid und ich die Gegend und die Dörfer im Umkreis von zwanzig bis fünfundzwanzig Kilometern von unserem Haus, aber Durante blieb spurlos verschwunden. Die Livis und auch Tiziana Morlacchi stellten ähnliche Nachforschungen an; ab und zu tauschten wir uns am Telefon aus, wenn auch ohne jede Herzlichkeit. Sobald wir bei der Arbeit eine oder zwei Stunden abzwacken konnten, nahm Astrid den Autoschlüssel, und wir fuhren los. Jedes Mal sagte sie: »Ich mach das schon, ich mach das schon«, aber zuletzt begleitete ich sie immer, weil ich glaubte, so ein kleines bisschen die Kontrolle über die Ereignisse behalten zu können. Wir hielten vor einem einsamen Bauernhaus oder vor der Bar eines Dörfchens, fragten, ob sie zufällig einen großen, hageren Typ mit einem Cowboyhut aus Stroh gesehen hätten: Die Angesprochenen schüttelten den Kopf.

Wir wussten beide, dass unsere Suche recht wenig Aussicht auf Erfolg hatte, doch andererseits besaß Durante weder ein Handy, noch hatte er eine Adresse oder irgendwelche Spuren hinterlassen. Tiziana Morlacchi durchforstete ergebnislos jeden Quadratzentimeter der Sattelkammer nach Zetteln mit Adressen oder Telefonnummern. Über den Freund, der Nimbus und die anderen Pferde mit seinem Transporter gebracht hatte, wusste niemand etwas. Wir versuchten es auch im Internet und tippten den Namen »Durante« in eine Suchmaschine ein: Es kamen Dutzende von Ergebnissen, aber die betrafen ganz andere Leute, die in ganz anderen Teilen Europas ganz andere Dinge taten. Der einzige Eintrag, der mit ihm zu tun hatte, fand sich auf der vorletzten Seite: der Bericht eines Auftritts von Durante bei einem Reitwettbewerb ohne Zügel auf der Pferdemesse von Città di Castello 2005. Es waren wenige Zeilen, eine platte, farblose Beschreibung des Events, in der über ihn nur stand, er sei ein »außerordentlich begabter Reiter«, sonst nichts.

Jedes Mal, wenn wieder ein Versuch, ihn aufzuspüren, gescheitert war, empfand ich kurzfristig eine gewisse Erleichterung, gemischt mit einer Dosis Frustration. Astrid zuckte verschlossen und feindselig die Achseln.

»Ich kann doch nichts dafür, dass er spurlos untergetaucht ist«, sagte ich.

Sie antwortete nicht.

»Leg dich mit den Morlacchis an oder mit wem du willst«, sagte ich. »Nicht mit mir.«

Sie schaute weg.

»Und hör auf, ihn als heiligen Retter zu sehen. Dass Tom wieder aufgewacht ist, hängt bestimmt nicht mit der Show zusammen, die er im Krankenhaus abgezogen hat.«

Sie fuhr sich mit der Hand durch die kurzen Haare, die senkrecht von ihrem Kopf abstanden.

»Er ist auch kein armer Verfolgter«, sagte ich. »Ugo Morlacchis Reaktion ist absolut verständlich. Ich möchte sehen, wer den im Haus behalten hätte, nachdem er ihm die Frau verführt und die Gäste beleidigt hatte und eine Besucherin sich durch seine Schuld fast das Handgelenk gebrochen hat!«

Sie schob die Hände in die Hosentaschen, presste die Lippen zusammen.

»Ist dir klar, wie viel Zeit und Energie wir hier auf einen Typen verschwenden, der unser Leben und das von mindestens noch zwei Familien zerstört hat und dann einfach sang- und klanglos abgehauen ist?«

Sie hielt sich auf ihren langen Beinen im Gleichgewicht, atmete durch die Nase ein.

Natürlich wusste ich, dass wir bestimmt nicht mit Hilfe von Worten zu unserem Leben von vorher zurückkehren konnten. Wenn ich ehrlich darüber nachdachte, war ich gar nicht sicher, ob ich es überhaupt wollte. Jedes Mal, wenn Astrid und ich etwas zusammen machten, stellte ich mir vor, ich machte es mit Ingrid: Ständig standen mir Bilder von mir und Ingrid vor Augen, von außen gesehen, wie wir aufgeregt, ein Herz und eine Seele, unsere Nähe unendlich genossen. Andererseits war ich mir sicher, dass Astrid ebenso intensive Phantasien mit Durante hatte; ich erkannte es an der Art, wie sie plötzlich zu reden aufhörte oder von einem Moment zum anderen müde oder gelangweilt wirkte, daran, wie sie über die Wiese vor dem Haus ging und die Hügel in der Ferne betrachtete. Wie zwei brüderliche Gegner erledigten wir weiterhin die verschiedenen Alltagstätigkeiten, hoffnungslos aneinandergebunden und hoffnungslos feindselig, eifersüchtig auf Geheimnisse, die keine waren, unfähig, einen Ausweg zu finden.

Tom Fennymore blieb noch einige Wochen im Krankenhaus

Tom Fennymore blieb noch einige Wochen im Krankenhaus und unterzog sich verschiedenen Rehabilitationsbehandlungen. Astrid und ich, die Livis, die Morlacchis und die anderen Hügelbewohner besuchten ihn abwechselnd; wir brachten ihm etwas Gutes zu essen oder zu trinken und stellten ihm neue Fragen darüber, wie er aus dem Koma herausgekommen war. Er antwortete auf eine merkwürdige, halb zerstreute, halb luzide Art, als sei das, was ihm zugestoßen war, ein Wunder und gleichzeitig ziemlich normal. Die Ärzte beharrten darauf, dass sein Erwachen zwar überraschend war, aber statistisch im Bereich des Möglichen lag und nichts Übernatürliches an sich hatte.

Dann wurde er entlassen: Eines Morgens sah ich einen Krankenwagen die Sandstraße auf dem Hügelkamm entlangfahren und vor seinem noch teilweise renovierungsbedürftigen Steinhaus anhalten. Ich griff zum Fernglas und sah, wie er selbständig ausstieg, auf eine Krücke gestützt, aber ohne Hilfe der Pfleger.

Am nächsten Tag fuhren Astrid und ich zu ihm. Er arbeitete in seinem Olivenhain, ein blaues Tuch um den Kopf gebunden, die Krücke an einen Baumstamm gelehnt. Er war in viel besserer Verfassung als bei unserem letzten

Besuch im Krankenhaus, und schon da hatte mich die Geschwindigkeit seiner Genesung beeindruckt. Er erzählte, er habe begonnen, einen historischen Aufsatz über den Hadrianswall zu schreiben, den Gemüsegarten neu anzulegen und nach monatelanger Abwesenheit das Haus in Ordnung zu bringen. Obwohl er abgemagert und noch leicht unsicher auf den Beinen war, wirkte er sogar vitaler als vor dem Unfall: Sein Blick war klarer, seine Gesichtsfarbe besser. Oscar beschnupperte ihn, strich immer wieder um ihn herum, als fände er etwas an ihm sonderbar.

»Immer noch keine Nachricht von Durante?«, fragte Tom, leise schnaufend.

Astrid und ich schüttelten den Kopf.

»*Damn it*«, sagte er. »Das Absurdeste ist, dass ich ihn überhaupt noch *nie* gesehen habe. Ich war halb tot, da kommt einer daher und rettet mir das Leben, und ich weiß nicht mal, was er für ein Gesicht hat!«

»Bist du immer noch überzeugt, dass er dich gerettet hat?« Auf unterschiedliche Weise hatte ich ihn das schon mindestens drei- oder viermal gefragt.

»*Überzeugt?*«, echote Tom. »Ich bin verflucht *sicher*! Er hat mich buchstäblich an den Haaren herausgezogen!«

»Und wie soll er das gemacht haben?« Auch dies eine Frage, die ich ihm und Astrid schon mehrfach gestellt hatte.

Tom räusperte sich, er wiederholte sich gern zu diesem Thema. »Ich schwebte in einer dunklen Tiefe, losgelöst von allem, und schwankte hin und her, weißt du? Ein kleines Licht konnte ich noch sehen, aber immer weiter weg, nur noch ein Pünktchen. Dann spürte ich, dass jemand zu mir gekommen war und mich wieder zurückzog.«

»Und das Licht?« Astrid wollte es immer wieder hören.

»Es wurde allmählich heller«, sagte Tom. »Immer heller, immer heller, immer heller.«

»Und wie zog dich der, der zu dir gekommen war?«, fragte Astrid erwartungsvoll.

»Wie man einen Ertrinkenden ans Ufer zieht«, sagte Tom. »Jedenfalls stelle ich es mir so vor. Ich weiß nur, dass ich im Wasser trieb und kurz davor war unterzugehen, runter zum dunklen Grund. Und plötzlich war da dieser starke Schwimmer, der mich packte und wieder hochzog. Ein geübter Rettungsschwimmer, verstehst du?«

»Und dann?«, sagte Astrid.

»Er hat mich ans Ufer gehievt«, sagte Tom, »und dort liegen gelassen.«

»Und hast du es gespürt?«, sagte Astrid. »Dass du am Ufer bist?«

»Ja«, sagte Tom. »Da war das Licht, das durch meine Augenlider drang, die Töne im Ohr, der Baumwollstoff des Lakens unter meinen Fingern, Hals, Bein, Schulter und Kopf, die mir teuflisch weh taten.«

»Sind denn alle deine Sinne gleichzeitig zurückgekehrt?«

»Nein«, sagte Tom.

»Also eine Empfindung nach der anderen?«, sagte Astrid.

Tom nickte, mit einem Gesicht, als hätte er es gerade eben erst erlebt. »Gaaanz laaangsam«, sagte er. »Zuerst kam, glaube ich, das Hören. Dann das Sehen, aber nur als Wahrnehmung von Licht. Dann das Riechen. Dann der

Tastsinn. Zuletzt habe ich die Augen aufgemacht, und da war ein Arzt, der mich aus wenigen Zentimetern Entfernung mit einem völlig absurden Ausdruck ansah. Zum Totlachen.«

Astrid war so aufmerksam, dass sie beinahe zu atmen vergaß; am liebsten hätte ich sie geschüttelt.

»Und was hat Durante gemacht?«, wollte Tom wissen; auch er hatte diese Frage schon mehrfach in allen möglichen Varianten gestellt. »Am Anfang, als er reingekommen ist.«

»Er hat dich angeschaut«, sagte Astrid.

»Wie war sein Gesichtsausdruck?«

»Versunken.«

»Versunken«, wiederholte Tom.

»Ja«, sagte Astrid. »Du sahst aus, als wärst du hinüber.«

»Ich *war* fast hinüber«, sagte Tom. »Und dann?«

»Dann hat er sich bewegt.«

»Wie denn? Langsam, schnell?« Tom versuchte, Durantes Bewegungen nachzumachen.

»Ziemlich schnell, ja«, sagte Astrid. »Ich bin sogar etwas erschrocken, ich kapierte nicht, was er tun wollte.«

»Und was für einen Ausdruck hatte er dabei?«

»Sehr konzentriert«, sagte Astrid.

»Konzentriert«, wiederholte Tom.

»Ja«, sagte Astrid.

»Und was hat er gemacht?«, sagte Tom.

»Er hat seine Hände auf deine Schläfen gelegt«, sagte Astrid. »Und auf die Stirn.«

»Hat er mich dabei angeschaut?«

»Er hielt die Augen geschlossen«, sagte Astrid.

»Und dann?«

»Dann hat er eine Hand unter deinen Nacken geschoben«, sagte Astrid, »und die andere unters Kinn.«

»Und?« Tom schien gleich umzufallen.

»Dann hat er gezogen«, sagte Astrid.

»Fest?«, sagte Tom.

»Das weiß ich nicht«, sagte Astrid. »Das war schwer zu erkennen. Ich hatte auch Angst, dass ein Pfleger oder ein Arzt hereinkommen und uns rauswerfen könnte, deswegen blickte ich dauernd zur Tür.«

»So fest?« Tom zog mit beiden Händen an einem Olivenast, bis er schier das Gleichgewicht verlor.

»Neiiin«, sagte Astrid. »Da hätte er dir ja die Halswirbelsäule gebrochen.«

»Tja«, sagte Tom lachend.

Ich hätte laut herausschreien mögen, dass die ganze Geschichte doch völlig sinnlos war und bloß Durantes Theater und ihrem Bedürfnis entsprang, an etwas Gewaltigeres zu glauben als an eine einfache chemische Kettenreaktion, aber ich fürchtete, es könnte dem Genesenden schaden und Astrid verärgern. Deshalb betrachtete ich die beiden schweigend, in der lastenden Hitze zwischen den Olivenbäumen, während überall rundherum unermüdlich die Zikaden zirpten.

»Ohne ihn wäre ich nicht mehr zurückgekehrt«, sagte Tom nach einer Weile. »Da bin ich tausend Prozent sicher.«

Astrid nickte.

»Und ich habe ihm nicht einmal ins Gesicht schauen können«, sagte Tom. »Nicht *ein* Mal.«

Astrid, Oscar und ich blieben noch ein paar Minuten bei ihm in dem Olivenhain, der in der Sonne schmorte. Dann fuhren wir nach Hause zurück, wechselten unterwegs kein einziges Wort und setzten uns wieder an die Arbeit.

Die Temperatur stieg von Tag zu Tag

Die Temperatur stieg von Tag zu Tag. Der Südwestwind gewann in der Schlucht zwischen den Tälern an Stärke, er wehte um Haus und Werkstatt wie ein Föhn mit einer Million Watt auf höchster Stufe. Astrid und ich hielten uns fast den ganzen Tag im Haus auf, zogen die gelben Vorhänge zu und arbeiteten in dem bernsteinfarbenen Licht an einem wollenen Teppich, den die Freundin eines unserer Kunden aus Rom bei uns bestellt hatte. Es war eine anspruchsvolle, wenn auch gutbezahlte Arbeit: Wir sollten das Bild eines angeblich bedeutenden Malers in einem anderen Format und im Maßstab drei zu zwei kopieren. Nach einer Fotografie in natürlicher Größe hatten wir auf Papier eine Vorlage angefertigt und verschiedene Webmuster ausprobiert, bevor wir die richtigen Farben fanden. Wir arbeiteten langsam, bei Musik, die wir nach der größten Klangkälte auswählten, Vibraphon oder Elektrogitarre. Der Liefertermin war Ende Oktober, wir waren noch in der Phase, in der es uns vorkam, als hätten wir mehr Zeit als nötig.

Über Durante und Ingrid sprachen wir nicht mehr, sondern mieden die Themen, die irgendwie an sie erinnerten. Allerdings war diese Art von Zurückhaltung völlig umsonst, weil beide in unseren Gedanken ständig im Hintergrund präsent waren, was immer wir auch taten. Wir schliefen und arbeiteten und aßen und machten kurze Spaziergänge mit Oscar, doch die scheinbare Normalität unseres Alltags betonte nur die Anomalie unserer Gefühle.

Abends sahen wir im Fernsehen die Bilder der Brände, die Südeuropa verheerten, und der endlosen Regenfälle, die Nordeuropa überschwemmten.

Am 31. Juli fuhr Astrid nach Graz wie jedes Jahr, um etwas Zeit mit ihrer Familie zu verbringen, an ein paar Handwerksmessen teilzunehmen und die Kontakte zu unseren österreichischen Kunden aufzufrischen. Es war die periodische Unterbrechung unseres Zusammenlebens, die einzige Zeit, die wir nicht vierundzwanzig Stunden am Tag in Blickweite oder Hörweite verbrachten.

Wie jedes Jahr hatten wir vereinbart, dass ich mit Oscar um den 20. August in unserem Kleinbus nachkommen würde, damit wir gemeinsam auf eine weitere Messe gehen und vor der Heimreise noch ein paar Tage Urlaub machen konnten. Ich glaube, dass uns beiden in Abständen bewusst wurde, wie absurd es war, immer weiter unser Programm abzuspulen, als wäre nichts geschehen, dennoch machten wir es ja nun schon seit geraumer Zeit so. Wir lebten in diesem Zustand der Dauerspaltung von Taten und Gedanken und gewöhnten uns allmählich an den damit verbundenen Stress.

Gegen elf Uhr morgens fuhr ich Astrid zum Bahnhof von Mariatico und half ihr, ihren Koffer und eine große Schachtel mit verschiedenen Stoffen, die als Muster dienen sollten, in den Zug zu bugsieren. Wir hatten noch eine zweite davon, die ich später mit dem Bus hinbringen wollte. Wir verabschiedeten uns mit wenigen Worten und zwei flüchtigen Wangenberührungen, bis zuletzt voll beschäftigt mit Gepäck, Reiseterminen, Abfahrtszeiten, Zahlen auf dem Kalender, um keinen Raum für andere Gedanken zu lassen. Kurz bevor die Türen geschlossen wurden, sprang ich aus dem Zug und winkte vom Bahnsteig aus. Als der Zug schon anfuhr, winkte Astrid kurz hinter dem schmutzigen Abteilfenster zurück. Gleich danach waren wir getrennt, und der Abstand wuchs rasch, während wir uns in entgegengesetzte Richtungen entfernten, sie nach Norden, ich nach Westen, jeder mit seinen nicht offenbarten Wahrheiten, den ungelösten Zweifeln, den ausgebliebenen Beruhigungen.

Zu Hause fühlte ich mich dann unerträglich allein in dem leeren, stillen Raum, in dem so viel von Astrids organisatorischen Fähigkeiten abhing. Oscar sah mich ratlos an, sein Ausdruck drückte meine Stimmung noch mehr. Auch in den vergangenen Sommern war ich über diese Trennung traurig gewesen, hatte sie aber immer als ein unvermeidliches saisonales Ereignis betrachtet, das unserem Zusammenleben letztlich zugutekam. Jetzt aber war die Basis unseres Zusammenlebens vermint, das Gewebe von Geschehnissen und Fakten, das uns zusammengehalten hatte, war gerissen und zerfranst. Die Vorstellung, dass Astrid nun das Einzige tat, was ich gern getan hätte, nämlich ihre Schwester treffen, kam mir sinnlos vor, absurd. Ich fühlte mich ausgesetzt, in der unerbittlichen ländlichen Hitze mir selbst und der Leere überlassen, die aus allen Winkeln des Hauses auf mich einstürzte und nicht aufzuhalten war.

Jeder Blick, jedes Warten auf ein Geräusch machten mir das Herz schwer, meine Knie zitterten, ich bekam Ohrensausen. Ich schob eine CD von Jimi Hendrix in die Stereoanlage und drehte die Lautstärke voll auf. Doch das verschlimmerte meinen Gemütszustand noch mehr und machte die Hitze noch unerträglicher; ich musste die Musik beinahe sofort wieder abstellen. Danach wanderte ich mit Oscar langsam durch den schütteren Wald von Hainbuchen, die klebrige Lymphe absonderten, ununterbrochen verfolgt von einem ganzen Schwarm von Bremsen.

In den folgenden Tagen arbeitete ich weiter an dem Teppichbild, wenn auch in extrem gedehntem Rhythmus. Ich legte tibetische Musik und schottische Musik von den Highlands auf. Wenn ich zehn bis fünfzehn Minuten gewebt hatte, hielt ich inne, ging in die Küche und trank Eistee, schaltete den Fernseher ein, ohne Ton, und blieb wie gebannt an dem erstbesten Programm hängen. Ich ging mit Oscar in die Gluthitze hinaus, die einem den Atem nahm, ging wieder hinein, setzte mich erneut an den Webstuhl. Abends rief ich Astrid kurz an oder sie mich: Abgesehen von ein paar flüchtigen Bemerkungen über die Arbeit und das Wetter hatten wir uns nicht viel zu sagen. Ein paarmal fragte ich sie, wie es Ingrid gehe, und sie antwortete: gut. Sie wiederum fragte mich, ob es Neuigkeiten gebe, was übersetzt bedeutete, ob ich etwas Neues über Durante gehört habe, und ich antwortete: nein. Die Entfernung regte uns nicht zu einer Auseinandersetzung über unsere schwelenden Probleme an, wir wurden weder ehrlicher noch vernünftiger. Im Gegenteil, sie gab uns ein Alibi, ermöglichte uns Ausreden, wir sahen uns gegenseitig wie durch einen Mattfilter.

Gelegentlich schaltete ich den Computer ein, um die E-Mails zu kontrollieren, ließ aber häufig ein bis zwei Tage verstreichen, bevor ich auf eine Anfrage oder auch einen einfachen Gruß antwortete. Ich schaute im Internet nach der Wettervorhersage, verlor mich in irgendeiner Webseite über naturgefärbte Garne oder Nahtoderfahrungen. Die Zeit bewegte sich mit der gleichen Langsamkeit wie die Wollfäden in meinem Webstuhl: Immer, wenn ich auf die Uhr schaute, war mir, als seien die Zeiger seit dem vorigen Mal kaum vorgerückt. Ab und zu fragte ich mich, ob ich nicht irgendwie reagieren sollte: die Nachbarn besuchen, an einen Fluss oder sogar bis ans Meer fahren, um meinen Körper und meinen Geist wenigstens kurzzeitig zu erfrischen. Dann ließ ich die Idee wieder fallen und tat nichts. Ich war in einem Schwebezustand, Herzschlag und Energieverbrauch auf Sparflamme; dass es mir gelang, täglich meinen und Oscars Hunger und Durst zu stillen und ein paar Zentimeter mit dem Teppichbild voranzukommen, kam mir schon viel vor.

Am elften August lief Oscar zur Haustür

Am elften August lief Oscar zur Haustür, winselte und wedelte wie sonst nur, wenn Astrid oder ich heimkamen. Da ich schon zu Hause war und Astrid in Graz, stand ich vom Webstuhl auf, ging hinüber und öffnete sehr verwundert einen Spaltbreit die Tür.

Draußen stand Durante, braun gebrannt und ohne Hut: »Guten Tag, Pietro«, sagte er.

Ich rührte mich nicht, völlig verwirrt, dass er plötzlich vor mir stand, nachdem ich mir wochenlang immer wieder ausgemalt hatte, was ich täte, falls ich ihn wiedersehen würde.

Er trat rasch auf mich zu, umarmte mich und klopfte mir fest mit der Hand auf den Rücken.

»Ciao«, sagte ich halblaut, ohne den Druck der Umarmung zu erwidern.

Er bückte sich, um Oscar zu kraulen, der um ihn herumsprang, vor Glück jaulte und ihm die Hände leckte. »Na, du Hübscher«, sagte er.

»Astrid ist nicht da«, sagte ich, da ich den Eindruck hatte, er erforsche hinter meinem Rücken mit Blicken das Haus. »Sie ist in Österreich.«

»Ich weiß«, sagte Durante, ohne den Freudentanz mit Oscar zu unterbrechen.

»Ach ja?«, sagte ich, sofort in meinem Besitzanspruch verletzt, mit geballtem Groll.

»Ich habe sie auf dem Handy angerufen«, sagte er, als sei überhaupt nichts dabei. Er legte Oscar die Arme um den Hals und ließ sich das Gesicht lecken.

Es war eine surreale Situation, nach all den Verdächtigungen, den Verunsicherungen, dem Reigen von Beschuldigungen, Erklärungsversuchen, nutzlosen Nachforschungen und verletzten Gefühlen, die er mit seiner Ankunft ausgelöst hatte. »Hast du auch mit Ingrid gesprochen?«, fragte ich.

»Nein«, sagte er und schüttelte den Kopf.

Das tröstete mich ein wenig, obwohl nicht klar war, ob er nichts von ihr gehört hatte, weil sie nicht mit ihm sprechen wollte oder weil er kein Interesse mehr daran hatte oder einfach weil sie sich verpasst hatten. »Ich dachte, du wärst auf Nimmerwiedersehen verschwunden«, sagte ich.

»Ich war eine Weile unterwegs«, sagte er, während er Oscar den Rücken kratzte.

»Wieso bist du denn zurückgekommen?«, fragte ich. In Wirklichkeit wusste ich weder, was ich sagen sollte, noch, welchen Ton ich anschlagen und welchen Gesichtsausdruck ich aufsetzen sollte. Ein Teil von mir hätte gern Durantes im Augenblick unvorteilhafte Körperstellung ausgenutzt und ihn in den Hintern getreten, ein anderer Teil fand jeden Versuch, sich zu rächen oder Erklärungen zu fordern, unpassend und zwecklos.

»Einfach so«, sagte er, mich von unten nach oben anschauend.

»Und wo wohnst du?«, fragte ich, während es mich im

rechten Bein doch noch etwas juckte. »Bei den Morlacchis?«

Er schüttelte den Kopf und stand auf. »Bei Tom«, sagte er, mit einer Handbewegung in Richtung von Toms Haus.

»Aha«, machte ich. Der Teil von mir, der eine wilde Prügelei wollte, erwog noch einmal die Erfolgschancen in unseren neuen Positionen, der gelassene Teil ging noch mehr auf Abstand.

»Ich bin gekommen, um zu fragen, ob du Lust hast, uns zu helfen«, sagte er.

»Wie bitte?«, sagte ich und sah ihn groß an.

»Wir bauen gerade ein Gehege für Nimbus«, sagte er.

Ich versuchte, einen möglichst schneidenden, sarkastischen Satz zu formulieren, mit dem ich seine Anfrage ablehnen und ihm sagen könnte, was ich von ihm und seinem Verhalten hielt, aber mir fiel so schnell nichts ein. Ich war erhitzt und demotiviert und verwirrt, und er fixierte mich weiter wartend mit seinen grauen Augen. Also sagte ich: »Na gut.«

»Dann lass uns gehen«, sagte er.

»Jetzt?«, fragte ich, teilweise wieder klar im Kopf, aber leider zu spät.

Er nickte: »Ja, aber gibst du mir vorher noch was zu trinken?«

Ich ließ ihn mit seinen staubigen Stiefeln in die Küche und goss ihm ein Glas Eistee mit Zitrone ein. Die Hitze und die Einsamkeit mussten wohl meine Reaktionsfähigkeit beeinträchtigt haben, dachte ich; ich hatte einfach keine Ahnung, wie ich auf würdevolle Weise wieder Boden gewinnen könnte.

Durante schlürfte gemächlich seinen Eistee, als wäre er nicht im Haus von jemandem, der allen Grund hatte, ihn zu hassen, und der ihm auch noch einen Gefallen tun sollte. Schließlich spülte er das Glas aus, stellte es auf das hölzerne Trockengestell und zwinkerte mir zu: »Gehen wir?« Er war schon draußen.

Ich zog die Gummistiefel an, trat mit Oscar hinaus und packte ihn, um ihn unter dem Vordach an seine lange Kette zu legen.

»Was machst du da?«, fragte Durante, an die offene Tür seines kleinen weißen Autos gelehnt.

»Sonst läuft er weg«, sagte ich.

»Aber nein«, sagte Durante. Er stieß einen Pfiff aus, Oscar entwischte mir wie der Blitz und sprang in Durantes Auto.

Wütend, dass mir nun auch noch mein Hund gestohlen worden war, ging ich in Richtung Bus.

»Wo gehst du hin?«, sagte Durante. »Willst du eine Autokolonne bilden?«

Zähneknirschend setzte ich mich auf den zerschlissenen Beifahrersitz seines überhitzten Kleinwagens, vor Zorn lief mir kalter Schweiß den Rücken hinunter.

»Schön, dich wiederzusehen«, sagte Durante, während er mit röhrendem Motor im ersten Gang das steile Sträßchen hinauffuhr.

Ich antwortete nicht, deutete auch kein Lächeln an. Im Auto roch es nach Motoröl, altem Plastik, Lehm, Rost, Schweiß und Rosmarin. Ich fragte mich, ob diese Gerüche etwa dazu beigetragen hatten, Ingrid zu faszinieren; ich stellte mir vor, wie sie an meiner Stelle dagesessen hatte, wenn er sie abends abholte oder mitten in der Nacht heimbrachte. Das kleine Auto kam mir vor wie das Werkzeug eines Verbrechens, und doch war mir nicht recht klar, wie ich mich dem Verantwortlichen gegenüber verhalten sollte.

Er fuhr ruckartig, jedes Mal, wenn er schaltete, musste er mit Gewalt an dem Hebel zerren. »Ich dachte auch, dass ich nie mehr hier in die Gegend kommen würde«, sagte er. »Aber ich hatte das Gefühl, die Geschichte sei noch nicht abgeschlossen. So wie es dir mit einer Frau gehen kann, die du nicht verlassen kannst, weil es dir vorkommt, als gäbe es noch interessante Dinge mit ihr zu erleben, weißt du?«

»Hm«, sagte ich. Ich fragte mich, ob seine Bemerkung eine unbewusste oder eine absichtliche Provokation war; ob ich lachen oder mit Fäusten auf ihn losgehen, das Auto in einen Graben oder unten zwischen den Bäumen in den Wald stürzen lassen sollte. Ich malte mir schon aus, wie ich aus dem Wrack herauskletterte und Oscar heimbrachte.

»Und dann entdeckst du womöglich, dass es gar nicht so ist«, sagte Durante. »Aber du lässt dich von diesem Gefühl leiten.«

»Bist du jemand, der sich von seinem Gefühl leiten lässt?«, sagte ich.

»Was?«, fragte er im Lärm des Motors und der Reifen auf dem unebenen Untergrund.

»Ob du dich von deinem Gefühl leiten lässt!«, brüllte ich.

»Wieso?«, sagte er. »Wovon lässt du dich denn leiten?«

»Das kommt darauf an!«, sagte ich, denn jetzt gerade war mir, als sei ich vollkommen entscheidungsunfähig und orientierungslos.

Tom Fennymore stand auf dem Feld unterhalb seines Hauses, wo die Weinstöcke wuchsen; sein blaues Tuch um den Kopf gebunden, trieb er mit einem Holzhammer einen Pflock in die Erde. Mehrere Pflöcke waren schon entlang einer Linie eingeschlagen, weitere noch im gelben Gras gestapelt. Im Schatten des Feigenbaums fraß Nimbus Heu in einem provisorischen kleinen Gehege aus vier Stöcken und einem weißen Band, das in der Hitze flatterte. Als er Durante kommen sah, wieherte er; Oscar setzte zum Sprung an.

»Bei Fuß, Oscar!«, sagte ich.

»Lass ihn nur«, sagte Durante.

»Von wegen«, sagte ich. »Ich kenne ihn. Ein paar Minuten bleibt er in der Nähe, dann haut er ab.«

»Er haut nicht ab«, sagte Durante. »Keine Sorge.« Dann hob er eine Art riesigen Korkenzieher vom Boden auf, ein über einen Meter großes Eisen-T, das in einer Spirale endete.

»Was ist das?«, fragte ich, während ich dachte, dass ich ihn damit wohl auch gut zusammenschlagen könnte, wenn ich schnell genug wäre.

»Ein Bohrer«, antwortete er, sichtlich erstaunt über meine Frage.

»Ach, natürlich«, sagte ich rasch.

Er schulterte das Eisenteil und ging das Feld hinab.

Ich folgte ihm widerstrebend, gebremst von dem Hass, den ich auf ihn hatte, und von der Welle glutheißer Luft, die unten aus dem Tal heraufschwappte, die Augen halb geschlossen wegen des gleißenden Lichts.

»Da ist er, dein Nachbar«, sagte Durante zu Tom, auf mich deutend. »Er hilft uns ein bisschen.«

»Jede Hand ist willkommen«, sagte Tom. Er schlug noch ein paarmal mit dem Holzhammer auf den Robinienpflock: *pum, pum, pum,* energisch für sein Alter, selbst wenn man nicht gewusst hätte, dass er noch vor wenigen Wochen mehr tot als lebendig gewesen war.

Durante berührte ihn an der Schulter, als er mit dem Bohrer an ihm vorbeiging. Tom lächelte, folgte ihm mit dem Blick. Ich dachte daran, wie leid es ihm getan hatte, seinen Retter nie gesehen zu haben; jetzt herrschte zwischen den beiden eine Vertrautheit wie unter alten Freunden, die sich offenbar innerhalb weniger Tage entwickelt hatte, beschleunigt und gefestigt durch das, was passiert war.

»Elisa?«, fragte Durante, während er begann, die Spitze des Bohrers in den lehmigen Boden hineinzudrehen.

»Zum Pinkeln ins Haus gegangen«, sagte Tom. Er rüttelte einige Male an dem Pflock, den er eben eingeschlagen hatte, um die Festigkeit zu prüfen, dann nahm er einen Spaten und füllte das Loch rundherum wieder mit der ausgehobenen Erde.

»Sie hätte doch hier pinkeln können«, sagte Durante. »Wäre wassersparend gewesen.«

»Sie wollte lieber auf die Toilette«, sagte Tom. Er trocknete sich mit dem Handrücken die Stirn, auf den Spaten gestützt wie auf eine Krücke mit doppelter Funktion.

Durante schaute zum Haus hinauf: Ein Mädchen mit kastanienbraunen Haaren in einem knallroten kurzen Kleid, mit seinem Strohhut auf dem Kopf und Gummistiefeln wie meinen, kam von oben auf uns zu.

Als sie bei uns war, machte Durante eine Handbewegung in beide Richtungen: »Pietro, Elisa«, sagte er.

»Meine hervorragende Übersetzerin«, sagte Tom.

Elisa nickte mir zu und lächelte. Durantes Hut war ihr zu groß, sie schob ihn aus ihrer schön geschwungenen, freien, entschiedenen Stirn.

Oscar lief hin und beschnupperte sie, wie immer bei Frauen versuchte er, seine Schnauze unter ihr Kleid zu stecken.

»Oscar!«, sagte ich.

Elisa lachte und scheuchte ihn weg.

Es war, als kennten sich die drei schon seit ewig, auch wenn ich wusste, dass das bei mindestens zweien von ihnen nicht zutraf: Sie hatten eine unbeschwerte Art, sich anzusehen, verständigten sich mühelos mit kleinen Gesten.

»Wie weiter, *Captain*?«, sagte Tom zu Durante. Er nahm sich das schweißnasse Kopftuch ab: Unter den kurzgeschnittenen weißen Haaren sah man deutlich die Narbe.

»Tragt die Pflöcke an die markierten Stellen«, sagte Durante.

Elisa, Tom und ich nahmen jeder vier oder fünf Pflöcke von dem Haufen und trugen sie an die mit kleinen Mehlhäufchen gekennzeichneten Punkte des abgesteckten Rechtecks. Ich fühlte mich wie ein freiwilliger Galeerensklave in Feindeshand, wobei ich mehr unter meiner eigenen tiefen Verunsicherung litt als unter der Gefangennahme.

Durante drehte den Bohrer weiter in den harten Boden; jeweils nach wenigen Drehungen zog er ihn heraus, um den Lehm aus den Spiralwindungen zu schütteln. Als Elisa, Tom und ich alle Pfosten verteilt hatten, gingen wir hin und sahen ihm zu, während er das Loch fertigbohrte. Er arbeitete sehr fachmännisch: Mit beiden Händen hielt er die Querstange fest, lehnte sich mit seinem ganzen Gewicht darauf und vollführte mit dem gesamten Körper eine Drehbewegung, als würde er einen mechanischen Stier bei den Hörnern packen. Ab und zu, wenn er auf einen Stein stieß, hielt er inne, nahm einen Spaten, legte den Stein mit wenigen gezielten Stichen frei und zog ihn mit der Hand heraus.

Man sah sofort, dass er etliche Tage seines Lebens damit verbracht haben musste, Löcher für Pferdegehege zu graben, in verschiedenen Böden, unter verschiedenen klimatischen Bedingungen. Nicht, dass ich ihn bewunderte, doch konnte ich nicht umhin, seine Kompetenz und die Entschlossenheit anzuerkennen, mit der er ohne Pause drehte und grub und störende Steine beseitigte.

Als das Loch tief genug war, warf Durante den Bohrer beiseite und machte Tom ein Zeichen. Tom steckte einen Pflock mit dem angespitzten Ende in das Loch und klopfte ihn mit dem Holzhammer fest. Elisa holte den Spaten. Sie hatte schöne Knie und eine optimistische Art, den Hang hinunterzugehen, das Gesicht halb unter der Hutkrempe verborgen.

Ich folgte Durante zu dem nächsten Mehlhäufchen, beobachtete, wie er mit den ersten Drehungen das verdorrte Gras entwurzelte, bis der Bohrer in dem Lehmboden griff. Ich registrierte seine Muskelkraft, seine scheinbare Unermüdbarkeit; mir diese Ausdauer übertragen auf Liebesakte mit Ingrid und Astrid bloß vorzustellen löste eine so heftige Abneigung in mir aus, dass ich mich nur mit Mühe beherrschen konnte.

Er hielt inne und sah mich an. Er reichte mir den Bohrer: »Mach du mal.«

Ich griff danach, drückte die Spitze in das gerade angefangene Loch, drehte die Querstange mit der ganzen unterdrückten Feindseligkeit, die ich in mir hatte. Es war anstrengender, als ich gedacht hatte: Der Boden war hart wie Zement, Steine behinderten das Vorwärtskommen der Spirale. Ich versuchte herauszufinden, wie man Gewicht und Drehkraft am besten einsetzte, bevor Durante es mir erklären musste. Nach einer Weile schob er mich zur Seite, drehte den Bohrer in den Boden. »*Sooo* musst du ihn halten, dann *sooo* drehen«, sagte er. »Kurze Drehung, ständiger Druck.«

»Alles klar«, sagte ich und riss ihm meinerseits den Bohrer aus der Hand, genervt, weil sich unsere Hände und Arme in der Anstrengung berührt hatten. Mit kürzeren und kräftigeren Bewegungen als vorher arbeitete ich weiter, doch stieß die Metallspitze sehr bald an einen Stein. Ich war schweißgebadet und wütend, meine Finger rutschten auf der von der Sonne glühend heißen Eisenstange, das Gewicht war ungleich verteilt, die Füße verloren an Halt.

Durante schob mich erneut weg, hob mit Spatenstichen das Erdreich aus, bis eine Seite des Steins zum Vorschein kam, schob die Spatenspitze darunter und hebelte ihn heraus. Er kniete sich hin, um den Stein mit den Händen zu entfernen, warf ihn zur Seite, bedeutete mir weiterzumachen.

Ich drückte den Bohrer wieder in die Erde und drehte, alle paar Drehungen schüttelte ich ihn aus, um ihn vom Lehm zu befreien. Sobald ich auf einen neuen Stein stieß, hörte ich auf und überließ Durante mit dem Spaten das Feld, dann, sobald er zurücktrat, machte ich mit aller Kraft weiter, die Füße so fest wie möglich auf den Boden gestemmt; nach jeder Drehung atmete ich stoßweise aus. Es war eine brutale, primitive Arbeit, Maloche pur, noch verschärft durch meine angeschlagenen Gefühle und die gnadenlose Sonne und die schier unerträgliche Hitze. Der Schweiß tropfte mir von der Stirn, durchnässte mein T-Shirt und meine Hose, meine Füße glitschten in den Gummistiefeln. Ich dachte, wie unendlich viel sinnvoller es gewesen wäre, die Löcher gegen Abend zu graben oder früh am Morgen, wenn die Luft noch relativ frisch war. Es mitten am glühend heißen Tag zu tun kam mir absurd vor, nur Durante konnte auf so eine Idee kommen, aus Gründen, die ich lieber gar nicht wissen wollte. Dennoch machte ich weiter, spürte seine kontrollierenden Blicke, seine drängende Gegenwart. Da ich ihm gegenüber voller Groll war, verblüffte es mich, wie genau und entschlossen er vorging, denn ich hatte ihn mir lange oberflächlich und sprunghaft vorgestellt, den winzigsten Stimmungsschwankungen und den jeweiligen Umständen ausgeliefert.

»Schau mal, ob es so passt«, sagte ich, als ich meinte, das Loch habe nun die richtige Tiefe, mit einer Extraanstrengung, um nicht außer Atem zu wirken.

Er schaute und machte: »Hmmja.« Dennoch nahm er mir den Bohrer aus der Hand, drehte ihn noch ein paarmal, vielleicht nur aus Prinzip.

Ich blickte das Feld hinunter und sah, dass Oscar schon weit in Richtung Wald davongelaufen war, genau wie befürchtet. »Ooooscaaaaar!«, brüllte ich, so laut ich konnte, obwohl ich wusste, dass meine Macht, ihn zur Umkehr zu bewegen, auf diese Entfernung gleich null war.

In der Tat wandte Oscar nur wie aus schwacher Neugier kurz den Kopf und trabte weiter.

»Ich habe es ja gewusst!«, sagte ich. »Jetzt lässt er sich bis heute Nacht nicht mehr blicken! Falls er überhaupt wiederkommt! Falls er nicht unterwegs vergiftet wird und sich zum Sterben in einem Graben versteckt!«

Durante hörte auf zu bohren und fixierte mich mit diesem Ausdruck des Staunens, von dem ich immer noch nicht wusste, ob er natürlich oder aufgesetzt war. Dann suchte er mit dem Blick unten auf dem Feld nach dem dunklen Punkt mit vier Beinen, der sich am Waldrand zwischen den Stoppeln bewegte. Er hob Zeige- und Mittelfinger an die Lippen und stieß einen durchdringenden Pfiff auf zwei Tonhöhen aus, der durch das ganze Tal hallte. Auch Tom und Elisa hielten inne und blickten beide hinunter. Der bewegliche Punkt mit vier Beinen, also Oscar, blieb ruckartig stehen, dann rannte er plötzlich wie der Blitz wieder herauf. Drei Minuten später war er bei uns, außer Atem, mit gesenktem Kopf, heraushängender Zunge und schüchtern wedelndem Schwanz.

»Braver Oscar«, sagte Durante.

»Von wegen brav!«, sagte ich. »Komm sofort her!«

Durante brachte mich mit einer gebieterischen Handbewegung zum Schweigen. Er drückte Oscar auf den Rücken, bis der Hund sich setzte, umfasste mit der Hand seine Schnauze, schüttelte sie leicht. »*Mmmmmmmrrr*. Jetzt bleibst du hier in der Nähe«, sagte er. »Haben wir uns verstanden?« Er blickte ihm tief in die Augen.

Oscar blieb ein paar Sekunden wie hypnotisiert ganz still sitzen; dann stand er auf und legte sich neben der vordersten Rebenreihe in den Schatten.

»*Good dog*«, sagte Tom. Er nahm erneut das Kopftuch ab, trocknete sich den Schweiß.

Ich schwieg; obwohl ich froh war, dass Oscar wieder da war, machte es mich rasend, dass ich das nur Durante verdankte.

Elisa nahm den Strohhut ab, kam herüber und setzte ihn Tom auf den Kopf.

Tom rückte ihn zurecht, er schien sehr beeindruckt von dieser Gunstbezeigung. Er küsste seine Fingerspitzen und pustete ihr den Kuss zu; Elisa lächelte und ging mit wiegenden Schritten zu ihrem Spaten zurück.

Sobald Durante es zuließ, griff ich wieder zum Bohrer, ging damit zum nächsten Mehlhäufchen auf dem dürren Gras und bohrte die Spitze in die Erde. Mir war, als sei das Löcherbohren für das Gehege unter der sengenden Sonne ein Duell zwischen mir und Durante, doch in dem Zustand allgemeiner Verunsicherung, in dem ich mich befand, konnte ich nicht einmal dessen sicher sein. Es hätte auch ein Duell zwischen ihm und der Sommerhitze sein können, eine weitere, an Tom gerichtete Demonstration seiner Macht, eine Inszenierung, um Elisa zu beeindrucken. Oder einfach eine notwendige Arbeit, die so schnell wie möglich getan werden musste, um Nimbus nicht länger in dem kleinen Gehege rund um den Feigenbaum zu lassen. Jedenfalls war auch ich ein Handarbeiter, wenn auch auf Innenräume bezogen; ich hatte nicht die Absicht, die Rolle des ungeschickten Städters zu spielen, der sich auf einem Feld verloren fühlt. Bald machte ich Fortschritte; zwar bohrte ich nicht direkt mit der gleichen Effizienz wie Durante, aber viel schlechter als er war ich nicht.

Tom und Elisa werkelten mit Holzhammer und Spaten, offenbar glücklich, an dieser Teamarbeit teilzuhaben. Ab und zu sahen sie sich an, lächelten sich von weitem zu, tauschten von weitem miteinander und mit Durante scherzhafte Bemerkungen. Irgendwann drehte sich Elisa zu mir um und sagte: »Ist es nicht schön? Fast als erledigte sich alles ganz von selbst!«

»Fast!«, sagte ich, mit krampfhaft angespannten Armmuskeln, schweißnassen Händen, die an der Querstange des Bohrers abrutschten, und schmerzendem Rücken.

»Wirklich!«, sagte sie. »Und für einen allein wäre es ein schrecklich mühsames Unterfangen!«

»Ja!«, sagte ich. »Er könnte dabei draufgehen, an so einem Tag!«

»Heute hat es bestimmt fünfunddreißig, sechsunddreißig Grad!«, sagte Elisa, als fände sie das lustig.

»Vielleicht sogar *achtunddreißig*!«, sagte Durante, während er mich wegschob, um mit dem Spaten einen Stein freizulegen.

»Und kein Lüftchen regt sich!«, sagte ich.

»An einem Ort, wo dich der Wind gewöhnlich wegweht!«, sagte Tom. »Schlimmer als an der Nordostküste Englands!« Er lachte.

Und schlagartig, oder vielleicht auch in einer raschen Abfolge kleiner Annäherungsschritte, verwandelte sich die Situation vor meinen Augen. Im einen Augenblick strengte ich mich unerträglich an, erfüllt von meinem Hass auf

Durante und der Wut auf mich selbst, dass ich auf sein Spiel hereingefallen war, im nächsten überkam mich ein seltsames Gefühl von Vollkommenheit. Es war, als würde jede Geste, jeder Blick und jeder Atemzug von uns vieren auf dem abschüssigen Feld ein leuchtendes Netz aus Aufmerksamkeit und Anteilnahme erschaffen, das Gedanken und negative Empfindungen überlagerte und Leere mit Bedeutungen füllte. Es war, als würde die Strapaze gemindert, und ebenso die Härte des Bodens, das Gewicht des Bohrers und Wut und Eifersucht, Langeweile, Misstrauen, Fremdheit. Die extreme Hitze störte mich kaum noch, obwohl ich sie noch spürte; die Zeit, die verging, schien mir nicht mehr vergeudet zu sein.

Das war das Letzte, was ich erwartet hatte, und dennoch verflog das Staunen bald; ja ich konnte meine Haltung von vorher, die Feindseligkeit, den Widerstand und die Anstrengung kaum noch nachvollziehen. Ein warmer Windstoß kam aus den Wäldern im Talgrund herauf, in wenigen Sekunden wurde er zu einem ständigen Hauch, der über die sonnendürren Felder herwehte, uns durch die Haare und in die Kleider fuhr und uns den Schweiß trocknete. Ich musste auch lachen, fast lautlos.

*Bei Einbruch der Dunkelheit war
das Gehege fertig*

Bei Einbruch der Dunkelheit war das Gehege fertig, Robinienäste waagrecht an die Robinienpfosten genagelt. Durante erklärte, Nimbus würde das reichen, wichtig sei, ihm die Idee eines wiedererkennbaren Raums zu vermitteln. »Bei uns Menschen ist es doch genauso, oder?«, sagte er. »Wir brauchen immer ein Stückchen Welt, das wir als unseres betrachten, egal, wie klein, egal, für wie kurze Zeit.«

»Um wenigstens ein kleines Fleckchen vertraute Topographie um uns herum zu haben«, sagte Elisa.

»Mitten im unbekannten und fremden Universum«, sagte Tom.

»Ja«, sagte ich, obwohl solche Betrachtungen mir noch am Morgen banal und irritierend vorgekommen wären. Ich dachte daran, wie oft ich mich vorübergehend in einem Hotelzimmer, einem Zelt oder einfach nur in einem bis über Augen und Ohren gezogenen Schlafsack zu Hause gefühlt hatte.

»Genau *so* ist es«, sagte Durante, als hätte er in meinen Gedanken gelesen.

Selbst das erstaunte mich nicht, telepathische Kommunikation schien eine der möglichen Folgen unserer geistigen und körperlichen Nähe zu sein.

Er beseitigte das provisorische kleine Gehege rund um den Feigenbaum, gab Nimbus einen Klaps auf die Kruppe: Das schwarze Pferd galoppierte los, lief in seinem lockeren, elastischen Gang mit hoch erhobenem Kopf und flatternder Mähne einmal rund um das neue Gehege, blieb dann in einer Ecke stehen und schnupperte in der Luft. Oscar beobachtete es mit gespitzten Ohren, vielleicht hielt er es für einen Hund von außerordentlich großer Statur.

»Gehen wir?«, sagte Durante zu mir, den Bohrer auf der Schulter. Tom und Elisa stiegen mit ihren Geräten schon zum Haus hinauf.

Ich nahm den Spaten und folgte ihm. Oscar lief unaufgefordert hinter uns her.

Am Haus setzten wir uns auf zwei wackeligen Stühlen und einer Bank um den alten Tisch unter dem Vordach und ließen uns schweigend vom Wind den Schweiß des Aufstiegs trocknen. Diese Art körperlicher Müdigkeit war ganz anders als die, die ich nach mehreren Stunden am Webstuhl empfand: umfassender, befriedigender.

»Was gibt es zu essen?«, fragte Durante, während er am Horizont die Hügel vor dem Himmel betrachtete, der Minute für Minute an Licht verlor.

»Kichererbsenfladen«, sagte Tom. »Er ist von gestern, aber noch gut.«

»Dazu den Ziegenfrischkäse, den wir bei dem Typ unterhalb der Kurve gekauft haben«, sagte Elisa.

»Und Karotten!«, sagte Tom. »Und Bier!« Er ging ins Haus, kam mit vier schon geöffneten Flaschen Bier zurück und verteilte sie. Wir stießen an und nahmen alle einen langen Schluck.

Das Bier war lauwarm, aber ich hatte solchen Durst, dass ich das leicht Bittere und Fruchtige des Hopfens, die Hefe, die Mineralstoffe genüsslich auskostete.

»Köstlich«, sagte Durante, seine Flasche in der Hand.

»Das kannst du wohl sagen!«, antwortete Tom.

Elisa lachte und warf den Kopf zurück, wodurch ihr Hals zur Geltung kam.

Mir war unklar, ob ich mich automatisch als eingeladen betrachten sollte oder nicht, aber ich hatte nicht die geringste Lust zu gehen. Ich saß auf der Holzbank, nahm in der wachsenden Dunkelheit den Atem und die vitale Ausstrahlung der anderen wahr. Mit echter Überwindung sagte ich: »Gut, dann werde ich mal aufbrechen.«

»Wo willst du hin?«, fragte Elisa, als kämen meine Worte völlig unerwartet.

»Nach Hause«, erwiderte ich, ohne aufzustehen. »Ich lasse euch in Ruhe essen.«

»In Ruhe?« Durante prustete los.

»Ich muss auch noch arbeiten«, sagte ich verlegen und spürte, wie Reste meiner monatelangen Feindseligkeit zurückkehrten und sich mit der Wirkung des Biers, mit der körperlichen Müdigkeit und den Empfindungen vorher auf dem Feld mischten.

»Hast du nicht schon genug gearbeitet für heute?«, sagte Tom.

»Ich spüre meine Arme nicht mehr«, sagte Elisa. »Ich weiß nicht, wie es euch Männern da geht.«

»Ich habe einfach einen Termin«, sagte ich, hoffte aber inständig, dass sie mich ausdrücklich einladen würden, zum Essen bei ihnen zu bleiben.

»Wir haben *alle* einen Termin«, sagte Durante kichernd.

»In mehr oder weniger ferner Zukunft«, sagte Elisa. Sie sah mich an, im Schneidersitz, die Hände im Schoß verschränkt, ihr Lächeln kaum erkennbar in der immer dichter werdenden Dunkelheit.

»Meiner war schon abgelaufen«, sagte Tom. »Wenn der Captain hier nicht dazwischengefunkt hätte.«

Durante boxte ihn leicht in die Schulter.

»Na gut, ich bleibe zum Essen da.«

»Dann komm und hilf mir«, sagte Tom.

Ich folgte ihm ins Haus, und als Tom eine nackte, an der Wand baumelnde Glühbirne anknipste, kam ein kahler Raum zum Vorschein. Der Fußboden bestand noch aus rohem Zement, an der Mauer waren Terrakottafliesen aufgeschichtet, in der Mitte lagen Säcke und Kartons und Farbdosen, kleine Balken, Bauwerkzeug. Er schaltete ein tragbares Stereogerät ein: Gipsy-Jazz, zwei Gitarren und eine Geige in hüpfendem Rhythmus. In der Küche gab es ein Spülbecken, eine Tischplatte auf zwei Böcken, darauf einen Campingkocher wie der von Durante, eine Unmenge Bücher und Zeitungen, Teller, Tassen und verschiedene andere Gegenstände. Tom stellte vorsichtig eine Pfanne auf den Campingkocher, gab den Kichererbsenfladen hinein, zündete die Flamme an. Er reichte mir zwei Kerzen und zwei leichte hölzerne Kerzenhalter: »Bringst du die schon mal raus?«

Ich ging hinaus in die Dunkelheit und zündete auf dem Tisch eine Kerze an. Durante und Elisa küssten sich, stehend an eine Säule des Vordachs gelehnt, im schwachen warmen Licht des Flämmchens, das im Wind flackerte.

Vor Überraschung zuckte ich zusammen, stolperte über einen Stuhl. Ich zündete auch die zweite Kerze an und ging sofort wieder ins Haus, ohne noch einmal hinzuschauen.

»Schneidest du das Brot auf?« Tom deutete auf eine Tüte in dem Durcheinander auf dem Tisch, dann holte er aus einem Schrank die Karotten.

Ich schnitt das harte Brot, abgelenkt von dem Bild von Durante und Elisa, eng umschlungen, das mir weiter lebhaft vor Augen stand. Halblaut sagte ich: »Kennen sie sich schon lange?«

»Wer?«, fragte Tom.

»Durante und Elisa.«

Er schüttelte den Kopf; eine Hüfte an den Tisch gelehnt, um das Gleichgewicht nicht zu verlieren, begann er, mit dem Messerrücken die Karotten abzuschaben.

»Seit wann?«, fragte ich, wieder von der nagenden Eifersucht befallen, die ich in Bezug auf Ingrid gespürt hatte.

»Seit gestern Abend«, sagte Tom. »Sie ist aus Ravenna gekommen, um mich zu besuchen. Sie hat mein Buch über die Schlacht von Hastings ins Italienische übersetzt. Sympathisch, oder?«

»Sehr«, sagte ich. Gleichzeitig fragte ich mich, ob er ahnte, was da draußen vor der Tür zwischen ihr und Durante vorging; ob die Entdeckung ihn schockieren würde oder ob die tiefe Dankbarkeit ihm auch darüber weggeholfen hätte.

»Eine phänomenale Frau«, sagte er. »Gescheit, supertüchtig. Und authentisch. Ich meine wirklich *authentisch*.« Er öffnete noch zwei Flaschen Bier, reichte mir eine, stieß mit seiner dagegen. In einer Ecke der Küche stand noch ein halbvoller Kasten.

Schon leicht beschwipst nahm ich einen großen Schluck. Immer noch stellte ich mir die einzelnen Schritte vor, mit denen Durante sich Elisa genähert und sie in der kurzen Zeit, seit wir hineingegangen waren, geküsst hatte; dann Variationen der gleichen Szene mit Ingrid; mit Astrid. Am liebsten hätte ich Tom erzählt, was ich gesehen hatte, doch sobald ich mir im Geist einen Satz zurechtlegte, kam er mir angesichts der Stimmung während unseres Arbeitstages auf dem Feld furchtbar kleinlich vor. Ich schwankte zwischen entgegengesetzten Gefühlen und konnte mich nicht entscheiden.

Tom wusch die Karotten und legte sie auf einen Teller, den Kichererbsenfladen auf ein Holzbrett. »Wir können essen«, sagte er.

Ich nahm den Teller mit den Karotten und drängte mich an Tom vorbei, um als Erster hinauszugehen, öffnete so laut wie möglich die Tür, hustete.

Durante und Elisa saßen nebeneinander auf ihren Stühlen, die fast leeren Bierflaschen in der Hand: entspannt, verträumt.

»Wir haben euch überhaupt nicht geholfen«, sagte Elisa.

»War nicht nötig.« Tom fing an, den Kichererbsenfladen in Stücke zu schneiden.

Wir aßen, alle vier gleich hungrig. Der Wind ließ die Kerzenflammen flackern, wehte Grillengesang von den Wiesen und moosige Gerüche aus dem Wald herauf, rüttelte an den Zweigen der Ulmen vor dem Haus. Tom brachte noch mehr Bier, wir tranken weiter. Ich fragte mich, ob es der sechste oder der siebte Sommer war, den ich auf diesen Hügeln verbrachte, kam aber zu keinem Ergebnis, weil meine Gedanken zu sprunghaft waren. Ich war zu sehr beschäftigt mit den verschiedenen Empfindungen, die das Zusammensein mit den anderen bei mir auslöste, hin- und hergerissen zwischen Sympathie und Feindseligkeit, Neugier und Misstrauen, Solidarität und Eifersucht, Nähe und Abstand, Anteilnahme und Abgrenzung.

Dann erzählte Durante von einer Schiffsreise, die er vor Jahren zusammen mit einer Freundin unternommen hatte, um einem reichen Griechen ein friesisches Pferd zu bringen. Das Schiff war in einen Sturm geraten, der Anhänger im Laderaum wäre beinahe umgekippt, und als er versucht hatte, das verschreckte Pferd herauszulassen, hätte es ihn beinahe erdrückt. Zwei Tage später gerieten sie im Innern des Peloponnes, schon nah am Gut des Käufers, in einen fürchterlichen Brand, mussten den alten Jeep samt Anhänger stehenlassen und alle beide auf das friesische Pferd springen, um aus den brennenden Olivenhainen zu entkommen.

Er hatte die Fähigkeit, lebendige bewegte Bilder heraufzubeschwören, und dennoch benutzte er keine erzählerischen Tricks und schien auch unsere Aufmerksamkeit nicht missbrauchen zu wollen, um sich in der Rolle des Helden zu sonnen. Im Gegenteil, wenn er von sich sprach, sparte er gedankliche Unsicherheiten oder unpassende Reaktionen oder Verwirrung angesichts eines Geschehnisses keineswegs aus. Aber nicht nur das: Er schien die Regeln für das Begreifen und Beschreiben der Welt, die jeder von uns von Kindheit auf lernt, nicht zu kennen oder nicht angenommen zu haben. Er hob gewöhnliche Details hervor, ging rasch über andere hinweg, die jedem anderen viel interessanter und malerischer vorgekommen wären, betonte ein einfaches Wort, um es mit möglichst viel Bedeutung aufzuladen. Bald hörte ich auf, mich zu fragen, ob seine Geschichte ganz oder nur teilweise der Wahrheit entsprach, ich war zu fasziniert von seiner Art, etwas Normales überraschend und etwas Überraschendes ganz normal zu finden. Ich verstand einfach nicht, ob seine Haltung gesucht oder schlicht die Äußerung einer Lebenseinstellung war; auch hier änderte ich meine Meinung beinahe von Sekunde zu Sekunde.

Elisa und Tom lauschten ebenso aufmerksam wie ich, ab und zu blickten sie sich oder mich an. Manchmal lachten wir alle vier, manchmal tranken wir einen Schluck lauwarmes Bier, verbunden durch die Nähe und den Teamgeist von vorher, während unserer gemeinsamen Arbeit auf dem sonnenglühenden Feld. Zwischendurch fühlte ich mich unglaublich weit weg von zu Hause, von Astrid und von unserer einsamen Tätigkeit, obwohl ich kaum mehr als zwei Kilometer und in Luftlinie von Hügel zu Hügel sogar noch weniger davon entfernt war. Wenn ich meinen Beobachtungswinkel erweiterte, kamen mir die Eifersucht, der Besitzanspruch und der Reflex, mein Revier zu verteidigen, die mich bis vor kurzem noch geplagt hatten, wie alte, nutzlose, unbedeutende emotionale Krücken vor. Ich konnte es kaum noch glauben, dass ich ganze Jahre meines Lebens hatte verstreichen lassen, ohne meine geistigen und spirituellen Bedürfnisse zu befriedigen; während ich Durante und den anderen zuhörte, fühlte ich mich wie ein

Verdurstender in der Wüste. Im warmen Atem der Augustnacht lehnte ich mich auf meinem Stuhl zurück, durchdrungen von unentbehrlichen und widersprüchlichen Empfindungen, Ideen und Bildern.

Astrid klang aufgeregt am Telefon

Astrid klang aufgeregt am Telefon: »Gestern Abend habe ich dich mindestens zehn Mal angerufen, du hast weder am Festnetz noch am Handy geantwortet.«

»Ich war bei Tom und hatte das Handy zu Hause vergessen«, sagte ich.

»Bei Tom?«, fragte sie.

»Ja, mit Durante«, sagte ich. »Er ist wieder da.« Ich erwartete, dass sie mir sagen würde, sie wisse es schon, sie hätten miteinander telefoniert.

»Tatsächlich?«, sagte Astrid.

»Er ist hier bei uns vorbeigekommen«, sagte ich.

»Und wie geht es ihm?«, fragte sie.

»Gut«, sagte ich. »Aber ihr habt doch telefoniert, oder? Du weißt doch, wie es ihm geht.«

»Ja, klar«, sagte sie, als hätte sie nicht bis vor einer Sekunde versucht, es vor mir geheim zu halten.

Ich fragte mich, ob ich ihr von Elisa und dem Kuss erzählen sollte, war mir aber nicht sicher, wie sie reagieren würde. »Ich habe ihnen geholfen, ein Gehege für das Pferd zu bauen.«

»Für Nimbus?«

»Ja.« Die Vertrautheit, mit der sie den Namen aussprach, irritierte mich verhältnismäßig wenig.

»Aber bis wie viel Uhr bist du denn dort geblieben?«

»Keine Ahnung«, sagte ich. Es störte mich, dass sie immer noch mehr wissen wollte, als wäre es ihr gutes Recht, und nichts von sich erzählte.

»Wie, keine Ahnung?«, sagte sie, genauso angespannt wie ich.

»Bis zwei oder drei Uhr morgens, ich weiß es nicht«, sagte ich. »Ich habe nicht auf die Uhr geschaut.«

»Und was habt ihr gemacht?«

»Gegessen, geredet«, sagte ich. »Ist das ein Verhör?«

»Ich wollte es nur wissen«, sagte sie. »Ich habe mir halt Sorgen gemacht.«

»Warum?«, sagte ich. »Was hätte mir denn passiert sein sollen?«

»Ich weiß es nicht«, sagte sie. »Gewöhnlich sind wir abends immer zu Hause.«

»Diesmal war ich eben ausgegangen.«

»Das konnte ich ja nicht wissen.«

»Jetzt weißt du es.«

»Du brauchst dich nicht so aufzuregen.«

»Ich rege mich nicht auf.« Ich dachte, dass der Ausdruck für meinen und ihren Gefühlszustand total unpassend war.

»Wie kommst du mit der Arbeit voran?«, fragte sie.

»Langsam«, sagte ich. »Bei dieser Hitze kriege ich Zustände, wenn ich die Wolle bloß anschaue.«

»Hier regnet es heute schon wieder«, sagte sie. »Sechzehn Grad.«

Damit waren unsere Gesprächsthemen schon erschöpft, jedenfalls die, zu denen wir bereit waren; wir verabschiedeten uns. Ich trank meine Tasse Pfefferminztee aus, spülte

Teetasse und Teekanne unter fließendem Wasser und ging Zähne putzen. Ich hatte Muskelkater und war nicht besonders klar im Kopf, die Arbeit auf dem Feld, das Bier vom Vorabend und der Schlafmangel vernebelten meine Gedanken.

Ich griff zum Fernglas und ging mit Oscar auf die Wiese vor dem Haus. Der Himmel war vor Hitze fast weiß, die Zikaden spielten ihr Lied wie ein über alle Felder verstreutes Orchester unermüdlicher Tonarbeiter. Ich ging an den Rand des Vorplatzes und richtete das Fernglas auf Toms Haus auf der anderen Seite des Tals. Nimbus stand im Schatten des Feigenbaums, aber unter dem Vordach oder rund ums Haus war keine Menschenseele zu sehen. Ich fragte mich, was zwischen Durante und Elisa stattgefunden haben mochte, nachdem ich gegangen war: ob sie weiter so getan hatten, als ob nichts sei, oder ob sie völlig selbstverständlich zusammen ins Bett gegangen waren; ob Tom es gebilligt hatte oder ob seine unerschöpfliche Dankbarkeit an ihre Grenzen gestoßen und dann mitten in der Nacht ein wütender Streit ausgebrochen war. Das Licht blendete mich, die Zikaden zirpten ohne Pause. Jede Bewegung kostete Mühe, meine Vermutungen lösten sich ungern voneinander, die Strecke zwischen den Hügeln schien viel unüberwindlicher zu sein als am Abend zuvor.

Ich machte mit Oscar einen Rundgang über Stoppelfelder und ausgedörrte Erdschollen, aber bald war uns beiden zu heiß; nach einer Viertelstunde waren wir schon wieder zu Hause und tranken Wasser.

Ich ging in die Werkstatt, setzte mich an den Webstuhl, nahm die Spule in die Hand. Es stimmte, dass schon der

Anblick der Wolle des Bildteppichs erstickend wirkte: Wenn die Kettfäden sich über dem Schussfaden kreuzten, kam ich mir vor wie ein im Netz gefangenes Tier. Ich webte etwa eine halbe Stunde. Dann wühlte ich in den CDs nach einer Musik, die mich inspirieren könnte, fand aber nichts. Ich hatte sie alle schon zu oft gehört und keine Lust, neue aus dem Internet herunterzuladen. Ich kehrte an den Webstuhl zurück, arbeitete weiter, noch langsamer, noch lustloser. Vielleicht zum ersten Mal, seit Astrid und ich auf dem Land lebten und arbeiteten, fühlte ich mich gänzlich unmotiviert. Natürlich war es hin und wieder schon mal vorgekommen, dass ich meine Arbeit oder mein Leben langweilig oder ermüdend oder nicht sehr begeisternd fand, doch waren es immer nur einzelne Momente gewesen, die durch Astrids Gegenwart und den unaufhaltsamen Fluss unserer gemeinsamen Geschichte rasch ausgelöscht wurden. Jetzt war Astrid weit weg und unsere Beziehung angeknackst und das Haus leer und die Luft heiß und stickig; warum also war ich eigentlich hier und tat, was ich tat, anstatt sonst wo zu sein und etwas ganz anderes zu tun?

Ich fragte mich, ob ich meine Krise Durante anlasten sollte oder ob er in Wirklichkeit weniger die Ursache als vielmehr derjenige war, der sie mir bewusst gemacht hatte. Ich dachte an die kurzen Krisen, die ich in der Vergangenheit durchgemacht hatte: die plötzlichen Risse, die manchmal durch die Strophe eines Lieds, das Bild eines Films oder die Seite eines Buchs hervorgerufen wurden, die Zweifel, die dadurch hochkamen, die unbestimmte, heftige Lust auf Veränderungen, Überraschungen, ungekannte

Freuden. Mit einigen Auslassungen hatte ich auch mit Astrid darüber gesprochen, und sie hatte mir mit einigen Auslassungen ähnliche Stimmungszustände gestanden. Dann hatten wir weitergemacht, weil uns schien, dass es für unser gemeinsames Leben haufenweise gute Gründe gab und es uns immer noch tiefe Befriedigungen bot. Aber jetzt empfand ich einen Mangel, der innerlich an mir nagte wie der Hunger an einem leeren Magen; er machte es unannehmbar, weiter an einem leblosen Gegenstand aus Holz und Metall zu kleben, um aus bunten Wollfäden eine Zeichnung nachzubilden, die mir nicht einmal gefiel. Ich fühlte mich abgeschnitten von den Stimmen, den Blicken und dem gemeinsamen Tun des vorigen Tages und der vorigen Nacht, von der Anteilnahme und den ständigen Überraschungen, von der Erregtheit und den wechselnden Perspektiven. Wie war es möglich, dass es mir nicht gelang, Ingrid etwas von meinen Gefühlen für sie mitzuteilen, dass ich sie wie ein ausdrucksloser Zombie zum Busbahnhof gebracht hatte, dass ich jetzt Tausende von Kilometern von ihr entfernt war, ohne dass sie auch nur im Geringsten ahnte, was in mir vorging. Ich hatte ein unwiderstehliches Bedürfnis auszubrechen: mich zu bewegen, hinauszugehen, zu laufen, zu schreien, Dinge zu entdecken, zu berühren, Fragen zu stellen, zu staunen, Reserven zu verbrennen, mich wild zu verlieben, endlich wieder etwas zu fühlen.

Ich zog die Schuhe an, nahm Oscar an die Leine. Kaum hatten wir das Haus verlassen, schwappte die Hitze über uns weg wie eine Welle, drang bis tief in die Lunge, nahm uns den Atem. Mit gesenktem Kopf gingen wir das Sträßchen hinauf, wie Lachse, die gegen einen zu starken Strom schwimmen. Oben an der Sandstraße beschleunigten wir mit größter Mühe im durchbrochenen Schatten der Eichen und Robinien den Schritt. Die abgemähten Kornfelder sahen aus wie getoastet, das Laub der Bäume war gelb geworden und staubig. Ich bereute, dass ich nicht den Kleinbus genommen hatte, aber nun waren wir schon weit von zu Hause weg; ich begann, gegen den Luftwiderstand anzurennen. Oscar sprang in Zeitlupe nebenher, bei jedem Satz schwebte er kurz, als würde er nie wieder den Boden berühren.

Keuchend kamen wir bei Tom an und verschnauften erst einmal. Auf dem freien Platz zwischen den Olivenbäumen etwas oberhalb des Hauses stand weder Durantes kleines weißes Auto noch Toms alter roter R4. Auf dem Tisch, an dem wir am Abend zuvor gegessen und uns unterhalten hatten, waren noch ein paar Brösel von dem Kichererbsenfladen, dunkle Ringe von den Bierflaschen. Die Bank war schief, die Stühle ungleich hoch. Ich klopfte an die Tür, niemand öffnete. Es kam mir unglaublich vor, dass diese paar Quadratmeter vor nur wenigen Stunden Schauplatz intensiven menschlichen Lebens gewesen waren und jetzt kaum noch etwas davon zu sehen war.

Ich ging einmal rund um das Haus, Oscar folgte mir, mit der Nase am Boden schnuppernd wie ein Spürhund. Mit wachsender Beklemmung stolperte ich auf dem dürren Gras zwischen den Steinen und Baumaterialien herum und rief: »He! Ist da jemand?« Keine Antwort. Nimbus sah von seinem Gehege aus erstaunt zu uns herüber; offenbar war er außer mir und Oscar das einzige atmende Lebewesen weit und breit.

Da stand ich nun, ausgeschlossen, wie auf einer leeren Bühne zurückgelassen, der Letzte, der merkte, dass alle gegangen waren. Obwohl es völlig sinnlos war, rief ich noch einmal: »Durante?! Tom?! Elisa?!« Es klang unbeholfen, ich rief ja die Namen von Menschen, die mir längst nicht so vertraut waren, wie ich mir jetzt gewünscht hätte. Nichts, die Zikaden geigten und geigten wie verrückt. Ich stellte mir die gleichen Fragen wie vorher, als ich das Haus von weitem durchs Fernglas betrachtet hatte, doch gab es keinen neuen Anhaltspunkt für eine Antwort. Durante, Tom und Elisa konnten zusammen weggefahren sein oder jeder für sich, von inniger Freundschaft geeint oder vom heftigsten Groll in alle Winde zerstreut. Nur Nimbus' Anwesenheit deutete darauf hin, dass Durante früher oder später wiederkommen würde, aber wann? Ich konnte ja nicht ewig in der blendenden Sonne stehen bleiben und warten.

Ich ging die Sandstraße zurück, jeder Schritt eine Riesenanstrengung. Vor dem Haus der Livis begann Pugi, ihr Labrador, im Schutz des Drahtzauns Oscar anzubellen und zu knurren. Oscar hob nur kurz das Hinterbein, um das Territorium zu markieren; daraufhin wurde der andere Hund noch rauflustiger.

Die Haustür öffnete sich, Stefania Livi kam mit schläfriger Miene heraus und sagte: »Pietro.«

»Ciao«, sagte ich, ohne die geringste Lust, mit ihr zu plaudern. Oscar zog an der Leine, aber nicht stark genug, als dass ich es als Ausrede hätte benutzen können.

»Hast du zufällig Durante gesehen?« Stefania trug eine leicht orientalisch anmutende weiße Tunika aus dünnem Baumwollstoff.

»Nein.«

»Gestern habe ich ihn bei Tom auf dem Feld gesehen«, sagte sie. »Aber heute scheint niemand da zu sein.«

Dass sie noch schlechter informiert war als ich, gab mir einen Stich und störte mich, was schwer zu begründen war, wie viele meiner Gefühle in letzter Zeit. »Ich war auch dabei auf dem Feld«, sagte ich. »Wir haben ein Gehege für Nimbus gebaut.«

Sie machte ein paar Schritte auf das Tor zu und blieb stehen, wo der Schatten eines Apfelbaums endete. »Es war auch ein Mädchen dabei, nicht wahr? Mit einem roten Kleid?«

»Ja«, sagte ich.

»Wer ist sie?«, fragte sie.

Der Labrador Pugi und Oscar beschnupperten einander, scheinbar versöhnt.

»Toms Übersetzerin«, sagte ich. »Sie heißt Elisa.«

»Und Durante?« Stefania konnte ihre Beklommenheit nicht verhehlen.

Pugi und Oscar brachen erneut in wütendes Gebell aus, warfen sich mit Pfoten und Schnauze gegen den Maschendraht.

»Oscar!«, sagte ich und zog ihn zurück.

»Pugi!«, sagte Stefania Livi und versuchte, dem Hund einen Tritt zu versetzen.

Ich blickte über ihre Schulter hinweg, da ich vermutete, gleich werde ihr Mann Sergio oder das Mädchen Seline auftauchen.

»Sergio ist in Mariatico«, sagte Stefania Livi, wie um meine hinderliche Besorgnis zu zerstreuen.

Pugi und Oscar beobachteten einander mit gesträubtem Nackenfell aus einiger Entfernung. Ich bewegte meine nackten Zehen in den Stoffturnschuhen, damit sie nicht vor Hitze zusammenklebten.

»Und haben sie was miteinander?«, fragte Stefania Livi. »Diese Elisa und Durante?«

»Ich weiß es nicht«, erwiderte ich.

»Du warst doch dabei, oder?«, sagte sie. »Ist dir nichts aufgefallen? Keine Blicke, keine Berührungen?«

»Nein«, sagte ich, teils aus einer automatischen Reserviertheit gegenüber Durante, teils, um Stefanias Zustand nicht zu verschlimmern.

»Ist sie zum Schlafen geblieben?«, fragte sie.

»Ich weiß es nicht«, sagte ich. »Irgendwann bin ich nach Hause gegangen.«

»Wann?«, sagte sie.

»Spät«, sagte ich.

»*Bestimmt* hat sie dort geschlafen«, sagte sie. »Es ist zwecklos, dass du es mir verheimlichst, Pietro.«

»Ich verheimliche gar nichts«, sagte ich, obwohl es genau das richtige Wort war.

Zähnefletschend knurrten sich die Hunde leise an.

»Und davor?« Stefania Livi ließ nicht locker. »Als ihr mit der Arbeit auf dem Feld fertig wart?«

»Haben wir gegessen«, sagte ich. »Geredet.«

»Alle vier?«, fragte sie. »Oder die beiden mehr unter sich?«

»Alle vier.«

Sie wirkte kein bisschen beruhigt durch meine vagen Auskünfte, eher im Gegenteil. Sie trat auch noch aus dem letzten Schatten des Apfelbaums heraus und blickte zu Toms Haus hinüber.

»Keiner da«, sagte ich. »Ich war eben dort.«

Sie schüttelte den Kopf: »Denkst du, ich bin eine arme Irre?«

»Aber nein«, sagte ich. »Warum sollte ich?«

Oscar und Pugi bebten vor Rauflust, die Spannung stieg immer weiter.

»Du siehst ja, in welchem Zustand ich bin«, sagte Stefania Livi mit kippender Stimme. »Völlig durchgedreht und außer mir.«

»Ach«, sagte ich, »wir suchen alle irgendwas.«

»*Ja*«, sagte sie. »Aber es ist furchtbar, wenn du findest, was du gesucht hast, und es gleich danach wieder *verlierst*.«

»Kann ich mir vorstellen«, sagte ich, da mich ja auch ein Verlust bewegte, wenn auch ein ganz anderer als ihrer.

»Es ist schrecklich«, sagte sie, als würde sie gleich in Tränen ausbrechen. Mit verzerrtem Gesicht kam sie auf mich zu, so weit es der Zaun erlaubte.

»Nimm's dir nicht so zu Herzen«, sagte ich und lehnte mich ebenfalls an den Maschendraht. Unbeholfen streichelte ich ihr den Kopf, denn ich musste mit einer Hand über den Zaun langen und mit der anderen Oscars Leine halten, und außerdem hatte es zwischen ihr und mir noch nie diese Art körperlicher Zuwendung gegeben.

Beinahe im selben Moment stürzten sich die beiden Hunde erneut mit Schnauzen und Pfoten und wildem Gebell so heftig aufeinander, dass der Zaun wackelte. Nicht gerade ideal, um jemanden zu trösten: Ich zog Oscar zurück. »Halt die Ohren steif«, sagte ich zu Stefania Livi.

»Ich schaffe es nicht.« Das Toben ihres Labradors bemerkte sie gar nicht.

»Ich gehe nach Hause«, sagte ich.

»Es ist furchtbar heiß.« Sie betupfte sich mit dem Handrücken die Augenwinkel.

»Ja«, sagte ich, es schien die einzige gesicherte Tatsache in dieser Angelegenheit zu sein.

»Wann hört das bloß auf?« Es war nicht klar, ob sie sich auf die Hitze oder Durantes Verschwinden bezog oder auf beides, als bestünde da ein Zusammenhang.

»Keine Ahnung«, sagte ich. Ich nickte ihr zum Abschied zu und zerrte Oscar die Straße entlang.

Frühmorgens fuhr ich wieder zu Toms Haus

Frühmorgens fuhr ich wieder zu Toms Haus, bevor die Sonne zu heiß wurde. Durantes kleines weißes Auto war nicht da, aber Toms staubiger roter R4 stand im Schutz des alten Nussbaums auf dem Vorplatz. Als ich ihn sah, fühlte ich mich sofort halb erleichtert, was genauso unbegreiflich war wie das Verlustgefühl vom Vortag.

Tom war im Gemüsegarten unterhalb des Hauses. Durantes Hut auf dem Kopf, hackte er die Erde zwischen zwei Reihen von Tomatenpflänzchen, die für die Jahreszeit zu spät gesetzt worden waren.

»Ciao«, rief ich von weitem, um ihn nicht zu erschrecken.

Er schob den Hut über der Stirn zurück: »Hey, Pietro.«

»Wie geht's?«, fragte ich.

»Gut«, sagte er. »Ich arbeite ein wenig, bevor es zu heiß wird hier draußen.«

Allein war er offenbar nicht gegen zu hohe Temperaturen gefeit, so wie an dem Tag, als wir alle zusammen unter der unbarmherzigen Sonne an dem Gehege gearbeitet hatten, dachte ich und fragte: »Durante und Elisa?«

»Abgereist«, erwiderte Tom, und seiner Stimme war keine Spur von Bedauern oder Groll oder Enttäuschung anzuhören.

»Kommen sie wieder?« Ich bemühte mich, meine Bestürzung im Zaum zu halten.

»Ich weiß es nicht«, sagte Tom. »Elisa musste zur Arbeit nach Ravenna, Durante hat sie hingebracht.«

»Aber sein Pferd hat er hiergelassen«, sagte ich.

»Den großen Nimbus«, sagte Tom. »Es geht ihm prächtig in dem neuen Gehege, hast du gesehen?«

Beide drehten wir uns zu Nimbus um, der im Schatten des Feigenbaums von einem runden Heuballen fraß. Dann blickten wir uns erneut an, machten ein paar stumme Gesten. Schon waren wir an die Grenzen unserer Kommunikationsmöglichkeiten gestoßen: weder eng genug befreundet, um leichthin von Thema zu Thema zu schweifen, noch fremd genug, um uns mit allgemeinen Floskeln zu begnügen. Dennoch gab es ein paar Fragen, die mir auf der Zunge brannten: Ob er wegen Elisa mit Durante gestritten hatte, ob seine unerschöpfliche Dankbarkeit nun erschöpft war, ob er vor zwei Tagen das gleiche Gefühl von unerklärlicher Vollkommenheit empfunden hatte, das ich bei der gemeinsamen Arbeit auf dem Feld gespürt hatte, ob er jetzt ein ebenso unerklärliches Gefühl von Verlust empfand. Angesichts unserer begrenzten Kommunikationsmöglichkeiten fragte ich ihn nur, ob er bei der Arbeit am Haus Hilfe brauche.

»Danke, sehr freundlich«, sagte er. »Wenn nötig, rufe ich dich dieser Tage an.« An seinem Tonfall und seiner Körperhaltung war klar zu erkennen, dass er es bestimmt nicht tun würde.

Ich ging einkaufen in dem kleinen Supermarkt, der nie eine Überraschung bot, weil er zu einer Kette gehörte, die im ganzen Landkreis eine Monopolstellung genoss: Reis und Thunfisch in der Dose für mich, ein Zwölfkilosack mit Trockenfutter für Oscar. Das Verlustgefühl nagte so sehr an mir, dass der bloße Anblick der Waren im Regal eine Art horizontales Schwindelgefühl in mir auslöste. Nun fehlte mir einfach alles: Stimmlagen, Gesten, Blicke, Orte, Speisen, Jahreszeiten, Reisen, Temperaturen, Motive, Gründe, Neugier, Bewegung, Schlaf, Energie, Schnelligkeit, Lust, Zeit, Freundschaft, Häuser, Ehefrauen, Kinder, Schwung, überraschende und verzehrende Leidenschaft. Mein Mangel war grenzenlos.

Zu Hause musste ich mich zwingen, die Arbeit an dem Bildteppich für den römischen Kunden wiederaufzunehmen. Unwillig und zerstreut machte ich weiter, ohne die geringste Energie. Es kam mir vor wie eine Sträflingsarbeit aus dem 19. Jahrhundert; nicht zu fassen, wie ich das je spontan wählen und jahrelang ausüben konnte, wie ich immer, wenn die Rede darauf kam, erklären konnte, ich sei damit glücklich.

Um zwei Uhr klingelte das Telefon

Um zwei Uhr klingelte das Telefon. Leicht keuchend hob ich ab, denn ich war eben von einem kurzen Lauf mit Oscar durch die glühende Luft zurückgekommen.

Auf der anderen Seite der Leitung sagte Durante: »Pietro.«

»Hallo«, erwiderte ich, unsicher, wie viel Herzlichkeit ich ihm vermitteln wollte.

»Ich bin in Trearchi an der Bushaltestelle«, sagte er.

»Aha«, machte ich.

»Dieses Wartehäuschen hier ist unglaublich *hässlich*«, sagte er. »Es ruiniert den Blick auf den Herzogspalast.«

»Stimmt«, sagte ich.

»Eigentlich auf die ganze *Stadt*«, sagte er.

»Ja.« Allmählich fragte ich mich, ob er mich nur angerufen hatte, um Konversation zu machen.

»Kommst du mich abholen?«, fragte er.

»Bist du mit dem Bus gekommen?«, sagte ich, erneut verwirrt über seine Art, so ohne jede Förmlichkeit mit der Tür ins Haus zu fallen.

»Ja«, sagte er. »Mein Auto ist dahin. Es hatte mehr als zweihunderttausend Kilometer drauf und war von Anfang an nie besonders gut in Schuss.«

»Na gut«, sagte ich. »In zwanzig Minuten bin ich da.«

Unterwegs fragte ich mich, warum ich sofort auf seine Forderung eingegangen war, obwohl ich ihm doch mit gutem Grund hätte antworten können, dass ich arbeiten müsse und nicht wegkönne. Ich fragte mich auch, warum er mich angerufen hatte anstatt Tom; ob es denn stimmte, dass wir alle auf der Suche nach etwas waren, und, wenn ja, was ich denn suchte. Ich fuhr unaufmerksam, zerstreut, gereizt.

In Trearchi saß Durante auf einer Bank im Schatten eines Götterbaums auf dem Platz, wo früher der Viehmarkt abgehalten worden war und wo sich heute ein Parkplatz und die Bushaltestelle befanden. Er sprach mit einem untersetzten jungen Mädchen mit strohblonden Haaren, das einen riesigen Rucksack neben sich abgestellt hatte. Als er mich sah, sagte er: »Da ist er, unser guter Pietro. Das ist Mila.«

Ich drückte Mila die Hand und versuchte herauszufinden, ob es sich um eine einfache Busbekanntschaft handelte oder schon um eine neue Beziehung, die er auf der Rückreise von Elisa angefangen hatte.

Durante zeigte einladend auf die Bank und machte keinerlei Anstalten, sich zu erheben.

Ich deutete auf meinen Kleinbus, der wenige Meter entfernt im Halteverbot stand: »Ich kann ihn da nicht stehen lassen.«

»Mach dir keine *Sorgen*«, sagte Durante. »Von hier haben wir ihn im Blick.«

»Ich muss auch zurück an die Arbeit«, sagte ich.

»Nichts als Arbeit im Kopf«, sagte Durante. »Arbeit, Arbeit, Arbeit.«

»Ja«, sagte ich. Mich ärgerte der Kontrast zwischen seiner jetzigen Trägheit und der unbändigen Energie, mit der er auf Toms Feld alle angetrieben hatte, als es darum ging, das Gehege für sein Pferd fertigzustellen. Fast freute es mich: Der Ärger half mir über das Verlustgefühl hinweg, das mich in den letzten zwei Tagen gequält hatte.

Durante erhob sich von der Bank mit einer Art großmütigem Lächeln, das meine feindseligen Regungen verstärkte. Er hob seinen Seesack vom Boden auf, sagte zu dem untersetzten Mädchen: »Können wir dich mitnehmen?«, so als wäre ich als Fahrer selbstverständlich bereit, sie überallhin zu chauffieren.

»Danke, ich warte auf meine Tante«, erwiderte das Mädchen.

Er beugte sich hinunter und küsste sie auf die Wangen: »Na dann, wir sehen uns.«

»Ruf mich an, ja«?, sagte sie. »Verlier die Nummer nicht.«

»Alles klar«, sagte Durante; er fuhr ihr mit einer Hand in das Stoppelhaar und zauste es.

Den Strafzettelblock in der einen und den Stift in der anderen Hand, las ein Verkehrspolizist bereits meine Nummer. Ich lief rasch hin und sagte: »Wir fahren schon, wir fahren schon.«

Durante warf seinen Sack auf den Rücksitz, setzte sich ohne Eile hin und winkte aus dem geöffneten Fenster dem untersetzten Mädchen zu, das uns mit dem Blick folgte. »Sie ist aus Ceriano«, sagte er, als ich den Motor anließ und wegfuhr. »Sie studiert hier in Trearchi Agrarwissenschaften. Sehr bodenständiges Mädchen, instinktiv, gut geerdet, weißt du? Sie hat das schöne breite Gesicht der Leute aus der Gegend hier, ganz klassisch. Interessant.« Er drehte sich noch einmal um und versuchte sie zu sehen, während wir nach rechts auf die Provinzialstraße abbogen.

»Inwiefern interessant?«, sagte ich. »Sie könnte deine Tochter sein.«

Er schaute mich an, als verstünde er den Sinn meiner Bemerkung nicht.

»Und mit Elisa?«, sagte ich, um ihm zuzusetzen. »Alles okay?«

»O ja«, sagte er. »Sie hat mich zu sich nach Hause eingeladen, in Ravenna.«

»Wirklich?«, sagte ich, nicht im Geringsten begierig, die Einzelheiten zu hören.

»Ich habe ihre Mutter und ihren Vater kennengelernt«, sagte er. »Sogar ihre *Großmutter* mütterlicherseits. Sie leben alle zusammen in einem alten Haus. Da herrscht eine geschäftige Atmosphäre wie im 19. Jahrhundert, vielschichtig, voller Ecken. Man versteht Elisa viel besser, wenn man sieht, wo sie herkommt.«

»Noch dazu, wenn man sich ganze zwei Tage dafür Zeit nimmt«, sagte ich, so sarkastisch ich konnte. »Da kann man wirklich alles verstehen von einem Menschen.«

Erneut sah er mich mit schräg geneigtem Kopf an.

»Wie geht es mit Tom?«, fragte ich, indem ich den Angriffswinkel leicht verschob.

»Gut.« Durante streckte den rechten Arm aus dem Autofenster, knickte die Hand ab und bewegte sie im wachsenden Luftwiderstand nach oben.

»Wieso hast du dich nicht von ihm abholen lassen?«, fragte ich.

»Er ist in Perugia, zu einer Kontrolluntersuchung im

Krankenhaus«, sagte Durante. »Alles in Ordnung, ich habe mit ihm gesprochen.«

»Zum Glück«, sagte ich. Auch seine Fürsorge für Tom nervte mich jetzt, die Art, wie er ihn in Schutz nahm vor dem Vorwurf der Gleichgültigkeit, den ich tatsächlich schon im Hinterstübchen meines Hirns formuliert hatte.

»Er hat sich gut erholt«, sagte Durante, es klang wie eine einfache Feststellung ohne merkliche Selbstgefälligkeit.

»Wo soll ich dich hinbringen?«, fragte ich, da ich zunehmend befürchtete, er könne entschieden haben, sich bei mir einzuquartieren, ohne mich überhaupt zu fragen.

»Zu Tom«, sagte er. »Den Schlüssel hat er mir unter den Basilikumtopf gelegt.«

Die nächsten vier oder fünf Kilometer voller Kurven schwiegen wir, scheinbar in die Landschaft versunken. Jetzt, da er mit angezogenen Knien neben mir in der engen Fahrerkabine saß und der heiße Wind durch seine Haare fuhr, war mir, als könnte ich fast alle beunruhigenden Gefühle vertreiben, die mich seinetwegen geplagt hatten. Wenn man ihn so in der Rolle des Passagiers ohne eigenes Transportmittel sah, hatte er nichts besonders Eindrucksvolles oder Beunruhigendes an sich. Im unbarmherzigen Licht des frühen Augustnachmittags wirkte er nur wie ein vom Leben gezeichneter, halb unterernährter Vagabund, der stets den Launen des Augenblicks folgte und es bei allen Frauen probierte, denen er begegnete, sonst nichts. Das Verlustgefühl, das mir noch bis vor wenigen Stunden Magen und Herz zerfressen hatte, war nun der gleichen Empfindung gewichen, die mich als Kind überkam, wenn ich entdeckte, dass das Zimmer am Ende eines dunklen

Flurs bloß ein Zimmer war, ohne verborgene Schätze oder lauernde Ungeheuer: halb Erleichterung, halb Enttäuschung. Ach so, dachte ich, meine Eifersucht auf Ingrid und mein gekränkter Besitzanspruch gegenüber Astrid entsprangen zu fünfzig Prozent meiner Unlust, Genaueres zu erfahren, und zu fünfzig Prozent dem Geheimnis, das Durante umgab. Nun war es mir schon beinahe egal, was genau zwischen ihnen passiert war, es bedrohte mich fast gar nicht mehr. Ich setzte die Sonnenbrille auf und fühlte, wie ich von Kilometer zu Kilometer meine Sicherheit wiedergewann.

In der engen Kurve am Friedhof fragte Durante: »Was hast du für Pläne?«

»Kurzfristig, meinst du?« Mir war, als hätte ich die richtige Art gefunden, mit ihm zu sprechen: die Augen hinter den dunklen Gläsern verborgen, ohne den Kopf zu weit zu drehen, mit dem geringsten stimmlichen Energieaufwand. Nicht zu beeindrucken, nicht zu beeinflussen, mit einem Leben voller konkreter Entscheidungen und Taten und ebenso konkreten Plänen für die Zukunft.

»Hm«, machte er.

»Ich werde noch ein paar Tage weiterarbeiten«, sagte ich. »Dann fahre ich nach Österreich.« Auch das gab mir Sicherheit: mich als jemanden darstellen zu können, der nicht immer am selben Fleck festgenagelt ist, sondern durch Europa reist. Es war die einzige Zeit im Jahr, zu der ich mir das erlauben konnte, ohne zu lügen, Durante war im rechten Moment gekommen.

»Welche Strecke nimmst du denn?«, sagte er.

»Venedig, dann Udine«, sagte ich im Tonfall eines erfahrenen Reisenden. »Dann rauf nach Klagenfurt, von dort nach Graz.«

»Nordostroute«, sagte er.

»Mhm«, stimmte ich zu, während ich an den Feldern der Brüder Rolanducci vorbei den Berg hinauf beschleunigte.

Durante klopfte mit der Hand auf die Fensterkurbel: »Hast du Lust, mich nach Genua zu bringen?«

»Nach Genua?« Ich versuchte, die Distanz zu wahren, die ich mühsam aufgebaut hatte.

»Ja, genau«, sagte er und sah mich an.

»Das liegt ja ganz woanders«, sagte ich.

»*Ganz* woanders nicht«, sagte er. »Immerhin ist es nördlich, von hier aus gesehen.«

»Ja, aber nord*westlich*«, sagte ich. »Auf der falschen Seite von Italien. Das wären Hunderte von Kilometern zusätzlich.«

Durante krümmte sich vor Lachen.

»Was ist los?« Am liebsten hätte ich die Tür auf der Beifahrerseite geöffnet und ihn hinausgeschubst.

»Ach nichts«, sagte er. »Wenn du dich vor den zusätzlichen Kilometern fürchtest, vergiss es einfach.«

»Ich fürchte mich nicht vor den zusätzlichen Kilometern«, rechtfertigte ich mich unwillkürlich. »Es wäre einfach ein absurder Zickzack.«

»Natürlich«, sagte er. »Ich finde schon Mittel und Wege, mach dir keine Sorgen. Geh du nur schön immer geradeaus.«

Ich weiß nicht, was es genau war, ob die versteckte Provokation, die in seinen Worten lag, oder die Angst vor weiteren Tagen am Webstuhl oder die Mühe, die mir der Gedanke an das Wiedersehen mit Astrid in Graz machte, oder einfach eine kindliche Lust an etwas Neuem, wie auch immer, ich sagte: »Das lässt sich machen.«

»Was?«, sagte Durante mit einem leicht fragenden Lächeln auf den Lippen.

»Nach Genua fahren!«, sagte ich lauter, um den Lärm der Reifen auf der Sandstraße zu übertönen. »Das lässt sich machen!«

»Aber das wären Hunderte von Kilometern zusätzlich!« Plötzlich bewies er erstaunlich gute Geographiekenntnisse. »Von Osten nach Westen, dann wieder von Westen nach Osten! Es würde dein ganzes Programm umwerfen!«

»Ich habe kein Programm.« Ich fuhr langsamer.

»Doch, das hast du«, sagte er.

»Es ist kein *starres* Programm«, sagte ich. »Ich kann es nach Belieben ändern.«

»Astrid würde sich ärgern«, sagte er.

»Überhaupt nicht.« Allein dass er ihren Namen aussprach, weckte erneut meinen Besitzanspruch. »Ich habe alle Zeit der Welt.«

»Bist du wirklich sicher?« Er schüttelte den Kopf, als stammte die Idee, ihn nach Genua zu fahren, von mir.

»Wann musst du dort sein?«, erkundigte ich mich trocken.

»Na ja«, sagte er. »In ein paar Tagen.«

»Gut«, sagte ich. »Übermorgen früh fahren wir los.«

»Wunderbar«, sagte Durante, immer noch etwas perplex, ob echt oder gespielt. Dann gab er mir einen Klaps aufs Knie und lachte.

Für den Rest des Weges schauten wir schweigend aus den geöffneten Fenstern.

*Donnerstag früh schloss ich Haus
und Werkstatt ab*

Donnerstag früh schloss ich Haus und Werkstatt ab: Fensterläden zumachen, Gasflasche in der Küche zudrehen, Strom abstellen. Ich packte die Stoffschachtel und meinen Koffer in den Kleinbus, dazu eine Flasche Wasser, einen Sack Trockenfutter und einen Plastiknapf für Oscar. Ich machte einen letzten Kontrollgang, sperrte die Haustür viermal ab, legte Oscars Kissen auf den Rücksitz und ließ ihn einsteigen. Ungeduldig wie immer bei der geringsten Aussicht auf Bewegung, sprang er auf seinen Platz. Ich meinerseits fühlte mich befreit und traurig zugleich, wie jedes Mal, wenn ich das Haus abschloss, diesmal vielleicht noch mehr, weil ich daran dachte, wie viele unnötige Kilometer ich wegen Durante würde zurücklegen müssen.

Während ich zu Tom fuhr, ging ich im Geist alles noch einmal durch, ich wollte nichts Wichtiges vergessen haben. Die Felder und Wiesen wirkten erschöpft nach monatelanger ununterbrochener Hitze. Trotz aller meiner Widerstände war ich froh um den zeitweiligen Tapetenwechsel. Ich verdrängte vorerst, was ich mit Astrid gleich nach meiner Ankunft in Österreich klären musste, und stellte mir lieber die kühlen Wälder vor, die mich erwarteten, das durchsichtig klare Wasser eines kleinen Sees.

Tom war vor seinem Haus, aufgeregt, als wäre er der, der losfuhr. Er reichte mir Durantes Seesack, dann eine lange gebogene Lederhülle, aus der ein polierter Knochengriff hervorsah.

»Was ist das?«, fragte ich.

»Ein japanisches Schwert«, erwiderte Tom. »Von Durante.«

»Aber darf man damit denn einfach so durch die Gegend fahren?«, fragte ich besorgt, während ich es in den Händen wog.

»Ich glaube schon«, sagte Tom. »Ich weiß nicht viel über die italienischen Gesetze.« Er ging ins Haus zurück, kam mit zwei Flaschen Bier in einer Plastiktüte wieder heraus und reichte sie mir.

Ich verstaute sie zwischen der Stoffschachtel und meinem Koffer, so dass sie nicht zerbrechen konnten. »Durante?«, fragte ich.

»Kommt gleich«, sagte Tom.

Zwei Minuten später trat Durante aus dem Haus, mit Stefania Livi, die sich an seinen Arm klammerte, als wolle sie ihn nie mehr loslassen. »Ist ja gut«, sagte er zu ihr, als sie bei meinem Bus ankamen, und strich ihr übers Haar.

Sie richtete sich auf, ihre Wangen waren tränenüberströmt, die Schminke um die Augen verlaufen. »O Gott, ich schäme mich«, sagte sie; ob an mich gerichtet, weil ich sie ansah, war nicht klar.

»Wofür solltest du dich schämen?«, fragte Durante kopfschüttelnd.

»Dafür, dass ich so heule«, sagte sie, ohne mit dem Weinen aufzuhören.

»Ich fahre ja nicht *für immer* weg«, sagte er. »Nimbus bleibt hier bei Tom. Und *Tom* bleibt natürlich sowieso.«

Stefania Livi blickte Tom an, als wollte sie verstehen, ob Durante ihn ihr als Ersatzliebesobjekt vorschlug.

Tom wirkte verlegen, wahrscheinlich aus dem gleichen Grund. »Um Nimbus brauchst du dir keine Sorgen zu machen, Captain«, sagte er. »Heu und Wasser stehen immer zur Verfügung, Getreideflocken und Johannisbrot zweimal am Tag, Karotten und Äpfel, wenn es welche gibt.«

»Ja«, sagte Durante; er musste sich geradezu körperlich anstrengen, um sich von Stefania Livi zu lösen. Als es ihm gelungen war, beugte er sich vor und küsste sie auf die Stirn: »Nimm's nicht so schwer, meine Hübsche.«

»Ich werd's versuchen«, sagte sie schniefend.

Durante umarmte Tom und klopfte ihm auf den Rücken.

»Pass auf dich auf«, sagte Tom, ebenfalls mit Tränen in den Augen.

»Mach's gut, Alter«, antwortete Durante. Er nahm Tom den Strohhut ab und setzte ihn auf, dann stieg er in den Bus.

»Verlass dich drauf, Captain«, sagte Tom mit zitternden Lippen.

Ich drückte ihm und Stefania Livi die Hand, obwohl sich keiner der beiden sehr für mich zu interessieren schien.

»Fahren wir?«, sagte Durante, während Oscar versuchte, über die Rücklehne zu springen, um ihn gebührend zu begrüßen und abzuschlecken.

Ich setzte mich ans Steuer und ließ den Motor an; wir umrundeten den Vorplatz und fuhren den Weg zur Straße hinauf. Tom Fennymore und Stefania Livi winkten uns nach wie bei einem Abschied aus alten Zeiten, bis wir hinter dem Hügelrücken verschwunden waren.

Auf der Höhe des Hauses der Livis rutschte Durante auf dem Sitz nach unten und drückte sich den Strohhut in die Stirn. »Fahr zu, fahr zu«, sagte er.

»Mach dir keine Sorgen«, sagte ich, verbittert bei dem Gedanken, einen Kerl durch die Gegend zu chauffieren, der hinter jeder Kurve Frauen mit gebrochenem Herzen und stockeifersüchtige Männer zurückließ.

An der Abzweigung zur Provinzialstraße schaltete ich den Blinker ein, um links abzubiegen.

»Wo willst du hin?«, sagte Durante.

»Richtung Mariatico«, erwiderte ich. »Dort nehmen wir die Autobahn rauf bis Parma, dann die Parma–La Spezia.«

»Aber eine Autobahn ist das pure *Nichts*«, sagte er. »Sie löscht jede Bedeutung der Orte aus, durch die man kommt.«

»Ich weiß, ich weiß«, sagte ich. »Aber dafür spart man Stunden.«

»Und ist das wichtig?«, fragte er. »Stunden zu sparen?«

»Kommt darauf an, wie viel Zeit du hast«, sagte ich, einen Fuß auf dem Gas und den anderen auf der Kupplung, den Motor im Leerlauf.

»Und, wie viel Zeit hast *du*?«, sagte er.

»Wie möchtest du denn nach Genua fahren?«, fragte ich, um von vornherein seine wahrscheinlichen Betrachtungen über die Unauslotbarkeit des Schicksals jedes Einzelnen abzublocken. Hinter uns war ein Auto; ich fühlte mich schon am Ende meiner Geduld, noch bevor die Reise begonnen hatte.

»Hier lang, nicht wahr?«, sagte Durante und wies nach rechts. »Wir fahren über den Apennin an die Westküste, auf den normalen Straßen.«

Das Auto hinter uns hupte; verärgert bog ich Richtung Apennin und normale Straßen ab.

Wir passierten das Schild, das die Grenze des Landkreises Trearchi-Mariatico bezeichnet, und fuhren auf der Staatsstraße durch die Eichenwälder in die immer bergiger werdende Landschaft hinein. »Es tut mir leid für Stefania«, sagte Durante. »Sie war so traurig.«

»Eher verzweifelt als traurig«, sagte ich, um seine Verantwortung auch nicht um ein Gran zu schmälern.

»Ich weiß«, sagte er und blickte aus dem Fenster. »Wahrscheinlich hältst du nicht besonders viel von ihr, so, wie sie sich bewegt, redet und anzieht, oder?«

»Aber wenn man sie näher kennenlernt, ist sie interessant?«, fragte ich provozierend.

»Ja«, sagte er, ohne auf meine Provokation einzugehen, die Hand auf dem Strohhut, damit der Wind ihn nicht wegwehte.

Ich war starr vor Feindseligkeit, unfassbar, dass ich hier in der falschen Richtung quer durch halb Italien fuhr, um ihm einen Gefallen zu tun. Ich dachte an Astrids Tonfall, als ich ihr am Telefon erzählt hatte, dass ich Durante nach Genua fahren würde: überrascht, verstört und ratlos. Erneut setzte ich die Sonnenbrille auf: »Hast du überhaupt schon jemals eine uninteressante Frau getroffen?«

Durante schaute unter der Hutkrempe zu mir herüber: »Nein.«

»Findest du, dass *alle* Frauen interessant sind?«, sagte ich. Zur Aufmunterung versuchte ich mir einzureden, dass es doch eine leichte Schwankung in den Machtverhältnissen zwischen ihm und mir gab: dass mal er, mal ich einen Vorteil erlangte.

»Die, die mich interessieren, ja.« Durante lachte.

»Und das Interesse liegt in ihrer Bereitschaft, sich *verführen* zu lassen?« Ich ließ nicht locker: Vielleicht würde dieser Umweg von Hunderten von Kilometern mir wenigstens die Gelegenheit zu einer Revanche ihm gegenüber bieten.

»Es interessiert mich, sie zu *verstehen*«, sagte er. »Auf der Ebene zwischen Geheimnis und Wissen.«

»Wie würdest du ›interessant‹ denn definieren?«, fragte ich.

»Fähig, Neugier oder Interesse zu wecken«, erwiderte er. »Dich zu überraschen, dich etwas zu *lehren*.«

»Und hast du von Stefania Livi etwas gelernt?«, sagte ich, um zu sehen, wie weit er seine Haltung vertreten konnte.

»Sie ist durchaus keine banale Person«, sagte er. »Kein bisschen. Auch wenn sie mit einem banalen Mann verheiratet und in einem banalen Leben gefangen ist. Darunter leidet sie natürlich.«

»Ehrlich gesagt wirkte sie glücklich, bevor du aufgetaucht bist«, sagte ich.

»Womit?«, sagte er.

»Mit ihrem Mann, ihrem Haus, ihrem Leben«, sagte ich.

»*Glücklich?*« Er sah mich fragend an.

»Mhm«, machte ich, obwohl ich eigentlich immer den Eindruck gehabt hatte, ihr Glück sei bloß gespielt.

Vor Empoli hielten wir an einer Raststätte, um zu tanken und etwas zu essen. Das T-Shirt klebte mir am Rücken, in meinen Ohren dröhnte der Lärm der langen Fahrt bei geöffneten Fenstern; der Asphalt war glühend heiß, ich konnte ihn beinahe zischen hören. Ein Typ mit kurzen Hosen und einem mit sinnlosen englischen Sprüchen bedruckten T-Shirt und gestutztem Kinnbart und Schirmmütze schlappte vorbei, zusammen mit einer blondierten, halbnackten tätowierten Frau auf mindestens zwölf Zentimeter hohen Plateausohlen. Alle beide mit modischen Sonnenbrillen, das Handy am Ohr, wie zu schnell gewachsene achtjährige Kinder, die von den Eltern einfach ihrem fehlenden Urteilsvermögen überlassen worden waren. Sie starrten mich mit klebriger, unbekümmerter Neugier an, während ich Oscar zu trinken gab.

Ich band Oscar im Schatten einer Pinie fest und trat mit Durante in die Bar. Ein Dutzend Leute aßen und tranken oder warteten auf ihre Bestellung, freudlos, aus reiner Notwendigkeit, mit gesenktem Kopf, fix und fertig von der Hitze draußen und der schlecht funktionierenden Klimaanlage drinnen, von der Leere und Sinnlosigkeit des Urlaubs. Hinter der hohen Theke bewegten sich in Zeitlupe ein Mann und eine Frau; sie musterten die Gäste mit einer Mischung aus Gleichgültigkeit und Misstrauen. Wir gingen an der Vitrine vorbei, in der belegte Brötchen, Pizzastücke und Ähnliches lagen, alle mit einem Namen und einer Nummer versehen wie Fundstücke im Museum einer ins Verderben gestürzten Kultur.

»Trostloser geht's nicht«, sagte Durante.

»Was hast du denn erwartet?«, sagte ich. »Ein erlesenes Gebäude mit natürlicher Beleuchtung und Grünpflanzen und leiser Musik, in dem erhabene Geister verkehren?«

Er antwortete nicht, sondern drückte sich den Hut auf den Kopf. Seine ganze körperliche und moralische Sicherheit schien sich in ein Fremdheitsgefühl verwandelt zu haben, das sich in seiner Miene und Körpersprache ausdrückte und ihm das Aussehen eines Verfolgten verlieh.

»Wir sind doch bloß hier, um was zu essen«, sagte ich. »Nicht, um zu bleiben.« Seltsamerweise empfand ich keinerlei Genugtuung darüber, ihn so zu sehen, aber da ich am Morgen fast nichts gefrühstückt hatte, war ich sterbenshungrig.

»Iss ruhig was, wenn du willst«, sagte er. »Gibst du mir die Autoschlüssel?« Kaum hatte er sie in der Hand, ging er hinaus.

Ich bestellte ein Stück Focaccia mit Schinken, Salat und geräuchertem Käse und eine kleine Flasche Mineralwasser und wartete, bis die Bedienung ihre Lustlosigkeit überwand, es widerstrebend auf die Heizplatte legte und mir schließlich aushändigte. Ich hatte die Absicht, in aller Ruhe zu essen und zu trinken, doch nach zwei Bissen überwältigte mich die Vorstellung, Durante könnte beschlossen haben, mit meinem Bus abzuhauen, und es auch noch für ganz selbstverständlich halten. Mit Focaccia und Wasserflasche in der Hand trat ich hinaus, schon bereit hinterherzulaufen, falls ich noch rechtzeitig käme.

Durante stand mit Oscar an der einzigen schattigen Stelle auf dem glühenden Platz und trank aus einer der Bierflaschen, die Tom uns mitgegeben hatte. Mit seinem Strohhut und seinen Stiefeln und seiner schmalen Gestalt glich er einem seltsamen südamerikanischen Cowboy, der wer weiß wie in einem italienischen Asphaltsee gelandet war.

Ich fragte mich, ob ich in die etwas kühlere Bar zurückkehren sollte, aber dann wäre klar gewesen, dass ich nur herausgekommen war, um ihn zu kontrollieren, deshalb ging ich auf ihn zu.

Er hielt mir die Bierflasche hin: »Warm, aber gut«, sagte er.

»Nein, danke«, sagte ich und schwenkte mein Fläschchen Mineralwasser. Allerdings fühlte ich mich nun verpflichtet, ihm meine Focaccia zu reichen.

Er nahm sie, wie immer ohne sich zu bedanken, und übergab mir Oscars Leine. Dann biss er hinein und kaute bedächtig.

Ich blieb einen Schritt von ihm entfernt stehen in der Erwartung, dass er mir meine Focaccia zurückgäbe, und tat so, als beobachtete ich Oscar, um nicht gierig zu wirken.

Doch er aß unbeirrt weiter, langsam und methodisch.

Ich beobachtete ihn aus dem Augenwinkel und konnte es nicht fassen, meine Empörung stieg bei jedem Bissen.

Als er die Hälfte gegessen hatte, hielt er inne und reichte mir den Rest: »Hier, nimm«, sagte er.

»Iss es ruhig auf«, sagte ich. Mein Magen schmerzte vor Hunger, die Muskeln meines Gesichts und meines Körpers waren vor Wut verkrampft. Zur Beruhigung nahm ich einen großen Schluck Mineralwasser, es schmeckte nach warm gewordenem Plastik.

»Wieso das denn?«, fragte er verständnislos, mit ausgestrecktem Arm.

»Ich habe keinen Hunger mehr«, sagte ich. Ich trank das Wasser aus, zerrte Oscar ein paarmal im Laufschritt um einen Abfallcontainer, obwohl er überhaupt keine Lust dazu hatte.

Durante musterte mich einige Sekunden, ich spürte, wie mir sein grauer, entnervender Blick folgte. Dann widmete er sich wieder meinem Brötchen.

Als ich außer Atem und erhitzt mit Oscar zum Bus zurückging, war er beim letzten Bissen angekommen. Er kaute ohne Eile zu Ende, trank den letzten Schluck Bier. Er warf Papier und Flasche in die Mülltonne, wischte sich mit der Hand den Mund ab, dann die Hand an der Hose und lächelte.

Wir kamen an die Westküste und fuhren auf der Straße weiter, die Italien von Süden nach Norden durchquert. Es herrschte wenig Verkehr, man kam schnell voran, wer immer die Möglichkeit hatte, saß geschützt vor der Sonne beim Essen oder ließ sich an einem Strand rösten. Durch die geöffneten Fenster schwappten ununterbrochen Lärm und Hitze herein, der Bus vibrierte bei seiner Höchstgeschwindigkeit von ungefähr hundertzwanzig Stundenkilometern. Durante zog ein kleines Klappmesser aus der Tasche, öffnete mit der Spitze der Klinge die zweite Flasche Bier und hielt sie mir hin.

»Nein, danke«, sagte ich noch schroffer als vorher, als er

mir die Hälfte meiner Focaccia angeboten hatte. Hungrig und erneut voller Ressentiments versuchte ich angestrengt, eine Ausrede zu erfinden, warum ich ihn doch nicht bis nach Genua bringen konnte und ihn am ersten Bahnhof absetzen musste.

Er trank das warme Bier in kleinen meditativen Schlucken. Auf einmal sagte er: »Wenn eine Person ins Leben einer anderen tritt, ist sie so etwas wie ein einsamer Pfadfinder, nicht wahr?«

»Das kommt darauf an«, erwiderte ich. Ich hatte nicht die geringste Lust, Konversation mit ihm zu machen, über solche Themen schon gar nicht.

»Losgezogen von einem Ort, den du nicht kennst«, sagte er. »Auf Erkundung in einem fremden Revier. Ohne Gepäck, ohne Familie, ohne Wohnung, ohne Freunde, ohne Arbeit. Was immer sie dir von sich erzählt, es sind nur Bilder ohne gesicherte Substanz.«

»Von wem reden wir?«, erkundigte ich mich, während ich mich fragte, was er Ingrid und Astrid von sich erzählt hatte; welche Mischung von Erfindung und Wahrheit, und welche Bilder er damit erzeugt hatte. Ich fragte mich auch, was sie ihm erzählt hatten.

»Von *jedem*«, sagte er, »von jedem, der in das Leben eines anderen tritt.«

»So wie du in das von Stefania Livi?«, sagte ich, weil die Hitze und der Hunger meine Bremsen gelockert hatten. »Oder das von Tiziana Morlacchi? Oder von Elisa? Von Ingrid? Von Astrid?« Was die verfügbare Information betraf, fühlte ich mich ihm gegenüber benachteiligt: Er wusste vermutlich viel mehr über mein Leben als ich über seines.

»Na ja, *sie* sind auch in mein Leben getreten«, sagte er. »Nicht bloß ich in ihres.«

»Selbstverständlich«, sagte ich. »Vollkommene Gegenseitigkeit.«

Er ging nicht darauf ein: »Dann folgst du der Pfadfinderin in ihr Revier, nicht wahr?«

»Wieso Pfadfinder*in*?«, sagte ich

Er verzog keine Miene: »Und *zack*, auf einmal sind alle Informationen da, die dir fehlten, und nehmen Gestalt an.«

»Ja und?«, sagte ich, um ihm zu verstehen zu geben, dass ich seine Bemerkung nicht für die Enthüllung wer weiß welcher Wahrheit hielt.

»Aber vielleicht stimmt das gar nicht«, sagte er. »Vielleicht entdeckst du nur, wer sie war, *bevor* sie dich traf. Da ist jedes Mal dieser Freiraum, in dem jeder sich neu und anders erfinden kann, als er vorher war, oder?«

»Ich kann es mir vorstellen«, sagte ich.

»Wieso?«, sagte er. »Ist dir das noch nie passiert?«

»Ich war nie besonders gut im Erfinden oder Neuerfinden meiner selbst«, sagte ich. »Ich habe es immer eher mit der Realität gehalten.«

»Mit Astrid zum Beispiel?«, sagte er.

»Mit Astrid was?« Ich war sofort in der Defensive, bereit, zum Angriff überzugehen, falls er es darauf anlegte.

»Hat es am Anfang keinen Moment gegeben, in dem du den Eindruck hattest, du könntest ein *anderer* sein, im Vergleich zu dem Selbst, das du nur zu gut kanntest?«

»Nein.« Ich beharrte stur auf meiner Position, obwohl es den Moment wahrscheinlich doch gegeben hatte. »Und du?«

»Ich was?«, sagte er, als verstünde er tatsächlich nicht.

»Mit Astrid?« Meine Stimme zitterte vor Wut. »Und mit *Ingrid* vor allem? Wie zum Teufel hast du dich mit Ingrid erfunden oder neu erfunden?«

Er blickte mich mit geneigtem Kopf an, mit einem versonnenen, fragenden Ausdruck.

Im selben Augenblick sah ich wenige Meter weiter vorn ein Polizeiauto stehen und einen Polizisten, der mir mit einer roten Kelle winkte. Ruckartig bremste ich, so stark ich konnte, und brachte den Bus mit quietschenden Reifen in der Parkbucht am Straßenrand zum Stehen.

Durante stemmte sich mit den Füßen ab, um nicht gegen die Windschutzscheibe zu prallen, und streckte die linke Hand nach hinten, um Oscar festzuhalten. »Super Bremsung«, sagte er lachend.

»Danke«, knurrte ich wütend. Dass ich aber auch gerade jetzt unterbrochen wurde, während ich ihn aus der Reserve lockte.

Der Polizist mit der Kelle kam mit seinem Kollegen aus dem Auto langsam auf uns zu.

»Bleib ruhig«, sagte Durante halblaut zu mir.

»Aber sicher«, sagte ich. »Warum sollte ich mich aufregen?«

Die beiden Polizisten wirkten genervt von der Hitze und angesichts der Uhrzeit vielleicht auch vom Hunger; sie gingen einmal rund um meinen Kleinbus, als wäre es das seltsamste Fahrzeuge der Welt. Als sie auf der Höhe meines Fensters wieder auftauchten, verlangten sie meinen Führerschein, den Fahrzeugbrief und einen Ausweis von Durante. Der wühlte in seinen Hosentaschen, zog einen abgegriffenen, völlig zerknickten Personalausweis hervor. Die beiden Polizisten beugten sich abwechselnd darüber, um ihn zu studieren, und ihr Misstrauen dehnte sich auch auf mich aus; sie gingen zu ihrem Auto, um die Papiere per Funk zu überprüfen.

»Sei *natürlich*«, sagte Durante. »Entspannt.«

»Lass nur, du brauchst mich nicht zu beruhigen«, sagte ich; meine Frage bezüglich Astrid und Ingrid schwebte noch im Raum, unbeantwortet. »Ich transportiere ja keine Ladung Heroin.«

Er trank noch einen Schluck warmes Bier, betrachtete die Lastwagen und Autos, die in Abständen vorbeifuhren und stoßweise schwefelhaltige Luft herüberschwappen ließen, die einem das Atmen schwermachte.

Die beiden Polizisten kamen zurück, noch angespannter als zuvor. Einer hielt mit spitzen Fingern Durantes Personalausweis hoch und sagte: »Der ist nicht mehr gültig.«

»Nein?«, fragte Durante überrascht.

»Er ist seit drei Jahren abgelaufen«, antwortete der Polizist.

»Können Personalausweise ablaufen?«, sagte Durante und trank seine Flasche Bier aus. »In dem Sinn, dass sie nach einem bestimmten Datum nicht mehr beweisen, dass einer er selbst ist?«

Der Polizist erstarrte noch mehr. »Wie viel haben Sie getrunken?«, sagte er zu mir.

»Ich habe gar nichts getrunken«, erwiderte ich.

»Öffnen Sie hinten«, sagte er mit einem Blick auf Durante, der die leere Bierflasche in der Hand hielt.

Als ich ausstieg, trat der zweite Polizist einen Schritt

beiseite, wie um möglichen Fluchtversuchen zu Fuß vorzubeugen.

Ich öffnete die Flügel der rückwärtigen Tür des Busses und wies auf das Gepäck. Oscar, auf dem Rücksitz, begann wie wild zu bellen, als er die Uniform sah, durch die Metallwände wurde sein Ausbruch noch verstärkt.

Der Polizist wich zurück und ärgerte sich gleich darauf sichtlich über seine schreckhafte Reaktion. Er zeigte auf die große Pappschachtel: »Was ist da drin?«

»Stoffe«, sagte ich, öffnete die Schachtel, hob die Stoffe an. Oscar bellte weiter wie eine Furie.

Durante stieg aus, kam hinterher und machte: »*Schhhhhh.*«

Oscar hörte auf zu bellen: Er knurrte nur noch leise, entblößte die weißen spitzen Zähne.

Der Polizist fuhr mit der Hand zwischen die Stoffe, darauf bedacht, dem Hund nicht zu nahe zu kommen. »Und da?« Er wies auf meinen Koffer und Durantes Tasche.

»Kleidung und persönliche Sachen«, sagte ich. Ich schob sie dem Polizisten hin. Durantes Seesack enthielt nur zwei T-Shirts und zwei verwaschene Boxershorts, ein schwarzes Schreibheft, eine Zahnbürste, eine halbleere Tube Zahnpasta und einen Einwegrasierer.

»Und das da?« Der Polizist zeigte auf die gebogene Lederhülle.

»Das ist ein japanisches Schwert«, sagte Durante. Er nahm es am Griff, öffnete die Schnalle: die Stahlklinge funkelte in dem blendenden Licht.

»Leg das weg!«, sagte der Polizist.

»Halt!«, sagte der andere Polizist, indem er an der Seite

des Autos erschien; ich sah, wie seine Hand zum Pistolenhalfter glitt.

»He, immer mit der *Ruhe*«, sagte Durante. »Es ist bloß ein japanisches Schwert.«

Der näher stehende Polizist riss es ihm aus der Hand und wich zurück. Er zog die Klinge zur Hälfte aus der Hülle: Das Ding wirkte viel bedrohlicher, als ich es mir vorgestellt hatte.

»Keine Bewegung!«, sagte der andere Polizist.

»Was hattet ihr damit vor?«, fragte der erste. Er drehte das japanische Schwert hin und her, beinahe ebenso fasziniert wie beunruhigt.

Meine Bestürzung über die absurde Situation verwandelte sich in helle Empörung; ich wandte mich zu Durante: »Was zum Teufel hattest du damit vor?«

»Nichts.« Er lächelte, als hätte er es mit Kindern zu tun. »Es ist ein *Spielzeug*.«

»Es ist eine *Waffe*«, sagte der Polizist, der das Schwert in der Hand hielt.

»Keine Bewegung!«, sagte der zweite Polizist erneut. Die beiden blickten sich an, dann schauten sie zu uns und auf den spärlichen Verkehr, der weiterhin stoßweise Lärm und Gestank verbreitete; es war, als wüssten sie nicht recht, was tun.

»*He*«, sagte Durante und ging auf die Polizisten zu.

»Bleib stehen«, sagte einer der beiden und zog die Pistole. Der andere holte ein Sprechfunkgerät aus dem Gürtel, seine Hände zitterten vor Aufregung. Oscar begann wieder so wahnsinnig zu bellen, dass der Bus wackelte.

»O Scheiße«, sagte ich, während mir schon schnappschussartig Bilder durch den Kopf jagten: losspurten, gefasst werden, versuchen, sich loszureißen, verdrehte Arme, hinter dem Rücken gefesselte Hände, zuschnappende Handschellen, Stöße und hinuntergedrückte Köpfe beim Einsteigen in das enge Auto und hektisches Gasgeben und gewaltsamer Abtransport und Verhöre und Anklagen und drängende Fragen, alles vermischt mit Angst um Oscar, der bei der unerträglichen Hitze allein und verlassen im Bus am Straßenrand sitzen oder wer weiß wohin verschleppt würde, Komplikationen und Zeitverschwendung ohne Ende. Ich sah Durante an und war versucht, ihn am Hemd zu packen, ihn anzubrüllen, dass ich keinerlei Absicht hatte, mir mein Leben oder auch nur den Tag ruinieren zu lassen von einer seiner Dummheiten, zu schreien, er solle seine Verantwortung selber tragen und mich sofort entlasten und sich der Polizei stellen und mich meine Route nach Nordosten wiederaufnehmen lassen.

Er würdigte mich keines Blickes, sondern fixierte die Polizisten. Genau in dem Moment, als ihre Gesten kritisch zu werden begannen, breitete er die Arme aus und sagte: »Los, schau mich an.«

»Rühr dich nicht, du!«, brüllte einer der beiden Polizisten heiser.

Statt stehen zu bleiben, ging Durante unbeirrt mit ausgebreiteten Armen und gespreizten Händen auf sie zu: »Schau mir in die *Augen*«, sagte er. »Du auch. *Schau mich an.*«

Ich war hundert Prozent sicher, dass die Situation gleich kippen und die Katastrophe ihren Lauf nehmen würde: Meine Ohren waren schon auf Schreie und Schüsse eingestellt, meine Muskeln zum Losschnellen bereit, mein Herz klopfte schnell.

Doch dann sah ich, wie sich der Gesichtsausdruck der beiden Polizisten veränderte, die extreme Anspannung lockerte sich und wich nach und nach einer Art verträumter Zerstreutheit. Durante hielt die geöffneten Hände vor sich, hob die Arme bis auf Schulterhöhe. Auf seinen Lippen lag ein fernes trauriges, sanftes Lächeln.

Alle drei erstarrten einige Sekunden oder vielleicht sogar ganze Minuten lang in dieser Haltung auf dem kleinen Parkplatz unter der sengenden Sonne, während der Verkehr weiterhin in Schüben von heißer Luft und Lärm vorbeifloss.

Schließlich senkte Durante langsam die Hände, so als schöbe er die zwei Polizisten von sich weg, aber ohne sie zu berühren. Sie wichen zurück bis an den hinteren Rand der Parkbucht: Sie wirkten erschöpft, ließen Kopf und Arme hängen, ihr Blick war getrübt. Sie kauerten sich auf den Boden, atmeten wie nach einem aufreibenden Lauf. Vorsichtig nahm Durante dem einen das japanische Schwert und dem anderen unsere Papiere aus der Hand. Die beiden Polizisten stützten die Ellbogen auf die Knie und hielten sich den Kopf. Durante verstaute das Schwert in seiner Hülle, legte diese in den Bus zurück und schloss geräuschlos die beiden hinteren Türflügel. Dann bedeutete er mir, mich ans Steuer zu setzen, und stieg auf der Beifahrerseite ein. Leise sagte er: »Fahren wir?«

Ich ließ den Motor an und musste mich richtig anstrengen, meine Bewegungen zu koordinieren. Oscar lag vollkommen still und reglos auf dem Rücksitz.

»Fahr zu«, sagte Durante.

Ich blinkte, schaltete in den ersten Gang, dann in den zweiten. Im Rückspiegel sah ich die beiden Polizisten in ihren hellblauen Uniformen und ihren dunkelblauen Mützen in der Parkbucht hocken. Ich bog in die Staatsstraße ein, zu langsam. Ein riesiger Fernlaster fuhr dicht hinter uns auf und hupte, es klang wie das Nebelhorn eines klapprigen Dampfers; mir stockte das Blut in den Adern vor Schreck.

»*Fahr zu*«, sagte Durante. »Du brauchst nicht wie eine Schnecke zu schleichen.«

Ich benötigte etwa zehn Kilometer, um meine Gedanken wieder anzukurbeln. Als es mir gelungen war, hielten sich Ungläubigkeit und Empörung beinahe die Waage. »Was zum Teufel hast du mit diesen Polizisten gemacht?«, sagte ich.

»Du warst doch dabei«, sagte Durante. »Du hast es gesehen.«

»Ja, aber ich habe es nicht verstanden.«

»Da gibt's nichts zu verstehen.«

»Hast du sie hypnotisiert, oder was?«, sagte ich. »So wie Oscar, als du das erste Mal zu uns gekommen bist.«

Durante lachte und schaute aus dem Fenster.

»Was gibt es da zu lachen? Willst du mir endlich erklären, was du gemacht hast?«

»Es ist nur eine Form von *Kommunikation*«, sagte er.

»Und was für eine Kommunikation soll das sein?« Ich sah ihn immer wieder an, es machte mir geradezu Angst, mit ihm im selben Auto zu sitzen. »Sie sind zusammengesackt wie zwei Zombies! Von einem Moment zum anderen! Mit diesem verlorenen Blick! Völlig weggetreten!«

»Vorher waren sie extrem angespannt«, sagte Durante. »Du hast sie selbst gesehen, oder?«

»Sie waren angespannt, weil du mit einem abgelaufenen Ausweis durch die Gegend fährst!«, brüllte ich. »Und auch noch eine Waffe dabeihast! In einem fremden Auto!«

»Das ist keine Waffe«, sagte er wie zu einem Kind.

»*Doch!*«, schrie ich giftig, denn mein Adrenalinspiegel stieg, während ich meine geistige Klarheit wiedergewann.

»*Jeder* Gegenstand kann zur Waffe werden«, sagte Durante. »Es kommt auf deine Absichten an.«

»Erspar mir dieses Geschwätz, bitte!«, brüllte ich. Wieder spürte ich den Impuls, plötzlich anzuhalten, ihn mit der ganzen Kraft meiner Arme und Beine hinauszubefördern und mit Vollgas weiterzurasen.

»Beruhige dich, Pietro.« Er machte mit der Hand eine besänftigende Bewegung von oben nach unten.

»Von wegen, beruhigen!«, brüllte ich. »Und versuch ja nicht, mich jetzt auch noch zu hypnotisieren! Die werden uns verfolgen! Bestimmt haben sie längst die Zentrale verständigt! Wir werden im Knast landen wegen Widerstand gegen die Staatsgewalt!«

»Das glaube ich nicht.« Durante lachte.

»Du *glaubst* es nicht?«, sagte ich.

»Wärst du lieber festgenommen worden?« Seine Frage klang echt, nicht rhetorisch.

»Ich hätte lieber keinen *Grund* gehabt, festgenommen zu werden!«

Er schüttelte leicht den Kopf, wie über ein unverständliches oder enttäuschendes Verhalten. »Na komm, fahr hier rüber auf die Autobahn«, sagte er.

Ich setzte den Blinker, völlig verkrampft vor Angst, dass sie uns noch vor der Mautstelle anhalten würden.

Durante zog seinen Strohhut in die Stirn, streckte den Arm aus dem Fenster und begann wieder, die Hand im heißen Gegenwind auf und ab zu bewegen.

*An der Ausfahrt Genua-Ost war ich sicher,
dass die Polizei uns abpassen würde*

An der Ausfahrt Genua-Ost war ich sicher, dass die Polizei uns abpassen würde: Ängstlich spähte ich über den Schlagbaum am Zahlhäuschen hinweg, um herauszufinden, wo die blau-weißen Autos lauerten. Es waren aber keine da, jedenfalls konnte ich sie nirgends entdecken. Durante zog zwei zerknitterte Zehneuroscheine aus der Tasche: »Hier, nimm«, sagte er. Ich war so angespannt und wütend, dass ich sie direkt dem Mann in dem Häuschen weiterreichte, obwohl mir kurz durch den Kopf schoss, dass es wahrscheinlich alles war, was Durante besaß.

»Wohin jetzt?« Ich sah mich weiter nach möglichen Hinterhalten der Gesetzeshüter um.

Durante nannte mir etliche Straßen und gab mir Anweisungen, wo ich abbiegen sollte. Auch darin war er nervtötend, denn er schien nur eine ungefähre Vorstellung des Weges zu haben, und wenn ich dann womöglich an einer Kreuzung falsch eingeordnet war, sagte er: »Da rüber, da *rüber*!«, und deutete gebieterisch mit dem Zeigefinger.

Ich drehte das Lenkrad und schaltete herunter, geballte Wut in jeder Bewegung; ich versuchte, daran zu denken, dass ich ihn ja demnächst endlich abladen und allein weiterfahren konnte. Es war beinahe acht Uhr abends, die

Luft war warm und feucht, getränkt von süßlichem Abgasgestank.

Durante lotste mich eine steile Straße in die Altstadt hinunter und dann in immer engere Gassen hinein. Auf einmal sagte er unvermittelt: »Halt hier an. *Hier*.«

Ich trat demonstrativ heftig auf die Bremse.

Durante zuckte nicht mit der Wimper, er legte nur eine Hand auf das Armaturenbrett, um sich abzustützen.

Ich fuhr im Halteverbot an den Gehsteig heran, stieg aus und fühlte mich sofort erleichtert, wenn auch noch nicht ganz befreit.

Durante stieg ebenfalls aus: Er dehnte sich, streckte Arme und Beine. Er betrachtete die Fassade des alten ockerfarbenen Gebäudes vor uns, die weißen, aufgemalten Rahmen um die Fenster.

»Ist es hier?«, fragte ich, während ich schon die hinteren Türen öffnete.

»Mhm«, machte er.

»Bitte sehr«, sagte ich, während ich seinen Seesack und das japanische Schwert auslud.

»Nur das.« Er griff nach dem Schwert.

»Und der da?« Ich war drauf und dran, den Seesack auf dem Gehsteig stehen zu lassen, hinters Steuer zu springen und einfach abzuhauen.

»Lass ihn im Auto«, sagte er. »Deinen Koffer auch.«

»Kannst du mir mal deine Pläne darlegen?«, fragte ich, bemüht, meinen Tonfall zu kontrollieren. »Ich muss weiter.«

»Bist du für heute nicht genug gefahren?«, fragte er lächelnd.

»Doch«, erwiderte ich, »aber ich hab noch ein schönes

Stück Weg vor mir, wenn ich außerhalb der Stadt eine akzeptable Übernachtung finden will.«

Er hörte schon nicht mehr zu, sondern drückte einen Knopf auf dem Klingelbrett neben der Haustür. Als jemand an der Sprechanlage antwortete, sagte er: »Durante. Ja. *Jetzt*.« Nach ein paar Sekunden klickte das Schloss, und er schob die Tür auf.

»Ich warte hier«, sagte ich, obwohl es eigentlich das Letzte war, was ich wollte. »Aber bitte beeil dich.«

»Hör auf, Pietro«, sagte er. »Komm mit rauf. Und nimm Oscar mit.«

Ich rührte mich nicht, meine Beinmuskeln zitterten, die Hitze, der Lärm und das Vibrieren des Motors steckten mir noch in den Knochen, mein Kopf war voll bitterer Gedanken.

Durante stellte die Hülle mit dem Schwert in den Türspalt, kam zurück und ließ Oscar aussteigen.

Glücklich sprang Oscar heraus, trippelte ein Stück den Bürgersteig entlang, pinkelte gegen die Mauer. Erwartungsvoll blickte er Durante an.

»Los, gehen wir«, sagte Durante zu mir, als würde ich aus unerfindlichen Gründen trödeln.

Also schloss ich den Bus ab und folgte Durante und Oscar durch die Haustür in einen Hinterhof, wo eine Palme stand, und dann eine alte Treppe hinauf. »Sagst du mir wenigstens, wo wir hinwollen?«, fragte ich.

Durante antwortete nicht, er nahm die Stufen genauso schnell wie Oscar.

»Ich kann den Bus da nicht stehen lassen«, sagte ich. »Im Halteverbot, mit meinem Koffer drin.«

Durante war schon einen Stock über mir. Im vierten und obersten Stockwerk klingelte er an einer Tür, drehte sich kurz um und warf mir einen seiner rätselhaften Blicke zu.

Die Tür öffnete sich, und es erschien eine schöne dunkelhaarige Frau in einem leichten blauen Baumwollkleid. Als Oscar ihr entgegensprang, sie beschnupperte und in die Wohnung schlüpfte, erschrak sie und sagte: »He!«

»Das ist Oscar«, sagte Durante.

An den Türrahmen gelehnt, schaute sie Durante ins Gesicht, ohne zu lächeln.

In einem halben Meter Abstand blieben sie so einige Sekunden auf dem Treppenabsatz stehen. Dann trat Durante auf sie zu und umarmte sie schwungvoll. »Haaallo, *Giovannina*!«, sagte er.

Sie versuchte, sich zu entziehen, mit strengem Gesichtsausdruck und hängenden Armen. Als es ihr gelang, deutete sie auf die Hülle mit dem Schwert: »Was ist das?«

Durante antwortete nicht; er wies von ihr auf mich und sagte: »Giovanna, Pietro.«

»Ciao«, sagte ich äußerst verlegen.

»Ciao«, erwiderte Giovanna; sie drückte mir die Hand nur, weil ich sie ihr hinstreckte.

Durante schlüpfte an uns vorbei durch die Tür wie Oscar. Drinnen sagte er: »Julian?«

»Er ist in seinem Zimmer«, sagte Giovanna. »Aber er muss bald essen. Und bring den Hund raus, ich will nicht noch mehr Tiere in der Wohnung!«

»Es ist nicht meiner. Er gehört Pietro«, sagte Durante, schon im Innern der Wohnung verschwunden.

Giovanna folgte ihm ein Stück, dann wandte sie sich

wieder zu mir: »Komm rein«, sagte sie, aber nur, um mich nicht auf dem Treppenabsatz stehen zu lassen.

Links vom Eingang war eine Küche mit einem großen viereckigen Tisch in der Mitte, rechts ein Wohnzimmer mit Bildern in lebhaften Farben. Die Wände waren von Hand mit dem Schwamm in verfließenden Orange-, Rosa- und Rotschattierungen marmoriert, so wie Astrid es gern bei uns zu Hause gemacht hätte, wenn ich nicht auf Weiß bestanden hätte. Ich wusste nicht, was tun, deshalb blieb ich vorläufig in der Küche am Tisch stehen. »Oscar, komm her«, sagte ich, zu leise, um wirklich von ihm gehört zu werden – wer weiß, wo er steckte.

Giovanna wirkte fast genauso unsicher wie ich: Sie machte ein paar Schritte zum Flur hin, wo Oscar und Durante verschwunden waren, und kam wieder zurück.

»Ich bin nur mit heraufgekommen, weil Durante mich gedrängt hat«, sagte ich mit einer unbestimmten Handbewegung. »Aber ich muss noch weiter.«

»Wohin?«, fragte sie. Sie hatte kastanienbraune, grüngesprenkelte Augen. Ihre Haare dagegen waren glänzend schwarz, zum Pferdeschwanz gebunden, mit Ponyfransen bis zu den Augenbrauen.

»Nach Österreich«, sagte ich.

»Fährt Durante auch mit?«, fragte sie.

»*Nein*«, sagte ich, um diese Möglichkeit gleich auszuschließen.

»Und wo geht er hin?«, sagte sie. Sie roch gut, nach Iris und Jelängerjelieber.

»Keine Ahnung«, sagte ich. »Er hat mich nur gebeten, ihn bis hierher nach Genua zu begleiten.«

Sie sah mich immer noch an, als sei sie nicht ganz überzeugt, dass ich tatsächlich nichts über Durantes Pläne wusste.

»Ich habe meinen Kleinbus unten im Halteverbot stehen gelassen«, sagte ich, nur um nicht zu schweigen.

»Willst du was trinken?«, fragte sie.

»Nein, danke«, erwiderte ich. »Ich muss noch fahren.«

Sie ging zum Kühlschrank, holte eine schon offene Flasche Weißwein heraus, schenkte sich ein Glas ein und trank einen Schluck. Sie hatte auch eine schöne Art zu stehen, stabil und gleichzeitig biegsam.

Um sie nicht weiter anzustarren, schaute ich zum Flur hin und rief noch einmal: »Oscar?«

»Kennt ihr euch schon lange?«, fragte Giovanna; sie hielt ihr Glas auf der Höhe der Lippen.

»Ich und Oscar?«

»Du und *Durante*«, sagte sie. Sie stand etwa drei Meter von mir entfernt, eine schöne Schwarzhaarige mit lebhaftem Blick, sichtlich erschüttert über diesen unangekündigten Besuch.

»Na ja, seit einigen Monaten«, sagte ich. Wie so oft in letzter Zeit, fühlte ich mich im Rückstand, was die Entwicklung von Beziehungen, Gefühlen und Tatsachen betraf.

Giovanna nippte an ihrem Wein. Sie wirkte, als wolle sie mich etwas fragen, aber dann schwieg sie.

»Darf ich mal ins Bad, bitte?«, fragte ich.

»Da lang«, sagte sie mit einer Handbewegung. »Geradeaus am Ende des Flurs.«

Ich ging den Flur entlang. Oscar schoss aus der ersten Türe rechts, leckte mir die Hand und verschwand sofort wieder. Ich warf einen Blick in das Zimmer: Durante zeigte einem mageren kleinen Jungen mit kastanienbraunen Haaren, wie man ein japanisches Schwert hält. Ich nickte ihnen zu, aber keiner von beiden sah mich an oder forderte mich zum Eintreten auf, deshalb ging ich weiter bis zum Bad am Ende des Flurs.

Während ich mir die Hände wusch, betrachtete ich mich im Spiegel über dem Waschbecken. Ich war es nicht gewohnt, mich aus geringer Entfernung und gut beleuchtet im Spiegel zu sehen: Mein Gesicht kam mir breiter vor als erwartet, die Augen dunkler. Den ganzen Tag, dachte ich, war ich mit solcher Feindseligkeit auf Durantes Gesichtszüge fixiert gewesen, dass ich meine eigenen schier vergessen hatte. Auf einer Konsole lagen eine Zahnbürste und eine Tube Kinderzahnpasta, daneben standen ein Flakon mit Haargel und die Gummistatuette einer Frau mit Sonnenbrille, die rauchend und am Handy telefonierend auf dem Klo saß. Ich trocknete mir die Hände ab und ging hinaus.

Aus dem offenen Zimmer kam Giovannas Stimme: »Man muss wirklich *voll daneben* sein, um nicht daran zu denken!«

»Aber *warum* denn?«, sagte Durantes Stimme.

»Es gehört *mir*!«, kreischte die Kinderstimme.

Ich blieb auf der Höhe der Tür stehen, und diesmal bemerkten sie mich sofort: Durante und Giovanna und der kleine Junge und Oscar, alle starrten mich an. »Entschuldigung«, sagte ich und wollte schon weitergehen.

Durante winkte mir: »Komm, komm rein.«

Widerstrebend trat ich ein, denn Giovanna stand sichtlich ungehalten mit dem japanischen Schwert in der Hand da, der Junge war ganz rot im Gesicht und hatte Tränen in den Augen, Oscar hatte die Ohren aufgestellt.

Durante hatte seinen teilnehmenden und distanzierten, traurigen und unerschütterlichen Gesichtsausdruck. Zu dem Jungen gewandt, deutete er auf mich und dann, zu mir gewandt, auf den Jungen: »Pietro, Julian.«

»Ciao«, sagte ich und betrachtete die grauen Augen mit den geweiteten Pupillen, die Augenbrauen und die Nase: Der Sohn war ganz der Vater, die gleichen Linien in Kleinformat, nur weicher.

Julian antwortete nicht, er war zu sehr damit beschäftigt, sich das Schwert zurückzuholen, das seine Mutter ihm weggenommen hatte: »Gib es wieder her, sei kein Aas!«

Sie schob ihn mit der linken Hand weg, verbarg das Schwert hinter dem Rücken. »Kommt nicht in Frage!«, sagte sie. »Damit bringst du dich um oder bringst jemand anderen um! Und wehe, du sagst noch einmal Aas zu mir!«

»Er hat es *nicht so gemeint*«, sagte Durante. Er nahm den Strohhut ab, drückte ihn mit den Händen zusammen, um die Krempe wieder aufzubiegen.

»Doch, ich habe es so gemeint!«, schrie Julian. »Das Schwert gehört mir! Das hat mir mein Vater geschenkt!«

»Dein Vater ist ein verantwortungsloser Kerl!«, schrie Giovanna. »Er besitzt nicht den geringsten Sinn für Realität! Ihm ist nicht klar, was du mit so einer Waffe anrichten könntest!«

In dem Geschrei und der allgemeinen Anspannung begann Oscar zu bellen: Sein lautes Gekläff erfüllte den Raum.

»Also *bitte*!«, schrie Giovanna, zu mir gewandt.

Ich nahm Oscar am Halsband: »Ich gehe runter, den Bus

umparken.« Ich durchquerte das letzte Stück des Flurs und die Küche und trat ins Treppenhaus. Oscar wollte absolut nicht mit und sträubte sich, die Treppe hinunterzugehen. Von der Straße aus blickte ich an der Fassade zu den weitgeöffneten erleuchteten Fenstern hinauf. Der Lärm aus dem vierten Stock mischte sich mit Fernsehstimmen und echten Stimmen aus anderen Stockwerken in der warmen Abendluft.

Ich überlegte, ob ich Durantes Seesack aus dem Bus nehmen, neben der Haustür abstellen und einfach losfahren sollte. Ich holte ihn sogar heraus, aber dann fand ich es zu gemein und stellte ihn auf den Beifahrersitz. Ich ließ Oscar einsteigen und fuhr etwa zwanzig Meter bis zu einer freien Stelle neben dem Gehsteig, wo Halten nicht verboten war.

Dann wusste ich nicht, was ich in der Zwischenzeit tun sollte, deshalb stöberte ich in Durantes Seesack und zog das schwarze Heft heraus. Ich knipste die Innenbeleuchtung an und blätterte es durch. Keine Ahnung, was ich erwartet hatte, ob ein Tagebuch, in dem er alles notiert hatte, was er mit Ingrid und Astrid und seinen anderen Frauen gemacht hatte, oder was. Auf den Seiten standen nur hier und da einige Sätze, dazwischen waren sie leer.

Eine Gruppe von Sätzen lautete:

Wer auf Zehenspitzen steht, hält es nicht lange aus.
Wer sich in Szene setzt, leuchtet nicht.
Wer sich rechtfertigt, wird nicht respektiert.
Wer sich seiner Errungenschaften rühmt, hat keine Verdienste.
Wer sich rühmt, ist nicht von Dauer.

Und zwei Seiten danach:

*Wenn du deinen Körper nicht als dein Selbst begreifst,
können Hoffnung und Furcht dich nicht berühren.
Wenn du das Universum als dein Selbst begreifst,
dann*

Ich hörte Oscar blaffen, und die hinteren Türen gingen auf: Durante warf das Schwert in seiner Hülle in den Laderaum. Hastig schloss ich das Heft und stopfte es wieder in den Seesack, den ich schnell wie ein Dieb in dem Raum zwischen meiner Rückenlehne und dem hinteren Sitz verstaute, während ich mich fragte, wie wohl das Ende des letzten Satzes lautete.

Durante öffnete die Beifahrertür und ließ sich auf den Sitz plumpsen.

»Alles in Ordnung?«, fragte ich mit mehr Anteilnahme, als mir lieb war, um wettzumachen, dass ich in seinen Sachen gewühlt hatte und mich beinahe dabei hätte erwischen lassen.

»Du hast ja gesehen«, sagte Durante und zog den Hut tief in die Stirn.

»Habt ihr keine Lösung finden können?«, fragte ich. »Irgendeinen Kompromiss?«

Er blickte mich unter der Hutkrempe hervor an, als hätte er keine Ahnung, wovon ich spreche.

»Tut mir leid«, sagte ich. »Es ist sicher nicht leicht.« Ich wollte vor allem herausfinden, ob es eine Möglichkeit gab, nicht auf unbestimmte Zeit in seinem Leben wie eine Geisel gefangen zu bleiben.

»Nein, wirklich nicht«, sagte er. Er betrachtete ein Paar, das Arm in Arm draußen auf dem Bürgersteig vorbeiging.

Plötzlich schien er mir so ratlos, dass ich ihm spontan auf die Schulter klopfte.

Er reagierte überhaupt nicht, sondern schaute weiter aus dem Fenster.

Doch ich ließ es nicht bei der Geste bewenden: »Hauptsache ist, dass du eine Beziehung zu deinem Sohn hast, oder?«

»Tja«, sagte er. Mit einem bitteren Lächeln auf den Lippen sah er mich an.

»Wie oft seht ihr euch?«, fragte ich.

»Es geht nicht darum, sich zu *sehen*«, sagte er. »Es geht darum, dass es einem gelingt, zu *kommunizieren*.«

»Na ja, um zu kommunizieren, muss man sich gewöhnlich sehen«, sagte ich. »Vor allem bei einem Kind.«

»Wie oft?« Er sah mich an.

»Ich weiß es nicht, das kommt darauf an«, antwortete ich, denn ich war nicht im mindesten darauf vorbereitet, ihm in dieser Sache Ratschläge zu geben, und fand es absurd, dass er so etwas von mir erwartete.

»Auf was kommt es an?«, sagte Durante.

»Auf die Aufmerksamkeit, die du ihm widmest, wenn du mit ihm zusammen bist, nehme ich an«, sagte ich. »Wenn du dann mit einer Waffe als Geschenk ankommst, ist es ziemlich unvermeidlich, dass es mit der Mutter Probleme gibt.«

»Es ist keine Waffe«, sagte Durante. »Es ist ein *Spielzeug*.«

»Aber ein recht gefährliches«, sagte ich. »Mit dem Ding kannst du jemandem den Arm oder den Kopf abschlagen.«

Schweigend betrachtete er eine Weile den Bürgersteig draußen, die Hauswand rechts von uns. »Als Kind träumte ich davon, Pfeil und Bogen zu besitzen«, sagte er. »Aber alles, was ich mir basteln konnte, war eine Schleuder, aus einer kleinen Astgabel.«

»Ich hatte auch eine Schleuder«, sagte ich unwillkürlich.

»Wirklich?«

»Ja«, sagte ich. »Mit sieben habe ich damit im Schulhof eine Lampe zerschossen.«

»Und dann?«

»Eine Lehrerin hat mich sofort erwischt und zum Direktor geschleppt. Sie wollten mich vom Unterricht ausschließen, haben meine Eltern angerufen.«

»Und haben sie dir die Schleuder weggenommen?«, fragte Durante.

»Klar«, sagte ich.

»Hast du je wieder eine gehabt?«

»Nein.«

»Fehlt sie dir noch ein bisschen?«

»Manchmal«, sagte ich, obwohl ich es nur ungern zugab.

»Das gehört zur Grundausstattung für männliche Instinkte, oder?«, sagte Durante.

»Vielleicht.« Auf einmal erinnerte ich mich ganz deutlich und lebhaft an das Gefühl, wie es war, als ich noch meine Schleuder in der Tasche hatte.

»Ein Taschenmesser, eine Spielzeugpistole«, sagte er. »Ein echtes Gewehr, oder auch bloß *Vorstellungen* von Aggression, Kampfreflexe.«

»Ja«, sagte ich, war aber erschüttert, weil er darüber sprach, als käme er wirklich von einem anderen Stern und als würden die Informationen, die er vor Ort gesammelt hatte, seinen unaufholbaren Abstand zum Denken der Bewohner nicht verändern.

Er nahm den Hut ab und betrachtete ihn. »Die sind da«, sagte er. »Vor der Erziehung, vor jedem Versuch, zu wachsen oder nach Licht zu streben.«

»Vielleicht«, sagte ich und wurde das Gefühl nicht los, wir hätten uns zu sehr von unserem Ausgangspunkt entfernt.

»Deswegen habe ich Julian das Schwert mitgebracht«, sagte er. »Damit er sich nie eins wünschen muss.«

»Einverstanden.« Ich musste mich gar nicht groß anstrengen, um seinen Standpunkt zu verstehen. »Aber dass seine Mutter die Idee nicht so gut findet, ist verständlich.«

»Wie auch immer, jetzt gehört das Schwert dir«, sagte Durante.

»O nein, fang nicht wieder mit diesen übertriebenen Geschenken an.« Ich dachte daran, wie er Astrid in der Sattelkammer das englische Pferdebild geschenkt hatte.

»Übertrieben?« Er sah mich mit schräg gelegtem Kopf an.

Fast jedes Mal, wenn ich mit ihm sprach, war mir, als müsste ich mich genauer ausdrücken als mit einem normalen Gesprächspartner, und gleichzeitig schien es, als verstünde er sowieso alles bis ins Kleinste, auch das Ungesagte.

Die Reggaemusik meines Handys ertönte, ich zog es aus der Hosentasche. Es war Astrid.

»Wie geht's?«, wollte sie wissen.

»Gut, gut«, sagte ich, nicht gerade entspannt.

»Wo bist du?«, fragte sie.

»In Genua.« Es war komisch, mit ihr zu sprechen, während Durante direkt neben mir saß; ich schaute ihn an in der Hoffnung, dass er so diskret wäre, auszusteigen, bis ich fertigtelefoniert hätte, aber natürlich dachte er gar nicht daran.

»Mit Durante?«, sagte Astrid.

»Ja, mit Durante«, sagte ich, genervt von ihrer Art, die Lage zu sondieren.

»Gibst du sie mir mal?«, fragte Durante und streckte die Hand aus.

Ich reichte ihm das Handy, und sofort überfiel mich wieder ein Groll auf ihn, auf Astrid und auch auf mich selbst, dass ich mich in diese Lage gebracht hatte, anstatt das Weite zu suchen, solange ich noch konnte.

»He, Zauberstern! Und?« Plötzlich sprühte Durante wieder vor kommunikativer Energie. »*Comment ça va, chez les Autrichiennes?*«

Ich trommelte mit den Fingern aufs Lenkrad und erwartete, dass er mir das Handy nach ein paar Sätzen zurückgeben würde, doch er fing an, Fragen über Graz zu stellen und darüber, was man empfindet, wenn man in sein Land zurückkehrt, welche Elemente die Identität einer Person ausmachen und wie sie sich im Lauf der Zeit verändern. Nach fünf Minuten stieg ich aus und knallte die Tür zu. Ich überquerte die Straße, ging den Bürgersteig entlang. Ich war außer mir bei dem Gedanken, dass ich einem so rücksichtslosen Kerl Aufmerksamkeit geschenkt und Anteilnahme erwiesen hatte. Und ebenso wütend machte es mich, dass Astrid nach allem, was geschehen war, keinerlei

Unbehagen dabei empfand, in meiner Gegenwart liebenswürdig mit ihm zu plaudern.

Ich bog um die Ecke, ein Stückchen weiter war der Bürgersteig von den sommerlichen Tischen eines Restaurants besetzt. Kellner kamen und gingen mit Platten voll Antipasti und Tellern voll Spaghetti mit Meeresfrüchten; sonnengebräunte, leichtbekleidete Männer und Frauen aßen und tranken und lachten, sich und die Umgebung voll im Griff. Ein Urhunger mischte sich in meinen Groll, ich hielt es kaum noch aus. Einen Moment lang überlegte ich, ob ich mich an einen Tisch setzen, mir etwas zu essen bestellen und Durante und Oscar eine gute Stunde im Bus warten lassen sollte. Stattdessen ging ich zurück, aber langsam.

Es war unglaublich: Durante telefonierte immer noch mit Astrid. Er nickte mir zu, als ich auf seiner Seite die Tür öffnete. »Mach's gut, mein Stern. Hier kommt gerade dein Mann, ich glaube, er stirbt schon vor Hunger. Tausend Küsse.« Er klappte das Handy zusammen und hielt es mir hin; als ich es wieder aufklappte und ans Ohr hielt, war nichts mehr zu hören, Astrid hatte aufgelegt.

Vom Bürgersteig aus schaute ich Durante an: Am liebsten hätte ich ihn am Ärmel gepackt und aus dem Auto gezerrt. Aber mir war durchaus bewusst, dass ich mich in einer falschen, wackeligen Rolle ohne solide Basis befand; ich steckte das Handy wieder ein.

»Astrid ist so witzig«, sagte Durante lächelnd, im Sitz zurückgelehnt, die Stiefel auf dem Armaturenbrett meines Busses.

»Noch eine interessante Frau, nicht wahr?«, sagte ich mit verkrampften Gesichts- und Armmuskeln.

»Ja«, sagte Durante unerschütterlich. »Wirklich.«

»Freut mich«, sagte ich.

»Was?«, fragte er.

»Dass zwischen euch nicht alles aus ist«, sagte ich. »Nach dem Nachmittag und der Nacht, die ihr zusammen verbracht habt und die so wunderbar intensiv waren.«

Es sah mich von unten nach oben an, als sprächen wir gerade leicht verschiedene Sprachen, was ihn daran hinderte, mich gut zu verstehen. »Wenn ich dich nicht bald zum Essen ausführe«, sagte er, »wirst du noch richtig sauer.«

»Danke, ich habe keinen Hunger«, sagte ich, obwohl mein Magen geradezu nach Nahrung schrie.

Er lachte: »Fühlst du dich jetzt zum Asketen berufen, oder was?«

»Ich muss vor allem weiterfahren«, sagte ich.

»Zuerst gehen wir essen«, sagte er.

»Ich habe keine Zeit«, sagte ich.

»Du *hast* Zeit«, sagte Durante, stieg aus dem Bus und öffnete hinten. Oscar sprang begeistert heraus.

Ich folgte den beiden die Straße entlang und um die Ecke bis zu den Tischen, die ich schon vorher gesehen hatte.

Durante schaute sich um, sagte: »Warte hier.« Er ging auf den Eingang des Restaurants zu, umarmte ein Mädchen und einen Kellner. Er lachte, gestikulierte, ging mit ihnen hinein.

Ich nahm Oscar an die Leine, damit er mir nicht entwischte und zwischen den Tischen um Essen bettelte. Ich fragte mich, warum ich eigentlich noch hier war anstatt auf der Autobahn: ob ich nicht tatsächlich Opfer einer Form von Hypnose oder Verzauberung war, die mich das Gegenteil von dem tun ließ, was ich gewollt hätte.

Durante kam mit dem Kellner wieder heraus, sie lachten beide. Mit einer Geste stellte er uns vor: »Yussuf, Pietro.« Der Kellner schüttelte mir die Hand, nach dem Aussehen musste er Türke oder Ägypter sein. Er begleitete uns an einen freien Tisch und ging rasch wieder hinein.

Ich befahl Oscar, sich unter den Tisch zu legen, aber er reckte ständig die Schnauze vor, um von überall her die Gerüche einzufangen. Auch ich nahm den Essensduft so intensiv wahr, dass mir schwindlig wurde; ich nahm eine Scheibe Brot aus dem Körbchen, es schmeckte nach nichts.

Durante griff ebenfalls nach einem Stück Brot, brach es entzwei, reichte Oscar die eine Hälfte unter den Tisch, biss in die andere hinein und kaute dann auf seine gewissenhafte Art.

Der Kellner kam mit einer Karaffe Weißwein und einer Platte voll frittierter kleiner Fische zurück: »Bitte sehr, Maestro!«

Durante füllte unsere Gläser, dann stieß er mit seinem Glas an meins: »Prost.«

»Prost«, sagte ich halblaut. Ich nahm einen großen Schluck Weißwein. Er war kalt und außerordentlich köstlich, mit einem fruchtigen und herben und harzigen Aroma, das über Zunge, Gaumen und Hals in alle Winkel meines erhitzten, durstigen, vom Lärm und dem Ortswechsel und der Unsicherheit widersprüchlicher Gefühle gestressten Körpers drang.

In zwei, drei Schlucken leerte Durante sein Glas bis zur Hälfte und stellte es mit einem erleichterten Seufzer auf den Tisch. Dann kippte er mir die eine und sich die andere Hälfte der frittierten kleinen Fische auf den Teller und presste den Saft einer halben Zitrone darüber.

Sofort nahm ich ein Fischchen, schob es in den Mund und begann zu kauen: knusprig heiß und außen gesalzen, innen weich und saftig, mit einem leichten Zitronenhauch, der das Ganze herrlich abrundete. Es war mehr als gut: Es barg in sich jede Art von Geschmack und Beschaffenheit und Nährstoff, die ich je von der Welt hätte begehren oder bekommen können. Ich schob mir ein zweites in den Mund, ein drittes, ein viertes. Die frittierten Fischchen schienen eine verblüffende Antwort auf den Hunger zu sein, der sich seit dem Morgen in mir angestaut hatte, auf das Gefühl von Mangel, das ich seit Wochen oder vielleicht seit Monaten, ja seit Jahren mit mir herumtrug. Das Gefühl, genährt und wieder vollständig zu werden, war so stark, dass mir Tränen in die Augen stiegen; ich konnte an nichts anderes denken.

Auch Durante mir gegenüber war intensiv mit den goldbraunen, gebogenen kleinen Fischen auf seinem Teller beschäftigt. Er aß sie mit den Händen und knabberte andächtig, wobei er die Köpfe und Schwänze nicht aussonderte, sondern mit noch größerer Aufmerksamkeit verspeiste. Ab und zu reichte er Oscar ein Fischlein unter den Tisch, nahm einen Schluck Weißwein, ein Stückchen Brot.

Wortlos und mit gesenktem Blick verzehrten wir so unser Mahl, bis auf unseren Tellern kein einziger leicht bitterer kleiner Fischkopf oder verbrutzelter kleiner Schwanz übrigblieb. Wir waren fast im selben Moment fertig, obwohl mir war, als hätte ich doppelt so gierig wie er zugelangt und gekaut. Beide hoben wir den Blick, mit dem gleichen, leicht ungläubigen Ausdruck.

»Ist es nicht ein *Wunder*?«, sagte Durante.

»Ja«, sagte ich, denn diese völlig unerwartete und bedingungslose Befriedigung unserer körperlichen und geistigen Bedürfnisse grenzte wirklich ans Wunderbare.

»*Danke*, freigebige Fischlein«, sagte er. »Für euer ungewolltes Opfer.«

»Ja danke, ehrlich.« Ich war auch damit einverstanden.

Die Leute an den anderen Tischen drehten sich nach uns um, zum Teil wegen unserer Art, wie Schiffbrüchige zu essen, zum Teil wegen Oscar, der in Abständen unter dem Tischtuch hervorschaute, zum Teil wegen Durantes Blick und seiner Erscheinung insgesamt, mit seinem Hut. Ich selbst fühlte mich recht sonderbar dabei, den Tisch mit ihm zu teilen, als wären wir die besten Freunde: halb in seinem Licht, halb in seinem Schatten. Der Groll und die Eifersucht schienen verschwunden, untergegangen in dem Gefühl von Nähe, ja sogar einer Form von Dankbarkeit, die so schwer zu erklären war wie alles Übrige.

»Geht's besser?«, fragte Durante.

»*Viel besser*«, sagte ich. Ich trank noch einen Schluck Weißwein, der inzwischen von der Luft und meiner Hand warm geworden war, aber trotzdem schmeckte.

Auch Durante nahm noch einen Schluck, strich Oscar über den Kopf.

»Machen wir denn die einfachen Dinge kompliziert?«, fragte ich, auf der Welle meiner Gefühle. »Mit unserer Manie, alles zu benennen und zu katalogisieren und einzuordnen? Oder ist es im Gegenteil so, dass die Namen und Kataloge und Einordnungen verzweifelte Versuche sind, die unendliche Kompliziertheit der Dinge darzustellen?«

Durante fixierte mich, ohne zu antworten, nur ein leichtes Lächeln um die Lippen.

»Ist alles unendlich kompliziert oder unendlich einfach?«, fragte ich mit echter Dringlichkeit in der Stimme.

»Das kommt auf den *Abstand* an, aus dem du es betrachtest«, sagte er.

»Soll heißen?« Automatisch forschte ich nach dem Abstand in seinem grauen Blick.

»Wenn du von etwas genügend weit weg bist«, sagte er, »kommt es dir unerklärlich vor. Wenn du näher herangehst, kommst du an einen Punkt, an dem es dir einfach erscheint. Wenn du dich aber noch mehr annäherst, wird es erneut unerklärlich.«

»Nenn mir mal ein Beispiel«, sagte ich.

»Nenn du es.«

»Nein, du.«

»Ein *Grashalm*?«, schlug er vor.

»Hm«, machte ich. Ich merkte, dass ich seinen Worten so konzentriert folgte wie Astrid damals in der Sattelkammer, aber ich konnte es nicht ändern.

»Wenn du eine Wiese von weitem betrachtest«, sagte er, »siehst du die einzelnen Grashalme nicht, oder?«

»Du weißt aber, dass sie da sind«, sagte ich.

»Nur, weil du vorher schon andere Wiesen gesehen hast«, sagte er.

»Einverstanden«, sagte ich.

»Dann gehst du näher hin«, sagte er. »Du nimmst einen Grashalm in die Hand, und was gibt es Einfacheres als einen Grashalm? Du kennst den Namen, die Form, die Farbe, alles stimmt. Du *erkennst* ihn, wie man so sagt, nicht wahr?«

»Und wenn du ihn aus noch größerer Nähe anschaust?«, fragte ich.

»Wenn du Biologe bist, hast du dann noch ein paar Namen mehr«, sagte er. »Du kannst jedes Element seiner Zellstruktur benennen.«

»Und *weiter*?«

Er rückte seinen Hut zurecht: »*Jeder* kommt irgendwann an den Punkt, an dem es keine Namen mehr gibt.«

»Und dann?«, sagte ich.

»Entweder du verlierst dich, oder du hörst auf zu suchen«, sagte er.

»Dann wird alles wieder einfach?«, sagte ich.

»Nein«, erwiderte er lachend, »*du* denkst wieder, dass es einfach sei.«

»Ein Grashalm ist ein Grashalm?«, sagte ich, im Zweifel, ob ich mich nun beruhigt oder gänzlich verunsichert fühlen sollte.

»Und ein Pferd ist ein Pferd«, sagte er. »Dank der großen Menge an Grashalmen, die es fressen kann. Was verblüffend ist, aber vorkommt.«

»Ja«, sagte ich.

»Wer weiß, wie es Nimbus jetzt gerade geht«, sagte er mit einem Blick zum Himmel.

Ich goss den kleinen Rest Weißwein in unsere beiden Gläser und leerte das meine. Ich spürte, dass ich betrunken war, dennoch schien mir, als wäre ich gleichzeitig geistig so klar wie noch selten. Ich näherte und entfernte mich von

Durantes Worten, wie angezogen von einem bald anziehenden, bald abstoßenden Magneten: Überzeugung und Zweifel, Begeisterung und Verwirrung.

Durante bestellte bei seinem Freund Yussuf noch eine halbe Karaffe Weißwein und Reistorte. Yussuf sagte etwas auf Arabisch zu ihm, er antwortete in derselben Sprache, und beide lachten.

»Wie viele Sprachen kannst du?«, fragte ich, als der Kellner gegangen war.

»Ach, wenige«, sagte er.

»Das kommt mir aber nicht so vor«, sagte ich.

»Wörter sind nur unzulängliche Hilfsmittel«, sagte er.

»Wie immer du sie auch sehen willst.«

»Wieso unzulänglich?«, sagte ich.

»Wie wenn ein Behälter kleiner ist als der Inhalt, weißt du?«, sagte er. »Und noch dazu eine *standardisierte* Form hat. So dass sich der Inhalt dem Behälter anpassen muss und nicht umgekehrt.«

Der Kellner Yussuf kam mit der Weißweinkaraffe und zwei Stücken Reistorte zurück. Durante und ich nahmen einen nun wieder köstlich kühlen Schluck. Dann studierten wir die Nachtischportionen auf unseren Tellern. Oben waren sie karamellisiert, in der Mitte heller und zu den Rändern hin, wo die Creme und die Reiskörner von der Hitze des Backofens gebräunt waren, zunehmend dunkelgolden. Als ich mich entschloss, einen Bissen zu probieren, fand ich den Geschmack außerordentlich einfach und komplex, die Zutaten fügten sich zu einem harmonischen Ganzen. Meine Geschmacksknospen sammelten Informationen, denen ich Namen gab: die Creme aus Eiern, Milch und Zucker, mit Stärke gebunden, von einem Zimthauch durchdrungen, die Reiskörner innen butterweich und nach oben und unten durch das Garen allmählich fester zusammengebacken. Meine Zunge fuhr über jedes einzelne Reiskorn, bescherte mir scheinbar endlose Empfindungen und Überlegungen.

Langsam kaute Durante mit halbgeschlossenen Augen seinen ersten Bissen. Als er fertig war, sagte er: »*Wunderbar!*«

»Ja.« Ich hatte kein anderes Wort.

Wie lange ich brauchte, um den Rest des Tortenstücks zu essen, ist schwer zu sagen, denn alle meine Messsysteme schienen außer Betrieb zu sein, ich musste mich einzig auf meinen Geschmackssinn verlassen und auf alles, was er heraufbeschwören konnte. Erst als ich den letzten Bissen heruntergeschluckt hatte, hob ich den Kopf, lehnte mich auf dem Stuhl zurück und atmete tief durch.

Durante wusch sich die Fingerspitzen mit dem Mineralwasser, das wir nicht angerührt hatten. Er trocknete sie an der Serviette ab, ballte die rechte Hand zur Faust und hielt sie mir hin.

Ich machte ebenfalls eine Faust; wir stießen Fingerknöchel gegen Fingerknöchel. Eigentlich waren mir diese Freundschaftsrituale nie sehr vertraut gewesen, und von daher fand ich es absurd, sie ausgerechnet mit Durante zu praktizieren, aber irgendwie machte es auch Spaß.

»Ja«, sagte er, als hätte er in meinen Gedanken gelesen.

»Ist es wahr, dass du Medizin studiert hast?«, erkundigte ich mich zum Ausgleich.

»Mhm.« Er nickte.

Ich hätte ihn gern gefragt, ob er auch sein Staatsexamen gemacht hatte, aber die Frage schien mir zu indiskret.

»Pjotr oder Vom Misstrauen«, sagte er lachend.

»Das stimmt nicht«, sagte ich, obwohl ich wusste, dass es zwecklos war, es abzustreiten.

»Aber du musst dich nicht ändern«, sagte er. »Es ist schön, dass es jemanden gibt, der so feste Überzeugungen hat.«

»Ich weiß nicht, ob sie wirklich so fest sind«, sagte ich.

»Du bist *verwurzelt*«, sagte er. »In dem, was du tust, in dem, was du hast.«

»Vielleicht ist es nur eine Form von Beschränktheit«, sagte ich.

Er blickte mich an, als zöge er diese Möglichkeit ernsthaft in Betracht; dann stand er wortlos auf, ging zwischen den anderen Tischen hindurch und verschwand im Restaurant. Ich blieb in einem Schwebezustand sitzen, trank den letzten Schluck Weißwein, kraulte Oscar unter dem Tisch am Kopf. Ich dachte an Ingrid, und mir fielen die schönsten Sätze ein, die ich ihr hätte sagen können, wenn sie hier bei mir gewesen wäre. Ich dachte auch an Astrid, versuchte, mir ihre Reaktionen vorzustellen, wenn sie mich jetzt gesehen hätte.

Durante kam zurück: »Gehen wir?«

»Wohin?«, fragte ich und stieß beim Aufstehen mit dem Knie gegen den Tisch. »Und die Rechnung?«

Er antwortete nicht, winkte seinem Freund, dem Kellner, der in der Tür des Restaurants lehnte, und ging den Bürgersteig entlang.

Ich winkte ebenfalls und folgte ihm, denn Oscar zog mit aller Kraft an der Leine, um mit ihm Schritt zu halten.

Als wir zum Bus kamen, ging er zur hinteren Tür und wartete, dass ich sie öffnete.

Ich öffnete; gleichzeitig fragte ich mich, ob wir uns verabschieden sollten, bevor er seinen Seesack herausholte, oder danach.

Durante nahm seine Sachen und zog auch meinen Koffer heraus.

»Was machst du da?«, sagte ich. »Ich muss weiterfahren«, obwohl mir bei der Vorstellung alles vor den Augen verschwamm.

Er fing an zu lachen, trug meinen Koffer den Bürgersteig entlang.

»Warte!«, sagte ich, von Oscar gezogen, der den Kontakt zu Durante nicht verlieren wollte.

Vor Giovannas Haustür blieb Durante stehen, zog einen Schlüssel aus der Tasche, drehte ihn im Schloss und schob die Tür mit dem Fuß auf.

»Wo gehst du hin?«, fragte ich, indem ich versuchte, meinen Koffer zu packen und Oscar zurückzuzerren, denn er wollte unbedingt durch den Türspalt schlüpfen.

Durante drehte sich um und sah mich fragend an, dann riss er mir den Koffer weg.

»He!«, protestierte ich, während Oscar mich schon in den Hof und die Treppe hinaufzog.

»Du kannst im Gästezimmer schlafen«, sagte Durante, immer zwei Stufen auf einmal nehmend.

»Aber ich kann doch nicht einfach so mitkommen!« Im Geist sah ich Giovanna vor mir, völlig genervt von unserem Überfall.

»Ja was denn sonst?«, sagte er lachend.

»Mit Oscar noch dazu!«, sagte ich, während Oscar noch heftiger zog als vorher.

»Hör auf, Pjotr!«, sagte Durante. Wir waren schon im vierten Stock angekommen; er schloss die Wohnungstür auf, stellte meinen Koffer innen ab.

In der Küche saß Giovanna mit offenen Haaren und einem Löffelchen in der Hand an dem großen viereckigen Tisch vor einem Schälchen Eis. Sie schien kein bisschen erstaunt, uns zurückkommen zu sehen, und verzog keine Miene, als Oscar mir entwischte und zu ihr hinlief, um sie zu beschnuppern, und anschließend einen aufgeregten Erkundungsrundgang durch die Wohnung startete.

Durante trat zu Giovanna und gab ihr einen Kuss auf den Kopf; sie hielt ihm ein Löffelchen Schokoladeneis hin.

Ich konnte es kaum glauben, wie sehr sich ihre Beziehung gewandelt hatte: die weiche, warme Vertrautheit ihrer Gesten und Blicke. Ich fragte mich, was sie nach der totalen Uneinigkeit vor zwei Stunden so weit gebracht hatte und wann der Umschwung passiert war. Doch war dies nur ein Teil einer viel umfassenderen Ungläubigkeit, die inzwischen fast alle Aspekte meines eigenen Lebens und des Lebens der anderen betraf.

Durante sagte zu Giovanna: »Pietro kann doch im Gästezimmer schlafen, oder?«

»Selbstverständlich«, sagte sie. »Wenn ihn das Durcheinander nicht stört. Die Laken sind frisch, Handtücher habe ich dir aufs Bett gelegt.«

»Er wollte es nicht glauben«, sagte Durante lachend. »Er wollte unbedingt weiterfahren.«

Giovanna blickte mich mit unverhohlener Neugier an.

»Ja dann«, sagte ich verblüfft, »danke.«

Durch das kleine Wohnzimmer neben der Küche ging Durante vor mir her, öffnete die Tür zu einem Zimmer mit einem großen alten Bett aus Nussbaumholz, wo außerdem noch ein Schrank im selben Stil und rundherum eine Unmenge Stühle, Koffer, Kartons und Gegenstände aller Art standen.

»Das ist das Bett von Giovannas Großeltern«, sagte er. »Da schlief ich manchmal, wenn wir Krach hatten.«

»Und wo schläfst du jetzt?«, fragte ich.

»Nicht auf dem *Boden*«, sagte er lachend. »Mach dir keine Sorgen.« Er umarmte mich, klopfte mir fest auf den Rücken.

»Danke«, sagte ich, während er sich zur Tür wandte.

»Wofür?« Schon war er draußen.

Ich rief Oscar, wollte ihn dazu bewegen, sich auf einem Vorleger auf einem freien Stück Fußboden hinzulegen.

Oscar war aber zu neugierig, er schnupperte überall herum wie ein selektiver Staubsauger.

Ich schnupperte ebenfalls in der Luft: Es roch nach alten feuchten Stoffen, Holzwachs, Staub, Kernseife. Ich setzte mich aufs Bett und musste mich anstrengen, um mich nicht gleich nach hinten fallen zu lassen. Ich dachte daran, wie schön es gewesen wäre, auch hier mit Ingrid zu sein, nach all den Dingen, die ich ihr im Restaurant hätte sagen können. Ich fühlte mich wie bei der Generalprobe eines kleinen Laientheaters, halb an ein vorgegebenes Stück gebunden, halb frei zu improvisieren. Ich bewegte mich auf diesem feinen Grat, das machte mich seltsam euphorisch.

Dann musste ich pinkeln; ich verließ das Zimmer nur

ungern, wollte mir aber auch noch die Zähne putzen, holte die Zahnbürste aus dem Koffer und sagte zu Oscar: »Bleib hier.«

So leise wie möglich schlich ich den Flur entlang bis zum Bad. Als ich fünf Minuten später in mein Zimmer zurückging, hörte ich Durantes und Giovannas Stimmen hinter einer Tür: nicht unterscheidbare Wörter, Gelächter, Geräusche von verschobenen Gegenständen.

Es dauerte eine Weile, bis ich einschlief, denn es war noch früh, ich lag in einem fremden Bett, und durch das geöffnete Fenster klangen die Straßengeräusche herauf, mein Kopf war voller unangemessener Gefühle und Gedanken, die auf mich zukamen und wieder zurückwichen.

Mit schwerem Kopf und pelzigem Mund

Mit schwerem Kopf und pelzigem Mund erwachte ich in dem von Tageslicht und vom Lärm der Autos und Mopeds erfüllten Zimmer. Oscar war nicht zu sehen, meine Uhr zeigte kurz nach halb neun. Ich zog mich an, ging ins Bad und trank am Waschbecken jede Menge Wasser.

Danach rief ich im Flur »Oscar?«, aber leise, um niemanden zu wecken.

»Der ist draußen mit Durante«, sagte Giovannas Stimme aus der Küche.

»Darf ich?«, fragte ich und steckte vorsichtig meinen Kopf durch die Tür.

»Komm nur rein«, sagte Giovanna. Sie war barfuß, trug einen orientalischen Morgenrock mit einem Kranich darauf und füllte gerade Kaffee in eine große Espressokanne. Ihr Sohn Julian saß am Tisch und bestrich sehr konzentriert eine Reihe schon getoasteter Brotscheiben mit Marmeladen, die er fünf oder sechs vor ihm stehenden Gläsern entnahm. Er sah mich nur ganz kurz an und widmete sich sofort wieder seiner Aufgabe.

»Tolle Auswahl«, sagte ich, indem ich die Etiketten – Brombeere, Melone, Papaya, Bergamotte – und die Farbschattierungen der Marmeladen von Dunkelviolett über leuchtendes Orange bis Gelb und Grün betrachtete.

»Ja«, erwiderte Julian mit seinen Gesichtszügen eines Durante als Teenager, weich gezeichnet durch die Linien seiner Mutter.

»Glaub ja nicht, dass er das immer macht«, sagte Giovanna und deutete auf ihren Sohn. »Gewöhnlich muss ich mir die Marmelade selber aufs Brot streichen.«

»Dann hör ich eben auf«, sagte Julian, machte aber unverdrossen weiter.

Die große Espressokanne in der Hand, sah Giovanna mich an; ihre ganze Gestalt strahlte ein Gefühl von Fülle aus, durch das sich alle bei Durantes und meiner Ankunft spürbaren Spannungen gelöst hatten. Sie war eine viel natürlichere und auch sinnlichere Frau, als es mir vorgekommen war, und es machte mich richtig verlegen, zur Frühstückszeit wie ein Eindringling hier in ihrer Wohnung in der Küche zu stehen.

»Tausend Dank für die Gastfreundschaft. Ich habe prima geschlafen«, sagte ich, obwohl es nicht stimmte.

»Lüg nicht«, sagte sie. »Bestimmt hast du schlecht geschlafen im Bett der Großeltern, bei der Hitze und dem Wein, den du mit Durante getrunken hast.«

Offenbar teilte sie mit dem Vater ihres Sohnes die Praxis der ungefilterten Wahrheit, was mir nicht peinlich war, sondern mich sogar erleichterte.

»Du wirst dich die ganze Nacht hin- und hergewälzt haben«, sagte sie lächelnd.

»Ja«, erwiderte ich. »Mit all den Sachen im Zimmer, den Koffern, die wer weiß welche Reisen gemacht haben. Egal, auf welche Seite ich mich drehte, ein paar Sekunden später fühlte ich mich schon von anderswo bedrängt.«

Sie lachte: schön, offen, sonnig. Sie machte das Gas unter der Espressokanne an und bückte sich, um die Flamme zu beobachten.

Dann hörte ich, wie die Wohnungstür aufging. Oscar stürmte in die Küche, sprang voller Begeisterung an mir hoch und begrüßte auch Giovanna und Julian.

Durante folgte mit seinen langen Schritten, in der Hand eine Plastiktasche und eine Papiertüte. Er legte alles auf den Tisch. »He, Pjotr! Gut geschlafen?«, sagte er und umarmte mich ebenso schwungvoll wie am Abend zuvor.

»Er hat sich die ganze Nacht im Bett gewälzt«, sagte Giovanna, bevor ich wieder eine Höflichkeitsantwort geben konnte.

»Ja, das macht aber nichts«, sagte ich. »Ich war so froh, dass ich hier übernachten durfte.«

»Na, dann ist's gut«, sagte Durante, während er ein Stück Focaccia aus der Papiertüte zog und sich nach einem Teller dafür umsah. »Eigentlich wolltest du ja gleich weiter, schnellstmöglich gen Nordosten in die Kälte.«

»Mir war, als *müsste* ich das«, sagte ich und fühlte mich noch im Nachhinein stur und dumm. »So als müsste ich mein Programm erfüllen.«

»Du funktionierst hauptsächlich mit selbstauferlegten Pflichten, hm?«, sagte Giovanna.

»Vielleicht«, sagte ich. »Aber gilt das nicht für alle?«

»Das kommt darauf an«, sagte Giovanna. Sie sah Durante an.

»O ja«, sagte er. Er gab seinem Sohn einen zärtlichen Klaps auf den Arm, so dass ihm eine Scheibe Toast mit Marmelade aus der Hand fiel.

»*Papa*, verdammt noch mal!«, sagte Julian. Oscar stürzte sich auf den Toast und entwischte damit in den Flur.

»Vielleicht hatte er keine Lust, die Nacht bei diesen Verrückten zu verbringen«, sagte Giovanna, die Beine in einer Position wie eine Tänzerin.

»Das ist nicht *wahr*«, sagte ich mit der plötzlichen Angst, dass die Wärme unserer Kommunikation von einem Moment zum anderen verfliegen könnte.

Durante holte einen tiefen Teller aus einem Schrank und schüttelte aus einer Plastiktüte einen halben Hackbraten darauf.

»Was ist das denn?«, fragte Giovanna mit einem extrem witzigen Ausdruck des Ekels.

»Für Oscar«, sagte Durante.

»Ich habe sein Trockenfutter im Auto«, sagte ich. »Gerade wollte ich runtergehen und es holen.«

»Lass nur«, sagte er. »Das hier schmeckt ihm bestimmt besser.«

Angezogen vom Duft des Hackbratens erschien Oscar in der Küche, setzte sich ganz brav vor Durante hin und schaute ihn erwartungsvoll an.

»Mmm, köööstlich«, sagte Durante, hielt den Teller aber noch hoch.

Das ist seine Art, Menschen und Tiere zu erobern, dachte ich: Er antizipiert ihre Wünsche, aber so, als geschähe es zufällig, fast absichtslos.

»Füttere ihn auf dem Flur, bitte«, sagte Giovanna. »Nicht hier.«

Durante zwinkerte mir zu, ging hinaus und stellte den Teller neben den Eingang, Oscar folgte ihm auf dem Fuß.

»Wo hat er den Hackbraten überhaupt her?«, sagte Giovanna.

Ich schüttelte den Kopf, fühlte mich aber geschmeichelt, dass sie sich mit ihrer Frage an mich gewandt hatte; ihr Blick löste eine Art inneren Kitzel in mir aus.

Durante kam zurück. »Sollen wir?«, fragte er. Er schnitt die Focaccia in Streifen und verteilte sie auf dem Tischtuch neben den Tassen und Tellern, die schon gedeckt waren.

Wir frühstückten alle vier, wie eine seltsame Patchworkfamilie, die sich im August in ihrem Haus in Genua versammelt. Den Raum, Essen und Trinken zu teilen war ganz natürlich, einfach perfekt. Es war, als hätten wir schon immer zusammen gefrühstückt und könnten wie durch ein Wunder jeden Morgen wieder darüber staunen. Der Kaffee hatte das tiefe, dunkle Aroma heißer Tropentinte, die Focaccia schmeckte hervorragend, genau richtig gesalzen und weich, die von Julian auf die Toasts gestrichenen Marmeladen verströmten das Aroma und die Farbe der ursprünglichen Früchte. Ich fühlte mich so ähnlich wie bei dem Abendessen mit Elisa und Tom nach der Arbeit auf dem Feld, aber noch intimer und leichter: Mit jeder kleinen Geste griffen wir auf die wesentlichen Elemente zurück.

Dann fragte Durante seinen Sohn, welche Hausaufgaben er über die Ferien für das Gymnasium zu machen habe. In einem Ton, der seine unendliche Distanz zu all den Lehrbüchern offenbarte, zählte Julian ihm die Fächer auf.

»Das ist ja Stoff für *Archäologen*«, sagte Durante. »Da hat sich seit meiner Schulzeit nichts geändert. Logisch, dass dich das nicht interessiert.«

»Durante, *bitte*«, sagte Giovanna. »Es ist schon so ein

ewiger Kampf, ihn so weit zu bringen, jeden Tag wenigstens ein paar Minuten zu lernen!«, sagte Giovanna.

Julian verfolgte das Gespräch nebenbei, während er auf seinem am Tischrand liegenden Handy eine SMS tippte.

»Er ist hier und doch nicht hier, nicht wahr?«, sagte Durante lächelnd zu mir.

»Ich will dich bei Tisch nicht mit dem Handy sehen!«, sagte Giovanna zu ihrem Sohn. »Das hab ich dir schon tausendmal gesagt!«

»Bin ja schon fertig.« Julian ließ das Handy verschwinden.

»Sonst schmeiße ich es weg!«, sagte Giovanna mit einem drohenden Blick.

»Erstaunlich, wie gut er seine Aufmerksamkeit teilen kann«, sagte Durante. »Er verfolgt zwei völlig unabhängige Stränge und verliert, glaube ich, höchstens ab und zu einige Details.«

»Es ist schrecklich«, sagte Giovanna.

»Aber auch faszinierend«, sagte Durante.

»Was findest du daran faszinierend, kannst du mir das mal erklären?«, sagte sie kämpferisch.

»Es ist eine Reaktion darauf, sich in Situationen, die einen nichts angehen, als Gefangener zu fühlen.«

»Wenn man mit seinen beiden Eltern frühstückt, zum Beispiel? Ein Ereignis, das nur alle Jubeljahre stattfindet?«

»Ich habe nicht von *jetzt* gesprochen«, sagte Durante.

»Nun, hier zu Hause ist es grundsätzlich inakzeptabel«, sagte Giovanna. »Genau wie stundenlang am Computer zu kleben und seine Zeit im Internet zu verplempern. Und ich will, dass er das weiß.«

»Er *weiß* es.« Durante schüttelte seinen Sohn an der Schulter. »Du weißt es, nicht wahr?«

»Ja-a«, sagte Julian unwillig.

»Es ist ja auch nichts wirklich Neues«, sagte Durante. »Abgesehen von den Mitteln. Ich hab mich in seinem Alter auch dauernd verdrückt von da, wo ich war. Ununterbrochen.«

»Vielen Dank«, sagte Giovanna. »Du bist echt eine große Hilfe.«

»Nur dass ich Bücher las oder Gedichte schrieb oder rausging zum Laufen.«

»Das ist doch ein riesiger Unterschied!«, sagte Giovanna.

»Auf jeden Fall sicher kreativer«, warf ich ein; auf Giovannas Seite zu stehen gefiel mir enorm. »Und gesünder, wenn du zum Laufen gingst.«

»Nicht direkt«, sagte Durante. »Die meisten Nachmittage verbrachte ich damit, Stunden um Stunden in meinem Zimmer zu sitzen und mich zutiefst zu *langweilen*.«

»Das Letzte, was Julian braucht, ist, dass ihn jemand *rechtfertigt*. Und noch dazu der einzige Mann in ganz Italien, der kein Handy hat!«

»Wir reden hier nicht von *Telefonen*«, sagte Durante. »Wir reden davon, sich in einer Rolle als Noch-nicht-Erwachsener gefangen zu fühlen, der keine wichtige Entscheidung in Bezug auf sein eigenes *Leben* treffen kann.«

»Ist dir klar, wie sehr du ihn rechtfertigst?«, sagte Giovanna.

»Nein«, sagte Durante. »Ich *verstehe* ihn. Und du verstehst ihn natürlich auch. Und Pjotr auch.«

Julian tat so, als hörte er gar nicht zu, aber es war klar, dass er unsere Worte registrierte und die Bemerkungen seines Vaters ihn wahrscheinlich verwirrten.

»Rede ihm nur ein, er sei ein Opfer«, sagte Giovanna. »Das fehlt gerade noch.«

»Das lässt du dir nicht einreden, stimmt's?«, sagte Durante zu seinem Sohn gewandt.

Julian hielt den Kopf gesenkt, trommelte mit den Fingern auf die Tischplatte.

»Unterschätze die Bedeutung der *Frustration* nicht«, sagte Durante. »Sie ist *unerlässlich* für einen Menschen im Wachstum. Die Triebfeder, die ihn früher oder später dazu bringt, zu reagieren, sich zu bewegen, zu gehen, etwas zu tun.«

»Hm«, machte Julian und schüttelte die Haare, damit sie ihm über die Augen fielen.

»Und der *Langeweile*, ihrer ruhigeren Schwester«, sagte Durante. »Du bist mit der Vorstellung aufgewachsen, dass jeder Leerraum mit einer beliebigen Tätigkeit ausgefüllt werden muss. Auch wenn es nur eine Reihe von Bildern oder Tönen ist. Es genügt, die Leere auszufüllen, nicht wahr? Dabei spielt die Langeweile eine *grundlegend* wichtige Rolle. Aus Langeweile entstehen nämlich die Träume und die Wünsche und alle Arten von *Erfindung*. Wenn du dich nicht langweilst, wirst du nie etwas Interessantes denken.«

»Im Augenblick muss er vor allem *lernen*«, sagte Giovanna. »Und ich wäre dir dankbar, wenn du nicht meine alltägliche Arbeit mit ihm kaputtmachen würdest, bloß um gut wegzukommen.«

»Ich *weiß*, was deine tägliche Arbeit bedeutet«, sagte Durante. »Ich bewundere dich zutiefst für das, was du tust. Ich ziehe den Hut vor dem, was du tust.« Er setzte seinen Strohhut auf, der auf dem Tisch lag, und nahm ihn wieder ab.

»Dann funk nicht dazwischen«, sagte Giovanna.

Durante boxte seinen Sohn leicht in die Schulter, lächelte ihm zu. »Denk daran«, sagte er, »dass jede Bemerkung von Giovanna, die dich nervt, sie selbst *doppelt* nervt. Stell dir vor, wie aufreibend es ist zu versuchen, dich dazu zu bewegen, Dinge zu tun, die dich nicht interessieren und an die *sie* selbst auch nicht glaubt.«

»Willst du endlich aufhören?!«, sagte Giovanna.

»Es *ist* doch so«, sagte Durante.

Julians Handy gab unter dem Tisch den Signalton für eine angekommene SMS von sich. Er las sie rasch, mit gesenktem Kopf.

»Jetzt gibst du es her!« Giovanna streckte die Hand über den Tisch, mit einer freien, entschiedenen Bewegung, stark und weiblich. »Ich schmeiße es aus dem Fenster!«

»Entschuldigung, Entschuldigung, Entschuldigung«, sagte Julian prompt, er wusste, was es geschlagen hatte.

Durante griff nicht ein, er reichte Oscar das letzte Stück Focaccia, das niemand gegessen hatte.

Das Frühstück war zu Ende, Teller, Tassen und Gläser auf dem Tisch waren leer. Die geistige und sinnliche Freude, mit der wir uns alle gemeinsam zu Tisch gesetzt hatten, war erschöpft; ich fühlte mich wieder wie ein Eindringling in einem fremden Haus. Ich faltete meine Papierserviette viermal zusammen und sagte: »Ich muss weiterfahren.«

»Jetzt schon?«, sagte Giovanna mit echtem, überraschendem Bedauern. Auch Julian hob kurz den Blick und sah mich an. Auf einmal empfand ich meine Abreise als wirklichen Verlust. In letzter Zeit brauchte es so wenig, um meine Stimmung von einem Extrem ins andere kippen zu lassen.

»Du kannst jetzt nicht fahren, Pjotr«, sagte Durante.

»Warum nicht?«, fragte ich in der Hoffnung, er würde mir wirklich einen guten Grund nennen.

»Ich muss dich erst noch jemandem vorstellen«, sagte er.

»Wem?«, sagte ich verunsichert.

»Da haben wir's«, sagte er lachend. »Immer der vorsichtige, misstrauische, *solide* Wächter der eigenen Stabilität.«

»Gar nicht«, sagte ich. »Ich wollte bloß wissen, wem du mich vorstellen willst. Ist doch normal, oder?«

Er stand auf, nahm seinen Teller, sein Glas und seine Tasse, spülte sie im Spülbecken sorgfältig ab und verließ die Küche, gefolgt von Oscar.

Giovanna begann, den Rest abzuräumen. Ein wenig lustlos half Julian ihr, ohne dass sie ihn darum bat. Ich half ebenfalls, obwohl ich nicht wusste, wo die einzelnen Dinge hingehörten.

Nach einigen Minuten kam Durante zurück: »Gehen wir?«, fragte er mich.

Beinahe hätte ich erneut Erklärungen verlangt, doch diesmal hätte er es wirklich als Misstrauensäußerung deuten können, deshalb nickte ich nur.

»Julian kommt auch mit«, sagte Durante. »Stimmt doch, oder?«

»Hm«, machte Julian, als hätte er nicht die geringste Absicht. Doch dann ging er zur Wohnungstür und schlüpfte in seine Sandalen.

»Bis später«, sagte Giovanna und winkte mir zu.

»Bis später«, erwiderte ich und fühlte mich erneut als Teil ihrer seltsamen Genueser Patchworkfamilie.

*Ich lenkte den Bus durch die
steilen Straßen der Stadt*

Ich lenkte den Bus durch die steilen Straßen der Stadt, Julian vorne neben mir, Durante mit Oscar auf dem Rücksitz. Ab und zu beugte er sich vor, klopfte mir auf die Schulter und sagte: »Da lang, *da* lang«, so als müsste ich es eigentlich wissen. Julian schaute gedankenverloren hinaus, überprüfte zwischendurch verstohlen sein Handy, las oder tippte mit blitzschnellen Fingern eine SMS. Durante wirkte gut gelaunt, voll kommunikativer Energie: Er beobachtete die Stadt, die draußen vorbeizog, kraulte Oscar am Kopf, sagte zu mir: »Nach rechts, nach *rechts*!«

Zuletzt ließ er mich auf einem gepflasterten Platz parken. »Bist du sicher, dass ich hier stehen bleiben kann?«, fragte ich, weil sonst keine Autos dastanden; es schien sich um eine verkehrsberuhigte Zone zu handeln.

»Ja«, sagte er zerstreut. »Nimm deine Schachtel mit den Stoffen mit.«

»Warum?«, fragte ich.

»Um sie zu zeigen, was sonst?«, sagte er. »Das ist einfacher, als sie mit *Worten* zu beschreiben.«

»Aber wem sollte ich sie denn zeigen?«, sagte ich.

Durante hörte mir nicht mehr zu, er stand schon mit seinem Sohn und Oscar vor einer Gegensprechanlage.

Unwillig zog ich die Schachtel mit den Stoffen heraus und folgte den anderen durch ein Haustor eine Treppe hinauf.

Im Hochparterre war eine Glastür; Durante drückte auf die Klinke, es war offen. Wir betraten ein scheinbar leeres Büro, Oscar vorneweg. Die Räume waren weiß, mit Halogenlampen beleuchtet, alle Fenster geschlossen. An den Wänden hingen die unterschiedlichsten Stoffe, teilweise unter Glas: australische Eukalyptusrindenfaser mit Aborigeneszeichnungen von Krokodilen und Kängurus, Wellenmotive aus Neuguinea, gemusterte Stoffe aus Afrika, Indien, China, Skandinavien.

Am Ende des Flurs sagte eine Frauenstimme: »Wo kommt der denn her?« Eine Männerstimme sagte: »O Gott, pass auf, bleib stehen!«

Ich stellte meine Stoffschachtel ab und rannte los: »Oscar?!«, rief ich.

Oscar war im letzten Zimmer und beschnupperte eine kräftige Frau mit knallroten kurzen Haaren und einen schmalen kleinen Typen mit bunter Sonnenbrille und weißem Anzug. Beide standen mit dem Rücken zur Wand in dem Raum voller Schreibtische und Kommoden und noch mehr Stoffen verschiedener Machart und Herkunft.

»Oscar, komm sofort her!«, sagte ich. Erstaunlicherweise gehorchte er, schnupperte aber noch neugierig in der Luft.

»Wer sind Sie denn?«, fragte die Frau mit den knallroten kurzen Haaren, und der Typ in Weiß fragte: »Was machen Sie hier mit diesem Raubtier?«

Dann sah ich, wie sich der beunruhigte Gesichtsausdruck der Rothaarigen veränderte: »Durante?«, sagte sie ungläubig.

»Kennst du den?« Der schmächtige Typ wies auf Durante, der hinter mir eingetreten war.

»Savinella bella!«, sagte Durante und ging auf sie zu, um sie zu umarmen.

Der Typ in Weiß kam aus dem Staunen nicht heraus, er blickte von der Frau zu Durante, zu Oscar, zu mir und zu Julian, der als Letzter mit seiner zerstreuten Miene hereingekommen war.

»Das ist Durante«, sagte die Rothaarige zu dem Typen, als sie sich, nun auch rot im Gesicht, aus der Umarmung löste. »*Durante.*«

»Der mit den Pferden?«, fragte der Typ vorsichtig.

Sie nickte, wandte sich an Durante: »Mein Cousin Ferruccio, mein Kompagnon.«

Durante drückte ihm die Hand.

Die Frau schaute Durante immer noch ungläubig an: »Wieso bist du hier in Genua?«

»Auf der Durchreise«, sagte Durante.

»Auf der Durchreise?«, echote die Frau. »Du kommst in der einzigen *Stunde*, in der du uns antreffen konntest. Gestern waren wir nicht da, und morgen fahren wir wieder weg. Wir sind nur hier, weil wir auf eine Lieferung warten.«

»Was bist du, ein Hellseher?«, fragte Ferruccio.

Die Frau warf ihm einen schrägen Blick zu. »Und nachdem wir uns wie lange nicht gesehen haben? Drei Jahre?«

Durante schüttelte den Kopf, er erinnerte sich nicht.

»Und das Raubtier?« Ferruccio deutete auf Oscar.

»Das ist Oscar«, sagte Durante. Er machte eine seiner Vorstellungsgesten, vage und präzis zugleich: »Pietro, Savina, Ferruccio, Julian.«

»Julian, Julian?«, sagte die Frau namens Savina. »Dein *Sohn*?«

»Ja«, sagte Durante.

»Un-glaub-lich«, sagte Savina. »Er ist ja beinah schon erwachsen!«

»Alle Achtung«, sagte Ferruccio mit einem anerkennenden Blick.

»So läuft's, nicht wahr?«, sagte Durante. »Die Kinder werden erwachsen, und die Erwachsenen werden alt.«

Savina sah ihn aufmerksam an. »Und ich?«, fragte sie. »Bin ich alt geworden in all der Zeit?«

»Ja«, sagte Durante; er drehte sie einmal im Kreis, um sie genauer zu betrachten. »Du hast ein paar Kilo zugenommen, einige interessante neue Zeichen im Gesicht, eine grellere Haarfarbe, damit man die grauen Haare nicht sieht. Das Alter steht dir gut.«

»Galanter geht's nicht!«, sagte Ferruccio.

»Nein, nein«, sagte Savina, fuhr sich mit der Hand durchs Haar. »Durante ist der einzige Mann auf der *Welt*, der die Wahrheit sagt. Auch wenn sie ein wenig schmerzt.«

»Rolando?«, fragte Durante.

»Dem geht's blendend«, sagte Savina. »Wir waren in Sevilla, in Wien. Dritte in Verona. Warte.«

»Eine Fanatikerin«, sagte Ferruccio zu mir, dem stillen Zuschauer, und tippte sich mit dem Zeigefinger an die Schläfe.

Savina nahm zwei gerahmte Fotografien vom Schreibtisch und zeigte sie Durante: Auf einer sah man in Großaufnahme den Kopf eines edlen Pferdes mit langer Mähne, auf der anderen sie auf demselben Pferd bei einem Dressurakt.

»Er ist auch ein bisschen schwerer geworden«, bemerkte Durante, während er die Fotografien mit Kennerblick studierte.

»Kein Wunder«, sagte Ferruccio. »Sie verwöhnt Rolando mehr als ihren Verlobten.«

»Die Fotos sind vom letzten Jahr, jetzt ist er in Hochform!«, sagte Savina. »Cristian Capaldi ist mein Trainer. Er ist gut, aber dein Unterricht fehlt mir, Durante. Warum bist du so unerreichbar?« Sie nahm ihm den Strohhut ab und setzte ihn sich auf.

Durante zuckte die Achseln, er hatte nicht die Absicht, von sich zu sprechen. »Ich wollte euch die Stoffe meines Freundes Pietro zeigen«, sagte er.

»Macht er die Stoffe, oder verkauft er sie?«, fragte Ferruccio; er musterte mich mit einem gewissen Misstrauen.

»Ich mache sie«, sagte ich. »Nicht allein, zusammen mit meiner Freundin.« Dabei fragte ich mich, ob diese Bezeichnung für Astrid noch angebracht war oder ob ich mir eine andere ausdenken sollte.

»Hol sie her«, sagte Durante. Savina boxte ihn in die Seite, er hielt ihre Hand fest, sie lachten und umarmten sich. Julian sah sich halb verlegen, halb zerstreut um.

Ich ging meine große Stoffschachtel holen, stellte sie etwas ungelenk auf einen der Tische, weil ich nicht erwartet hatte, in die Situation zu kommen, meine Ware anpreisen zu müssen.

Savina zog die Muster heraus, die Astrid und ich in den

letzten zwei Jahren angefertigt hatten, um sie möglichen Käufern zu zeigen. Ferruccio öffnete die Fensterläden, ließ das grelle Tageslicht herein. Er und seine Cousine hatten eine professionelle Art, das Gewebe zu betasten und die Farben zu prüfen, sorgfältig und rasch zugleich.

»Handgewebt, aber das seht ihr natürlich selber«, sagte Durante. »Sie arbeiten in einem Haus auf den Hügeln in der wildesten Gegend der Marken.«

Savina und Ferruccio nickten nur knapp, sie wussten schon, was sie in der Hand hielten.

»Sie verkaufen restlos alle ihre Stoffe, in Italien und auch in Österreich«, sagte Durante. »Aber immer einen nach dem anderen, das ist unbequem, und es gehört eigentlich nicht zu ihrem Job. Es wäre viel besser, wenn sie für den Vertrieb Leute wie euch hätten.«

Mit offenem Mund hörte ich ihm zu: Das Allerletzte, was ich mir von ihm je erwartet hätte, war, ihn unsere Stoffe promoten zu sehen.

Savina rieb zwischen Daumen und Fingerspitzen einen purpurroten Schal mit kobaltblauen Streifen aus Mohair, den ich im Januar an einem bitterkalten trüben Abend gewebt hatte; sie wechselte einen schnellen Blick mit ihrem Cousin.

»Na?«, sagte Durante. »Sind sie nicht *schön*?«

»Doch«, sagte Savina, aber ohne Überschwang.

»Schön.« Auch Ferruccio machte ein Pokerface.

»Warum verkauft ihr sie dann nicht für ihn?«, sagte Durante. »Dann können die beiden sich ganz auf die kreative Arbeit konzentrieren, ohne auch als Händler auftreten zu müssen.«

»Wir haben schon zu viele Produzenten, mein Lieber«, sagte Ferruccio.

»Aber nicht so *gute*«, sagte Durante. »Nicht solche *Künstler*.«

Savina sah ihn an, mit seinem Hut auf dem Kopf und meinem Schal in der Hand, standfest, energisch, besonnen; seine Worte schienen sie beeindruckt zu haben.

»Aber eure üblichen Provisionen könnt ihr in diesem Fall vergessen«, sagte Durante.

Je länger ich ihm zuhörte, umso sprachloser wurde ich, stand stocksteif mitten in dem weißen Raum im starken Licht.

»So, so!«, sagte Ferruccio leicht amüsiert. »Wir haben noch gar kein Interesse bekundet, da will er uns schon Konditionen diktieren!«

»An was für eine Provision dachtest du?«, fragte Savina ernst.

»Was nehmt ihr gewöhnlich?«, fragte Durante. »Bei kleinen kunsthandwerklichen Webern wie den beiden?«

»Fünfzig Prozent«, sagte Savina.

Durante lächelte.

»Dafür legen wir uns auch ziemlich ins Zeug, schöner Reiter«, sagte Ferruccio. »Die Stoffe verkaufen sich ja nicht von allein!«

»Wie viel sollten wir denn nehmen, deiner Ansicht nach?«, fragte Savina.

»*Zehn* Prozent«, sagte Durante, als hätte er schon sein Leben lang als Agent für kleine Handwebereien gewirkt.

»Was?«, sagte Savina.

»*Spinnst* du?«, sagte Ferruccio.

»Ihr wollt doch besondere Stoffe, oder?«, sagte Durante. »Hergestellt von besonderen Menschen?«

»Wir haben *nur* besondere Stoffe!«, sagte Ferruccio. »Schau dich um, mein Lieber!«

»Ihr habt aber nicht *ihre*, mein Lieber«, antwortete Durante lachend.

»Wir würden überhaupt nichts daran verdienen«, sagte Savina.

»Vielleicht würdet ihr kein *Geld* verdienen«, sagte Durante. »Aber davon verdient ihr doch sowieso genug, oder?«

»Mit Leuten wie dir wären wir in zwei Wochen pleite«, sagte Ferruccio.

Savina legte meinen Mohairschal langsam in die Schachtel zurück. »Wir überlegen es uns«, sagte sie.

»Wann fahrt ihr wieder los?«, fragte Durante.

»Morgen früh«, sagte sie.

»Formentera, *Formenteeeraaa*«, sagte Ferruccio.

»Dann überlegt es euch bis morgen früh«, sagte Durante. »Behaltet die Stoffe, so könnt ihr sie noch mal in Ruhe anschauen. Falls ihr dann beschließt, diese Gelegenheit sausenzulassen, deponiert ihr die Schachtel irgendwo für uns.«

»Einverstanden«, sagte Savina. Zwischen den beiden schien es eine spielerische, teilweise auch sexuelle Anziehung zu geben; sie sah ihn mit glänzenden Augen an.

»Alles klar«, sagte Durante.

»Und wie erreichen wir euch?«, fragte sie. »Du tauchst doch bestimmt wieder unter, und man kriegt dich weitere drei Jahre lang nicht zu Gesicht.«

»Wir sind bei Giovanna«, sagte er.

»Bei *der* Giovanna?«, sagte Savina.

»Ja«, sagte Durante. »Und Pietro hat ein Handy, er kann dir auch seine Nummer dalassen.«

Ich nahm einen Zettel vom Schreibtisch, notierte meine Nummer darauf.

»Wenn du es bei *deiner* Arbeit so machen würdest«, sagte Savina zu Durante, »wärst du reich.«

»Aber ich habe keine Arbeit«, sagte Durante. »Und ich will nicht reich sein.«

Sie boxte ihn noch einmal mit der Faust in die Seite. Wie vorher hielt er sie am Handgelenk fest, ließ sie eine Drehung vollführen. Sie lachten und umarmten sich; er nahm ihr den Hut vom Kopf und setzte ihn sich wieder auf. Nach einer allgemeinen Verabschiedung gingen wir mit Oscar zur Tür.

Auf der Straße stand der Fahrer eines Lieferwagens vor dem Klingelbrett.

»Sie warten schon auf dich«, sagte Durante zu ihm.

Als wir wieder im Bus saßen, sagte ich zu Durante: »Danke«, obwohl ich viel komplexere Gefühle empfand als bloße Dankbarkeit.

»Wofür?«, fragte er, einen Arm um Oscars Hals gelegt.

»Für das, was du gerade getan hast«, sagte ich.

»Ich habe ja gar nichts gemacht«, sagte er. »Wenn sie eure Stoffe wollen, ist es allein euer Verdienst. Ihr webt sie doch, oder?«

»Du warst unglaublich«, sagte ich. »Es hat mir die Sprache verschlagen.«

»Ich dachte nur, ihr solltet euch kennenlernen«, sagte er.

»Du hast uns richtig *promotet*«, sagte ich. »Mit passenden Argumenten im richtigen Tonfall.«

»Ach, hör schon auf«, sagte er. »Wir wissen nicht einmal, ob sie euch übernehmen möchten.«

»Ich weiß selbst nicht, ob *ich* das möchte«, sagte ich, seine Praxis der ungefilterten Ehrlichkeit übernehmend.

»Ich *weiß*«, sagte Durante. »Du hast Angst, dass ihr euch weniger frei fühlen könntet.«

»Wir *wären* weniger frei«, sagte ich.

»Relativ schon«, sagte er.

»Wieso relativ?«, fragte ich.

»Weil ihr jetzt auch nicht ganz frei seid«, sagte er.

»Nein?« Ich fragte es mich selbst.

»Nein«, sagte Durante. »Ihr habt ein Haus, ihr habt eure Wurzeln an einem Ort, ihr habt eine Arbeit. Ganz frei ist man nur, wenn man *nichts* hat.«

»Einverstanden«, sagte ich. »Aber auch wenn es eine relative Freiheit ist, ich hänge daran.«

»Zum Glück«, sagte er.

»Und ich will sie nicht verlieren«, sagte ich mit größerem Nachdruck.

»Zum Glück«, sagte Durante noch einmal. »Um zu wissen, ob du Gefahr läufst, sie zu verlieren, musst du allerdings kapieren, wo sie steckt, die Freiheit.«

»Und das heißt?«, fragte ich.

Er kraulte Oscar am Kopf. »In dem Augenblick, in dem du einen Stoff fertig hast und dich fragst, ob du jemals Lust haben wirst, wieder einen zu weben?«

»Vielleicht«, sagte ich.

»Oder darin, ihn nicht mehr verkaufen zu müssen?«

»Vielleicht.« Ich war hin- und hergerissen zwischen dem Wunsch nach einer radikalen Veränderung in meinem Leben und dem, alles so zu lassen, wie es war.

»Sowieso bleibt nichts, wie es ist«, sagte Durante. »Jedenfalls nicht *lange*.«

»Wie bitte?« Ich traute meinen Ohren nicht.

»Wir sind überzeugt, dass wir *dauerhafte* Häuser bauen, auf festem Grund, nicht wahr?«, sagte er. »Dabei sind sie aus *Papier*, auf Sand gebaut.«

»Wie ist dir das gelungen?«, fragte ich.

»Was?«

»Vor zwei Sekunden«, sagte ich. »In meinen Gedanken zu lesen.«

»Nach rechts«, sagte er, »nach *rechts* abbiegen.«

»Könntest du mir ein paar Meter vorher Bescheid sagen?«, brummte ich, während ich versuchte, trotz meiner Verblüffung die nötigen Reflexe fürs Fahren aufzubringen, ohne dass die Autos hinter mir auf mich auffuhren und ohne selber mit den entgegenkommenden zu kollidieren.

»Lies einfach in meinen Gedanken«, sagte Durante lachend.

»Ach, hör doch auf«, sagte ich. »Mal ehrlich, wie machst du das?«

»Letztendlich hängt es von dir und Astrid ab«, sagte er, ohne auf meine Bemerkung einzugehen. »Ihr müsst herausfinden, ob ihr einen Zwischenhändler für eure Stoffe wollt oder nicht.«

»Es hängt auch von deiner Freundin Savina ab«, sagte ich. »Und von ihrem Cousin Ferruccio. Sie haben sich ja nicht direkt überschlagen vor Begeisterung.«

»Am Ende geschieht doch, was einer wirklich will«, sagte er.

»So einfach scheint es mir nicht zu sein.« Ich wusste nicht, ob er mich provozieren wollte oder es ernst meinte.

»Es *ist* aber so«, sagte Durante. »Wenn du voll und ganz an eine Sache glaubst, ohne den leisesten Zweifel, dann passiert sie.«

»Ah, das wäre schön«, sagte ich.

»Nicht unbedingt«, erwiderte er. »Es passieren auch viele hässliche Sachen, bloß weil jemand völlig überzeugt ist, dass sie passieren müssen.«

»Zum Beispiel?«

»Ein Teller, der dir aus der Hand rutscht«, sagte er.

»Und in tausend Stücke zerspringt?« Ich dachte an etliche Teller oder Gläser, die mir im Lauf meines Lebens aus der Hand gerutscht und in tausend Stücke zersprungen waren, weil ich plötzlich sicher gewesen war, dass es so kommen würde.

»Wenn du davon überzeugt bist, ja«, sagte er.

»Was noch?« Ich riss das Steuer herum, um einem alten Mann auszuweichen, der, ohne zu schauen, die Straße betreten hatte.

»Ein Autounfall«, sagte Durante. »Ein Sturz, während du rennst, eine Beziehung, die scheinbar grundlos zu Ende geht, eine Krankheit, ein *verheerender Krieg*, der sich jahrelang hinzieht.«

»Denkst du wirklich, dass wir diese Macht haben?«, fragte ich.

»Nach links, *links*«, sagte Durante. »*Hier.*«

Durante war mit Julian unterwegs,
um ihm Schuhe zu kaufen

Durante war mit Julian unterwegs, um ihm Schuhe zu kaufen, ich saß in der Wohnung im vierten Stock, in der es heiß war wie in einem Backofen, und wartete auf eine Eingebung: War ich wirklich überzeugt, dass ich auf die ständige Sorge verzichten wollte, für jedes Stück Stoff, das ich webte, einen Käufer zu finden, oder nicht? Während ich in dem kleinen Wohnzimmer nachdenklich in einer vergilbten Ausgabe von Pjotr Kropotkin blätterte, die ich aus einem Regal gefischt hatte, kam Giovanna herein und fragte, ob ich sie zum Einkaufen begleiten wollte. Sie hielt einen Shopper aus rotem Leinen mit Rollen und ausziehbarem Griff in der Hand, den sie mit der Eleganz einer Tänzerin hin und her zog. Sobald Oscar sah, dass wir das Haus verlassen wollten, sprang er auf und ließ den Blick erwartungsvoll von mir zu ihr wandern.

Draußen war es heiß. Wir gingen zu einem Geschäft an der nächsten Ecke, aber es war geschlossen, ein Schild an dem Rollgitter besagte: *Betriebsferien bis Ende des Monats.* »Macht es dir was aus, noch etwas weiter zu gehen?«, fragte Giovanna.

Ich erklärte ihr, dass ich es gewohnt war, mit Oscar auf dem Land kilometerweit zu laufen.

Zügig ging sie wieder los. Mit ihrer klassischen alten Sonnenbrille, ihren Gummisandalen und dem roten Shopper sah sie irgendwie nach Boheme aus, lässig, sexy.

Stumm trotteten wir ein Stück nebeneinanderher, vertraut und verlegen wie zwei Menschen, die unter demselben Dach geschlafen und zusammen gefrühstückt haben, sich aber kaum kennen. Ich suchte in meinem Kopf nach Gesprächsthemen, doch außer Allgemeinheiten fiel mir nur Durante ein, und ihm gegenüber fühlte ich mich durch einen ungeschriebenen Loyalitätspakt zur Diskretion verpflichtet. »Wieso heißt Julian eigentlich so?«, fragte ich.

Giovanna sah mich an, wie Durante es hätte tun können.

»Ein netter Junge«, sagte ich, um wieder Boden zu gewinnen. »Sensibel.«

»Im Moment ist er ein Marsmensch«, sagte sie. »Ich habe mich noch nicht daran gewöhnt, bis vorgestern war er noch ein Kind. Ich weiß nicht, ob Durante die Veränderung wirklich bemerkt hat.«

»Sehen die beiden sich oft?«, fragte ich, obwohl es sich wahrscheinlich genau um die Art von Fragen handelte, die ich nicht stellen durfte.

»Kennst du ihn erst so kurz?«, sagte Giovanna.

»Na ja«, sagte ich. »Eigentlich wohl erst seit *vorgestern*.«

»Also weißt du fast nichts über ihn«, sagte Giovanna lachend. Sie hatte eine schöne Stimme, leicht rauh, warm.

»Etwas vielleicht doch«, sagte ich.

»Und zwar?«, fragte sie. Die dunkle Brille verbarg ihre Augen, und mir war ein bisschen, als würde ich mich mit einer Diva des französischen Films der sechziger Jahre unterhalten, ich hatte Mühe, den richtigen Ton zu finden.

»Etwas über seinen Charakter.« Ohne es zu wollen, betrachtete ich die Stelle, wo ihr leichtes Baumwollkleid die Höhlung ihrer linken Achsel frei ließ: die zarte, fast weiße Haut unter der sonnengebräunten Schulter.

»Und wie ist er?«, sagte sie. »Lass hören.«

»Auch ein bisschen wie ein Marsmensch, oder?«, sagte ich stockend. »Er hat diese Art, dich zu studieren, von ganz nah und ganz weit weg. Und fast nicht da zu sein und *wahnsinnig intensiv* da zu sein. Beides mehr als jeder andere, der mir je begegnet ist.«

»Dann stimmt es, dass du ihn ein bisschen kennst«, sagte Giovanna: belustigt, neugierig, verletzt, gebunden, unabhängig, in Bewegung.

»Außerdem hat er diese seltsamen Fähigkeiten«, sagte ich. »Wenn er Tiere oder Menschen hypnotisiert. Oder deine Gedanken liest, was weiß ich.«

Sie blickte geradeaus, als wollte sie das Thema meiden.

Beinahe hätte ich ihr die Geschichte von Tom erzählt, der aus dem tiefen Koma erwacht war, und sie gefragt, was sie denn wirklich über die geheimnisvollen Kräfte des Vaters ihres Sohnes wisse, doch dann ließ ich es sein.

»Ich freue mich, dass ihr Freunde seid«, sagte sie.

»Warum?« Ich dachte, dass es mir noch vor zwei Tagen absurd vorgekommen wäre, als Freund von Durante bezeichnet zu werden.

»Ich habe den Eindruck, als wärst du mehr mit den Füßen auf dem Boden«, sagte sie. »Mehr in der Realität verankert.«

»Das sagt Durante auch, aber das stimmt gar nicht«, erwiderte ich. »Vielleicht *wirke* ich so.«

»Du *bist* es«, sagte Giovanna. »Verglichen mit ihm jedenfalls. Mit deiner handfesten Arbeit, deinem durchorganisierten Leben zusammen mit deiner Freundin.«

»In letzter Zeit hat sich viel verändert«, sagte ich, ohne anzufügen, dass es zum guten Teil wegen Durante so gekommen war. »Ich weiß nicht einmal, ob wir überhaupt noch zusammen sind.«

»Das tut mir leid«, sagte Giovanna. »Sie muss auch sympathisch sein, wenn man Durante so hört.«

»Sie ist sympathisch.« Erstaunlicherweise empfand ich keinen Besitzanspruch bei der Vorstellung, dass er Giovanna von Astrid erzählt hatte.

»Vielleicht könnt ihr diesen Moment ja überwinden«, sagte Giovanna.

»Ich weiß es nicht«, sagte ich. »Ich weiß nicht einmal, ob es bloß ein Moment ist.«

Sie trat vom Bürgersteig auf die Straße und versuchte, ihren Einkaufswagen mit einem Ruck auf den nächsten Bürgersteig zu heben.

Ich streckte die Hand nach dem Griff aus, um ihr zu helfen.

»Lass nur«, sagte sie. »Das schaffe ich auch ohne Kavalier.«

Vor Verlegenheit ging ich etwas auf Abstand: »Aber Durantes Arbeit ist doch auch handfest, oder? Mit Pferden. Konkreter geht's nicht.«

»Ich weiß nicht, ob das wirklich eine Arbeit ist«, sagte sie. »Auch schon früher, jedes Mal wenn es zu einer dauerhaften Verpflichtung werden sollte, hat er gekniffen. Dabei kann er mit Pferden umgehen wie kaum jemand, du wirst es gesehen haben. So viele Angebote hat er bekommen, sogar aus Spanien, aus Deutschland, aus den USA. Aber je verlockender die Sache war, umso bedrängter fühlte er sich, und er lief einfach weg.«

»Dabei ist es schon eine viel freiere Arbeit, gemessen am Arztberuf«, sagte ich.

Sie sah mich mit halbgeöffneten Lippen an, als verstünde sie nicht recht, wovon ich sprach.

»Durante ist doch Arzt, oder nicht?« Ich begann zu zweifeln, ob meine Informationen stimmten.

»Nein«, sagte sie. »Er hat sein Medizinstudium nach vier Semestern abgebrochen.«

Ich hätte gern gefragt, warum, schwieg aber. Wortlos gingen wir eine Weile weiter, den Blick geradeaus gerichtet.

»Er erträgt einfach keinerlei Verpflichtung, das ist es«, sagte Giovanna.

»Ja, aber wie kann man so leben?« Ab und zu hielt ich mein Loyalitäts- und Diskretionsvorhaben nicht durch.

»Du hast es doch gesehen, oder?«, sagte Giovanna. »Du hast gesehen, wie er lebt.«

»Und als ihr zusammen wart?« Ich versuchte sie mir vorzustellen.

»Wir haben uns so durchgeschlagen. Dann habe ich zu unterrichten angefangen.«

»Du unterrichtest?«, fragte ich.

»Englisch, in der Mittelschule«, sagte sie.

Wir drehten uns beide um und sahen einem Jungen nach, der auf seinem Moped vorbeibrummte wie eine große sommerliche Hornisse.

»Aber Durante hat auch immer gearbeitet«, sagte Giovanna. »Er züchtete und dressierte Pferde der Hohen Schule und konnte sie auch gut verkaufen, aber das Geld rann ihm jedes Mal in kürzester Zeit durch die Finger wie nichts.«

»Was machte er denn damit?« Meine Neugier war einfach stärker als meine moralische Verpflichtung.

»Je nachdem«, sagte sie. »Er lieh es Freunden, die es unmöglich zurückgeben konnten, machte Leuten Geschenke, die er gar nicht kannte. So ist er eben. Wenn er zufällig irgendwelche materiellen Güter besitzt, gibt er sie über kurz oder lang weg. Er hat keinen Sinn für Eigentum, hängt nicht an den Dingen. Das ist seine Natur.«

»Ich weiß.« Ich konnte gut nachfühlen, was sie mir so lebhaft schilderte. Mir fiel auch mein Unmut ein, als Durante sich bei uns zu Hause einen Apfel genommen hatte, ohne zu fragen; als er Astrid das Bild des englischen Malers geschenkt hatte.

»So ist er eben«, wiederholte Giovanna, und aus ihren Worten war deutlich auch eine gewisse Sehnsucht herauszuhören.

»Und wenn er nichts mehr hat?«, fragte ich.

»Ach, er kann ohne alles auskommen«, sagte sie und ging wieder weiter. »Wenn er nichts zu essen hat, isst er nicht. Wenn er keine Wohnung hat, schläft er irgendwo. Wenn er kein Geld für Kleider hat, zieht er sommers wie winters dieselbe Hose und dasselbe Hemd an. Seine Unterwäsche wäscht er aber. Selber, jeden Abend. Er braucht nur ein Stück Seife und ein Waschbecken.«

»Mit ihm zusammen zu sein ist vermutlich nicht einfach«, sagte ich.

»Nein.« Sie schüttelte den Kopf. »Weil er diese wundervolle Intensität hat, diese scheinbare Einfachheit eines Eremiten, der bedürfnislos in der Welt lebt, ohne Ansprüche, ohne Kompromisse. Und wenn einer so ist, erfüllt das natürlich alle, die mit ihm zu tun haben, mit Bewunderung, und außerdem kriegen sie Schuldgefühle, finden einen Weg, ihm zukommen zu lassen, was er sich nicht beschaffen will. So wie du jetzt, zum Beispiel.«

»Ach was«, sagte ich.

»Hast du ihn nicht gerade mit deinem Auto hierhergebracht?«, sagte sie. »Obwohl du eigentlich ganz woandershin wolltest?«

»Nicht *ganz* woandershin«, sagte ich, in einem Anfall reflexartiger Solidarität mit ihrem Verflossenen. »Ich hätte sowieso nach Norden gemusst. Osten oder Westen änderte da nicht viel.«

»Siehst du?«, sagte sie. »Du würdest ihm nie vorhalten, dass du ihm einen Gefallen getan hast. Aber ebenso sicher wird er niemals auf die Idee kommen, dass es einer war. Und wenn du ihn nicht hergebracht hättest, hätte er sowieso woanders eine Mitfahrgelegenheit gefunden. Oder er wäre mit dem Zug gekommen, womöglich ohne Fahrkarte. Oder auch *zu Fuß*. Einmal ist er zu Fuß von Asti gekommen, eine Woche hat er dazu gebraucht.«

»Wirklich?«, sagte ich. »Den ganzen Weg zu Fuß?«

»Siehst du?«, sagte sie wieder. »Wie du das bewunderst?«

»Na ja, so etwas kommt nicht oft vor«, sagte ich. »In einer Zeit, in der sich niemand bewegt, wenn er nicht ein Auto unterm Hintern hat.«

»Ich *weiß*«, sagte Giovanna. »Was meinst du, warum ich den Kopf verloren habe, als ich ihm begegnet bin?«

»Ich kann es mir vorstellen«, erwiderte ich, überwältigt von ihrer ungeschminkten Ehrlichkeit, von den Informationen über Durante, von der Sonnenhitze, die vom Asphalt und von den Häuserfassaden aufgesogen und zurückgestrahlt wurde.

»Ja«, sagte sie. »Aber wenn dann ein Kind da ist, das dreimal am Tag essen muss und Kleider und ein Dach über dem Kopf braucht, wird alles schlagartig viel weniger hinreißend. Und es *zermürbt* dich, nach der grenzenlosen Faszination der ersten Zeit. Es zermürbt dich, das erklären zu müssen. Zugeben zu müssen, dass du Bedürfnisse hast, wenn auch auf ein Mindestmaß reduziert. Zu sehen, wie er dieses Gesicht macht, als würde er nicht verstehen. Mit diesem Licht in den Augen, weißt du?«

»Ich weiß genau, von welchem Licht du sprichst«, sagte ich.

»Eben«, sagte sie. »Dazu kommt natürlich noch sein Verhältnis zu Frauen.«

»Soll heißen?«, sagte ich, bloß um ein wenig Raum zu schaffen zwischen meinen Gedanken und ihren Worten.

»Er muss einfach jede Frau erobern, die ihm über den Weg läuft«, sagte sie. »Das wirst du ja gesehen haben, oder?«

»Ja«, sagte ich. »Das habe ich gesehen.« Ich fragte mich, ob ich ihr erzählen sollte, aus welcher Nähe ich es miterlebt hatte, aber erneut war mir, als sei ich moralisch zum Schweigen verpflichtet.

»Er kann einfach nicht anders«, sagte Giovanna. »Auch

wenn ich ziemlich lange gebraucht habe, bis mir das klar wurde.«

»War das nicht von Anfang an offensichtlich?«, fragte ich.

»Am Anfang fühlte ich mich, als sei ich für ihn die einzige Frau auf der *Welt*«, sagte sie. »Begehrt, verstanden, geschätzt, gerechtfertigt, ermutigt in jeder kleinsten geistigen, sexuellen, charakterlichen, ideellen Regung. Angenommen mit allen meinen Vorzügen und auch allen meinen *Fehlern*, mit allen meinen Schwächen und Mängeln.«

»Wirklich?« Bei ihren Worten regten sich in mir Spuren von Eifersucht, obwohl ich dachte, die hätte sich inzwischen gelegt.

»Es war berauschend«, sagte Giovanna. »Noch nie hatte ich erlebt, dass ein Mann mir so nahekommen konnte, dass ich *bebte*, auf so wahnsinnig intensive, ehrliche, grenzenlose Weise. Ich konnte es nicht glauben, es kam mir vor wie ein Wunder.«

»Und dann?« Die Hitze sättigte den Raum um uns, ließ uns schwitzen und die Wahrheit sagen, verlangsamte unsere Schritte immer mehr.

»Dann«, sagte Giovanna, »habe ich entdeckt, dass es nicht nur für *mich* ein Wunder war.«

»Soll heißen?«

»Dass er es mit anderen Frauen wiederholen wollte oder musste«, sagte sie mit einem Ruck. »Und dass das unvermeidlich war. Auch wenn es mich schrecklich viel gekostet hat, es zuzugeben.«

»Wieso eigentlich unvermeidlich?«, fragte ich.

»Weil Durante denkt, die Frauen besäßen den Schlüssel

zum *Universum*«, sagte sie. »Und das *spüren* die Frauen sofort.«

Meine jetzige Eifersucht unterschied sich von der, die ich in den Marken gefühlt hatte: Sie war nicht von Konkurrenz bestimmt, beschränkte sich nicht auf eine oder zwei Personen und hatte nichts mit Besitzanspruch zu tun. Sie hatte mit Verwirrung zu tun, mit dem nicht wiederauszugleichenden Mangel an Ausdrucksfähigkeit, den vernachlässigten tiefen Bedürfnissen, den Fragen, die mit der Zeit und dem Abstand abhandengekommen waren. Ich stellte mir Ingrid und Astrid vor, erleuchtet von den Gründen für Durantes Interesse, überwältigt von ihren und seinen Phantasien, all ihre Sinne und Gedanken in Aufruhr, mit schnell schlagenden Herzen. Ich stellte ihn mir vor, angezogen, aufgewühlt, ohne Pläne oder Strategien, bewegt von Emotionen, die er, wie er wusste, nicht steuern konnte, verzweifelt, keine Wahl zu haben, voller Bedauern über einfachere Leben, die er nie gehabt hatte – verloren. Ich sah mich selbst von außen, mit langsamen Reflexen und im Gegensatz geradezu träge, beobachtend und abwartend, nervtötend in meinem Bedürfnis, alles erst zu durchdenken, bevor ich zu einer Entscheidung kam.

»Vielleicht ist es normal, dass ich ein bisschen wütend bin, oder?«, sagte Giovanna.

»Wütend auf wen?«, fragte ich, mit den Füßen in den heißen, am glühenden Asphalt klebenden Sandalen.

»Auf ihn, auf mich selbst«, sagte sie. »Außerdem tut es mir auch leid, dass ich das Geschenk einer so außergewöhnlichen Begegnung nicht länger genießen konnte.«

»Kann ich mir vorstellen«, sagte ich, dachte aber, dass es

Durante, mir, Ingrid, Astrid und all den anderen ja genauso ging.

»Ich weiß nicht, ob du es kannst«, sagte sie.

Dann sprachen wir eine Weile nicht mehr, während wir weitergingen, trotz der Sonne, die ihre Kraft über jedes vernünftige Maß hinaus zu vervielfachen schien.

»Durante würde sagen, ein Geschenk ist ein Geschenk«, sagte sie. »Dass man sich darüber freuen soll, ohne ihm eine andere Form geben zu wollen als die, die es hat.«

»Und ist es nicht so?« Ich betrachtete ihren Hals.

»Ich weiß es nicht«, sagte sie.

»Aber seine geheimnisvollen Fähigkeiten?« Nachdem wir nun an diesen Punkt und darüber hinausgekommen waren, gab es vielleicht keine Grenzen mehr, die man schützen musste. »Seine seltsamen Kräfte?«

Giovanna schüttelte den Kopf.

»Nicht einmal du verstehst das?« Meine Stimme klang brüchig im gleißenden Licht.

»Hier sind wir«, sagte sie und deutete auf einen kleinen Supermarkt auf der anderen Straßenseite.

Als Giovanna und ich heimkamen, drang Reggaemusik aus den geöffneten Fenstern im vierten Stock bis auf die Straße und hallte durchs Treppenhaus, während wir hinaufstiegen. Durante und Julian hatten die Stereoanlage in dem kleinen Wohnzimmer voll aufgedreht und vollführten barfuß einen Tanz, ähnlich wie Tai-Chi. Oscar stürzte sich zwischen die beiden und bellte vor Begeisterung über die Bewegung.

»Macht leiiiser!«, brüllte Giovanna.

Julian stellte die Musik ab; Durante sah ihn in der plötzlichen Stille betrübt an.

»Seid ihr verrückt geworden?«, sagte Giovanna. »Gekündigt sind wir schon, fehlt bloß noch, dass man ihnen einen guten Vorwand liefert, um uns früher rauszuschmeißen!«

»Uff!«, stöhnte Julian.

»Wie kann man nur so *gedankenlos* sein?!«, sagte sie. »Wie kann man nur!«

»Es ist Sommer«, sagte ich, ein dummer Beitrag zur Friedensstiftung.

Giovanna drehte sich um, sah mich an: Mir gefiel ihre Art, wütend zu sein, atemlos vom Treppensteigen, mit gerötetem Gesicht.

»Zeig Giovanna und Pietro deine neuen Schuhe«, sagte Durante.

Julian ging in sein Zimmer und kam nach einigen Minuten in khakifarbenen halbhohen Leinenstiefeln mit dicken Sohlen in die Küche. Oscar beschnupperte sie interessiert.

»Wo habt ihr die gefunden?«, fragte Giovanna verblüfft.

»Auf dem Markt«, sagte Durante. »Diese auch.« Von einem Regal nahm er eine große Tüte mit gerösteten Erdnüssen und zeigte sie uns, als ob es ein überraschender Kauf wäre.

»Aber er wollte ganz andere Schuhe«, sagte Giovanna. »Markenschuhe. Wochenlang hat er mir damit in den Ohren gelegen, hat mich sogar hingeschleppt, damit ich sie im Schaufenster anschaue.«

»Zuletzt hat er sich doch für die hier entschieden«, sagte Durante. »Er hat eingesehen, dass sie viel besser sind als die anderen.«

Julian nickte zustimmend, auch wenn er nicht hundertprozentig einverstanden zu sein schien.

Giovanna nahm die CD aus der Stereoanlage, legte sie wieder in die Hülle, drehte sich zu Durante und mir um und sah uns an: »Was für Pläne habt ihr für heute?«

»Keine«, erwiderte Durante. »Wir warten bloß auf die Antwort von Savina für Pietro. Und du?«

»Ich hab was vor«, sagte Giovanna obenhin.

»Aha«, sagte er, während er die Tüte mit Erdnüssen aufriss. »Was denn?«

»Man hat mich aufs Boot eingeladen«, sagte Giovanna.

»Wer?« Er hielt ihr die Tüte hin.

»Ein Freund«, sagte sie und schüttelte ablehnend den Kopf.

Durante bot mir und Julian die Erdnüsse an, wir nahmen jeder eine.

»Er beschäftigt sich mit Investment«, sagte Giovanna, wie um gleich eine Last loszuwerden. »Und schreibt auch eine Kolumne für *Il Secolo*.«

»Aha«, sagte Durante.

»Ich bin aber nicht mit ihm zusammen«, sagte sie.

»Auch wenn es so wäre«, sagte er lächelnd. »Es wäre ja nichts dabei.«

»Es *ist* aber nicht so«, sagte sie. »Wir sind nur ein paarmal miteinander ausgegangen.«

»Mach dir keine *Sorgen*, Gio«, sagte Durante und schob sich eine Erdnuss in den Mund.

»Ich mache mir keine Sorgen«, erwiderte sie prompt. »Ich wollte euch nur informieren, damit ihr euren Tag planen könnt.«

Durante zerkaute genüsslich seine Erdnuss. »Warum gehen wir nicht alle zusammen? Es ist ein herrlicher Tag, um ans Meer zu fahren! Oscar nehmen wir auch mit! Ist er schon mal auf einem Boot gewesen?«

»Nicht auf dem Meer«, sagte ich. »Nur auf einem kleinen See.«

»Er hat *mich* eingeladen«, sagte Giovanna. »Ich kann nicht noch drei Leute und einen Hund mitbringen.«

Ich hätte ihr gern erklärt, dass wir, was Oscar und mich betraf, keinerlei Absicht hegten, ihr den Ausflug zu verderben, aber ich war zu sehr abgelenkt von der Dynamik ihrer Beziehung mit Durante.

»Was für ein Boot hat dein Freund?«, fragte er.

»Ein Motorboot«, sagte Giovanna.

»Groß oder klein?«

»Ziemlich groß, glaube ich.«

»Dann passen wir ja alle rein.« Durante lächelte.

Giovanna schüttelte den Kopf: »In einer halben Stunde kommt mich seine Schwester abholen.«

»Die Schwester deines Freundes?«, fragte Durante.

»Die Schwester von *Michele*«, sagte Giovanna wutschnaubend. »Okay?«

»Ja und?«, sagte Durante. »Was ist das Problem?«

»Das Problem ist, dass ich es nicht *will*«, antwortete sie.

»Wieso denn?«, sagte Durante. Er sah sie mit seinem fragenden Ausdruck an, als verstünde er sie wirklich nicht.

»Weil es *meine* Sache ist«, sagte Giovanna.

»Aber seine Schwester fährt doch auch mit«, sagte Durante. Mit entwaffnender Unschuldsmiene schüttelte er den Kopf.

Giovanna machte noch einen Abwehrversuch; dann schnaufte sie und sagte: »Ich versuche mal anzurufen, mal hören, was er meint.«

»Sag ihm, wir kommen mit unserem Auto«, sagte Durante. »Es ist nicht nötig, dass seine Schwester dich abholt.«

»Können wir das japanische Schwert mitnehmen?«, fragte Julian.

Durante machte eine verneinende Geste, bevor Giovanna sich aufregen konnte. Er kniete sich hin, legte Oscar die Hände um den Kopf und sagte: »Wie findest du das, Oscar? Wir fahren alle ans *Meer*!«

In der Hitze des frühen Nachmittags stiegen wir zu dem kleinen Hafen von Camogli hinunter

In der Hitze des frühen Nachmittags stiegen wir zu dem kleinen Hafen von Camogli hinunter: Giovanna ein paar Stufen voraus auf der fast senkrechten Treppe, Oscar, Julian, Durante und ich wie ein versprengtes Häuflein hinterher. Wir erreichten die Promenade über dem Meer, das das Licht reflektierte wie ein riesiger Spiegel, und gingen unterhalb der rot, rosa und gelb verputzten Häuser mit ihren um die Fenster gemalten falschen Rahmen weiter. Auf der ganzen Länge des steinigen Strandes und im flachen Wasser wimmelte es von lärmenden Menschen in Badekleidung, eine unvermutete Massenerscheinung des Sommers, Körper dicht an dicht, gebräunt, gestylt, ausgestellt, überhitzt, verschwitzt, völlig erschöpft. Oscar war ebenso beeindruckt wie ich von der Gleichzeitigkeit der Bewegungen: Hechtsprünge, spritzendes Wasser, Rufe, Musik, auf hölzernen Schlägern klickende kleine Bälle; er folgte mit der Nase den Geruchsspuren von Sonnenöl und Schweiß und Pommes frites und Katzenpisse und ligurischer Feuchtigkeit, als wir unterhalb eines Hauses durch einen tiefen Schattenbogen gingen.

»Man vergisst das alles, hm?«, sagte Durante.

»Ja«, erwiderte ich, während ich versuchte, die Signale

zu sortieren und aufzunehmen, die ständig aus allen Richtungen auf mich einstürmten.

Er drückte sich den Strohhut auf den Kopf, wirkte fasziniert von der Dichte der Menschen, den Blicken, Geräuschen, Bewegungen und Verhaltensweisen, die sie unablässig produzierten.

Wir traten auf die kleine Piazza, die sich, von den Häusern und der Mole geschützt, zum Hafen hin öffnete. Manche Leute fotografierten einander neben einer rostigen alten Kanone, andere saßen unter den Sonnensegeln an den Tischchen einer Bar oder schlappten in kurzen Hosen, Schirmmützen und Plastiksandalen von einem Geschäft zum anderen und kauften Kleider und Seeausrüstung. Die Augen mit der Hand abgeschirmt, sah Giovanna sich um und ging an den Rand des Hafenbeckens. Im trüben, leicht schwappenden Wasser lagen Fischerkähne, ein kleiner Ausflugsdampfer für Touristen, Ruderboote, Motorboote, Schlauchboote. Giovanna winkte und sagte: »Michele!«

»Giovanna!«, antwortete ein dunkelblonder Typ auf einem großen Boot, das mit laufendem Motor am Kai weiter unten angelegt hatte. Er trug ein weißes Polohemd, eine gestreifte Badehose und eine patente Sonnenbrille.

»Bitte benehmt euch anständig, ja?«, sagte Giovanna halblaut zu uns. Angespannt, unsere Reaktionen fürchtend, elegant in dem grüngelben Baumwollstoff, den sie umgeschlungen hatte wie einen indischen Sari.

Michele sprang auf den Kai, sah ihr zu, wie sie die Stufen herunterkam. Die beiden umarmten sich und küssten sich auf die Wangen, dann drehte sie sich um und zeigte auf uns. Er blickte auf. Durante, Julian, Oscar und ich beobachteten ihn von oben, ohne uns zu rühren. Eine Blonde mit ultramarinblauem Pareo und großer modischer Sonnenbrille überholte uns mit einer Kühltasche in der Hand und ging hinunter zu dem Boot. Giovanna umarmte und küsste auch sie, Michele half ihr an Bord.

Schließlich setzte sich Durante in Bewegung; Oscar, Julian und ich liefen hinterher, und wir drängten uns alle auf dem schmalen Kai.

Mit leicht fahrigen Gesten stellte Giovanna uns vor: »Durante, Julian, Pietro, Michele, Renata.«

»Hallo«, sagte Renata vom Boot aus und winkte kurz. Der Einbaumotor tuckerte, *ptu, ptu, ptu*, spuckte bläuliche Rauchwölkchen aus und Geruch von verbranntem Öl.

»Hallo«, sagte Michele, ohne die Sonnenbrille abzunehmen. Er war ziemlich athletisch, durchgestylt vom Haarschnitt bis zu der halblangen blauweißen Badehose. Auch er machte eine kleine stilisierte Grußbewegung.

Durante ergriff beinahe überraschend seine Hand und schüttelte sie energisch.

Oscar zog mich gewaltsam vorwärts, um ihn in der Leiste zu beschnüffeln.

»He!«, sagte Michele irritiert. »Ziemlich groß, der Hund.«
»Das ist doch kein Problem, hoffe ich?«, sagte Giovanna.

»Aber nein«, sagte Michele. »Überhaupt nicht.« Er lächelte mit spürbarer Anstrengung. Dann drückte er auch mir und Julian die Hand, nachdem er schon dabei war. Giovanna behielt uns unauffällig im Auge, während sie Interesse für die anderen Boote heuchelte, die um uns herum in der brütenden Hitze schaukelten.

Durante zog Stiefel und Socken aus, krempelte sich die Hosenbeine über den blassen Waden hoch und sprang an Bord. »Fahren wir?«, fragte er.

»Natürlich«, sagte Michele, immer noch so, als müsste er sich ganz auf seine gute Erziehung besinnen, um einen heftigen Widerstand zu überwinden. Er hielt das Bootstau fest, während wir nacheinander die Schuhe auszogen und an Bord gingen.

Durante drückte Renata die Hand, strich Oscar kurz über den Rücken, als dieser versuchte, seine Nase zwischen ihre Beine zu stecken, und setzte sich an den Bug. Oscar folgte ihm mit wenigen Sprüngen und legte sich neben ihn. Julian warf einen Blick in die Runde und gesellte sich zu den beiden nach vorne. Durante nahm das provenzalische Halstuch ab, setzte es seinem Sohn auf den Kopf und knotete es mit zwei raschen Handbewegungen fest. Zuerst wollte Julian es sofort abnehmen, dann zuckte er die Achseln und schaute woandershin; er sah aus wie ein junger Pirat.

Ich setzte mich neben Renata. Sie roch fast unerträglich nach Sonnencreme und schmierte sich immer weiter die sommersprossigen Arme und Schultern ein. Die stehende Luft in dem kleinen Hafen war zum Ersticken, das Holz der Bank glühend heiß. Giovanna setzte sich auf die entgegengesetzte Seite, in Richtung Heck.

Michele löste das Tau und sprang an Bord. »Alles klar?«, sagte er, als sei er kein bisschen davon überzeugt.

»Auf los geht's los«, sagte Durante.

Michele lenkte den Kahn vorsichtig zwischen den vor Anker liegenden und an den Bojen festgemachten Booten hindurch und wurde nach und nach schneller.

»Vorsicht!« Durante deutete auf ein dickes Motorboot, das eben hinter der Mole aufgetaucht war und auf uns zukam.

»Hab's gesehen, hab's gesehen«, sagte Michele.

»Fahr *langsam*, du Schwein«, sagte Durante und zeigte dem Motorboot den Stinkefinger.

Am Steuer des Motorboots saß ein schmerbäuchiger Typ mit Hütchen auf einem weißen Sesselchen: Er musterte uns mit einer seltsamen Mischung aus Herzlichkeit und Abneigung, während die Frau und die Kinder, die hinter ihm saßen, uns zuwinkten.

»Oh, hallo!«, sagte Michele.

»Ciao, ciao!«, sagte Renata und winkte ebenfalls.

Giovanna machte Durante wütende Zeichen.

Der Dickwanst auf dem Motorboot wandte den Kopf um und starrte uns wie ein großes staunendes Kind nach, bis wir uns entfernt hatten.

»Das war Gianmarco Tomei von der Banca San Paolo«, sagte Michele zu niemandem im Besonderen, während er den Bug zum offenen Meer hin wendete.

»Schwein«, sagte Durante, als hätte er nichts gehört. »Wer weiß, wie viel Benzin der verbraucht, bei einer einzigen Ausfahrt.«

»Dürften wir jetzt bitte das *Meer* genießen?«, sagte Giovanna zu ihm, zum Teil aber auch, Unterstützung heischend, zu mir.

»Genau«, sagte ich, weil ich es kaum mit ansehen konnte, wie hin- und hergerissen sie war zwischen neu erwachtem kritischem Geist und Bedürfnis nach Normalität, dem Bewusstsein, dass ihr der Bootsausflug verdorben wurde, und der schwachen Hoffnung, noch etwas retten zu können.

Michele nahm Kurs nach Süden; weit draußen fuhren wir an dem von Menschen wimmelnden Strand entlang, an den Häusern mit ihren farbigen Fassaden, den steilen Straßen, den Felsen und dem pinienbestandenen Berg darüber. Es schien, als wollte niemandem von uns ein passendes Gesprächsthema einfallen: Wir versteckten uns hinter Landschaftsbeobachtung und Motorenlärm, um unser Schweigen zu rechtfertigen. Ich begriff nicht, ob eine Art Konfrontation zwischen Durante und Michele im Gang war, denn der eine blickte gedankenverloren aufs Meer, der andere schien sich ganz auf das Steuer und den Gashebel zu konzentrieren. Sicherlich behielten sie sich gegenseitig im Auge, ihre so unterschiedlichen Körper ähnlich angespannt. Oscar schnupperte in der Luft und sah in die Ferne.

Ungefähr eine Viertelstunde folgten wir der steil zum Meer abfallenden Küste. Auf unserer Route, bald näher am Ufer, bald weiter draußen, herrschte ein ständiger Verkehr von Booten unterschiedlicher Größe. Wir brieten in der unbarmherzigen Sonne, behielten aber hartnäckig unsere Kleider an, außer Renata, die ihren Pareo abgelegt hatte und sich weiter mit Sonnencreme einschmierte. Michele steuerte auf eine Bucht zu, in der schon andere Boote lagen, schaltete ein paar Dutzend Meter vor den Felsen in den Leerlauf und warf den Anker aus. »Da sind wir«, sagte er.

Wie angenagelt blieben wir alle auf unseren Plätzen sitzen. Michele hob prüfend die Kette, sah seitlich an der Bootswand hinunter, um zu kontrollieren, ob der Anker gegriffen hatte; zuletzt entschloss er sich, den Motor abzustellen.

Seine Schwester Renata öffnete die Kühltasche, zog zwei Dosen Limonade heraus. »Wer möchte?«, fragte sie und schüttelte eine davon in Richtung Julian.

»Nein danke«, sagte Julian mit seinem Piratentuch auf dem Kopf.

»Wollt ihr?«, sagte Renata, an Durante, mich, Giovanna, ihren Bruder gewandt.

Nacheinander schüttelten wir alle den Kopf.

Renata packte eine Dose wieder ein, öffnete die andere und nahm ein paar Schluck. Ihr Bruder beugte sich immer noch über den Bootsrand, als ob er den Anker auf dem Meeresgrund sehen könnte. Hin und wieder warf er Giovanna einen Blick zu, aber ohne etwas zu sagen.

Es tat mir auch für ihn und seine Schwester leid, vermutlich waren sie ganz nette Leute, und man konnte ihnen den Abstand, der sie von uns trennte, nicht als Schuld anrechnen.

Irgendwann stand Durante auf: »Also baden wir jetzt, oder bleiben wir bis heute *Abend* so sitzen?« Er nahm seinen Hut ab, zog mit demonstrativer Schnelligkeit Hemd und Hose aus und stand nur einen Augenblick aufrecht und mager, muskulös und blass in seinen schwarzen ausgebleichten Boxershorts am Bug, bevor er sich mit einem Kopfsprung ins Wasser stürzte. Ich sah, dass Giovanna zuschaute, wie er untertauchte, und sogleich den Kopf abwandte; die Fäden, die die beiden verbanden, waren auch bei dieser Hitze noch schwer zu kappen.

Oscar fing an zu bellen und wurde noch lauter, als Durante nach mehreren Metern wieder an die Oberfläche kam. Unsicher machte er am Rand des Bugs ein paar Schritte rückwärts, als wollte er Anlauf nehmen; dann sprang er mit einem dumpfen Platschen ins Wasser und schwamm Durante entgegen.

Ich entkleidete mich ebenfalls und sprang mit den Füßen voran. Das Wasser war lauwarm und leicht ölig, aber dennoch äußerst erfrischend. Ich blieb eine Weile unter Wasser, schnappte nach Luft, als ich wieder hochkam, strampelte, legte mich auf den Rücken. Oscar schwamm im Kreis um uns herum.

Auch Julian sprang mit den Füßen voran und tauchte in der Nähe seines Vaters wieder auf.

Durante klatschte mit einer Hand aufs Wasser: »Los, ihr, kommt auch rein!«, rief er denen auf dem Boot zu.

Michele antwortete: »Ich bleib lieber hier und pass auf«, auch wenn man nicht verstand, worauf.

Renata, die sich gerade erneut eincremte, sagte: »Ich sonne mich noch ein bisschen.«

»Kommt schon!«, rief Durante. »Statt euch da braten zu lassen! Giovanna?«

Giovanna schien mit sich zu ringen, auch aus diesem Abstand konnte man sehen, dass sie es kaum noch aushielt. Zuletzt riss sie sich den grüngelben Sari vom Leib, stieg auf den Bootsrand und machte einen schwungvollen Kopfsprung. Sie tauchte ein paar Meter weiter drüben auf und kraulte mit energischen, ausgewogenen Bewegungen auf uns zu wie eine wahre geübte mediterrane Schwimmerin. Durante schwamm mit langen starken Stößen hinter ihr her, Julian folgte ihnen, Oscar ebenfalls.

Ich schwamm in ihrem Kielwasser, in dem freien Stück Meer, das von den ankernden Booten begrenzt war. Giovanna wollte umkehren, aber Durante packte sie am Fuß. »Lass mich los!«, kreischte sie strampelnd. Er nahm einen Mundvoll Wasser und prustete es ihr durch den Abstand zwischen seinen Vorderzähnen ins Gesicht. Giovanna schaufelte mit beiden Händen Meerwasser auf ihn, dass es schäumte. Er spritzte nach Kräften zurück, lachend und hustend, weil er Wasser in die Lunge bekommen hatte. Julian drängte sich zwischen sie, drehte sich spiralförmig nach unten zum Grund und schnellte wieder herauf. Ich stürzte mich ebenfalls ins Getümmel; gemeinsam strampelten wir stürmisch mit Armen und Beinen, spritzten, erzeugten Gischt und Wellen, kehlige Laute, dumpfes Geplatsche, Wirbel. Oscar schwamm bellend zwischen uns hin und her, als müsste er uns zusammenhalten, *tschuf, tschuf, tschuf* durchpflügte er mit seinen Pfoten das Wasser. Von den anderen Booten aus schauten sie uns zu, halb neugierig geworden, halb verärgert. Wir lachten und kreischten und bellten und schwammen hemmungslos, denn in dieser auf einmal so intensiven und wilden kindischen Situation fühlten wir uns befreit von der Hitze und der Lähmung vorher auf dem Boot, überwältigt von der Freude des Augenblicks.

Immer weiter tobten wir im Meer herum, verschwanden darin, tauchten wieder auf und erfüllten den Raum zwischen Wasser und Luft mit Klängen, bis wir erschöpft waren. Erst dann kehrten wir in weiten Kreisen zu Micheles Boot zurück, auf dem Bauch und auf dem Rücken schwimmend, mit neuen Lachanfällen, sehnsüchtig, weil wir schon ein wenig aus der Fröhlichkeit herausgefallen waren, die uns gerade eben noch vollkommen überwältigt hatte.

Während wir uns noch wie verrückte Sirenen und Tritonen aufführten, kletterte Giovanna auf der Leiter, die Michele ins Wasser gehängt hatte, an Bord; vom Wasser aus betrachtete ich ihren schönen tropfenden Hintern in der grünen Bikinihose.

Dann versuchte ich, Oscar nach oben zu schieben, der etwas erschöpft ums Boot paddelte, aber es gelang mir nicht, er war zu schwer und traute den Sprossen nicht. Mit einem ähnlichen Ruck, wie wenn er sich aufs Pferd schwang, zog sich Durante seitlich am Boot hoch; er packte Oscar am Halsband und hievte ihn aus dem Wasser nach oben. Oscar schüttelte sich energisch, spritzte Renata mit Salzwasser nass – sie schrie »*Aaaaach!*« – und lief zum Vorschiff, wo Durante lachte, während er Julian ins Boot half.

Michele zeigte auf mehrere ordentlich gefaltete Handtücher auf der Bank: »Bitte bedient euch«, sagte er.

Giovanna nahm eins, trocknete sich Körper und Haare. Sie hatte weiche, volle Formen, ihr Bauch lud dazu ein, den Kopf darauf zu legen und die Augen zu schließen. Sie und Michele blickten sich an in einem erneuten, allzu schüchternen Annäherungsversuch, in den sich das Bewusstsein des Abstands mischte, der sich zwischen ihnen aufgetan hatte. Ich war im Begriff, ebenfalls ein Handtuch zu nehmen, verzichtete aber darauf, als ich sah, dass Durante und sein Sohn ohne auskamen und sich in der Sonne trocknen ließen.

Schweigend saßen wir im weißen Licht des Nachmittags, im selben Boot und dennoch in zwei Gruppen geteilt, die nicht kommunizierten. Michele behielt weiter sein T-Shirt an und kontrollierte ab und zu den Anker, seine Schwester cremte sich nach wie vor alle paar Minuten ein: beide verkrampft in ihren Bewegungen, versteckt hinter ihren dunklen Brillen.

Giovanna rieb sich mit ein bisschen Creme aus einem Döschen ein, das sie in der Tasche hatte, und setzte ihre altmodische Sonnenbrille auf. Es schienen zwei symbolische Gesten zu sein, mit denen sie sich zwischen den zwei Fraktionen im Boot zu positionieren versuchte, aber sie hatte ihre Wahl schon getroffen, als sie mit uns ins Wasser gesprungen war, das wussten wir alle.

Um irgendwie das Schweigen zu brechen, erzählte Michele von einem Mailänder Steuerberater, der im Juli zwei Tage und zwei Nächte in seinem Schlauchboot mit defektem Motor ins offene Meer abgetrieben war. »Dass er gerettet wurde, war ein Wunder«, schloss er.

»Meine Güte, der Ärmste«, sagte Renata.

»Und ist es ihm nicht gelungen, *irgendetwas* zu erfinden?«, sagte Durante.

»Was hätte er denn erfinden sollen?«, fragte Michele.

»*Tausend* Sachen«, sagte Durante. »Aber er war so gefangen in der sogenannten *Realität*, dass er es nicht mal probiert hat.«

»Warum sogenannt?«, fragte Renata.

»Weil *er* es war, der sie erzeugt hat«, sagte Durante.

»Wenn ein Motor nicht geht, geht er nicht, Punkt«, sagte Michele. »Da gibt's nicht viel zu erfinden.«

»Doch, *alles*«, sagte Durante.

»Was denn?«, fragte Michele. »Nenn mal ein Beispiel.« Er bedrängte Durante mit dem Blick, wohlerzogen, präzis, aufrecht auf der Heckbank sitzend.

Giovanna band sich die Haare mit einem Gummi zum Pferdeschwanz.

Mir schien, als fixierten sie und Julian, ich und im Grund auch Renata und Michele Durante trotz unserer unterschiedlichen Einstellungen mit der gleichen erwartungsvollen Spannung und hofften auf eine Antwort, die uns die Rationalität in ihrer ganzen bedauernswerten Beschränktheit enthüllen würde.

Durante sah uns mit seinen grauen Augen an, als würde er gleich aus einem dicken Katalog voller eindrücklicher Bilder eines auswählen. Wir wären in dem Augenblick für alles empfänglich gewesen: Es hätte keiner wirksamen Metaphern oder ausführlichen Reden bedurft, um uns zu überzeugen, ein einziges erhellendes Wort hätte genügt.

Aber Durante schwieg; er ließ den Blick übers Meer schweifen und drückte sich den Strohhut auf den Kopf.

Ungefähr zehn Minuten blieben wir stumm und beinahe reglos sitzen. Von den anderen Booten klangen Stimmen und leichte Musik, Bootsgeplätscher und Motorengeräusche herüber. Die Sonne brannte immer noch, obwohl sie schon eine Weile im Sinken begriffen war. Oscar gähnte.

Zuletzt sagte Michele: »Was meint ihr, fahren wir zurück?«

»Ja, das ist am besten«, sagte seine Schwester Renata, ohne zu zögern.

Durante lichtete den Anker, bevor Michele es tun konnte, zog die Kette hoch in einem fast perfekten Kreis.

Ich erwachte durch einen Knall

Ich erwachte durch einen Knall und setzte mich ruckartig im Bett auf. Oscar kratzte auf der Höhe des Kopfkissens mit der Pfote am Leintuch. Irgendwo in der Wohnung krachte es noch ein paarmal, wie Trommelschläge, aber auf einer tieferen Frequenz. Das Morgenlicht flutete durch die halboffenen Fensterläden ins Zimmer, und ich brauchte einige Sekunden, bis ich begriff, dass ich nicht zu Hause auf dem Land war, sondern in einer Wohnung in Genua.

In der Tür stand Durante: »Guten Morgen, Pjotr! Aufwachen!«

Das Getöse am Ende des Flurs ging weiter, dröhnte zwischen den Wänden.

Ich sah auf die Uhr: Es war schon zwanzig nach neun. Mein Rücken und meine Arme brannten von der vielen Sonne, die ich tags zuvor am Meer abbekommen hatte.

Durante öffnete die Fensterläden, ließ noch mehr Licht und Stimmen und Motorengeräusche von der Straße herein: »Ich habe zwei Neuigkeiten für dich. Eine gute und eine schlechte«, sagte er.

»Lass hören«, erwiderte ich, angelte die Boxershorts vom Nachttisch und schlüpfte unter dem Laken hinein.

»Welche willst du zuerst hören?«, fragte er, ans Fensterbrett gelehnt.

»Die schlechte«, sagte ich, während ich meine Hose anzog. »Oder nein, die gute.«

»Savina hat angerufen, vor fünf Minuten«, sagte er. »Sie und Giovanni haben beschlossen, eure Stoffe zu vertreiben.«

»Wirklich?«, sagte ich, das T-Shirt in der Hand, erstarrt.

»Ja!«, sagte er. »Und sie wollen bloß *fünfzehn* Prozent vom Verkaufspreis.«

»Wirklich?«, wiederholte ich, weil ich es kaum glauben konnte.

»Mhm«, machte er. »Sie wollen die Schachtel mit den Mustern behalten, die wir ihnen gebracht haben, so haben sie schon Material, um es den Kunden zu zeigen. Ich habe gesagt, dass du einverstanden bist.«

»Einverstanden«, sagte ich, obwohl ich einige der Stoffe nach Österreich hätte mitnehmen müssen.

Aus dem Flur kamen nun schnellere Schläge, eine Art Stammesrhythmus, aber ungleichmäßig.

»Schön, nicht?«, sagte Durante. »Ihr müsst euch nie mehr um Käufer sorgen, du und Astrid, sondern könnt euch ganz auf die *kreative* Seite eurer Arbeit konzentrieren.«

»Donnerwetter«, sagte ich, auf dem Bettrand sitzend. Oscar legte mir die Schnauze aufs Knie, wahrscheinlich spürte er, wie durcheinander ich war. In Gedanken versuchte ich, mich der veränderten Lage anzupassen, aber es war nicht so einfach.

»Ich habe ihr genau erklärt, dass ihr weder Verpflichtungen noch Druck wollt«, sagte Durante. »Dass es für euch wesentlich ist, euch bei der Arbeit nicht gehetzt zu fühlen.«

»Und sie?«, fragte ich.

»Sie hat es eingesehen«, sagte er. »Sie interessiert die *Qualität* eurer Sachen. Für die Quantität hat sie andere Lieferquellen.«

»Unglaublich«, sagte ich kopfschüttelnd.

»Nein«, sagte er.

Ich stand auf und umarmte ihn: »Danke«, sagte ich.

»Ach, hör schon auf«, sagte er und klopfte mir fest auf den Rücken.

»Aua«, sagte ich wegen des Sonnenbrands.

»Ich habe nur *vermittelt*«, sagte er.

»Du warst ein phantastischer Vermittler«, sagte ich. »Ich werde dir nie genug danken können.«

»Dann lass es einfach«, sagte er.

Das furiose Getrommel in der Wohnung hielt an, im Wechsel mit metallischem Klirren.

»Und die schlechte Nachricht?«, fragte ich und dachte, wenn es wirklich eine schlechte Nachricht gewesen wäre, hätte er wohl nie vorgeschlagen, sie mir als zweite zu servieren.

»Ich habe deinen Bus zu Schrott gefahren«, sagte Durante.

»Was?« Ich blickte ihn an, um herauszufinden, ob er scherzte.

Aus dem Flur erneut wildes Getöse; Giovannas Stimme brüllte: »Juliaaan! Es reiiicht!«

»Heute früh habe ich mir den Schlüssel genommen«, sagte Durante. »Ich musste für Julian ein Schlagzeug abholen bei einem Typen, der es im Keller stehen hatte und nicht benutzte. Er hat es mir geschenkt. Ein komplettes Schlagzeug, Pauke, Trommel, Becken und so weiter.«

»Ich weiß, woraus ein Schlagzeug besteht, so ungefähr«, sagte ich. Meine Erregung wuchs. »Erzähl mir, was mit dem Bus passiert ist.«

»Jemand ist auf mich draufgefahren«, sagte er. »Mit einem Kleinlaster.«

»Mit einem *Laster*?«, echote ich. Mehrere unglaubliche Szenen gingen mir durch den Kopf, überlagerten einander, jede versuchte, die anderen zu verdrängen.

»Er kam rückwärts aus einem Tor«, sagte Durante. »Ich hatte keine Zeit zu reagieren, schon hat es gekracht!«

»Aber wie sieht der Schaden aus?«, fragte ich. »Genau?« Ich versuchte, meine geistigen Bilder dem Ausmaß der Katastrophe anzupassen, aber es war nicht so einfach: ich und Oscar blockiert in Genua, Astrid blockiert in Graz, Distanzen vervielfacht, Arbeit unterbrochen, Haus und Werkstatt unerreichbar, Warten, Anklagen, Erklärungen, Ängste, Sorgen, Strecken im Zug, zu Fuß.

»Die ganze rechte Seite ist hin«, sagte Durante. »Mehr oder weniger.«

»*Total?*«, fragte ich.

»Ja«, sagte er. »Unglaublich, wie *zerbrechlich* Autos sind. Wenn du an die Schäden denkst, die sie in der ganzen Welt anrichten, und dann gehen sie so leicht kaputt.«

»O Mist«, sagte ich. Neue Bilder schoben sich über die alten, die Lage wurde immer trostloser.

Sbam! Sbam! Sbam! Tschack! Tschack! Tschack!, dröhnte es weiter durch den Flur.

»Hör aaaauf!«, schrie Giovanna. »Sofoooort! Du machst mich waaahnsinnig!«

»He«, sagte Durante. »Möchtest du nicht frühstücken?«

»Ich glaube, das schaffe ich nicht«, sagte ich. »Das ist mehr als eine schlechte Nachricht, es ist eine Katastrophe.« Wäre das Gleiche auch nur einen Tag früher passiert, hätte ich ihn wahrscheinlich beschimpft oder wäre mit Fäusten auf ihn losgegangen, und wir hätten uns auf dem Boden geprügelt. Aber an dem Punkt, an dem wir jetzt waren, konnte ich nicht einmal wütend werden.

»Wir reden von einem *Auto*.« Durante sah mich an, als verstünde er mich nicht.

»Ja, aber von einem *unentbehrlichen* Auto«, erwiderte ich.

»Niemand ist verletzt worden«, sagte er. »Und das Schlagzeug hat kein bisschen gelitten. Der Typ von dem Lastwagen hat mir geholfen, es herzubringen, weil er sich schuldig fühlte. Willst du es anschauen?«

»Jetzt nicht«, sagte ich.

»Es ist ein schönes Schlagzeug«, sagte er. »Ich glaube, Julian freut sich unheimlich.«

»Giovanna weniger, glaube ich.«

»Es ist so wichtig, dass er eine Leidenschaft entwickelt«, sagte Durante, ohne den Faden seiner unrealistischen Gedanken abreißen zu lassen. »In der Schule muss er sich jeden Morgen mit abgewrackten oder unbedeutenden oder *toten* Ideen herumschlagen. Das kann er nur mit einer Leidenschaft überstehen.«

»Sicher«, sagte ich. »Aber erklärst du mir jetzt, wie zum Teufel ich die Verschrottung meines Busses überstehen soll?«

»Mach dir keine Sorgen«, sagte er. »Der Typ von dem Laster hat zugegeben, dass er schuld ist. Ich habe das

Unfallformular selber ausgefüllt. Ich habe auch eine Zeichnung von der Dynamik der Geschehnisse angefertigt. Eine kleine, weil nicht viel Platz war, aber sie ist recht gut geworden. So mit den Autos von oben gesehen, weißt du?«

»Aber die brauchen auch meine Führerscheindaten«, sagte ich. »Und die Steuernummer und alles Übrige. Ich muss meine Versicherung anrufen oder ein Fax hinschicken.«

»Ja?«, sagte er, als seien meine Sorgen völlig unnötig. »Das Telefon steht in der Küche, wenn du willst.«

»Und wo ist der Bus?«, fragte ich.

»Den hat ein Freund von mir abgeschleppt«, sagte er.

»Wie, ein Freund von dir?« Der Gedanke, nicht einmal das Schrottauto wiederzukriegen, bestürzte mich noch mehr. »Wohin hat er ihn abgeschleppt?«

»In seine Werkstatt«, sagte Durante. »Er kann das. Er repariert ihn dir wie neu, wirst schon sehen.«

»Aber wann?«, fragte ich. »Es ist Mitte August, alle Ersatzteillager haben geschlossen. Wenn alles gutgeht, werde ich ihn Mitte September zurückbekommen! Erklärst du mir mal, wie ich jetzt nach Graz komme? Und dann mit Astrid und Oscar wieder nach Hause? Und wie ich auf dem Land mindestens einen Monat lang ohne ein verdammtes Transportmittel leben und arbeiten soll?«

»Immer mit der *Ruhe*, Pjotr«, sagte Durante. »Tief durchatmen.«

»Es gelingt mir nicht«, sagte ich. Und es stimmte: Ich ging im Zimmer auf und ab und bekam kaum Luft vor Herzrasen.

»Probier es«, sagte er lachend.

»Da gibt's nichts zu lachen«, sagte ich.

»Es gibt *immer* was zu lachen«, erwiderte er. »Und kein mechanisches Problem wird je wichtig genug sein, um dich am Atmen zu hindern.«

»Können wir auf die philosophischen Betrachtungen verzichten, Mister Guru?«, sagte ich. »Tatsache ist, dass dieses spezielle mechanische Problem äußerst relevante Auswirkungen auf meine Existenz hat.«

»Dieses mechanische Problem ist schon gelöst«, sagte Durante, »Mister Pjotr.«

»Wie denn?« In einem absurden Wechsel bestürmten mich rationale und irrationale Gedanken, Verzweiflung und Hoffnung.

»Nach Graz bringe ich dich«, sagte er.

»Womit?«, fragte ich.

»Mit dem Auto?«, sagte er.

»Und woher kriegst du das?«, sagte ich.

»Von meinem Freund, der Autos repariert«, sagte er.

»Aber wie kommen wir dann von Graz nach Hause, Astrid, ich und Oscar?«, sagte ich in dem Versuch, mich an die Vorstellung von mir und Astrid wieder zusammen, auf der Reise, zu Hause, heranzutasten. »Und was machen wir, wenn wir da sind, zwölf Kilometer von Trearchi?«

»Ach, wir finden schon eine Lösung«, sagte Durante. »Du frühstückst in aller Ruhe, wir sehen uns dann nachher.«

»Warte«, sagte ich. »Welche Lösung? Wann kommst du zurück? Wo gehst du hin?«

Er war schon aus dem Zimmer und pfiff. Oscar schaute mich nur kurz an und rannte hinter ihm her.

Ich rief: »Oscar?!«, wusste aber schon, dass es zwecklos war.

Als Erstes rief ich die Versicherung an, um zu erklären, was passiert war, und meine vollständigen Daten anzugeben. Am anderen Ende antwortete eine sehr wenig entgegenkommende Stimme vom Band, unser Dialog war alles andere als angenehm. Dann ging ich ins Bad, konnte aber nicht umhin, auf dem Weg in Julians Zimmer hineinzuschauen.

Neben einem großen blauen Schlagzeug, das fast die Hälfte des freien Platzes einnahm, rauften Julian und Giovanna beinahe schweigend miteinander: Sie versuchten sich gegenseitig ein Paar helle Holzsticks aus der Hand zu reißen.

»Lass los!«, sagte Julian keuchend und knirschte mit den Zähnen.

»Lass du los!«, sagte Giovanna, ebenso kämpferisch in das Muskelspiel verwickelt.

Er versuchte sie in die Hand zu beißen, sie zog ihn an den Haaren, er trat ihr ans Bein, sie gab ihm den Tritt zurück; der Hocker des Schlagzeugs fiel um und stieß mit einem Heidenlärm gegen die Bass-Drum.

»He, immer mit der Ruhe«, sagte ich. »Beruhigt euch.«

Julian drehte sich zu mir um; Giovanna nutzte die Gelegenheit dazu, ihm die Sticks wegzunehmen, und lief rasch an mir vorbei. Julian rannte hinter ihr her: »Gib sie her! Du gemeine Zicke!«

»Was erlaubst du dir, du Dummkopf?!«, schrie sie. »Ich will nicht, dass sie uns vorzeitig hier rausschmeißen! Und außerdem will ich mir mit diesem Lärm nicht das Trommelfell und die Nerven ruinieren! Wieder so eine Glanzidee deines Vaters!«

Ich fragte mich, ob es angebracht war, ihnen zu folgen, um zu schlichten, aber ich stand noch unter dem Eindruck der guten und der schlechten Nachricht Durantes und konnte nicht klar denken. Ich ging ins Bad und rasierte mich, bemüht, nicht auf den Wortwechsel von Giovanna und Julian zu lauschen, die auf dem Flur weiterrauften. Ich dachte, dass die gute Nachricht im Grund genommen, erst fünf Minuten bevor Durante sie mir mitgeteilt hatte, eingetroffen war, während die schlechte schon mindestens zwei Stunden alt war, in denen er das Schlagzeug auf den Lastwagen geladen, es in die Wohnung gebracht und zusammen mit Julian aufgebaut hatte. Ich fragte mich, wie er mir wohl die schlechte Nachricht beigebracht hätte, wenn die gute nicht gerade noch rechtzeitig vor meinem Aufwachen dazugekommen wäre.

Als ich aus dem Bad kam, waren Giovanna und Julian in der Küche, anscheinend völlig versöhnt: Sie goss eine Basilikumpflanze, die unter der Hitze gelitten hatte, er räumte Teller in einen Schrank.

»Iss was«, sagte sie, als sie mich eintreten sah. »Wärm dir den Milchkaffee auf, der steht da schon ewig.«

Julian räumte den letzten Teller weg und sagte: »Ich gehe.«

»Wohin?«, fragte Giovanna.

»Zu einer Freundin«, erwiderte Julian.

»Welche Freundin?«, sagte Giovanna.

»Du kennst sie nicht«, sagte Julian.

»Ich will wenigstens wissen, wie sie heißt«, sagte sie.

»Raffaella«, sagte er mürrisch. »Du kennst sie nicht.«

»Bis spätestens zwölf bist du wieder da«, sagte Giovanna. »Damit du deinem Vater auf Wiedersehen sagen kannst, bevor er abreist. Danach müssen wir auch los, wir fahren zu den Großeltern.«

»Zu den Großeltern?«, wiederholte Julian, mit einem Ausdruck, der zeigte, dass ihn das anödete. Gleich darauf war er schon aus der Küche draußen, schnell wie sein Vater.

»Bis spätestens zwölf!«, rief ihm Giovanna hinterher.

»Ja-a«, brüllte er und knallte die Wohnungstür zu.

»Siehst du, wie gut es ihm tut, seinen Vater zu treffen?«, sagte Giovanna zu mir. »Er kommt ohne Vorankündigung, stellt Julians Leben auf den Kopf und verschwindet wieder.«

»In diesem Fall ist es wohl meine Schuld, dass er verschwindet«, sagte ich, während ich mich abmühte, mit einem langen Streichholz, das nicht brennen wollte, die Gasflamme anzuzünden. »Um mich nach Graz zu bringen.«

»Nein, keine Sorge«, sagte sie, »er verschwindet, weil *ich* ihn wegschicke.« Sie nahm mir die Schachtel aus der Hand, zündete das Streichholz beim ersten Versuch und hielt es unter das Töpfchen.

Ich setzte mich an den Tisch, nahm eine Pflaume aus einer Obstschale.

Giovanna schob mir ein Körbchen mit Keksen und eine Tüte mit Focaccia hin; sie bewegte sich entschlossen, zornig, geschmeidig, interessant.

»Es tut mir leid, dass sich die Situation zwischen euch verschlechtert hat«, sagte ich.

»Ach, das ist schon lange so«, sagte sie.

Ich ging zum Herd und tauchte meinen Finger in den

Milchkaffee, um die Temperatur zu prüfen. »Tut mir trotzdem leid«, sagte ich.

»Warum?«, fragte Giovanna. Im hellen Licht ähnelten ihre Augen dem belebten Unterholz im Wald: Blätter und stachelige Kastanien, dunkler Humus, Farne, schnelle Eichhörnchen, raschelnde kleine Tiere auf Beutezug.

»Einfach so«, erwiderte ich. »Weil ihr gut zusammenpasst.«

»Was dachtest du denn?«, sagte Giovanna und lächelte. »Dass Durante zurückgekommen sei, um ein exemplarischer, stabiler und vertrauenerweckender Ehemann und Vater zu werden?«

»Gar nichts dachte ich«, sagte ich. »Ich wusste ja überhaupt nichts von euch.« Ich nahm das Kaffeetöpfchen vom Feuer und füllte meine Tasse.

»Er war schon immer so«, sagte Giovanna. »Nach einer Weile hatte er immer einen Grund, wieder abzutauchen. Weit weg oder in der Nähe, das war egal.«

»Er hat diese überraschenden Eigenschaften«, sagte ich, während ich ein Stück Focaccia in den Milchkaffee tunkte. »Und gleichzeitig wirkt es, als kennte er die Gepflogenheiten nicht, die die normalen zwischenmenschlichen Beziehungen und diejenigen zwischen Menschen und Dingen regeln. Es ist, als hätte er sie nie gelernt, oder?«

»Oder als hätte er sie vergessen. Ganz bewusst.«

»Was meinst du denn? Was trifft eher zu?«

»Ich weiß es nicht, und es interessiert mich auch nicht mehr«, erwiderte sie. Sie löste ihren Pferdeschwanz, schüttelte den Kopf und band die Haare mit einer raschen Geste wieder zusammen.

Ich hätte gern etwas zur Verteidigung ihres Ex vorgebracht, wusste aber, dass ich unendlich viel weniger Argumente zur Verfügung hatte als sie, deshalb tunkte ich noch ein Stück Focaccia in die Tasse, ließ mir noch mehr süßsalzigen Milchkaffee auf das Kinn tropfen.

»Wenn Julian nicht wäre«, sagte Giovanna, »hätte ich ihn überhaupt nicht in die Wohnung gelassen.«

»Aber es war doch auch schön, oder?« Ich dachte an den ersten Abend, wie ich die beiden hinter der Schlafzimmertür hatte lachen hören.

»*Nein*«, sagte sie. »Wenn er das nächste Mal Lust hat, mit seinem Sohn zusammen zu sein, kann er sich ein Hotelzimmer suchen.«

»Das wäre wohl nicht dasselbe«, sagte ich. Mich faszinierte die Energie in ihrer Stimme und in ihrem Blick, ihre Art, sich zu verteidigen.

»Das geht mich nichts an«, sagte Giovanna. »Und wenigstens käme er dann nicht auf die Idee, ein Schlagzeug mitzubringen, in das Hotel.«

Wir hörten, wie sich der Schlüssel im Türschloss drehte, Oscar sauste herein und begrüßte uns stürmisch.

Gleich darauf kam Durante mit einem Büschel blühender Bougainvillea in der Hand. Mit fragendem Ausdruck blieb er stehen: »Habe ich euch unterbrochen?«

»Wir sprachen gerade über dich«, sagte Giovanna hart. »Aber wir waren fertig.«

»Interessant. Und, traurig?«, sagte er, zu mir gewandt.

»Ja«, sagte ich, da es bei den beiden keinen Sinn hatte, die Wahrheit zu verbrämen.

Durante nahm den Strohhut ab, machte eine halbe Verbeugung, als bitte er um ein Almosen. Dann hielt er Giovanna die Blumen hin.

»Woher hast du die?«, fragte sie, ohne sie zu berühren.

Ein paar Sekunden hielt er die Blumen weiter in der Hand, dann legte er sie auf den Tisch. »Julian?«, fragte er.

»Er besucht eine Freundin«, sagte Giovanna. »Aber am Mittag ist er zurück, um euch auf Wiedersehen zu sagen, bevor ihr abfahrt.«

»Fahren wir ab?«, fragte Durante, als wären seine Pläne, trotz seines Versprechens, mich nach Graz zu bringen, noch völlig offen.

»Ja«, sagte Giovanna.

»Bist du verärgert?«, fragte er. »Du hast einen verärgerten Ton.«

»Was für einen Ton sollte ich sonst haben?«

»Ich weiß es nicht. Es ist ein Sommermorgen, keiner von uns ist krank oder schrecklich alt.«

»Also gibt's keine Gründe für Missstimmungen, oder?«

»Nein«, erwiderte Durante. Er setzte den Hut wieder auf, nahm sich eine Pflaume.

»Du warst grässlich zu Michele gestern«, sagte Giovanna.

Durante drehte sich um und sah sie mit einem ungläubigen Lächeln auf den Lippen an. »Was, und das fällt dir jetzt ein?«, sagte er. »Nachdem wir zusammen im Meer geschwommen sind, gelacht und in Recco Focaccia mit Käse gegessen haben, nachdem wir getrunken und Liebe gemacht und geschlafen haben und ganz fröhlich aufgewacht sind?«

»*Du* bist vielleicht ganz fröhlich aufgewacht«, sagte sie,

indem sie mit Nachdruck einen Schrank öffnete und wieder schloss.

Ich fragte mich, ob ich hinausgehen und sie allein lassen sollte, konnte mich aber nicht von meinem Stuhl losreißen.

»Du warst doch dabei, Pjotr«, sagte Durante. »Hab ich mich wirklich so grässlich benommen?«

»Aber nein.« Mehr Unterstützung konnte ich ihm bedauerlicherweise nicht bieten.

»Such nicht nach Beistand«, sagte Giovanna. »Du weißt genau, dass es so ist. Du hast alles verdorben.«

»Wie denn?«, fragte er und schien ehrlich gespannt zu sein.

»Du weißt es«, sagte Giovanna. »Du *weißt* es.«

»Nein, ich weiß es nicht«, sagte er. »Erklär's mir.«

»Du hast ihn behandelt wie einen bedauernswerten armen Irren«, sagte sie. »Und seine Schwester auch.«

»Aber das ist nicht *wahr*«, sagte Durante. »Im Gegenteil, es hat mir leidgetan, dass sie so *steif* waren. Sie wollten ja nicht einmal baden.«

»Logisch, dass sie steif waren.« Giovannas Stimme wurde lauter. »Mit einem wie dir im Boot! Mit deinem Gehabe!«

»Welches Gehabe? Das musst du mir erklären.«

»Da gibt's nichts zu erklären, wenn du nicht in der Lage bist, es von allein zu kapieren! Du hättest dich nie in *meine* Sache einmischen dürfen, bloß um sie mir völlig zu verderben!«

»Es tut mir leid«, sagte Durante. »Das wollte ich bestimmt nicht.«

»Du hast es aber getan!«, sagte sie.

»Oje«, sagte er. »Was meinst du dazu, Pjotr?«

»Das kann vorkommen«, sagte ich, weil mir keine andere Verteidigungslinie einfiel.

»Was kann vorkommen?« Giovanna sah mich mit flammenden Augen an.

»A mit B zu vergleichen, der uns viel ähnlicher ist«, sagte ich. »Und A dann plötzlich in einem anderen Licht zu sehen.«

»Soll heißen, *ungünstigen*?«, sagte Giovanna.

»Vielleicht«, antwortete ich.

»Spar es dir, ein gutes Wort für deinen Freund einlegen zu wollen«, sagte sie. »Das hat er nicht nötig, glaub mir.«

»Es handelt sich nicht um einen Freundschaftsdienst«, sagte ich. »Das ist mir auch schon ein paarmal passiert.«

»Ich kann ihn *anrufen*«, sagte Durante, als hätte er die Lösung gefunden.

»Wen?«, fragte Giovanna.

»*Michele*«, sagte er. »Ich kann ihm erklären, dass ich es war, der darauf bestanden hat, dass wir alle aufs Boot mitkommen, obwohl du es nicht wolltest. Dass es hundert Prozent meine Schuld war, wenn ihm der Ausflug nicht gefallen hat.«

»Wehe!«, sagte sie. »Das hätte gerade noch gefehlt, dass du ihn jetzt anrufst! Wie kannst du bloß auf so eine *Idee* kommen?«

Durante zuckte die Achseln, als gebe er es auf, sie zu verstehen.

»Jedenfalls fahren Julian und ich heute auch weg«, sagte Giovanna.

»Heute?«, fragte Durante.

»Wir fahren nach Varazze zu meinen Eltern. Bis Ende des Monats.«

»Wirklich?« Er sah sie unendlich traurig an.

»Was ist das Problem?« Giovanna hatte sichtlich Mühe, sich nicht wieder durcheinanderbringen zu lassen. »Musst du nicht Pietro nach Österreich bringen und noch wer weiß wie viele andere Sachen machen?«

»Doch«, sagte er.

»Ich kann auch einen Zug nehmen«, sagte ich. »Wenn das das Problem ist.«

»Nein, Pietro«, sagte Giovanna rasch, sie schien alles daranzusetzen, ihr Leben zu retten. »Nachdem er dir den Bus zu Schrott gefahren hat, ist es das mindeste, dass er dich hinbringt.«

»Ich fahre dich«, sagte Durante. »Das Auto steht schon unten.«

Giovanna warf mir einen raschen Blick zu, als wollte sie sagen: ›Siehst du?‹, und verließ die Küche.

Durante nahm ein Stück Focaccia aus der Tüte und biss gierig hinein. »Wir warten, bis Julian zurückkommt«, sagte er, »und dann fahren wir los, einverstanden?«

»Einverstanden«, sagte ich.

Er holte einen Krug aus dem Schrank, füllte ihn mit Wasser und stellte die Bougainvilleablüten hinein. Die Traurigkeit von vorhin war offenbar schon wieder weit weg, sein Bewegungsdrang neu erwacht.

Julian begleitete uns zum Abschied hinunter

Julian begleitete uns zum Abschied hinunter, kauerte sich neben Oscar auf die Straße, ließ sich das Gesicht ablecken wie sein Vater.

»Spiel jeden Tag auf dem Schlagzeug«, sagte Durante. Er schaute zu den geöffneten Fenstern im vierten Stock hinauf: Giovanna war nicht zu sehen.

»Wie soll ich das machen?«, sagte Julian kleinlaut. »Giovanna will es nicht.«

»Aber du willst es«, sagte Durante. »Du bist nicht bereit, darauf zu verzichten, oder?«

»Nein«, antwortete Julian unsicher.

»Dann verzichte auch nicht«, sagte Durante.

»Sie sagt, dass sie es wegschmeißt«, sagte Julian. Er blickte seinen Vater an, als erwarte er Anweisungen oder wenigstens zuverlässige Erklärungen.

»Das tut sie nicht«, sagte Durante. »Giovanna hat dich sehr lieb.«

»Ich weiß«, sagte Julian.

»Sie *versteht* dich auch«, sagte Durante.

Julian erwiderte nichts.

»In deinem Alter war sie schon von zu Hause fortgelaufen«, sagte Durante.

»Das ist nicht wahr«, sagte Julian und sah seinen Vater ungläubig an.

»Doch«, sagte Durante. »Ihre Eltern mussten nach Amsterdam fahren, um sie heimzuholen.«

»Das glaube ich nicht«, sagte Julian.

»Frag sie, ihr besucht sie jetzt doch«, sagte Durante. »Und zwei Jahre später ist sie wieder abgehauen, endgültig. Hat sie dir das nie erzählt?«

Julian schüttelte den Kopf.

»Sie hat in einer Rockband gesungen, in London«, sagte Durante. »Sie schrieb auch die Texte der Lieder, und alle Jungen waren verrückt nach ihr.«

Julians Gesicht drückte deutliche Zweifel an der Wahrheit der Worte seines Vaters aus.

Ich blickte nun auch zu den Fenstern im vierten Stock hinauf: Zu gern hätte ich diese Dinge über Giovanna schon vorher gewusst, dachte ich.

»In einer *Rockband*?«, sagte Julian. »Sie hat mir aber erzählt, dass sie in London in einem Secondhandladen gearbeitet hat.«

»*Tagsüber*«, sagte Durante. »Und nachts sang sie. Sie ist eine überraschende Frau, weißt du? Mehr, als du glaubst.«

Julian wirkte verwirrt. Er starrte seinen Vater an.

»Denk ab und zu daran«, sagte Durante. »Versteck dich nicht hinter der Rolle des *Sohnes*, bloß weil es bequem ist.«

»Es ist nicht bequem«, sagte Julian.

»Auch *unangenehme* Sachen können bequem sein«, sagte Durante. »Und nagle sie nicht auf die Mutterrolle fest. Denk einfach, dass ihr zwei Personen seid, und fertig.«

Erneut beugte sich Julian hinunter und streichelte Oscar.

»So wie du und ich, nicht?«, sagte Durante. »Nur dass ihr beide vorerst zusammenlebt und eine Möglichkeit finden müsst, euch nicht gegenseitig einzuengen in eurem Leben und euren Träumen.«

»Schön wär's«, seufzte Julian.

»So schwierig ist das gar nicht«, sagte Durante. »Man muss bloß aufhören, Masken zu benutzen, und fließen lassen, was man in sich hat.«

»Aber wenn sie mich nicht Schlagzeug spielen lässt?«

»Mach dir erst mal klar, dass du sie auch an vielen Dingen hinderst«, sagte Durante.

»Das stimmt nicht«, sagte Julian.

»Frag sie doch mal«, sagte Durante. »An einem Tag, an dem ihr euch gut versteht.«

»Hmmm«, machte Julian.

»Halte die Realität nie für endgültig«, sagte Durante. »Erinnere dich, dass du sie immer verändern kannst.«

»Ja, aber wie?«, sagte Julian. »Wenn meine Mutter mich nicht das Schlagzeug spielen lässt, das du mir geschenkt hast!«

Ich fragte mich, ob ich mich in ihr Gespräch einmischen sollte, weil ich es abwechselnd rührend und nervig fand. Aber ich schwieg, auf dem schon heißen Bürgersteig.

»Warum lässt sie dich denn nicht spielen, was meinst du?«, sagte Durante.

»Sie sagt, es macht sie fertig«, sagte Julian. »Und dass uns der Hausherr noch vor der Zeit rauswirft, weil wir ja sowieso schon gekündigt sind.«

Durante zog einen Schlüsselbund und einen gelben Papierumschlag aus der Tasche und hielt ihm beides hin.

Unsicher wog Julian die Schlüssel in der einen Hand und den Umschlag in der anderen.

»Die sind von einer anderen Wohnung«, sagte Durante.

»Eine Wohnung?« Julian sah mich an, um herauszufinden, ob ich etwas davon wusste; ich hob die Hände.

»Sie ist zehn Minuten von hier«, sagte Durante. »In dem Umschlag sind alle Informationen. Ihr könnt am ersten September einziehen.«

»Können wir darin *wohnen*?«, fragte Julian.

»Ja«, sagte Durante. »Und ihr braucht das ganze nächste Jahr keine Miete zu bezahlen. Es gibt auch ein Zimmer, wo du Schlagzeug spielen kannst, ohne dass es Ärger gibt.«

Julian senkte den Blick, ob mehr verblüfft oder gerührt, war nicht zu erkennen. Dann sah er wieder auf: »Und das japanische Schwert?« Er deutete auf das Schwert in seiner Hülle.

»Das gehört jetzt Pietro«, sagte sein Vater. »Du hast doch das Schlagzeug, nicht wahr?«

Julian nickte und sah mich schief an.

Durante umarmte ihn und klopfte ihm fest auf den Rücken, dann stießen sie zum Abschied die Fäuste aneinander. »Geh rauf und gib Giovanna die Schlüssel und den Umschlag. Und trag die Sticks des Schlagzeugs immer bei dir. Lass sie nie herumliegen.«

»Okay«, sagte Julian.

»Und lerne, *gut* zu spielen«, sagte Durante. »Wenn du *gut* spielst, wird es auch Giovanna gefallen, wirst sehen.«

Julian umarmte auch mich, beugte sich hinunter, um Oscar noch einmal zu streicheln; dann öffnete er die Haustür und verschwand.

Durante betrachtete die zugefallene Tür, sah noch einmal zu den Fenstern hinauf und atmete tief durch. Dann nahm er seine Tasche und das japanische Schwert: »Gehen wir, Pjotr?«

Wir gingen den Bürgersteig entlang; Oscar schnüffelte an den Mauern und hob alle paar Schritte das Bein, um das Territorium zu markieren.

Neben einem großen alten Mercedes à la Firmenchef der siebziger Jahre blieb Durante stehen: »Das ist er.« Der Lack war im Lauf der Zeit und durch die salzhaltige Luft matt geworden, der rostige Auspuff war mit Draht befestigt und hing gefährlich tief, aber trotzdem war der Wagen beeindruckend, fast absurd in seinem Repräsentationsanspruch.

»Kannst du den überhaupt fahren?«, erkundigte ich mich und musste lachen.

»Wofür hältst du mich?«, sagte er.

»Er ist um einiges größer als dein weißes Winzauto«, sagte ich.

»Oh, ich habe schon viele Autos gefahren«, sagte er lächelnd. Er öffnete den höhlenartigen Kofferraum, ganz hinten lagen eine alte Decke, ein paar vergilbte Zeitungen, zwei Schraubenschlüssel. Wir warfen meinen Koffer hinein, seine Tasche und das japanische Schwert, die Tüte mit Oscars Trockenfutter und seinen Napf.

Oscar schnupperte sehr interessiert am rechten Hinterreifen und pinkelte daran.

»Steigt ein, ihr argwöhnischen Wesen«, sagte Durante und schloss die Türen auf.

Ich ließ Oscar auf den abgeschabten samtbezogenen

Rücksitz springen und setzte mich nach vorne in den Geruch nach Schimmel und Zigarettenrauch und Motoröl.

»Fahren wir los?«, sagte Durante.

»Fahren wir«, erwiderte ich, während ich mit beiden Händen an dem alten Sicherheitsgurt zog, der Widerstand leistete.

Durante drehte den Zündschlüssel: »Auf geht's.« Der große Sechszylindermotor sprang sofort an, mit dem Lärm eines alten Propellerflugzeugs.

*In den Tunnels nördlich von Genua
war der Radioempfang gestört*

In den Tunnels nördlich von Genua war der Radioempfang gestört. Durante schlug mit der Faust auf das Armaturenbrett, aber aus den Lautsprechern kamen weiter nur Fetzen von Stimmen und Musik, im Wechsel mit statischem Rauschen, und er schaltete ab.

»Tut mir leid, dass wir Autobahn fahren müssen«, sagte ich. »Aber in diesem Fall gibt es kaum Alternativen, wenn wir nicht eine Woche unterwegs sein wollen.«

Er antwortete nicht, blickte geradeaus. Auf der rechten Spur fuhren große Lastwagen mit Anhängern, die an jeder Kurve schwankten. Hinter uns kamen ständig schnelle Autos, die uns anblinkten, um uns abzudrängen und zu überholen. Durante wich nicht, die Scheinwerfer blinkten immer wütender.

Um an etwas anderes zu denken, sagte ich: »Jedes Mal, wenn ich in einem Tunnel bin, stelle ich mir vor, was drüber ist. Berge, Bäume, Straßen, Häuser, alles, was man nicht sieht, was aber da ist.«

Durante schwieg beharrlich. Die Luft fauchte und pfiff durch die Lüftung und die spaltbreit geöffneten Fenster, der marode Auspuff röhrte laut. Ein Auto mit Haifischkühler überholte uns rechts in einem wilden Slalom, der Fahrer machte uns wütende Zeichen. Durante winkte ihm zum Gruß.

Seit einiger Zeit lagen die letzten der schrecklichen Gebäude, die links von uns am Steilhang zur Küste hin gebaut worden waren, hinter uns. Halb in den Sitzen versunken, die für die dicken Hintern und die breiten Rücken gemacht waren, denen das Auto vor vielen Jahren zugedacht war, fuhren wir durch Berge und Täler. Ab und zu versuchte ich mir vorzustellen, wie es mir nach unserer Ankunft in Graz mit Astrid ergehen würde: Was würde ich sagen, was tun, welche Regungen neutralisieren, um zu den Hügeln von Trearchi und zu unserem Leben von früher zurückzukehren? Ich stellte mir vor, dass ich Ingrid treffen würde, verlegen und wie gelähmt durch die unausgesprochenen Gefühle. Aber es waren kurze Gedanken, die sich höchstens bis zur Hälfte entwickelten. Dann kamen mir vor allem wieder Giovanna und Julian in den Sinn, und betrübt sehnte ich mich nach der Atmosphäre der Genueser Patchworkfamilie zurück, die wir hinter uns gelassen hatten.

Irgendwann sagte Durante: »Was ist das hauptsächliche Gefühl, das dich mit einer Frau verbindet, Pjotr?«

»Das hauptsächliche Gefühl?«, wiederholte ich, weil ich die Frage nicht erwartet hatte.

»Ja«, sagte Durante. »Das, was macht, dass du bei ihr bleibst.«

»Da gibt es mehrere, glaube ich, nicht nur eins«, sagte ich. »Eng vermischt.«

»Welche?«, fragte er.

»Zuneigung, Freundschaft«, sagte ich. »Bestätigung, Gemeinsamkeit, Verständnis, Trost, Vertrauen, was weiß ich.«

»Ich habe dich nach dem Hauptgefühl gefragt, nicht nach einer Mischung«, sagte Durante in seinem unerbittlichen Ton eines Wahrheitssuchers.

»Aber es *ist* eine Mischung«, erwiderte ich ausweichend.

»Einverstanden«, sagte er. »Aber es wird doch eins dabei sein, das die anderen überwiegt, oder?«

»Nein.« Ich schüttelte den Kopf. »Sie mischen sich.«

»Wenn du auf Anhieb eins nennen solltest?«, hakte er nach.

»Und wenn *du* eins nennen solltest?« Wieder ein Ausweichmanöver. »Was ist die Hauptsache?«

»Das Mitgefühl«, sagte er.

»Mitgefühl?«, sagte ich.

»Nicht im Sinn von *Mitleid*«, sagte er. »Im Sinn von *Anteilnahme*.«

Ich schwieg, so ganz verstand ich ihn nicht.

»In was verliebst du dich bei einer Frau, Pjotr?«, sagte er. »Was ist es?«

»Na, wie sie ist«, sagte ich widerstrebend. »Ihre besonderen Qualitäten.«

»Und was ist mit ihren Fehlern?«, sagte Durante.

»Ich brauche immer eine Weile, bis ich die entdecke«, sagte ich und versuchte zu lachen.

»Und doch sind sie da«, sagte er. »Es ist nicht wahr, dass du sie nicht gleich siehst. Du ziehst es bloß vor, bei den guten Eigenschaften anzuhalten, weil es einfacher ist – bis sie dich irgendwann nicht mehr überraschen.«

»Und dann?«, fragte ich.

»Dann sind es ihre *Fehler*, die weiter in dein Herz dringen«, sagte er.

»Was verstehst du unter Fehlern?«, sagte ich, weil ich bezweifelte, dass wir dasselbe meinten.

»Das, was ihr *fehlt*«, sagte er.

»Demnach verbindet dich das, was ihr fehlt, mit ihr?«, sagte ich.

»Und das, was mir fehlt«, sagte er.

Wir schwiegen, vertieft in das Geräusch des Windes, der durch die Fenster kam. Wir fuhren durch einen weiteren Tunnel, wieder gab es riesige, schwankende, dröhnende Laster auf der rechten Spur und Autos mit aggressiven Schnauzen, die uns von hinten bedrängten.

»Weißt du, dass sie das *absichtlich* machen?«, sagte Durante.

»Wer macht was?«, sagte ich.

»Die Autohersteller«, sagte er. »Sie verlangen von den Designern, Kühlerhaube und Scheinwerfer so zu gestalten, dass sie wie Raubfische aussehen. Haie, Riesenrochen, Barrakudas. Das ist die Idee.«

Ich wollte ihn schon fragen, wie er es gemacht hatte, erneut meine Gedanken zu lesen, war aber ziemlich sicher, dass er mir wieder nicht antworten würde, deshalb drehte ich mich nur um und musterte die Vorderfront des Autos, das uns hetzte mit seinen uns schräg und böse anblendenden Augen, seinen geweiteten Kiemen und seinen drohend gebleckten Metallzähnen.

Auf der Höhe von Tortona kam die Autobahnabzweigung nach Osten, »Piacenza« stand groß und deutlich auf dem grünen Hinweisschild. Durante fuhr vorbei.

»He!«, sagte ich, wandte mich um und sah dem Schild

und der Ausfahrt nach, die schnell hinter uns in die Ferne rückten. »Da hätten wir abbiegen müssen! Wir haben es verpasst!«

»Was?«, fragte Durante wie in Trance.

»Die Ausfahrt«, sagte ich. »Wir hätten nach Piacenza gemusst, dann von dort nach Brescia, von Brescia nach Trient, von Trient nach Bozen und rauf nach Österreich!«

»Ah, nein«, sagte er. »Wir fahren weiter nach Norden.«

»Bis Mailand?«, sagte ich. »Und dann Mailand–Venedig?«

»Nein«, sagte er. »Wir fahren Richtung Zürich.«

»Wie kommst du auf Zürich?« Allmählich wurde es mir zu bunt.

»Da übernachten wir«, sagte er.

»In Zürich?«, sagte ich.

»Vor Zürich«, sagte er. »Am See.«

»Wieso das denn?« Ich betrachtete sein Profil, um zu verstehen, was er im Schilde führte.

»Ich muss ein paar Leute treffen«, sagte er.

»Welche Leute? Wieso hast du mir das nicht früher gesagt?« Durchs Fenster betrachtete ich die flache Landschaft, die rechts an uns vorbeizog.

»Mach dir keine Sorgen, Pjotr«, sagte er. »Morgen fahren wir weiter nach Österreich. Das ändert nicht viel.«

»Nur ein paar hundert Kilometer mehr«, sagte ich.

»Fängst du wieder mit deinen Kilometern an, Pjotr?«, sagte er und lachte. »Findest du es wirklich so schlimm, ein bisschen länger unterwegs zu sein? Ist das Auto so unbequem? Langweilt dich meine Gesellschaft so sehr?«

»Aber nein«, sagte ich kleinlaut.

»Die Strecke ist viel schöner«, sagte er. »Wirst schon sehen.«

»Na gut«, sagte ich. Meine Reaktion war rein automatisch gewesen, dachte ich; in Wirklichkeit hatte ich keinerlei Grund und gar keine Lust, schnellstmöglich nach Graz zu eilen.

»Hätte ich es dir vielleicht vorher sagen sollen?« Sein Ton klang echt neugierig, wie immer, wenn er Fragen stellte. »Dich rechtzeitig vorwarnen?«

»Nein, nein, alles in bester Ordnung.«

»Wirklich?« Er sah mehrmals kurz zu mir herüber.

»Wirklich«, sagte ich und nickte zur Bekräftigung mit dem Kopf. Früher hatte ich doch selbst ständig improvisiert, dachte ich, bei allem, bis es mir allmählich wie eine Errungenschaft vorgekommen war, Pläne zu haben. Ich dachte an die Pläne, die Astrid und ich im Lauf der Jahre gemacht hatten, an die Anstrengung, die es uns gekostet hatte, sie in die Praxis umzusetzen; daran, wie sich unsere Gefühle und unsere Beweggründe unabhängig von unseren Plänen verändert hatten.

»Pläne sind beruhigend«, sagte Durante. »Aber du musst dich nicht *unbedingt* dran halten. Ein Plan ist nicht wie Oscar, der enttäuscht ist, wenn du ihm einen Spaziergang versprichst und es dir dann im letzten Moment an der Haustür anders überlegst.«

»Stimmt«, sagte ich und staunte fast gar nicht mehr über seine Art, in meinen Gedanken zu lesen.

»Du bist keiner, der Pläne braucht, Pjotr.«

»Hm«, machte ich. »Im Augenblick weiß ich selbst nicht mehr, wie ich bin.«

»Aber gewöhnlich?«, sagte er. »Was glaubst du, wie du bist?«

»Na ja, manchmal sehe ich mich zufällig von außen und bin ganz anders, als ich zu sein meinte.«

»Ich weiß«, sagte er lachend. »Wichtig ist, dass du weiter *glaubst*, der zu sein, für den du dich hältst.«

»Auch wenn ich weiß, dass die anderen mich anders sehen als ich selbst?«

»Die anderen *gibt es nicht.*«

»Ach nein?«

»Nein«, sagte er. »Es gibt *die* andere und *den* anderen, viele andere *Individuen*, Schluss, aus.«

»Mag sein«, sagte ich. »Aber wenn man sie alle zusammennimmt, können sie einen ganz schön einschüchtern.«

»*Du* bist es, der ihnen diese Macht verleiht«, sagte Durante. »Du bist es, der sie alle zusammentut. Sie wissen es gar nicht.«

»Demnach müsste ich sie mir als lauter einzelne Personen vorstellen?«

»Ja, und jede ist genauso besorgt wie du beim Gedanken an die anderen.«

»Mag sein«, sagte ich. »Aber das ändert nichts daran, dass jeder einzelne andere mich weiterhin anders sieht, als ich mich sehe.«

»Ist das nicht faszinierend?«, sagte Durante.

Wir schwiegen, betrachteten die Autos und Lastwagen, die vor und neben uns fuhren.

»Gibt es deiner Meinung nach auch keinen objektiven *Sinn*?«, fragte ich. »Im Leben?«

Er schüttelte den Kopf: »Den musst du für dich *erfinden*, den Sinn. Und immerzu neu erfinden.«

»Ja?«, sagte ich.

»Du darfst aber nie zu *vernünftig* werden«, warnte er. »Denn selbst wenn du dich völlig den Regeln der sogenannten Realität unterwerfen würdest, würdest du entdecken, dass die sogenannte Realität an irgendeinem Punkt zu Ende ist.«

»Stimmt«, sagte ich.

»Hab keine Angst, dir vorzustellen, du seiest ein *Roman*held, Pjotr«, sagte Durante.

»Stimmt!« Ich gab ihm einen Klaps auf den Arm, so fest, dass das Auto einen Moment ins Schleudern geriet. Auf einmal schien es mir ein riesiges Privileg zu sein, dass ich noch immer abseits einer vorgeschriebenen Route unterwegs war, noch immer im Sommer, noch immer bei guter Gesundheit, noch immer mit ihm, noch immer mit seinem Hut.

Wir hielten zum Tanken an einer Raststätte

Wir hielten zum Tanken an einer Raststätte. Der Tank des alten Mercedes schien bodenlos, die Zahlen an der Zapfsäule ratterten immer weiter. Staunend und besorgt standen Durante und ich vor dem Auto und sahen zu.

Als der Tankwart endlich den Zapfhahn zurücksteckte, schubsten wir uns gegenseitig weg, um zu bezahlen. Es gelang Durante, mir zuvorzukommen und mich mit einer Hand auf Abstand zu halten; er gab dem Tankwart einige zerknitterte Banknoten. Der Tankwart strich eine nach der anderen glatt, als wären es verdächtige Fundstücke.

Dann parkten wir das Auto neben einem ausgedorrten, mit Zigarettenstummeln übersäten Beet, um Oscar ein paar Minuten aussteigen zu lassen. »Du hättest nicht bezahlen dürfen«, sagte ich. »Es war ein Haufen Geld.«

»Ich hatte es doch«, sagte Durante.

»Ja, aber jetzt hast du es nicht mehr«, sagte ich.

»Na und?«, sagte er.

Mailand umrundeten wir auf dem Autobahnring in Richtung Westen.

»Eine Stadt ohne Himmel«, sagte Durante.

»Ich weiß«, sagte ich. »Als Junge war ich öfter hier.«

»Trotzdem habe ich hier vor einigen Jahren einen unglaublichen Sonnenuntergang gesehen. Rot, gelb, orange, violett.«

»Tatsächlich?« Es fiel mir schwer, mir an dem fahlen Himmel über den Zementmauern und Industriehallen, über den vergifteten Feldern und den raumfressenden Autos und Lastwagen all diese Farben vorzustellen.

Wir nahmen die Autobahn an den Seen entlang nach Norden. Als wir an die Gabelung Richtung Como–Chiasso und in die Schweiz kamen, fuhr Durante geradeaus nach Varese. Ich wollte es nicht wie bei der letzten Abzweigung vor einer Stunde machen, deshalb sagte ich einfach in neugierigem Ton: »Fahren wir nicht über Chiasso?«

»Nein«, sagte er. »Zu viele Leute. Zu viele Kontrollen.«

»Natürlich«, sagte ich, ohne zu fragen, wo er denn über die Grenze wollte.

Kurz vor Varese fuhren wir auf eine Staatsstraße, die zwischen immer höheren Hügeln bergauf führte. Ständig gab es Ausfahrten, Pfeiler, Kreisverkehre, Baustellen von neuen Straßen, die Berge vor uns. Es wurde allmählich dunkel, auch wenn es ein langsamer, langer Augustabend war.

»Hast du keinen Hunger?«, fragte ich.

»Nein«, sagte Durante. »Und du?«

»Ich auch nicht.« In dem Augenblick, in dem ich es sagte, stimmte es, obwohl es direkt davor noch anders gewesen war. Die Straße schlängelte sich in Kurven auf und ab; wir fuhren an einem See vorbei. Durante bremste, nahm den Hut ab und warf ihn auf den Rücksitz. Wir waren an einem kleineren Grenzübergang, der nur aus ein paar verglasten Bretterhäuschen und ein paar Schildern bestand. Kein Auto vor uns.

Ich hatte gar keine Zeit, darüber nachzudenken, was mit seinem abgelaufenen Personalausweis und dem japanischen Schwert passieren könnte: Mit Herzklopfen und angehaltenem Atem blickte ich zur Seite.

In dem italienischen Häuschen war offenbar niemand; wir fuhren vorbei. In dem weiter vorn, auf Schweizer Seite, saß ein Polizist, der sich darauf beschränkte, uns durchzuwinken.

Langsam glitten wir davon. Durante streckte die Hand nach hinten, angelte nach seinem Hut und setzte ihn wieder auf.

»Woher wusstest du, dass sie uns nicht kontrollieren würden?«, fragte ich.

»Ich wusste es nicht«, erwiderte er. »Ich war davon *überzeugt*.«

Ich lachte; meine Erleichterung war ebenso groß wie vorher die Angst, die mir den Atem genommen hatte.

*Bis Zürich fehlten nur noch wenige
Dutzend Kilometer*

Bis Zürich fehlten nur noch wenige Dutzend Kilometer; es war dunkel. Durante verlangsamte, bog links ab. Er kurbelte die Fensterscheibe herunter und ließ frische Luft in das überhitzte Auto. Oscar auf dem Rücksitz wachte sofort auf und reckte die Schnauze, um die neuen Geruchsinformationen aufzunehmen.

»Sind wir da?« Ich hatte Mühe, aus dem hypnotischen Reisezustand aufzutauchen, und kurbelte ebenfalls mein Fenster herunter, um wie Oscar in der Luft zu schnuppern.

»Mhm«, brummte Durante.

»Müde?«, fragte ich.

»Nein«, sagte er, wie auch die zwei oder drei Male, die ich ihm angeboten hatte, ihn beim Fahren abzulösen. Er hielt das Lenkrad mit einer Hand, drehte es lässig, in seinem Sitz zurückgelehnt. Dann fuhr er noch langsamer und bog rechts in eine engere Straße ein.

Ich streckte den Kopf hinaus, betrachtete die Schatten der Bäume, die Lichter der Häuser. Der alte Mercedes schwankte auf dem holperigen Untergrund, das schlecht befestigte Auspuffrohr berührte zwei- oder dreimal den Boden.

Durante hielt an einem Haus aus Stein und Holz, vor

dem ein Lieferwagen und ein alter Volkswagen geparkt waren.

Es waren auch Hunde da, nach ihrem Gekläff zu urteilen aber eher kleine. »Wir sollten lieber aufpassen mit Oscar«, sagte ich.

Ohne auf mich zu hören, stieg Durante aus und öffnete hinten. Oscar sprang heraus, direkt auf die Kläffer zu, die ihm entgegensausten. Im Licht eines großen Fensters umkreisten sie einander, knurrend, bellend, ins Leere schnappend. Die beiden Hündchen waren schnell im Zurückspringen und Wieder-Vorpreschen, Oscar langsamer, weil er größer war und den Ort nicht kannte. Ich versuchte, ihn am Halsband zu packen, aber in der Dunkelheit entwischte er mir, und außerdem hatte ich nicht den Eindruck, dass er oder die anderen von den Sondierungsfeindseligkeiten zu einem echten, gefährlichen Angriff übergehen könnten.

Die Hände ums Gesicht gelegt, lehnte Durante sich an das Fenster, um hineinzusehen.

Ich lehnte mich daneben: Ein blondes kleines Mädchen lief durch eine ganz mit hellen Holzmöbeln und buntgestrichenen Hockern eingerichtete Küche.

Durante klopfte an die Scheibe, aber die Kleine war schon irgendwo anders im Haus verschwunden. Er trat vom Fenster zurück; seinen Gesichtsausdruck konnte ich in der Dunkelheit nicht erkennen.

Ich hätte ihn gern gefragt, bei wem wir angekommen waren, aber er war schon mehrere Schritte voraus, daher folgte ich ihm ums Haus; Oscar und die beiden Hündchen liefen knurrend und einander umkreisend hinter uns her.

Das Haus war im traditionellen Stil erbaut, mit einem schrägen Vordach über der Eingangstür.

Durante wandte sich zu den Hunden um, die ihr Geplänkel immer noch fortsetzten, machte »*Pssst!*«, beugte sich rasch vor und berührte sie mit einem Finger: Alle drei setzten sich hin, plötzlich ganz ruhig. Dann griff er nach dem Türklopfer und ließ ihn auf das Holz fallen.

Stumm warteten wir in der feuchten, im Vergleich zu Italien beinahe kalten Luft hier am See und lauschten auf die Stimmen und Geräusche, die aus dem Inneren des Hauses drangen. Die Tür öffnete sich, ein blondes, etwa fünfjähriges Mädchen beäugte uns kurz und lief sofort davon.

Durante schien sprachlos, er folgte der Kleinen ins Haus.

Ich trat hinter ihm in eine Diele, wo haufenweise Mäntel und Mützen und Schuhe und Stiefel herumlagen, und weiter in ein ebenso unordentliches Wohn- und Esszimmer. Als er vor einer jungen Frau stehen blieb, die uns entgegenkam und genauso blond war wie das Kind, blieb ich ebenfalls stehen.

»Hallo Nicki«, sagte Durante.

Nicki war starr vor Überraschung, bewegte kaum die Lippen. Sie trug ihre aschblonden Haare zu feinen Zöpfchen geflochten, hatte einen kleinen goldenen Ring an der Nase und drei kleine Silberringe am linken Ohr.

»Wie geht's?«, fragte Durante.

»Was machst du hier?«, fragte sie.

»Wir sind auf der Durchreise«, sagte Durante. »Das ist mein Freund Pjotr.«

Nicki schaute kurz in meine Richtung.

»Wo hat Lara sich versteckt? Und Vicki?« Durante

blickte sich um, als müsste er den Ort nach und nach wiedererkennen.

»Oben«, sagte Nicki.

»Lässt du dich nicht umarmen?« Durante breitete die Arme aus.

»Warum sollte ich«, sagte Nicki. Sie war hübsch, hatte aber einen harten Blick, harte Züge, einen harten Akzent.

Durante nahm den Hut ab, den Blick auf die Treppe zum oberen Stockwerk gerichtet.

»Die Schuhe«, sagte Nicki.

Durante zog die Stiefel aus, trug sie in den Flur und legte seinen Hut darauf. Dann kam er zurück und stieg wortlos die Treppe hoch.

Ich blieb mit Nicki allein, wusste nicht, was ich sagen sollte. Ich streifte meine Sandalen ab, stellte sie neben Durantes Stiefel, ging wieder ins Zimmer. Ich musterte die Holzbalken an der Decke und die Fußbodenbretter, die abgenutzten Möbel, die fleckigen, fadenscheinigen Stoffe. Es roch nach Vanille, Kastanienmehl, Bienenwachs, gekochtem Kohl, Gummi.

»Was bitte soll das?«, sagte Nicki zu mir fast im gleichen Ton, in dem sie zu Durante gesprochen hatte. »Einfach so reinschneien, ohne Vorankündigung und überhaupt?«

»Wir waren unterwegs«, sagte ich.

»Ach, und da kamt ihr ganz zufällig hier vorbei.« Sie war im Stil der siebziger Jahre gekleidet: eine mit winzigen Spiegelchen bestickte Weste über einem langen geblümten Baumwollkleid, das ihre schlanke Gestalt bedeckte; an den Füßen Filzpantoffeln, so ähnlich wie die, die Astrid und ich anzogen, wenn es kalt war.

Ich war versucht, ihr zu erklären, dass wir nach Graz wollten, vermutete aber, dass sie das kaum interessierte, und schaute wieder auf die alten splitternden Fichtenbretter unter meinen bloßen Füßen. Auch dass Oscar draußen war, machte mir Sorgen: Ich fragte mich, wie lange der künstlich von Durante geschaffene Frieden zwischen ihm und den beiden Hündchen anhalten würde.

»Pjotr?«, sagte Durante von der Treppe oben.

Ich sah auf: Er hatte die Kleine auf dem Arm, die uns an der Tür entgegengekommen war. Ein etwas größeres Mädchen streckte hinter ihm den Kopf vor und sah mich neugierig und misstrauisch an.

»Komm rauf, sie wollen dich kennenlernen.«

Ich blickte zu Nicki, wie um ihre Erlaubnis einzuholen, doch sie zuckte nur die Achseln, also stieg ich die Treppe hinauf.

Oben stellte Durante mich den Mädchen vor: »Das ist Pjotr, er macht Stoffe. Das sind Vicki und Lara.«

»Was für Stoffe?«, fragte Vicki, die Größere, halb hinter Durantes Beinen versteckt.

»Alle möglichen«, sagte er. »Glatte, kratzige, jedes Muster, jede Farbe.«

»Lass mich runter«, sagte Lara.

»Nur noch eine Minute«, antwortete er; wenn man die beiden so nah beieinander sah, bestand kein Zweifel, dass sie Vater und Tochter waren.

»Lass mich los«, kreischte Lara, in seinen Armen strampelnd.

»Lass sie schon runter!«, schrie Nicki von unten aufgebracht. »Du hast doch gehört, was sie gesagt hat!«

Durante setzte die Kleine ab, die sofort davonrannte, gefolgt von ihrer Schwester.

Wir sahen uns an, beide bestürzt, auch wenn ich sehr viel weniger über den Hintergrund des eben Geschehenen wusste als er.

Auf dem bei jedem Schritt knarrenden Holzboden ging Durante in die Richtung, in der die beiden Kleinen verschwunden waren; ich hinterher. Vicki und Lara saßen in einem Zimmer mit schräger Decke auf einem der zwei kleinen Betten, jede mit einer alten Puppe in der Hand. Rundherum herrschte ein Durcheinander von zerschlissenen Kissen, Stoffpuppen, denen ein Arm oder ein Bein fehlte, Bilderbüchern ohne Einband, Zeichnungen, zerknülltem Papier und verknoteten Bändern. In einer Ecke lag ein Bambuswandschirm, außerdem gab es noch ein Katzenklo, halb voll mit feuchtem Sand, einige Kartons, ein Federbett, Söckchen, Glasmurmeln, Haarspangen.

»Was spielt ihr?«, fragte Durante.

Die beiden antworteten nicht, sie saßen stumm mit ihren Puppen in der Hand da.

»Klettern wir morgen rauf in euer Baumhaus?«, sagte Durante. »Zeigen wir es auch Pjotr?«

»Mama will nicht«, sagte Lara, ohne ihn anzusehen.

»Man kann nicht rauf«, sagte Vicki. »Die Leiter ist weg.« Ihr Gesicht war anders als das von Lara und Durante: breitere Wangenknochen, anders geschwungene Augenbrauen.

Durante hockte sich vor die Kleinen hin: »Und wo ist die Leiter hingekommen?«

»Mama hat sie weggeschmissen«, sagte Vicki. »Damit wir nicht raufkönnen.«

»Ach, wir machen eine neue«, sagte er. »Aber müsstet ihr um diese Zeit nicht längst im Bett sein, ihr zwei?«

»Nein.« Die beiden schüttelten den Kopf.

»Draußen ist es schon lange dunkel«, sagte er. »Ihr müsstet schlafen.«

Die Kleinen sahen ihn nur an, wenn sie dachten, er merke es nicht, und wandten den Blick sofort wieder ab.

»Was habt ihr heute zu Abend gegessen?«, fragte Durante.

»Brot mit Erdnussbutter«, sagte Lara.

»Das war alles?«, sagte Durante. »Sonst nichts?«

»Mama hat eine Gemüsesuppe gekocht«, sagte Vicki. »Aber die hat nicht geschmeckt.«

»Nein?«, sagte Durante.

»Sie war versalzen«, sagte Vicki.

»Und das war euer ganzes Abendessen?«, sagte Durante. »Brot mit Erdnussbutter?« Er drehte sich zu mir um, als wolle er meine Meinung einholen.

»Na ja, es kommt darauf an, was sie tagsüber gegessen haben«, stotterte ich.

»Was habt ihr tagsüber gegessen?«, sagte er.

Die beiden schwiegen; sie taten, als hätten sie nichts gehört.

»Und habt ihr euch die Zähne geputzt?«, fragte er. »Nach der Erdnussbutter?«

»Nein«, sagten die Kleinen fast gleichzeitig.

»Gut, dann machen wir das jetzt, hm?« Durante streckte eine Hand nach Laras Hand aus.

»Ich will nicht!«, kreischte Lara so unvermittelt, dass ich zusammenzuckte.

»Ich auch nicht!«, schrie Vicki und sprang vom Bett herunter. Beiden rannten aus dem Zimmer zur Treppe.

Durante sah mich unsicher an. Dann lief er rasch hinter den Kleinen her: »He, wartet! Lara! Vicki!«

»Ich will nicht, ich will nicht!«, kreischten Lara und Vicki und stürzten fast panisch die Treppe hinunter.

»Was ist los?«, fragte Nicki von unten.

»Er will mit uns Zähne putzen!«, schrien die Kleinen. Lara klammerte sich an Nickis Beine, Vicki flüchtete sich in die Küche.

»Was fällt dir ein!?«, sagte Nicki zu Durante, den Arm schützend um Lara geschlungen.

»Müssten sie sie denn nicht putzen?«, sagte Durante. »Vor dem Schlafengehen?«

»Du tauchst hier auf, aus dem Nichts, und maßt dir an, solche Sachen mit ihnen machen zu wollen, einfach *so*?!«, sagte Nicki.

»Aber das ist doch ganz normal, oder?«, sagte Durante. »Sich die Zähne zu putzen?«

»Nicht nach all der Zeit, die du weg warst!«, sagte Nicki. »Sie wissen gar nicht mehr, wer du bist!«

»Wie lange war ich denn weg?« Wie verloren sah Durante sich in der alten unordentlichen Almhütte um.

»Was meinst du?«, fragte Nicki.

»Drei Monate? Vier?«

»*Sieben* Monate! Für sie ist das ein *Leben*!«

»Aber ich habe doch angerufen. Zu Vickis Geburtstag.«

»Ja, mit zwei Tagen Verspätung!«, sagte Nicki. »Und das war im *Mai*!«

Durante kauerte sich auf den Boden, um der kleinen

Lara in die Augen zu sehen, aber sie wandte sich ab und drückte ihr Gesicht in den geblümten Stoff des Rockes ihrer Mutter. Er stand wieder auf und schaute zu Vicki, die ihn, hinter der Küchentür versteckt, beobachtete. »Es braucht wohl ein bisschen Zeit, bis die Kommunikation wieder in Gang kommt.«

»Ja, aber nicht hier«, sagte Nicki.

»Wie geht's deinen Eltern?«, fragte er.

»Schlecht, danke«, sagte Nicki. Lara ließ den mütterlichen Schutz los und rannte ebenfalls in die Küche.

»Dein Vater?«

»Hat noch einen Schlaganfall gehabt.«

»*Wann?*« Durante war bestürzt.

»Im Juni.«

»Warum hast du mir nicht Bescheid gesagt?«

»Wie denn?«, fragte sie. »Wo?«

Er tippte sich mit dem Daumen an die Stirn, blickte zu Boden. »Es tut mir leid«, sagte er.

»Mir auch.« Nicki fuhr sich mit der Hand durch ihre Zöpfchen.

»Wohnen sie immer noch nebenan?«, sagte er.

»Wo sollten sie sonst wohnen?«, sagte sie.

Er nickte, betrachtete die ein wenig schiefen Regale, die teilweise beschädigten Möbel, die auf dem Sofa und auf dem Fußboden verstreuten Gegenstände.

Die Haustür öffnete sich, ein dunkelblonder Typ mit schwarzer Motorradkluft und einem Helm in der Hand schaute herein, sehr angespannt.

»Martin, oder?«, sagte Durante halblaut zu Nicki.

Sie nickte distanziert.

»Hallo, Martin«, sagte Durante.

»Da draußen ist ein Riesenhund«, sagte Martin, ohne zurückzugrüßen.

»Er heißt Oscar«, sagte Durante.

»Er hätte mich beinahe gebissen«, sagte Martin und legte den Helm ab.

»Das ist Durante«, sagte Nicki zu Martin, als teilte sie ihm eine bedauerliche Tatsache mit, für die sie wirklich nichts konnte. »Und ein Freund von ihm.«

Ohne die geringste Spur von Herzlichkeit schaute Martin uns an, während er kniend seine Motorradstiefel aufschnürte. »Wenn der sich an Tofu oder Krill vergreift, bricht er ihnen das Genick«, sagte er.

»Oscar?«, sagte Durante. »Aber nein, er ist ein ganz braver Hund.«

»Mir kommt er wie ein Killer vor«, sagte Martin mit zusammengepressten Lippen, »er bellt nicht einmal.«

»Wahrscheinlich hattest du die falsche Einstellung«, sagte Durante.

»Und zwar?«, sagte Martin.

»Angst«, sagte Durante. »Abwehr.«

»Ich hatte keine Angst«, sagte Martin mit wachsender Feindseligkeit.

»Ich hatte keine Ahnung, dass sie kommen«, sagte Nicki zu ihm.

»Das ist Pjotr«, sagte Durante und deutete auf mich.

Ich hob lasch die Hand, da ich keine Antwort erwartete.

In der Tat merkte Martin es nicht einmal; er zog ein Paar Filzpantoffeln an, wie auch Nicki sie trug, nur ausgetretener. Mich und Durante im Auge behaltend, durchquerte er das Zimmer, so als erwartete er einen Überraschungsangriff. Er war etwas kleiner als ich, ziemlich muskulös, bereit, sein Revier zu verteidigen, aber noch unsicher über die Kräfteverhältnisse.

Schweigend standen wir einige Sekunden beinahe reglos da: die vier Erwachsenen in der Zimmermitte, die beiden kleinen Mädchen an der Küchentür. Dann ging Martin in die Küche, fuhr den Kleinen mit der Hand über den Kopf. Kurz darauf kam er mit einem Bier zurück, er trank direkt aus der Flasche.

»Ich schaue mal nach Oscar«, sagte ich, da ich einerseits wirklich besorgt war und andererseits nicht wusste, was ich sonst machen sollte.

Niemand antwortete, sie waren alle wieder erstarrt.

Ich machte Durante ein Zeichen, um ihm zu bedeuten: ›Wenn du mich brauchst, ich bin draußen.‹

Er zwinkerte mir zu, aber so richtig gut drauf schien er nicht zu sein.

Ich zog meine Sandalen an und ging hinaus. Ich sog den Geruch nach Tannenharz und Holzfeuer ein, sah mich im Lichtschein der Fenster um, der sich nach wenigen Metern in der mit anderen Lichtern getüpfelten Dunkelheit verlor.

»Ooooscaaaar?!«, rief ich.

Oscar kam fast sofort, gefolgt von den beiden Hündchen namens Tofu und Krill. Im Gegensatz zu vorher schienen sie in bester Eintracht, alle drei hechelten, als hätten sie die Zeit damit verbracht, gemeinsam über die Wiesen rundherum zu rennen. Von der Seite spähte ich durch ein Fenster ins Haus: Durante, Nicki und Martin redeten, die Mädchen waren nicht zu sehen. Ich fragte mich, ob ich zu Durantes moralischer Unterstützung hineingehen oder lieber draußen bleiben sollte, damit er die Kommunikation freier wieder anknüpfen konnte. Zuletzt beschloss ich, ihm freie Hand zu lassen, und machte einen Spaziergang, gefolgt von den drei Hunden.

Ich wusste nicht genau, wohin, deshalb stieg ich einen Abhang hinauf. Das feuchte Gras durchnässte das Leder meiner Sandalen; zum ersten Mal seit Monaten hatte ich kühle Füße. An einer Tanne pinkelte ich, sah mich um, konnte aber nichts erkennen. Plötzlich rauschte ein paar Dutzend Meter über mir ein Zug vorbei: Ich fühlte die Druckwelle, hörte das Kreischen des Metalls in Bewegung, das *totock-totock* der Schwellen. Innerhalb weniger Augenblicke sausten die Lichter der Zugfenster Wagon für Wagon dahin, zwischen den Bäumen, die schwärzer waren als die Dunkelheit.

Danach ging ich zum Haus zurück, nicht ganz sicher, ob es das Richtige war, und wäre beinahe mit Durante zusammengestoßen.

»Pjotr«, sagte er.

»Hey«, sagte ich mit leichtem Herzklopfen, weil er mich erschreckt hatte. Ich sah nur den hellen Fleck seines Strohhuts.

Oscar begrüßte ihn stürmisch, als hätte er ihn wer weiß wie lange nicht gesehen; er winselte vor Freude.

»Da oben fährt der Zug vorbei«, sagte ich, mit einer in der Dunkelheit total überflüssigen Geste.

»Hast du gesehen?«, sagte Durante. »Schön, nicht?«

»Ja«, sagte ich, wobei ich mich fragte, ob er Nickis Haus gerade endgültig verlassen hatte.

»Und der See«, sagte er. »Hast du den gesehen?«

»Nein«, sagte ich.

»Hier lang«, sagte er und marschierte in der Dunkelheit los.

Ich folgte ihm blindlings über Wiesen und schmale Wege jenseits einer Hecke, die erst erkennbar wurde, als wir dagegenstießen, bis an den Rand des dunklen Wassers, in dem sich die Lichter der Häuser an diesem und dem anderen Ufer spiegelten.

Durante setzte sich: Der helle Hut bewegte sich in der Dunkelheit nach unten.

Ich setzte mich ebenfalls, spürte das schüttere Gras, die Kiesel, den nassen Sand. Es plätscherte ganz leise, ein leichter Windhauch bewegte den See. Ich fragte mich, ob es Durante etwa gelungen war, seine Beziehung zu Nicki wunderbarerweise wieder ins Lot zu bringen, wie er es in Genua mit Giovanna gemacht hatte. Ob es ein Bett zum Schlafen für mich geben würde.

»Müde?«, fragte er nach längerem Schweigen.

»Ein bisschen.«

»Hungrig?«

»Nein.«

»Ein Glück.«

Wenige Meter von uns entfernt hörte man einen springenden Fisch ins Wasser klatschen.

»Wie findest du Nicki?«, sagte Durante.

»Hm.« Zwei oder drei Adjektive fielen mir ein, ich konnte mich aber für keines entscheiden.

»Ein bisschen *hart*, was?«, sagte Durante. »Etwas holzgeschnitzt?«

»Ja«, sagte ich.

»Das gehört zu ihrer *Überlebens*technik.«

Wir verstummten. Weiter weg hörte man wieder einen Fisch springen.

»War sie anders, als du sie kennengelernt hast?«, fragte ich.

»Nein«, sagte er. »*Ich* habe sie damals anders wahrgenommen.«

»Wann habt ihr euch zusammengetan?«

»Als ich sie zum ersten Mal *gesehen* habe.«

»Wo war das?«

»Auf Folegandros, einer griechischen Insel.«

»Ich habe Astrid auch auf einer griechischen Insel kennengelernt«, sagte ich spontan.

»Ich weiß«, sagte er.

»Ah, klar.« Mir fiel ein, dass ich seit zwei Tagen nicht mit Astrid gesprochen hatte, dass der Akku meines Handys leer war, dass es mir egal war.

»Sie kam splitternackt aus dem Wasser«, sagte Durante. »Von der Sonne vergoldet, mit diesen wilden Haaren. Eine wundervolle, impulsive, intelligente, schwierige Frau. Sie wirkte ungreifbar wie ein *Fisch*.«

»Wirklich?« Es fiel mir nicht leicht, sie mir so vorzustellen.

»Ja«, sagte er.

Die Lichter am gegenüberliegenden Ufer schienen in der Dunkelheit zu zittern, in unterschiedlichen Höhen. Es war fast unmöglich, die Entfernungen einzuschätzen oder wie viel Zeit vergangen war. Ich dachte daran, wie ich Astrid wahrgenommen hatte, als ich sie zum ersten Mal sah; wie sich mein Bild im Lauf unseres gemeinsamen Lebens verändert hatte; wie ich sie wahrgenommen hatte, als ich sie in Mariatico zum Bahnhof brachte und wir uns am Gleis umsahen, während wir auf den Zug warteten.

»Es ist eben nicht *leicht*«, sagte Durante.

»Was?«, fragte ich, obwohl ich es genau wusste.

»Ein *Leben* mit all seinen beweglichen Komponenten zusammenzuhalten«, sagte er. »Oder?«

»Wahrhaftig nicht«, sagte ich.

»Du tust dein Bestes«, sagte er. »Und es ist nie *wirklich* das Beste, jedenfalls genügt es nach einer Weile nicht mehr.«

»Wie viele Leben hast du eigentlich?«

»Die, die mir begegnet sind.«

»Jedes Mal, wenn du eine interessante Frau getroffen hast?«

»Jedes Mal, wenn eine Frau mich durch ihr *Fenster* schauen ließ«, sagte er. »Jedes Mal, wenn sie mich eingeladen hat hereinzukommen.«

Wir schwiegen erneut, lauschten dem kaum vernehmbaren Plätschern des Sees, dem leichten, feuchten Windhauch, der über den See strich. Oscar, Krill und Tofu hatten sich neben uns niedergelassen und witterten in der Luft.

Dann erhob sich Durante, und ich stand auch auf. Wir klopften uns die Hosen ab.

»Hast du eine Ahnung, wo wir heute Nacht schlafen können?«, sagte ich.

»Es gibt einen Heuschober«, sagte er. »Sonst auch im Auto, wenn du das vorziehst. Der Rücksitz ist ziemlich bequem, glaube ich.«

»Lieber im Heuschober«, sagte ich. »Wo ist er?«
»Hier in der Nähe«, sagte Durante.

Die drei Hunde sprangen hinter und vor uns her, während wir im Dunkeln den Hang wieder hinaufstiegen bis zu dem dichten Schatten von Nickis Haus, in dem die Lichter gelöscht waren. Wir nahmen die alte Decke aus dem Kofferraum des alten Mercedes; Durante ging zwischen Bäumen hindurch über die Wiesen voraus. An einem bestimmten Punkt sagte er: »Hier ist die Leiter. Taste die Sprossen mit dem Fuß ab, bevor du hochsteigst.«

Vorsichtig folgte ich ihm eine hölzerne Leiter hinauf bis zu einem ächzenden Bretterboden. Es roch nach gärendem Heu: Nach ein paar Schritten stolperten wir darüber und kletterten auf die schwankende Masse. Die Füße sanken ein und drückten einen wieder nach oben; beide stießen wir uns den Kopf an etlichen Balken. Oscar, Krill und Tofu kamen hochgeklettert und sanken ein wie wir; sie schnüfelten aufgeregt.

In einigem Abstand suchten Durante und ich jeder eine passende Stelle, wo wir uns hinlegen konnten, wie auf eine nachgiebige und stechende, aromatische Matratze.

Durante warf mir die alte Decke zu: »Hier.«

»Nimm du sie«, sagte ich und warf sie zurück.

»Ich brauche sie nicht.« Er warf sie wieder herüber.

Ich streifte die Sandalen ab, zog mir die alte Decke bis über die Nasenspitze und ließ mich im Heu nach hinten sinken.

Auch Oscar, Krill und Tofu hatten nach einigem Hin und Her ihren Platz gefunden; sie atmeten ruhig.

Die Gärung des Heus erzeugte Wärme

Die Gärung des Heus erzeugte mehr Wärme, als ich mir vorgestellt hatte. Es war, als läge man in einem natürlichen Backofen, dessen Temperatur mit dem Fortschreiten der Nacht stieg. Ich warf die alte, nach Schimmel und Motoröl stinkende Decke weg, doch das half nicht viel. Die Müdigkeit, die mich hatte einschlafen lassen, kam immer weniger gegen das Hitzegefühl und die unbequeme Position an: Mein Kopf lag tiefer als die Füße. Ich wälzte mich von einer Seite zur anderen, steife Grashalme stachen mich in den Nacken oder bohrten sich in mein Ohr; in kurzen, ständig unterbrochenen Träumen erstickte ich vor Hitze oder stürzte ins Leere.

Ich zuckte zusammen, stützte mich mit Armen und Beinen ab, um mich aufzusetzen, verschwitzt und keuchend. Die Dunkelheit war undurchdringlich; ich hörte den regelmäßigen Atem der drei Hunde.

»Schläfst du nicht?« Durantes Stimme kam von irgendwoher.

»Zu heiß«, sagte ich, überaus erleichtert, dass er auch wach war.

»Das ist das Heu«, sagte er.

»Ich weiß«, erwiderte ich. »Ich habe dauernd geträumt, dass ich ersticke oder mit dem Kopf nach unten falle.«

»Angenehm?«, fragte er.

»Kein bisschen. Wie sollte es?«

»Wenn ein freier *Flug* daraus geworden wäre.«

»Wurde es aber nie. Es war immer ein senkrechter Sturz ins Leere.«

»Ah«, machte er.

Ein Hund kratzte sich im Schlaf: *zackzackzackzack*.

»Und du?«, sagte ich. »Warum bist du wach?«

»Wie siehst du meine Situation?«, fragte er.

»Deine Situation?« Mir kamen verschiedene Blickwinkel in den Sinn, aus denen man darüber sprechen konnte.

»Ja«, sagte er.

»Drei Leben gleichzeitig zu leben? Eines auf unseren Hügeln, eines in Genua und eines hier am See?«

»Es gibt auch noch ein paar andere.«

»*Fünf Leben?*« Bilder von noch mehr Frauen, Kindern, Orten zuckten mir durch den Kopf. Die Dunkelheit verlieh jedem Bild eine seltsame Tiefe, wie in einem dreidimensionalen Film.

»So ungefähr.«

»Wo?« Ich versuchte die geographische Ausdehnung seiner Bindungen zu erfassen.

»Da und dort«, sagte er.

»Donnerwetter.« Ich löste das schweißnasse T-Shirt von meinem Rücken. »Und fühlst du dich nicht gespalten?«

»Gespalten ist gar kein Ausdruck. In *kleine Stücke* gerissen.«

»Und?«, sagte ich. »Warum dann so viele Leben?«

»Das habe ich ja nicht *so gewollt*«, erwiderte er. »Es ist *passiert*.«

»Aber du hast es zugelassen«, sagte ich.

»Oh ja.«

»Warum?«

»Zu verzichten wäre eine schreckliche *Verschwendung* gewesen«, sagte er. »So tun, als wäre nichts, geradeaus gehen, mit zugehaltenen Ohren und geschlossenen Augen. Und um *wo* anzukommen?«

»Na gut«, sagte ich. »Aber so ist es ganz schön schwierig.«

»Und was du machst, ist einfach?«, fragte er. »Sich für ein Leben zu entscheiden, es zu leben bis zur Neige, ohne an all die anderen möglichen Leben zu denken, die draußen begierig darauf warten, erforscht zu werden?«

»Ich glaube, ich habe mich auch nie bewusst dafür entschieden«, sagte ich.

»Du hast es aber zugelassen.« Er lachte. »Und hast dich dafür engagiert. Jeden Tag.«

»*Fast* jeden Tag«, sagte ich auf meinem Heulager, das so wenig stabil war wie meine Überzeugungen.

»Aber das ist *bewundernswert*, Pjotr«, sagte er. »Du darfst es nicht abwerten.«

»Es *war* bewundernswert, früher.«

»Wieso?«

»Weil ich nicht mehr an *diesem Punkt* bin. Inzwischen bin ich woanders.« Ich wunderte mich, wie die Dunkelheit dabei half, meine Gefühle in Gedanken zu übersetzen und die Gedanken in Worte zu fassen.

»Dabei hast du einen so *überzeugten* Eindruck gemacht, als ich dich getroffen habe«, sagte er. »Wie einer, der konsequent an seinem Leben arbeitet.«

»Es sah wohl so aus«, sagte ich. »Aber ich machte einfach automatisch weiter, ohne mich dem Problem zu stellen.«

»Dem Problem, wie *glücklich* du tatsächlich warst?«

»Ja.« Unglaublich, wie direkt er es auf den Punkt gebracht hatte.

»Und was ist dann passiert?«

»Alles Mögliche.«

»Zum Beispiel?«

»Zum Beispiel bist du gekommen.«

»Ja, und?«

»Das weißt du genau«, sagte ich. »Du hast fast alle Frauen des Tals durcheinandergebracht. Einschließlich Ingrid und Astrid.« Ich wartete ab, ob er mir in der völligen Finsternis vielleicht endlich erzählen würde, was zwischen ihnen vorgefallen war.

»Tut mir leid, wenn es dich verletzt hat«, sagte er nach einer Weile. »Aber Astrid ist genauso ruhelos wie du, auch wenn du es nicht bemerken wolltest.«

»Und dann hast du die Aufgabe übernommen, mich darauf aufmerksam zu machen?« Die Eifersucht war immer noch da, wie die Rückstände auf dem Boden einer Flasche: Man brauchte nur ein wenig zu schütteln, schon trübte sie meine Gefühle wieder.

»Aber nein«, sagte Durante.

»Was du mit Astrid gemacht hast, ist mir egal«, sagte ich atemlos, bevor er es mir erklären konnte. »Auf *Ingrid* kommt es mir an.«

Er schwieg ein paar Sekunden. »Wirklich?«, sagte er dann, und mir war, als hörte ich ein Lächeln in seiner Stimme.

»*Ja*«, sagte ich.

»Und weiß Ingrid das?«, sagte er.

»Nein, natürlich nicht«, sagte ich. »Oder hat sie was zu dir gesagt?«

»Nein«, antwortete er, wieder mit leicht amüsiertem Unterton, der meine Eifersuchtsrückstände noch mehr aufrührte.

»Wäre ja möglich gewesen«, sagte ich. »Bei allem, was ihr vermutlich so geredet habt.«

»Sie hat nicht mit mir darüber gesprochen«, sagte er.

»Vermutlich hattet ihr was Besseres zu tun«, sagte ich, obwohl ich gar keine Lust hatte, wieder in das Fahrwasser einzutauchen, in dem ich in einer früheren Epoche geschwommen war.

»Bist du etwa eifersüchtig, Pjotr?«, fragte er lachend.

»Nein, gar nicht«, sagte ich. »Einer lebt sieben Jahre im Gedanken an eine Frau, die ihm wahnsinnig gut gefällt, ohne dass er sich auch nur vorstellen kann, es ihr mit einer Geste oder einem Wort zu zeigen, und dann kommt ein anderer daher, und *zack*, in zwei Minuten schnappt er sie ihm weg. Und noch dazu *verlässt* er sie gleich danach. Kein Wunder, dass du lachst.«

»Ich habe sie dir nicht *weggeschnappt*«, sagte er, plötzlich ganz betrübt. »Und ich habe sie nicht *verlassen*.«

»Ach nein?«, sagte ich.

»Nein«, sagte er.

»Was habt ihr gemacht, in all den Nächten?« Ich war ganz Ohr, denn in der Finsternis konnte mir einzig das Gehör mögliche Zeichen vermitteln.

»Geredet«, sagte Durante vollkommen natürlich.

»Sie ist doch eine interessante Frau, oder?« Ich sondierte immer noch.

»*Sehr* interessant«, sagte er, ohne darauf einzugehen.

»Wie auch immer, es ist sowieso egal«, sagte ich mit Anstrengung.

»Du hast also keine Ahnung, ob du ihr was bedeutest?«, sagte Durante.

»Nein«, erwiderte ich.

»Und du hast wahrhaftig nie etwas unternommen, um es herauszufinden?«, sagte er. »In all den Jahren?«

»Ich bin mit ihrer *Schwester* zusammen.« Ich glaube, es klang verzweifelt. »Es ist eine ausweglose Situation. Selbst wenn ich ihr etwas bedeutete, Ingrid würde nie etwas tun, aus Loyalität gegenüber Astrid. Und das Gleiche gilt für mich. Keine Chance.«

»Schöne Bescherung, Pjotr«, sagte Durante.

Ich fragte mich, ob er nicht längst gemerkt hatte, dass ich in Ingrid verliebt war, da er so viele Sachen verstand, ohne dass man sie ihm erklären musste.

Ich fragte mich, worüber er mit ihr geredet hatte, ob sie wirklich nur geredet hatten; was er mit Astrid gemacht hatte. Fast genauso dringend wollte ich es lieber nicht wissen.

Wir schwiegen in der Dunkelheit; man vernahm nur den regelmäßigen Atem der Hunde. Ich versuchte, wieder einzuschlafen, war aber zu aufgewühlt. Ich überlegte, wie er und ich uns denn am folgenden Tag verhalten sollten: So tun, als hätten wir nie über diese Dinge gesprochen? Uns als Feinde gegenübertreten? Beschuldigungen austauschen? Flapsige Bemerkungen?

»Wie dein Leben auch ist«, sagte Durante, »du musst bedenken, dass es etwas *Kleines* ist.«

»Ich weiß«, erwiderte ich, noch gänzlich im Unklaren, wie wir nun zueinander standen.

»Es kommt dir grenzenlos vor, weil du drinsteckst«, sagte er. »Deshalb kannst du die meiste Zeit nicht drüber hinaussehen. Aber die Hülle ist zerbrechlich, sie verdirbt überraschend schnell.«

»Mhm«, machte ich. Unser Gespräch hätte auch imaginär sein können, dachte ich, eine Erweiterung meiner Fallträume, ausgelöst durch die Gärung des Heus.

»Weißt du, wie es ist, wenn man auf ein bestimmtes Ereignis wartet?«, sagte er. »Schön oder hässlich, mühsam oder langweilig oder aufregend? Du zählst die Monate und die Wochen und die Tage und die Minuten, die es noch dauert, dann ist der Augenblick endlich da, und *swooosh*, ist schon der Tag *danach*.«

Ich fühlte mich genervt und in der Defensive durch seine Art, eine sehr persönliche, konkrete Frage von mir zu nehmen und so auszudehnen, bis sie sich im Universum verlor; dennoch konnte ich nicht umhin, daran zu denken, wie ich in Trearchi auf Ingrids Ankunft gewartet hatte und der Bus einfach nie anzukommen schien. Und an die Nacht davor, als ich mir die Szene in tausend Varianten ausgemalt hatte, anders, als sie dann wirklich gewesen war. Ich dachte daran, wie ich in Mariatico mit Astrid auf den Zug nach Österreich gewartet hatte; an die Reisevorbereitungen, an ihre ordentlich gefalteten Kleider auf dem Bett. Ich dachte daran, wie wir auf Wecker und Uhren geschaut hatten, an die halb vorsichtige, halb gehetzte Autofahrt, an das Warten, erfüllt von unvermittelbaren Gefühlen, an die anderen Reisenden, an die Geleise, an den Bahnsteig. »*Swooosh*, wirklich wahr«, sagte ich.

»Und der Tag *danach* verfliegt genauso schnell«, sagte Durante. »Bevor du es merkst, ist er schon weit, weit weg, gefolgt von einer unglaublichen Anzahl von weiteren Tagen danach, zusammengepresst wie zu schmale Bücher in einem zu vollen Regal. Bis sich die scheinbar unerschöpfliche Menge von Tagen irgendwann *erschöpft*, Schluss, aus.«

»*Deswegen* würde ich gern mein Leben ändern«, sagte ich heiser. »Bevor alle Tage danach erschöpft sind.«

»Und gegen welches Leben wolltest du es eintauschen?«, fragte er.

»Gegen eines, das ich noch nicht kenne«, erwiderte ich.

»Hm«, machte er.

»Meinst du, es würde mir nicht gelingen?« An diesem Punkt hätte ich eine Ermutigung von ihm erwartet und spürte stattdessen Widerstand.

»Vielleicht«, sagte er.

»Pass auf, ich habe nicht nur den Charakter, den du zu kennen meinst«, sagte ich. »In mir schlummert auch der *gegenteilige* Charakter. Falls ich mich entscheiden sollte, mein Leben zu ändern, würdest du dich wundern.«

»Aber *alle* haben wir einen Charakter und dessen Gegenteil«, sagte Durante. »Und auch die unendlich vielen Charaktere dazwischen.«

»Aus *Angst* habe ich mich auf ein einziges Leben konzentriert«, sagte ich. »Aus Angst, nachts aufzuwachen und mich nicht mehr erinnern zu können, wer ich bin, wo und mit wem.«

»Und hältst du das für keinen guten Grund?«, sagte er. »Dass du dich erinnern kannst?«

»Doch«, sagte ich. »Aber ich weiß auch, dass es nur ein *vorläufiger* Trost ist. Du brauchst mir nicht zu erklären, dass mein Name und meine Steuernummer und meine Telefonnummer rein provisorisch sind.«

»Das zu wissen«, sagte er, »ist schon sehr viel.«

Wir schwiegen; wie lange, konnte ich nicht ermessen. In der Ferne bellte ein Hund in der undurchdringlichen Nacht, zwei- oder dreimal. Einer unserer Hunde blaffte, ohne aufzuwachen, und veränderte seine Lage im Heu. Ich fragte mich, ob Durante wieder eingeschlafen war, nachdem er meine Unruhe auf eine Art geschürt hatte, die schwer rückgängig zu machen war. Ich hatte keine Lust, mir selbst überlassen zu sein, die Dunkelheit ängstigte mich wie seit der Kindheit nicht mehr.

»Vielleicht habe ich es nicht verstanden, in die Fenster der Frauen, denen ich begegnet bin, hineinzuschauen«, sagte ich.

»Und warum, was meinst du?«

»Weil ich zu schüchtern war oder zu besorgt, dass ich eine schlechte Figur abgeben könnte. Oder weil mir die passenden Geschenke zum Mitbringen fehlten, weil ich nicht so gut lächeln konnte.«

»Vielleicht auch, weil du nicht der *richtigen* Frau begegnet bist«, sagte er.

»Aber ich habe ja nicht wirklich nach ihr *gesucht*«, sagte ich.

»Das kommt dir so vor, weil ich dich durcheinandergebracht habe. Es ist alles meine Schuld.«

»Nein, es ist so, weil ich endlich darüber *nachdenke*. Weil ich aus dem Graben rund um mein einziges, nicht selbstgewähltes Leben herausgeklettert bin.«

»Es stimmt nicht, dass du es nicht gewählt hast. Du hast es gewählt, und wie, auch wenn es dir nicht so vorkommt. Und du hast *gut* gewählt, aus soliden Gründen, mit guten Ergebnissen. Wirf es nicht weg, Pjotr.«

»Und du entmutige mich nicht, Durante.« Vermutlich zum ersten Mal, seit wir uns kannten, nannte ich ihn beim Namen.

»*Awwwwwwww!*«, machte er, es klang wie ein langes Gähnen oder ein Klagelaut. Die Hunde regten sich im Heu, Oscar jaulte.

»Was ist?«, fragte ich.

»Das ist das Letzte, was ich wollte«, sagte er. »Das *Letzte*.«

»Was?«

»Deine bewundernswerte Stabilität ins Wanken bringen.«

»Keine Sorge, du bist nicht schuld, sie wankt von ganz alleine.«

Wieder schwiegen wir eine Zeitlang, die sich immer mehr dehnte, während mir Gedankenfetzen durch den Kopf gingen, einfache Bilder, akustische Wahrnehmungen, Gerüche, Temperaturen.

»Meinst du, Nimbus geht es gut?«, fragte Durante.

»Bestimmt«, erwiderte ich. »Tom pflegt ihn sicher bestens.«

»Aber Tom versteht nichts von Pferden, abgesehen von dem bisschen, was ich ihm erklären konnte.«

»Dafür hat er ein hervorragendes Gefühl fürs Praktische«, sagte ich. »Mach dir keine Sorgen.«

»Ach, Pjotr«, sagte Durante.

Mir war, als sei ich völlig wach und klar und könnte gleich einen beruhigenden Satz formulieren, stattdessen überrollte mich der Schlaf von einem Moment zum anderen wie eine Welle, und ich sank mit dem Kopf ins Heu.

Das Geräusch eines unglaublich nah vorbeifahrenden Zuges

Das Geräusch eines unglaublich nah vorbeifahrenden Zuges ließ mich ruckartig aus dem schwankenden Heu aufschrecken. Ich schlüpfte in die Sandalen und rutschte hinunter auf den Bretterboden. Durante, Oscar und die zwei kleinen Hunde waren verschwunden, sie hatten keine Abdrücke im Heu zurückgelassen. Ich lockerte die Stelle auf, wo ich geschlafen hatte, um auch meine Spuren zu verwischen, dann nahm ich die alte Decke und stieg rasch die Holzleiter hinunter, damit der Bauer mich nicht erwischte.

Oscar sauste hinter einem Busch hervor auf mich zu, Tofu und Krill im Schlepptau. Hektisch sprangen sie ein bisschen um mich herum, schnupperten und leckten mir die Hände, dann stürmten sie zu einem grasbewachsenen Platz, wo Durante, Lara und Vicki und ein alter Mann im Rollstuhl waren.

Ich gesellte mich zu ihnen: »Guten Morgen.«

»He, Pjotr!«, sagte Durante. Er hielt eine Säge in der Hand, mit der er soeben einige kräftige Äste in gleich lange Stücke zerteilte. Mehrere fertige Stücke lagen schon auf einem Häufchen neben zwei geraden, etwa drei Meter langen Baumstämmen.

Die Mädchen, in geblümten Schlafanzügen aus Baumwolle, beobachteten ihn aufmerksam; sie gönnten mir nur einen flüchtigen Blick. Die Hunde jagten aufgeregt bellend hintereinanderher, und ab und zu, wenn Oscar einen der beiden Kleinen zu hitzig bedrängte, hörte man ein Jaulen oder Knurren. Der alte Mann im Rollstuhl hatte kleine blaue Augen, eine Habichtsnase, lange weiße Haare, eine Falte am Mundwinkel.

»Das ist *Urs, Nickis Papa*.« Durante betonte die Schlüsselwörter noch mehr als gewöhnlich. »Er ist ein großer *Insektenforscher*, er hat wunderbare *Bücher* veröffentlicht. Und das ist *Pjotr*.«

»Guten Tag«, sagte ich mit übertriebenem Schwung.

Der alte Mann namens Urs nuschelte etwas Unverständliches, jedenfalls für mich. Die beiden kleinen Mädchen schauten verstohlen zu mir herüber und kicherten.

Ich fuhr mir mit der Hand durch die Haare, sie waren voller Heuhalme. »Was soll aus dem Holz werden?«, fragte ich.

»Eine *Leiter*«, sagte Durante. »Möchtest du uns helfen?«

So reichte ich ihm noch mehr Äste zum Zersägen, dann hielt ich die Sprossen fest, während er sie zwischen die beiden Baumstämme nagelte. Lara und Vicki legten die Händchen auf die Sprossen, um es mir gleichzutun, und zogen sie zurück, sobald Durante, bevor er mit dem Hammer zuschlug, sagte: »Vorsicht!« Die Verwandlung ihrer Beziehung im Vergleich zum Abend davor verblüffte mich; ich fragte mich, wann sie stattgefunden hatte. Wahrscheinlich, dachte ich, war er bei Sonnenaufgang hinübergegangen, um sie zu wecken, und hatte auf seine schwer erklärbare Art die Kommunikation wiederhergestellt.

»Pietro wusste nicht, dass Heu *wärmt*«, sagte er lachend zu den Mädchen und dem Mann im Rollstuhl.

»Ich *wusste* es«, sagte ich, »aber ich hatte noch nie im Heu geschlafen.«

Auch die Mädchen lachten; Urs blickte uns an, aber sein Ausdruck blieb starr.

Durante nagelte die letzte Sprosse der primitiven Leiter fest: »Fertig!«

Ich half ihm, sie aufzurichten und an eine große Eiche in der Nähe zu lehnen. Lara und Vicki hüpften aufgeregt hinter uns her, die Hunde rannten im Kreis um uns herum. Ich schaute nach oben: Zwischen den Ästen war ein Holzhäuschen mit einer Tür und zwei Fenstern.

Durante ging zu Urs zurück und schob den Rollstuhl unter die Eiche. »Willst du auch *raufkommen*?«, fragte er ihn; es klang, als meinte er es ernst.

Urs gab wieder ein paar unverständliche Laute von sich, neigte ein wenig den Kopf.

»*Später*?«, sagte Durante. »Dann gehen wir schon mal rauf.«

Die beiden Kleinen wollten sofort losklettern, aber Durante schob sie beiseite: »Lasst mich erst ausprobieren, ob sie *hält*.« Leichtfüßig und schnell kletterte er die Sprossen hinauf, den Hammer in den Hosengürtel gesteckt. Er verschwand in dem Baumhaus, gleich darauf schaute er aus dem Fenster und schwenkte seinen Hut.

Lara und Vicki klatschten begeistert in die Hände, die Hunde bellten; Urs betrachtete die Szene, mit wie viel Anteilnahme, war nicht klar. Wieder wollte Lara losklettern, ich hielt sie am Arm zurück; sie schlug wütend um sich.

»Lass mich los«, kreischte sie auf einer Frequenz, die ins Trommelfell schnitt.

»Lass sie nur«, sagte Durante, in der Tür des Häuschens stehend.

»Aber das ist gefährlich«, sagte ich. Das Baumhaus befand sich in etwa zweieinhalb Meter Höhe, die Leiter war unregelmäßig, die Mädchen waren noch klein.

»Lass sie nur«, wiederholte Durante.

Also sah ich zu, wie Lara und Vicki, sich schubsend und glücklich lachend, die Sprossen hochkletterten wie zwei Äffchen. Durante half ihnen bei der letzten Sprosse. »Kommst du nicht rauf, Pjotr?«, fragte er.

Daraufhin stieg ich ebenfalls hinauf, obwohl ich selbst in mäßiger Höhe an Schwindel litt; ich bemühte mich, nicht runterzuschauen.

An der letzten Stufe streckte Durante mir helfend die Hand entgegen wie vorher den Mädchen: »Willkommen!«

Die Bretter des Bodens schienen stabil zu sein und erweckten nicht den Eindruck, gleich unter dem Gehüpfe von Lara und Vicki nachgeben zu wollen. Es gab auch einen kleinen hölzernen Tisch und zwei Stühlchen, eine Eule aus zwei Tannenzapfen und ein paar Stöckchen.

»Es hat *gehalten*, das Häuschen!«, sagte Durante, während er einen lockeren Nagel mit dem Hammer festklopfte. »Schon drei Jahre, oder?« Er strahlte, wie angesteckt vom Glück der beiden Mädchen, die hin und her rannten, sich auf die Stühlchen setzten, aus den Fenstern schauten.

Ich trat ebenfalls ans Fenster: Unten sah man Urs in seinem Rollstuhl, Oscar, Tofu und Krill, die mit der Schnauze in der Luft zu uns hochblickten, zwanzig Meter weiter unten auf der abschüssigen Wiese Nickis Haus, die anderen Häuser aus Holz und Stein rundum, den Heuschober, wo wir geschlafen hatten, den See, in dem sich das Blau des Himmels und die Wolken spiegelten. Dann sah ich Nickis Freund Martin um die Hausecke biegen, in Motorradkluft, den Helm in der Hand. Er machte ein paar Schritte auf unsere Eiche zu, blickte zu Urs, blickte zu uns herauf. Die beiden im Fenster lehnenden Mädchen drehten ihm eine lange Nase und streckten die Zunge heraus. Gereizt ging er zum Haus zurück. Gleich darauf erschien er wieder, sah aber nicht mehr zu uns her; er setzte den Helm auf, stieg aufs Motorrad und brauste davon.

»Was schaut ihr?«, fragte Durante mit dem Hammer in der Hand.

»Martin«, sagten Lara und Vicki kichernd.

»Er ist weggefahren«, sagte ich.

»Wieso habt ihr ihm solche Fratzen geschnitten?«, fragte Durante die Mädchen.

»Einfach so«, sagte Vicki.

»Er ist blöd«, sagte Lara.

»Wieso blöd?«, sagte Durante. Er beobachtete sie aufmerksam.

»Er bringt Mama zum Weinen«, sagte Lara.

»Wie denn?« Durante wirkte sichtlich beunruhigt.

»Vorgestern hat er die Gemüsetorte auf den Boden geschmissen«, sagte Vicki. »Tofu und Krill haben sie ganz aufgefressen.«

»Auch die Krümel«, sagte Lara.

»Und dann?«, fragte Durante. »Hat er noch mehr schlimme Sachen gemacht?«

»Nein«, sagte Vicki.

»Gar keine?«, sagte Durante.

»Mama sagt, dass er zu viel Bier trinkt«, sagte Lara.

Sie fingen wieder an zu hüpfen und im Häuschen hin und her zu rennen wie wild.

Durante wirkte entspannter; er lehnte sich aus dem Fenster: »He, Urs! Alles in Ordnung?«

Urs bewegte die Lippen, als antwortete er, aber sicher sein konnte man nicht.

»Sobald ich hier fertig bin, hole ich dich rauf!«, sagte Durante, wieder schien er es ernst zu meinen.

Ich half ihm dabei, etliche lose Wandbretter neu zu befestigen, drückte sie kräftig an, während er die lockeren Nägel wieder festklopfte. Das Baumhaus tönte wie eine Spieldose, bei jedem Hammerschlag klangen die Hölzer nach.

Zwischen einem Schlag und dem nächsten hörten wir Nicki mit spitzer Stimme rufen: »Laaraaa! Viickiii!«

Durante schaute hinaus: »Wir sind hier, alles in Ordnung!«

»Von wegen alles in Ordnung!«, schrie Nicki von unten. »Schick sie sofort runter! Mädchen, kommt sofort runter!«

»Aber warum denn?«, sagte Durante.

»Weil es gefährlich ist!«, brüllte sie. »Ich will nicht, dass sie da raufklettern! Wir haben die Leiter extra weggeschmissen! Und erklärst du mir mal, was mein Vater hier draußen macht?«

»Er wollte dabei sein«, sagte Durante. »Ich habe ihm versprochen, dass ich ihn auch ins Baumhaus hole.«

»Du bist verrückt!«, schrie Nicki. »Total übergeschnappt! Wie kannst du es dir erlauben, solche Initiativen zu ergreifen? Ohne mir einen Ton zu sagen und während meine Mutter im Dorf ist!«

»Wir wollen oben bleiben!«, brüllten die beiden Kleinen. Sie hüpften herum, stampften mit den Füßen auf.

»Runter mit euch, sofort!«, schrie Nicki. »Und zwar dalli! Lara! Vicki!«

»Wir kommen nicht runter!«, brüllten Lara und Vicki. »Wir kommen nicht runter!«

Oscar, Tofu und Krill bellten im Chor und rannten, angesteckt von der allgemeinen Aufregung, um Nicki herum.

»Kommt ruuunteeeer!«, brüllte Nicki in einem krampfartigen Wutanfall, legte die Hände an die Leiter und rüttelte daran, dass das Baumhaus zitterte.

Mit einer Miene, die seine völlige Ratlosigkeit spiegelte, sah Durante mich an. »Vielleicht ist es besser, wenn wir runtergehen«, sagte er zu den Mädchen.

»Wir wollen nicht, wir wollen nicht!«, kreischten Lara und Vicki mit Tränen in den Augen und geröteten Gesichtern.

Er schlüpfte als Erster hinaus auf die Leiter. »Los, kommt«, sagte er. »Pietro, hilfst du mir?«

Ich schob die beiden weinenden und widerspenstigen Mädchen zur Leiter hin und half ihnen mit größter Vorsicht, obwohl mir schwindelig war und sie die Sprossen sichtlich trittfester runterkletterten als ich.

Als wir alle vier auf dem Boden standen, gab Nicki Lara eins hinter die Ohren, und Lara brüllte noch lauter, während Vicki der Hand der Mutter auswich, indem sie sich rasch unter die Hunde mischte, die tobten und bellten wie besessen.

»He, Nicki?«, sagte Durante. »Erklärst du mir mal, warum?«

»Ab ins Haus mit euch!«, schrie Nicki die Kleinen an, ohne ihm zu antworten. »Ihr habt noch nicht einmal gefrühstückt! Ihr habt euch nicht einmal angezogen! Es ist einfach grauenhaft!« Es gelang ihr, die beiden am Arm zu packen, und obwohl sie strampelten und sich sträubten, schleifte sie sie mit wütenden Schritten zum Haus.

»Nicki?«, sagte Durante.

»Und wage ja nicht, meinen Vater anzurühren!«, brüllte Nicki, ohne sich umzudrehen. »Ich hole ihn später!«

»Aber *warum*?«, wiederholte Durante, als sie schon zu weit weg war, um es zu hören.

»Mach dir nichts draus«, sagte ich so anteilnehmend, dass es kein wirklicher Trost war.

Die Hände in den Taschen, blickte Durante über den See. Dann ging er zu Urs und sagte: »Auf den Baum steigen wir ein andermal. Nicki ist extrem gereizt heute.«

Urs nuschelte etwas; ich verstand immer noch nicht, ob es sich um Antwortversuche oder rein zufällige Laute handelte.

»Aber natürlich machen wir einen Spaziergang«, sagte Durante, als verstünde er ihn ausgezeichnet. »Pjotr kommt auch mit, nicht wahr?« Er löste die Fußbremse am Rollstuhl und schob ihn zügig zwischen den Bäumen voran. Oscar, Tofu und Krill schlossen sich sofort schwanzwedelnd an.

Ich folgte ihnen, obwohl ich Nickis Reaktion auf diese neue Initiative schon kommen sah. Ich dachte an Durantes Äußerungen in der Nacht; an seine fünf oder mehr in Europa verstreuten Beinahfamilien.

»Unglaublich, wie jeder Ort seinen Geruch hat«, sagte er. »Auch nach Jahren erinnert man sich daran. Jede *Ecke* hat ihren Geruch, jede Senke. Jeder *Schatten* sogar, oder?«

»Ja«, sagte ich, auch wenn mir schien, er wende sich mehr an Urs als an mich.

Urs gab wieder unverständliche Laute von sich. Ich sah, wie sich seine Halsmuskeln anspannten in dem offensichtlichen Versuch, etwas mitzuteilen.

Durante beugte sich vor, hielt das Ohr an seinen Mund. »So ist es«, sagte er.

»Was?«, fragte ich in der Befürchtung, dass ich etwas Wichtiges verpassen könnte.

»Schöne Gebrauchsanweisung«, sagte Durante.

»Welche Gebrauchsanweisung?« Ab und zu fröstelte mich wegen der schlaflosen Nacht, die ich mit Denken und Reden im gärenden Heu zugebracht hatte.

»Für dein *Leben*«, erwiderte er. »Die, die sie dir in der Kindheit mitgeben, oder? Sie ist so vage, dass sie gar nichts nützt.«

»Genau«, sagte ich.

»Da hast du diese paar Seiten«, sagte er. »Voll mit vagen Versprechungen und verschwommenen Zeichnungen, die dich überzeugen sollen, dass sie dir ein phantastisches Produkt geliefert haben. Aber wie es *wirklich* funktioniert, steht nirgends.«

»Ja«, sagte ich; ich ging auf der anderen Seite des Rollstuhls.

»So brauchst du *Jahrzehnte*, bis du von selber kapierst, wie es geht«, sagte Durante. »Machst Fehler um Fehler. Gelegentlich fällt dir deine alte Gebrauchsanweisung wieder ein, und du fragst dich, ob sie nur lauter Prahlerei oder gute Ratschläge enthielt.«

Ich blickte Urs an, um festzustellen, wie weit er dem Gespräch wirklich folgte, doch es gelang mir einfach nicht.

»Irgendwann blätterst du sie dann noch mal durch«, sagte Durante, »und entdeckst, dass du die letzte Seite übersehen hattest. Auch weil sie in beinahe unleserlichen Buchstaben geschrieben ist. Aber wenn du eine *Lupe* nimmst, entdeckst du, wie dir hier erklärt wird, dass dein Leben genau dann anfängt auseinanderzufallen, wenn du dir eine Vorstellung davon gemacht hast, wie du es nutzen willst. Und gleich danach geht es ganz kaputt, Ende.«

»Tolles Produkt, wahrhaftig.« Ich versuchte zu lachen.

»Du, Pjotr?«, sagte Durante. »Stell dir mal vor, was passieren würde, wenn die letzte Seite der Gebrauchsanweisung in gut *lesbaren* Buchstaben geschrieben wäre!«

»Ja und?«, sagte ich. »Würden die Leute dann darauf verzichten, zu *leben*?«

»*So* zu leben, bestimmt«, sagte er. »Mit Pflichten und Zwängen und ständigen Reibungen und unangenehmen Gefühlen, im Warten auf Dinge, die sich jedes Mal *entfernen*, wenn du meinst, dass du sie fast erreicht hast.«

»Mit mittel- und langfristigen Plänen?«, sagte ich. »Damit, etwas ständig aufzuschieben, zu *vertagen*?«

»Und wieder zu *warten*«, sagte Durante.

»Auf *unbestimmte* Zeit«, sagte ich.

Erneut zuckten Urs' Halsmuskeln, er strengte sich eindeutig an, einige Laute herauszubringen.

Durante näherte das Ohr wieder seinem Mund. »Ja«, sagte er. »Deshalb sind alle Religionsverkäufer gezwungen, ein *nächstes* Leben zu versprechen. Garantiert ohne Mängel, das dann für *immer* hält.«

Schweigend gingen wir durch das Gras unter den Bäumen, wenige Dutzend Meter über dem See, der teilweise im Schatten lag und teilweise in der Sonne glitzerte. Vor einigen Minuten war mir die Situation noch beinahe sinnlos vorgekommen, jetzt war sie so dicht, dass es schwierig war, sie zu durchdringen.

Durante beschleunigte den Schritt, schob Urs im Rollstuhl im Slalom zwischen Bäumen und Sträuchern hindurch.

»Das heißt?« Ich passte mich der Geschwindigkeit an.

»Dass man sich besser auf die *Zeichen* konzentrieren muss, die man bekommt«, sagte er. »So wie sie.«

»Wer, sie?«, fragte ich.

»Sie«, sagte er mit Blick auf die Hunde, die neben uns trabten.

»Vielleicht«, sagte ich, voll und ganz auf gleicher Wellenlänge, aber dennoch mit dem Eindruck, ein paar Meter im Rückstand zu sein.

»Den geistigen Raum *ausleeren*«, sagte er. »Ihn befreien von der militärischen Besatzung durch rationale Gedanken samt ihrem Anspruch, alles zu organisieren und zu erklären.«

»Ja«, sagte ich, leicht außer Atem.

»Sich in den Formen, in der Beschaffenheit der Dinge verlieren«, sagte er. »In den Lichtern, den Temperaturen, den *Gerüchen*.«

»Und?« Wir liefen immer schneller über die unebene Wiese.

»Und *lauschen*«, sagte er. »*Zuhören*. Nimmst du die

Signale wahr, die in diesem winzigen Ausschnitt der irdischen Welt zu uns dringen?«

»Ich glaube schon«, sagte ich.

»Zum Beispiel?«, sagte er.

»Tannenharz«, sagte ich.

»Fettes Gras«, sagte er. »Hunger am Morgen.«

»Moos«, sagte ich. »Sehnsucht nach verlorenen Dingen.«

»Sehnsucht nach nicht *gelebten* Dingen«, sagte er. »Dürres Gras.«

»Dürre Äste«, sagte ich. »Klopfendes Herz. Zirkulierendes Blut.«

»Pulsschlag und Kontraktionen«, sagte er.

»Flüssiges und Festes«, sagte ich. »Mineralische Verbindungen.«

»Kleine Nager in Höhlen!«, sagte er, schob den Rollstuhl noch schneller. »Erinnerungen an Schlupflöcher!«

»Morsches Holz!«, sagte ich. »Gedanken von Enten auf dem Wasser.«

»Nichtgedanken von Fischen unter Wasser!«, sagte er, weiter beschleunigend.

»Licht zwischen den Bäumen, von unten nach oben gesehen!«, rief ich. »Stoff, der an der Haut der Beine reibt.«

Unterdessen rannten wir im Zickzack wie zwei Verrückte, der Rollstuhl schwankte, in den Kurven bald auf das eine, bald auf das andere Rad gestützt. Urs schloss halb die Augen, seine weißen Haare wehten im Wind.

»Wassergeruch!«, rief Durante. »Vibrierende Pigmente.«

»Geruch nach Felsengebirge!«, rief ich.

»Verschlungene Muskelfasern!«, rief er. »Nackte, weiche, glatte Frauenhaut!«

»Geruch nach Felsen, Wald, Wasser!«, rief ich, hektisch, außer Atem, unsicher.

»Geruch nach Haut, Schnee, Wald, Wasser, Sand, Gras!«, rief er, immer noch schneller werdend, mit einer Hand den Rollstuhl lenkend, die andere auf seinem Hut, damit er nicht davonflog.

»Bremsen wir nicht?«, rief ich, für einen Augenblick außerhalb der überwältigenden Wahrnehmungswelle, die uns mitriss, weil ich Urs gefährlich holpern sah.

»Nein, nein, wir bremsen nicht!«, rief Durante. »Gell, Urs?«

Urs kniff die Augen zusammen, um sich vor Ästen und sonstigen Hindernissen zu schützen, bevor Durante es für ihn tat, aber die Situation schien ihm nicht zu missfallen.

Durante wirbelte um den Stamm einer Tanne herum und raste die Wiese hinunter. »Heeee!«, rief er.

»Heeee!«, rief ich und rannte, so schnell mich die Beine trugen. »Pass auf!«

»Klar doch!«, rief er. »Wir passen auf! Wir sind *in* der *reinen* Aufmerksamkeit, ohne Störungen, ohne tote Winkel, im Hier und Jeeetzt!«

Hals über Kopf stürmten wir zum See hinunter, der Rollstuhl holperte mit Urs über Stock und Stein, zog uns unaufhaltsam mit. Durante konnte ihn gerade noch rechtzeitig herumreißen, bevor er gegen einen Baumstamm und dann gegen einen großen Stein prallte, aber er schien nah dran, gleich die Kontrolle zu verlieren. Ich krallte meine Finger in die rechte Seite der Rückenlehne, doch anstatt zu bremsen, ließ ich mich widerstandslos mitreißen. Ich sah Oscar, der neben uns hersauste, die Ohren zurückgelegt, die Schnauze genüsslich im Wind, und Krill und Tofu, die auf ihren kurzen Beinchen federnd auf der anderen Seite mitrannten. Selbst ich berührte die Wiese kaum, meine Füße stießen mich mit unfassbarer Leichtigkeit in die Höhe und voran, ein Gefühl fast wie in der Kindheit, wenn ich nachts träumte, ich würde fliegen, und glücklich und erstaunt darüber war, wie leicht es ging, dann aber beim Erwachen enttäuscht dachte, dass alles bloß in meiner Phantasie stattgefunden hatte. Jetzt aber war das Gefühl real, ich flog den Hang hinunter zusammen mit den Hunden, mit Durante und Urs in seinem Rollstuhl, alle auf gleiche Weise hingerissen von dem Schwung und der reinen Freude des Augenblicks.

»*Heeeeeeee!*«, rief Durante.

»*Heeeeeeeeeee!*«, rief ich im gleichen Ton.

Wir waren wenige Meter vor dem See, und noch einmal überlegte ich, auf meiner Seite zu ziehen, um den Rollstuhl zu bremsen, doch es war nur ein Gedanke, machtlos gegenüber der Kombination von Beinen und Rädern und Wahrnehmungen, die unaufhaltsam dem immer näher rückenden glitzernden Wasserspiegel zustrebten. Gleich darauf war es zu spät, wir waren schon auf dem letzten Stück Wiese, dann auf dem grauen Sand mit einigen hellen Kieseln und Blasen und angetrocknetem Seeschaum, über den Sand hinaus und bis zu den Fesseln im Wasser. Plötzlich blockierte der Rollstuhl, ich sah Urs im hohen Bogen herausfliegen. Doch es schien sich nicht bloß um die Wirkung der Schwerkraft zu handeln: Mir war, als springe Urs aus dem Stuhl auf und laufe, Arme und Beine schwingend, ins flache Wasser, stürze sich mit dem Gesicht voraus mit einem Platschen hinein, dass es spritzte und schäumte und die Hunde zu bellen anfingen, und ich glaube, Durante und ich schrien und rannten hinterher, bis wir zuletzt auch der Länge nach im See lagen.

Ich erhob mich fast sofort, Wasser in den Haaren und in den Ohren, Hose und T-Shirt klatschnass, Sandalen, die auf dem schlammigen Grund einsanken. Ich stolperte, fiel nach hinten. Durante fischte seinen davonschwimmenden Hut heraus und eilte mit Riesenschritten an mir vorbei durch das knietiefe Wasser. Er fasste Urs um die Schultern, drehte ihn mit dem Gesicht nach oben.

Nicki rannte die Wiese herunter auf uns zu und fuchtelte mit den Armen. Sie schrie etwas, aber ich konnte ihre Worte nicht verstehen. Hinter ihr kam eine zweite, langsamere weibliche Gestalt, die ebenfalls schrie und gestikulierte.

Ein oder zwei Meter vor mir hatte Durante Urs aufgesetzt. Sein Gesicht war schlammverschmiert, die Augen halb geschlossen, die Haare nass, der hellgraue Schlafrock dunkel, so hatte er sich vollgesogen. Oscar, Tofu und Krill paddelten und planschten, kläfften aufgeregt, leckten an der Wasseroberfläche, schüttelten sich und liefen ans Ufer und wieder zurück in den See.

Durante fasste Urs unter den Achseln, ich ergriff ihn an den Füßen; wir schleiften ihn ans Ufer. Er war schwerer, als ich gedacht hatte, glitschig wegen all dem Wasser, das seine Kleidung durchtränkte. Doch es gelang uns, ihn über den Sand weg bis zur Wiese zu tragen und ihn ins Gras zu legen.

Beinahe gleichzeitig erreichte Nicki uns und schrie: »Papa! Papa! Ihr habt ihn ertränkt!«

»Uuuuuurs! Mein Gott!«, schrie die zweite Frau. Sie war um die sechzig und trug ein weites blaues Hemd und Chinahosen.

»He, Urs?«, sagte Durante. Er nahm den Hut ab und wedelte damit vor seinem Gesicht.

Dann hielten wir alle vier keuchend inne, ich spürte, wie das Wasser an mir herunterrann, und Urs begann zu lachen.

Ich dachte, es sei vielleicht nur mein Eindruck, der von dem Schock und der Überlagerung zu vieler Impulse herrührte, darum hob ich den Blick zu Nicki und ihrer Mutter und sah auf ihren Gesichtern die gleiche Ungläubigkeit.

Durante dagegen atmete leise, auf der Wiese sitzend, den Hut in der Hand, den Kopf geneigt, um Urs ins Gesicht zu schauen. Auch er begann zu lachen.

Mit Unterbrechungen lachten sie eine ganze Weile, während Nicki und ihre Mutter und ich sie beobachteten und nicht wussten, wie wir reagieren sollten.

Durante setzte Urs auf; ich half ihm dabei. Urs blieb starr und ausdruckslos, dann begann er wieder zu lachen. Es war ein echtes Lachen, das sich über seine Züge breitete, die Spannung seiner Gesichtsmuskeln lockerte und die Grenzen seiner Stimmbänder überwand und seine Augen glänzen ließ; er atmete stoßweise.

Ich lachte ebenfalls los, und Nicki, die, glaube ich, mit aller Kraft versuchte, ernst zu bleiben, und ihre Mutter, die bis vor wenigen Sekunden noch vor Angst wie gelähmt wirkte, auch. Wir krümmten uns in Lachanfällen, bei denen sich die Bauchmuskeln, die Gefühle und die Gedanken in gleicher Weise verkrampften. Wahrscheinlich dauerte es nur wenige Sekunden, aber der Zeitraum war so gedehnt, dass er Minuten, Stunden und ganze Tage umfasste, Monate namenloser Gefühle, Jahre voll Fragen ohne Antwort.

Auf einmal fühlte ich mich todmüde und setzte mich ins Gras; mir war, als fehlte mir die geistige Kraft, um das, was gerade geschehen war, oder überhaupt etwas zu erklären.

Auch Nicki setzte sich, legte ihrem Vater eine Hand auf die Schulter, um ihn zusammen mit Durante zu stützen. Sie begann zu weinen, mit zitternden Lippen, Gesicht und Hände schlammverschmiert.

Ihre Mutter umarmte Durante mit plötzlichem Schwung, drückte ihr Gesicht an seine Schulter, wollte ihn gar nicht mehr loslassen. Er streichelte ihr mit der freien Hand den Rücken, mit der anderen stützte er weiter Urs.

So blieben wir einen Meter vom Seeufer im feuchten Gras sitzen, überwältigt von zu großen Empfindungen, während Urs' umgekippter Rollstuhl im halbhohen Wasser blinkte. Ein Bauer mit einer Sense in der Hand weiter oben auf der Wiese betrachtete uns ratlos.

Dann machte mir Durante mit dem Kopf ein Zeichen, den Rollstuhl zu holen. Ich zog ihn aus dem Wasser und schleifte ihn mühsam ans Ufer. Mit größter Vorsicht setzten wir Urs hinein und schoben und zogen ihn den Hang hinauf aufs Haus zu. Urs hielt die Augen wieder halb geschlossen, aber die Falte an seinem Mundwinkel glich immer noch einem Lächeln.

Nach dem Essen buk Durante Apfelküchlein

Nach dem Essen buk Durante Apfelküchlein in der unordentlichen Küche. Auf zwei Stühlen stehend sahen Lara und Vicki ihm zu, beschmierten ihre Gesichter mit Mehl, fütterten die Apfelschalen den Hunden. Erstaunlich gekonnt rührte er mit dem Holzlöffel den Teig an, gab die dünn geschnittenen Apfelscheiben dazu, schöpfte die ersten Portionen in die Pfanne: Jede Geste wirkte so selbstverständlich und richtig, als hätte er Nachmittage lang nichts anderes gemacht.

»Ich wusste nicht, dass du auch ein *Koch* bist«, sagte ich, während ich ihn von einem wackeligen Hocker aus beobachtete. Mir fiel ein, dass es mir so vorgekommen war, als liefe Urs auf seinen eigenen Beinen ins Wasser; ich fragte mich, ob es tatsächlich so gewesen war.

»Eher *Konditor* als Koch«, sagte Durante lachend. »Ich habe immer lieber süße Sachen gemacht, weil sie nicht unbedingt nötig sind, oder?«

»So ist es«, sagte ich.

»Aber ganz so süß mag ich sie nicht, die Süßigkeiten«, sagte er. »Sie müssen eine säuerliche Note haben, mit einer Prise Salz.«

»Finde ich auch«, sagte ich, glücklich, auch hierin mit ihm übereinzustimmen.

Nicki kam aus dem Garten zurück. »Runter von den Stühlen!«, befahl sie den Mädchen sofort. »Und wascht euch Gesicht und Hände! Und die Hunde dürfen nicht ins Haus, wie oft soll ich euch das noch sagen!«

Die Mädchen rührten sich nicht, bis Nicki Lara hochhob und auf dem Boden absetzte. Daraufhin stieg auch Vicki vom Stuhl, und gefolgt von den Hunden liefen beide hinaus.

»Urs?«, fragte Durante, während er die Apfelküchlein in der Pfanne hüpfen ließ.

»Er schläft«, sagte Nicki.

»Gut«, erwiderte Durante.

»Er konnte schon ewig nicht mehr schlafen«, sagte sie.

»Gut«, wiederholte er.

»Ja«, sagte Nicki. »Aber es ist ein Wunder, dass er sich nicht den Arm oder das Bein oder das *Becken* gebrochen hat. Falls er nicht noch eine Lungenentzündung kriegt, weil er so nass geworden ist.«

»Bestimmt nicht«, sagte Durante. »Das Wasser war *lauwarm*, und wir haben ihn ja ziemlich bald abgetrocknet und umgezogen.« Er kippte die Apfelküchlein auf ein Brett, das mit Küchenpapier bedeckt war, und füllte die Pfanne erneut.

»Rede bloß nicht so daher«, sagte Nicki. »Als ob du die Situation im Griff gehabt hättest.«

»Aber nein«, sagte Durante lächelnd. »Ich hatte noch nie im Leben den Anspruch, eine Situation im Griff zu haben.«

»Und lach nicht!«, sagte sie. »Lach nicht über so was!«

»Ich lache nicht«, sagte Durante. »Es besteht ein Unterschied zwischen Lachen und *Lächeln*, hoffe ich?«

»In dem Fall nicht!«, sagte Nicki. »Nicht nach dem, was du getan hast!«

»Wir haben doch schon darüber gesprochen, oder?«, sagte Durante, während er die neuen Apfelküchlein in der Pfanne wendete.

»Aber du hast noch nicht zugegeben, dass du unrecht hast!«, antwortete sie.

»Wir haben uns einfach von unseren *Empfindungen* leiten lassen, das ist es«, sagte Durante. »Buchstäblich.«

»Gratuliere«, sagte sie. »Wirklich ein tolles Unternehmen.«

Ich hätte ihr gern erklärt, dass es sich um eines der seltsamsten Ereignisse gehandelt hatte, die ich je erlebt hatte, wenn nicht um *das* seltsamste überhaupt. Aber vermutlich war es nicht der richtige Augenblick, daher schwieg ich.

Durante kippte auch die neuen Apfelküchlein auf das Küchenpapier, dann arrangierte er alle auf einer großen Platte und bestäubte sie mit Zimt und Puderzucker. »Kommt, wir essen sie, solange sie noch schön *warm* sind«, sagte er.

»Wie macht er das, so zu sein?«, sagte Nicki zu mir, aber ohne das Ressentiment, das in ihren vorherigen Worten angeklungen hatte.

Ich half ihr, kleine Teller und Gläser und eine Packung Traubensaft zu einem Tisch hinauszutragen. Durante hatte Lara und Vicki schon je ein Apfelküchlein in die Hand gedrückt, sie aßen es im Kreis gehend, Schritt für Schritt verfolgt von Oscar, Krill und Tofu.

»Setzt euch!«, sagte Nicki. Doch als die beiden nicht gehorchten, nahm sie sich kommentarlos ebenfalls eins von der großen Platte.

Die Apfelküchlein waren perfekt, sie hatten das ausgewogenste Verhältnis von süß und säuerlich und salzig und feucht und trocken und fest und leicht und heiß und frisch, das ich mir vorstellen konnte. Beim ersten Bissen traten mir die Tränen in die Augen, denn meine Sinnesorgane konnten keinen Makel entdecken, nicht eines der notwendigen Elemente fehlte. Es war, als enthielten Durantes Apfelküchlein das Gleichgewicht, das in der Situation, in der wir sie aßen, oder in unserem Leben, in der Welt außerhalb des kleinen verwilderten Gartens am See nicht vorhanden war.

»Gut?«, fragte Durante, auf seine pedantische Weise kauend.

»Mhm«, machte Nicki.

»*Mehr* als gut«, sagte ich. »Diese Apfelküchlein sind eine *spirituelle* Erfahrung.«

Er lachte nicht, sondern blickte uns mit seinen grauen Augen an.

Auch Nicki schwieg, ganz und gar auf ihr Apfelküchlein konzentriert.

Wir aßen drei pro Kopf, als wir das zweite fast verspeist hatten schon traurig bei dem Gedanken, dass sie bald alle sein würden. Sogar die Mädchen waren still, aßen mit der gleichen Aufmerksamkeit, mit der sie einer Geschichte hätten lauschen können.

Am Schluss blieb in der Mitte der Platte ein einsames Apfelküchlein übrig, das schönste und appetitlichste von allen.

»Meins!«, sagte Lara.

»Nein, meins!«, sagte Vicki und versuchte, die Schwester abzudrängen.

Durante schob die Mädchen beiseite, nahm das Küchlein, bevor sie es erwischten. Oscar, Krill und Tofu hatten sich erwartungsvoll vor ihn gesetzt. Er schnitt es in drei gleiche Stücke, gab jedem Hund eins davon. Vicki und Lara schauten zu, so gespannt, dass sie nicht einmal quengelten. Oscar, Krill und Tofu schluckten, ohne zu kauen: In Sekundenschnelle war das letzte Apfelküchlein spurlos verschwunden.

Ich legte mich auf die Wiese und beobachtete Vicki und Lara, die mit den Hunden spielten und sich ununterbrochen Geschichten ausdachten. Die Sonne hatte die unbarmherzige Kraft verloren, mit der sie die Erde seit dem Frühjahr belagert hatte; als ich ihre laue Wärme auf dem Gesicht und durch meine inzwischen wieder getrockneten Kleider spürte, empfand ich eine Mischung aus Erleichterung und Sehnsucht. Ich dachte, dass der Sommer bald zu Ende ging; dass Astrid mich in Graz erwartete; dass ich schon seit drei Tagen nichts von ihr gehört hatte. Mir war, als hätte ich gar keine Lust, zu ihr zu fahren und mit ihr in unser Haus und unsere Werkstatt in Mittelitalien zurückzukehren. Ich fragte mich, wie es wäre, wenn ich Durante weiter auf seinen Erkundungstrips zu seinen Familienfragmenten folgte, und fand die Idee weder absurd noch als Erfahrung nutzlos. Ich betrachtete ihn aus zehn Meter Abstand: Er saß neben Nicki im Gras, sie redeten eifrig. Irgendwann zog er sie an einem Zöpfchen, sie gab ihm einen Stoß; beide lachten.

Ich dachte an Ingrid, während ich sie nach Trearchi zur Bushaltestelle gebracht hatte, an ihr trotziges Profil, ihre energische Ausstrahlung. Ich dachte an sie in dem Haus auf den Hügeln, wie aufmerksam und neugierig sie war, wie lebhaft sie sich äußerte, wie sie reagierte, ganz von ihren Beobachtungen und ihren Träumen ausgehend. Ich dachte daran, wie ich sie das erste Mal in Graz gesehen hatte, als ich zusammen mit Astrid ins Zimmer gekommen war und mein Herzschlag ausgesetzt hatte. Ich versuchte, sie mir zusammen mit mir und Durante und Nicki und Lara und Vicki und Oscar und Tofu und Krill an diesem wehmütigen, versonnenen Spätsommernachmittag hier am Seeufer vorzustellen. Ich malte mir aus, ich könnte die Hand ausstrecken und ihre Stirn berühren, so ähnlich wie Durante mit Nicki, und ebenso leicht mit ihr lachen. Es war ein völlig unrealistisches, sehr weit entferntes Bild, aber mir schien, als könnte ich mir gar nicht mehr vom Leben wünschen, außer vielleicht noch einen Teller Apfelküchlein.

Zur Abendessenszeit kam Martin nach Hause

Zur Abendessenszeit kam Martin nach Hause, seinen Motorradhelm in der Hand. Er hantierte eine Weile im Flur, wo er seine mehrfach geschnürten Stiefel auszog und in die Filzpantoffeln schlüpfte, während er prüfende Blicke in das Wohn- und Esszimmer warf. Durante war in der Wohnung nebenan bei Nickis Eltern, ich deckte mit den beiden Mädchen den Tisch, Nicki stand am Herd und schmeckte die Gemüsesuppe ab. Martin hob grüßend das Kinn, ich antwortete mit einer ebenso stilisierten Geste, die Mädchen beachteten ihn überhaupt nicht. Er ging zu Nicki und legte ihr besitzergreifend und demonstrativ den Arm um die Taille. »Pass auf, sonst verbrenne ich mich«, sagte sie und schob ihn weg. Er holte sich ein Bier aus dem Kühlschrank, trank einen großen Schluck. Dann setzte er sich an den Tisch, schaute zu, wie ich mit den Mädchen die Teller und das Besteck zurechtschob. Er wiegte leise den Kopf, hatte Benzingeruch an sich.

»Alles in Ordnung?«, sagte ich, um das Schweigen zu brechen.

»Oh, ja«, erwiderte er und nahm noch einen Schluck Bier. »Ich habe den Tag mit einem Rasenmäher zugebracht.«

»Bist du Gärtner?«, fragte ich, während ich die Servietten verteilte.

»Mechaniker«, sagte er, als wäre meine Frage beleidigend.

»Interessant«, sagte ich, da mir nichts Besseres einfiel.

Er kniff seine kleinen dunklen Augen zusammen, als hätte ich ihn verhöhnt.

»Vermute ich zumindest«, sagte ich. »Komplizierte Mechanismen reparieren zu können, sie wieder zum Laufen zu bringen?«

»Nein«, sagte Martin und presste die schmalen Lippen aufeinander.

Die Haustür öffnete sich, Durante kam herein.

»Zieh die Stiefel aus!«, schrie Nicki.

»Ich *weiß*«, erwiderte er.

Lara und Vicki stürzten sich auf ihn.

Durante gab jeder ein Häufchen Pinienzapfen und Stöckchen. »Morgen basteln wir Püppchen damit«, sagte er.

»Nein, jetzt gleich!«, sagte Lara hüpfend.

»Sofort!«, kreischte Vicki.

Durante schaute ins Zimmer: »He, Martin«, sagte er.

Martin hob die Bierflasche, als wäre er aus Holz geschnitzt, mit ein paar einfachen Gelenken.

»Alles in Ordnung?«, fragte Durante in ähnlichem Ton wie ich zuvor.

Martin gab keine Antwort. »Wo ist der Riesenhund hingekommen?«, fragte er.

»Oscar?«, sagte Durante. »Bei Nickis Eltern. Er hat sich mit Urs angefreundet.«

Martin fixierte ihn, in seinen Augen war kein Licht.

»Kinder, das Essen ist fertig!«, sagte Nicki in ihrem

leicht herben Tonfall. »Geht euch die Hände waschen! Die Männer auch!«

Keiner von uns rührte sich, aus unterschiedlichen Gründen.

»Lasst es mich nicht zehnmal sagen!«, schimpfte Nicki. »Los, macht schon!«

So gingen Durante, Lara, Vicki und ich zum Händewaschen nach oben ins Bad und Martin in die Gästetoilette im Erdgeschoss. Es war auffallend, wie sich die Beziehungen der beiden Männer zu den Mädchen im Vergleich zum vorherigen Abend gewendet hatten, und gleichzeitig wirkte es völlig normal. Es machte mir Spaß, wie eine Art Onkel mit ihnen zusammen zu sein und ständig neue Elemente ihres Kommunikationsmusters aufzunehmen.

Als wir wieder hinunterkamen, saß Martin schon mit gesenktem Kopf über seinem Teller Minestrone, eine zweite Flasche Bier in Reichweite. Nicki füllte die übrigen Teller. »Fangt an!«, sagte sie. Es bestand ein kurioser Widerspruch zwischen ihrem schlampigen Äußeren und ihren wiederkehrenden Forderungen nach Pünktlichkeit, ihrer Gleichgültigkeit und ihrer Ungeduld, ihrer Nachlässigkeit und ihren präzisen Bewegungen.

Wir setzten uns alle zu Tisch, probierten alle einen Löffel voll Minestrone. Es fehlte Salz, und die Kartoffeln waren noch zu hart, aber es war doch ein warmes Essen, das man unter demselben Dach miteinander einnehmen konnte. Für mich ein unglaublicher Fortschritt im Vergleich zum Vorabend, als Durante und ich mit leerem Magen draußen geblieben waren.

»Mama, wo schläft Durante heute Nacht?«, fragte Vicki.

Es trat eine kurze Stille ein, die Blicke aller Erwachsenen richteten sich auf sie.

»Im Heuschober mit Onkel Pjotr«, sagte Durante. »Wie gestern, nicht wahr?«

»Warum schläfst du nicht bei Mama?«, fragte Vicki.

»Vicki, was fällt dir ein!«, sagte Nicki, ganz rot im Gesicht.

Martin löffelte mit gesenktem Kopf schlürfend seine Minestrone.

»Weil *Martin* bei Mama schläft«, sagte Durante. »Und mir gefällt es prima im Heu. Besser als in einem Bett.«

»Ist Pjotr eigentlich unser Onkel?«, fragte Lara mit Minestronespuren an den Mundwinkeln.

»Wenn ihr wollt, schon«, sagte Durante. »Und wenn er einverstanden ist, natürlich.«

»Aber sicher bin ich einverstanden«, sagte ich mit einem Gefühl echter Dankbarkeit.

»Und ihr, wollt ihr ihn als Onkel?«, sagte Durante zu den Mädchen.

»Jaa!«, sagte Lara.

»Jaaa!«, sagte Vicki.

»Was für Flausen setzt du ihnen da in den Kopf?«, sagte Nicki.

»Der einzige Onkel, den ihr habt, ist Onkel Alfred«, sagte Martin, kaum den Kopf vom Teller hebend.

»Und Pjotr?«, fragte Lara enttäuscht.

Sie und Vicki schauten von mir zu Nicki, zu Martin, zu Durante und warteten auf Antworten.

»Pjotr ist auch euer Onkel«, sagte Durante. »Wenn ihr es wollt.«

»Mehr als Onkel Alfred?«, fragte Vicki.

»Wenn er euch besser gefällt, ja«, sagte Durante. »Das hängt von euch ab.«

»So funktioniert das nicht, Kinder«, sagte Martin.

»Hört nicht auf ihn«, sagte Nicki.

»Es hängt von euch ab«, sagte Durante ohne Nachdruck.

»Es hängt überhaupt nicht von euch ab!«, sagte Nicki ruckartig. »Das wäre zu bequem!«

»Wieso *bequem*?«, sagte Durante. »Etwas zu wollen, was noch nicht da ist, ist viel *unbequemer*, als das zu akzeptieren, was einem *gegeben* wird.«

»Man kann nichts wollen, was es nicht gibt!«, sagte Martin mit verkrampftem Gesicht.

»Was sollte man denn dann wollen?«, fragte Durante. »Das, was es *schon gibt*? Weil man es für völlig *unvermeidlich* hält?«

»Da geht es nicht um Wollen oder Nicht-Wollen!«, sagte Martin, die Finger um seine Bierflasche geschlossen. »Es geht darum, wie die *Dinge sind*!«

»Ist das *alles*?«, fragte Durante mit seinem Ausdruck des Nicht-Verstehens. »Das Höchste, wozu du fähig bist?«

»Ja!«, sagte Martin.

»Wenn du bloß auch dazu fähig wärst!«, sagte Nicki.

»Zu was?«, sagte Durante. »Erklär's mir.« Er streckte die Hände aus und streichelte Vicki und Lara, die ihn besorgt ansahen, über den Kopf.

»Zu erkennen, dass du die Mädchen so gut wie nie siehst, zum Beispiel!«, sagte Nicki. »Und dass du kein Recht hast, den wunderbaren Vater zu spielen, nachdem du ein ganzes Jahr weg warst!«

»Nicht ein *Jahr*«, sagte Durante. »Eher ein halbes.«

»Ich habe dich hier noch nie gesehen«, sagte Martin.

»Seit ich mit Nicki zusammen bin.«

»Was verstehst du unter *zusammen sein*?«, fragte Durante mit ungeheucheltem Interesse. »Mit ihr Sex haben? Im selben Bett schlafen? Am selben Tisch essen?«

»Das allein ist schon viel!«, sagte Nicki.

»Und es ist nicht nur das«, sagte Martin.

»Nein?« Durante lächelte Lara zu und tätschelte Vicki die Wange, um sie zu beruhigen.

»Nein«, bellte Martin.

»Er ist einfach *da*!«, sagte Nicki.

»Also das ist es?«, sagte Durante. »Einfach *da zu sein*?«

»Ja, da zu sein, da zu sein, *da zu sein*!«, schrie Nicki immer aufgeregter. »Du weißt überhaupt nicht, was das heißt!«

»Bitte nicht streiten«, sagte Vicki, und es klang, als wollte sie gleich losheulen.

»Keine Sorge, Vi«, sagte Durante und strich ihr über die Haare. »Wörter sind bloß erfundene Laute, sie sind nicht viel wert.«

»Was für schöne Wahrheiten du den Mädchen beibringst«, sagte Martin.

»Sollte ich ihnen was *Nützlicheres* beibringen?«, erwiderte Durante.

»Du solltest ihnen einfach keine Flausen in den Kopf setzen!«, sagte Nicki. »Punkt.«

»Kann man auch einen *Papa* wählen?«, fragte Vicki.

»Da haben wir's!«, sagte Nicki.

»Natürlich nicht«, sagte Martin.

»Klar kann man das«, sagte Durante.

»Das Ergebnis wird dich freuen!«, sagte Nicki.

»Welches Ergebnis?«, sagte Durante.

»Das Ergebnis deines absurden Geredes!«, schrie sie. »Total verantwortungslos!«

»Warum verantwortungslos?«, sagte er.

»Weil du verantwortungslos *bist*!«, schrie sie. »Heute Morgen hast du meinen Vater in den See gekippt, er wäre beinahe ertrunken wegen deiner tollen Einfälle!«

»Das ist nicht wahr!«, sagte ich unwillkürlich.

»Was geht dich das jetzt an?«, sagte Nicki.

»Ich war *dabei*!«, sagte ich. »Hab alles gesehen!«

»Dann wirst du auch gesehen haben, dass mein Vater im *See* gelandet ist!«, sagte sie.

»Ich habe gesehen, dass dein Vater aus dem Rollstuhl aufgestanden und *losgelaufen* ist«, sagte ich, obwohl ich es weder auf diese Art noch in diesem Moment erzählen wollte.

»Was?«, sagte Martin und hätte sich fast an seinem Bier verschluckt.

»Ja!«, sagte ich. »Nur ein paar Meter, aber er hat es getan! Ich stand dabei. Er ist aus dem Rollstuhl aufgestanden und ins Wasser gerannt!«

»Du spinnst auch ziemlich!«, sagte Martin hustend.

»*Total!*«, sagte Nicki. »Kein Wunder, dass du mit Durante durch die Gegend ziehst!«

»Aber *du* warst doch selbst dabei, Nicki!«, sagte ich. »Und deine Mutter auch! Ihr habt es doch auch gesehen!«

»Ich habe gesehen, dass er aus dem Rollstuhl in den See gefallen ist!«, sagte Nicki. »Ich habe gesehen, dass er um ein Haar *ertrunken* wäre!«

»Er ist nicht ertrunken«, sagte Durante mit der seltsamen Ruhe, die er auch in stürmischen Augenblicken nicht verlor.

»Danke sehr!«, sagte Nicki. »Dafür muss ich dir echt dankbar sein!«

»Und einige Sekunden lang hat er gelacht«, sagte ich.

»Urs kann nicht *lachen*«, sagte Martin. »Er hat zwei *Schlaganfälle* gehabt.«

»Er hat *gelacht*!«, sagte ich. »Nicki hat es auch gesehen! Und ihre Mutter auch! Sie war unglaublich gerührt!«

»Sie war nicht gerührt!«, sagte Nicki. »Sie war bloß erleichtert, dass er nicht *tot* war! Wir sind ja nicht lauter Fünfjährige hier! Die Realität ist, was sie ist, Schluss, aus.«

»Die Wirklichkeit ist das, was du *willst*«, sagte Durante mit seinem traurigen Lächeln auf den Lippen.

Martin stand vom Stuhl auf, leicht schwankend vom Bier und der Anspannung. Ich dachte, er würde auf Durante losgehen, und war schon bereit, mich dazwischenzuwerfen und ihm, wenn nötig, einen Kinnhaken zu versetzen. Doch er griff nach dem Wasserkrug und sagte zu Durante: »Wenn die Wirklichkeit ist, was du willst, dann *beweise es*! Lass den Krug *fliegen*!«

»Nein«, sagte Durante, Laras Kopf streichelnd.

»Gib uns eine kleine Demonstration!«, schrie Martin mit dem schweren Krug in der Hand. »Für die Mädchen! Du kannst Gelähmte laufen und lachen lassen, da wird dir das doch ein Leichtes sein?!«

»Warum hören wir nicht alle mal auf herumzuschreien?«, sagte Durante. »Da gibt es nichts zu demonstrieren.«

»O doch!«, schrie Martin.

Durante stand auf: »Gehen wir nach oben, eine Geschichte lesen?«, sagte er zu den Mädchen.

»So nicht!«, schrie Martin. Er streckte Durante den Krug entgegen, bis dieser ihn nehmen musste, damit er nicht herunterfiel.

»Lass ihn fliegen, Papa!«, kreischte Lara und klatschte ganz aufgeregt in die Hände.

»Jaaaaaaa!«, kreischte Vicki. »Bis zum Dach rauf!«

»Na los!«, schrie Martin. »Wir sind alle Zeugen!«

»Man braucht es doch nur zu *wollen*, oder?«, sagte Nicki.

»Aber nicht so«, sagte Durante.

»Ausreden gelten nicht!«, schrie Nicki außer sich. Sie streckte sich über den Tisch, schüttelte den Krug vor seiner Brust, dass ihm das Wasser aufs Hemd spritzte.

Ich war überzeugt, Durante würde den Krug festhalten, aber er ließ ihn los. Gleichzeitig sah ich, wie seine Finger sich vom Glas lösten, wie der Krug in der Luft schwebte, wie Martin und Nicki ungläubig den Mund aufsperrten, wie Laras und Vickis Augen leuchteten vor Staunen und Freude. Kein Zweifel, er schwebte, genauso wie Urs aus seinem Rollstuhl aufgestanden und aufs Wasser zugelaufen war.

Allerdings dauerte es nur einen Sekundenbruchteil: Gleich darauf krachte der Krug mit einem übertrieben lauten Knall auf Laras noch halbvollen Teller, und Wasser und Minestrone und Glas- und Tonscherben spritzten über den Tisch und über den Fußboden, so dass wir alle zurückwichen, um nicht getroffen zu werden.

Lara fing an zu weinen, Vicki stand auf, warf den Stuhl

um und fing auch zu heulen an. Nicki musterte Durante wie aus unendlicher Distanz, eine Hand auf der Hüfte, die Augen halb geschlossen. Martin fixierte ihn halb lächelnd mit verschränkten Armen. In seinem Gesichtsausdruck lagen Befriedigung und Stumpfsinn und Trunkenheit, aber auch eine Spur Enttäuschung, als hätte auch er für einen winzigen, nicht eingestehbaren Augenblick gehofft, der Krug könne beliebig lange in der Luft schweben.

Durante betrachtete das Desaster auf dem Tisch und dem Fußboden, die weinenden Mädchen.

Lara begann, noch verzweifelter zu schluchzen, und steckte auch ihre Schwester an: Sie brüllten um die Wette, und das Haus hallte wider von ihren spitzen Schreien.

Durante machte eine Bewegung, als wollte er sie umarmen, aber Nicki kam ihm zuvor: »Rühr sie nicht an«, sagte sie kalt. Sie legte Vicki und Lara den Arm um die Schultern, drückte sie an sich und wiegte sie sanft.

Durante drehte sich um und blickte mich mit dem traurigsten Ausdruck an, den ich seit unserer Bekanntschaft an ihm gesehen hatte.

Ich hätte ihm gern gesagt, er solle sich nichts draus machen, er könne ja nichts dafür. Aber ich fand einfach nicht die richtigen Worte oder den richtigen Ton, deshalb sagte ich halblaut: »Sollen wir draußen ein paar Schritte gehen?«

Er nickte zögernd, schaute aber noch immer auf die beiden in Tränen aufgelösten Mädchen in Nickis Armen und schien sich nur schwer losreißen zu können.

Ich ging in den Flur, schlüpfte in meine Sandalen und wartete an der Tür. Nach ein paar Minuten kam er, zog die Stiefel an und setzte den Hut auf.

*In Begleitung der Hunde gingen wir
wieder ans Seeufer*

In Begleitung der Hunde gingen wir wieder ans Seeufer und setzten uns in den abendfeuchten Sand. Ich hatte noch den Aufprall des Krugs auf dem Teller Minestrone im Ohr, das Weinen der Mädchen, die erregten Stimmen der Erwachsenen. Und doch war es in der tiefen nächtlichen Stille, als sei nichts geschehen. Wie Blitze zuckten mir die Blicke und Gesten im Haus durch den Kopf, wurden immer irrealer, je mehr die Dunkelheit rundherum uns verschluckte.

»Einen Augenblick lang hat er geschwebt, nicht wahr?«, sagte ich.

»Was?«, sagte Durante.

»Der Krug«, sagte ich. »Nur für den Bruchteil einer Sekunde, aber es war so.«

»O nein«, sagte er.

»Nicki und *Martin* haben es auch bemerkt«, sagte ich. »Das habe ich an ihren Gesichtern gesehen.«

»Jedenfalls ist es völlig unwichtig«, sagte Durante.

»Aber es ist passiert«, sagte ich.

»Hast du gesehen, wie verzweifelt die Mädchen waren?«, sagte Durante; es klang ehrlich bekümmert.

»Du musst dich nicht schuldig fühlen«, sagte ich.

»Ich fühle mich nicht schuldig«, sagte er. »Es tut mir *leid*.«

»Ich weiß«, sagte ich. »Aber das hängt nicht von dir ab. Du hast dein Bestes getan.«

»Wann?«, sagte er.

»Immer«, sagte ich. »Hör nicht auf Nicki.«

»Du kennst mich aber nicht schon immer«, sagte er. »Woher willst du das wissen?«

»Ich *weiß* es«, sagte ich. »Alles klar?«

Durante knuffte mich in die Schulter: »Du bist ein echter Freund, Pjotr.«

»Ich sage das nicht, weil ich dein Freund bin«, sagte ich, »sondern von einem *objektiven* Standpunkt her.«

»Schade, dass es den nicht gibt, den objektiven Standpunkt«, sagte er. »Dabei wäre es so beruhigend, wenn es ihn gäbe.«

»Na gut«, sagte ich. »Wenn aber mindestens zwei Leute in ihrer Meinung zu einer Sache übereinstimmen, kann man es *fast* als objektiven Standpunkt betrachten, nicht?«

»Nein«, sagte Durante.

»Na gut.« Offenbar kam ich so nicht weiter. »Aber einen Zeugen zu haben zählt doch hoffentlich was?«

»Einen Zeugen, der *für* dich spricht?«, sagte er. »O ja, das ist ein großer Trost.«

Schweigend blickten wir einige Minuten auf den dunklen See, in dem sich die Lichter an den Ufern spiegelten.

»Hast du gesehen?«, fragte Durante dann.

»Was?« Ich versuchte, in der Ferne etwas zu erkennen.

»Da oben«, sagte er.

Ich schaute hinauf in den klaren Sternenhimmel: Er glich einem viel größeren See mit viel mehr Lichtern.

»Eine Sternschnuppe«, sagte Durante.

Noch während er es sagte, kam schon die nächste: eine kurze Leuchtspur im Dunkeln.

Gleich danach noch eine. Es war die Jahreszeit, zu der man sie am besten sah, aber noch nie hatte ich welche so schnell hintereinander fallen sehen. Ihr heller Schweif glomm auf und verblasste fast im selben Augenblick, in dem unsere Augen ihn wahrnahmen, jedes Mal zweifelte ich, ob ich ihn wirklich gesehen hatte.

Wir schauten weiter nach oben, ließen den Blick über den Himmel wandern wie Sternschnuppenfischer.

Sobald wir eine sahen, sagten wir »Da!« oder »Schau!«, so dass wir manche gemeinsam erleben konnten, andere sah nur einer von uns. Selbstverständlich war es kein Wettkampf, wer von uns mehr sah: Es war wie Angeln, ohne etwas zu fangen, im Gegenteil: Nach jeder verglühten Spur empfanden wir ein Verlustgefühl.

Dann blickten wir beide in dieselbe Richtung und sahen, wie sich ein viel helleres Licht aus der Dunkelheit löste und über unsere Köpfe wegsauste. Auch farblich war es anders: gelbgrün, ein Feuerball, der ganze Sekunden lang am Himmel über dem See vorbeizuziehen schien, bis er zu unserer Linken verschwand.

Oscar, Tofu und Krill jaulten in verschiedenen Tonlagen.

»Was war das?«, fragte ich ungläubig. Ich traute meinen Augen nicht.

»Eine Sternschnuppe, oder?«, sagte Durante.

»So groß?«, sagte ich.

»War ziemlich groß, ja«, sagte er.

»Und so *nah*?«, sagte ich

»Ich weiß auch nicht mehr als du«, sagte er.

»Das glaube ich nicht«, sagte ich.

»Nein?«, sagte er.

»Nein«, sagte ich.

Wir schwiegen. Ich sah zum Himmel, in die Richtung, in die der gigantische Komet verschwunden war, als erwartete ich, dass er zurückkommen und über unseren Köpfen leuchtende Linien ziehen würde, Sternspuren, die gedeutet werden mussten. Aber das gelbgrün glühende Licht kehrte nicht zurück, und ich ließ den Blick wieder wandern. In unendlicher Ferne erschienen und verschwanden noch mehr Sternschnuppen, doch wir machten einander nicht mehr darauf aufmerksam wie zuvor. Die Intensität ihres Lichts beeindruckte uns nicht mehr, ihre Spuren verloschen sofort.

Als ich allmählich müde wurde, sagte ich: »Sollen wir uns mal zum Heuschober aufmachen?«

»Geh schon vor«, sagte Durante. »Ich bleibe noch eine Weile hier.«

Ich hätte ihm gern gesagt, dass ich durchaus auf ihn warten könne, aber ich dachte, er wolle vielleicht allein sein. Wie ich schon vermutet hatte, stand Oscar nicht auf, um mir zu folgen, daher tastete ich mich ohne die beiden bis zum Heuschober zurück.

Mitten in der Nacht war ich noch hellwach

Mitten in der Nacht war ich noch hellwach, im gärenden Heu war es noch heißer als in der Nacht zuvor. Fragen ohne Antwort sausten mir durch den Kopf wie Sternschnuppen durch die Dunkelheit: Sie tauchten aus dem Nichts auf, zogen eine Spur, die sofort verschwand.

Irgendwann hörte ich die Sprossen der Leiter knarren, leichte Schritte auf den Brettern, schnaufende Hunde, dann Rascheln, während Durante, Oscar, Tofu und Krill auf den Heuberg kletterten, um sich niederzulassen. »He«, sagte ich.

»Schlaf, Pjotr«, sagte Durante. »Wir wollten dich nicht wecken.«

»Ich habe nicht geschlafen«, erwiderte ich. »Mir gehen zu viele Gedanken durch den Kopf.«

»Was für Gedanken?«, fragte er, während er sich ein paar Meter von mir entfernt im Heu rekelte.

»Fragen«, sagte ich.

»Oh«, sagte er. »Die Nacht ist voll davon.«

»Und sie dehnen sich ins Uferlose«, sagte ich.

»Lass sie doch«, sagte er.

»Ich frage mich, wie ich jetzt *hierher*gekommen bin«, sagte ich. »Aus Zufall, aus Absicht oder aus Versehen?«

»Was glaubst du?«, fragte Durante.

»Mehr aus Zufall«, sagte ich.

»Aha«, sagte er. »Erst müsste man klären, was du unter Zufall verstehst.«

»Du meinst, ich könnte es auch als *Schicksal* verstehen?«, fragte ich.

»Das kommt auf deinen Standpunkt an«, sagte Durante.

»Und all das Wollen und Suchen?«, fragte ich. »Zählt das nichts?«

»Aber sicher«, sagte er.

»Sind wir den Ereignissen ausgeliefert?«, fragte ich.

»Nein«, sagte er.

»Wie würdest du es dann formulieren?«, sagte ich.

»Winzige Boote auf einem großen See?«, sagte er.

»Mit den winzigen Rudern unserer Absichten?«, sagte ich.

»Mhm«, machte er.

»Um damit unsere winzigen Routen einzuhalten?«, sagte ich. »Wie rührend!«

»Aber nein«, sagte er. »Man muss nur wissen, dass die winzigen Ruder nicht mehr viel helfen, wenn die Strömung stark zunimmt.«

»Und die Strömung trägt dich, wohin sie will?«

»Sie bringt dich dahin, wo sie *hingeht*«, sagte er.

»Na, wenn die Absichten nichts nützen, kann man's ja gleich sein lassen«, sagte ich.

»Sie nützen«, sagte er. »Ohne sie würdest du *abdriften*.«

»Statt wohin zu kommen?«, sagte ich.

»Zu dem, was du brauchst«, sagte er. »Solange du suchst, kommt es dir unglaublich kompliziert vor, wenn du es aber gefunden hast, ist es unglaublich einfach.«

Wir schwiegen. In absoluter Finsternis Fragen zu stellen bewirkte, dass auch die Ansprüche an die Antworten alle Grenzen sprengten: Das war mir bewusst, doch wurden meine Erwartungen an Durante dadurch nicht vernünftiger.

»Warum hast du behauptet, du wüsstest auch nicht mehr als ich?«, sagte ich.

»Wann?«, fragte er.

»Am Seeufer«, sagte ich. »Als ich dich nach der riesigen Sternschnuppe gefragt habe.«

»Weil es so ist«, sagte er.

»Nein, es ist nicht so.« In meinem Tonfall schwangen all meine ausgebliebenen oder verzögerten Reaktionen auf die Ereignisse des Tages mit.

»Wieso denkst du das?«, fragte er.

»Weil du über *alles* unendlich viel mehr weißt als ich«, sagte ich.

»Zum Beispiel?«, sagte er.

»Über den *tieferen* Sinn der Dinge«, sagte ich. »Die eigentlichen Gründe hinter dem, was passiert.«

Er lachte leise. Einer der Hunde seufzte tief.

»Warum lachst du?«, fragte ich.

»Findest du nicht, dass du mir eine etwas zu *große* Verantwortung gibst?«

»Ich will dir keine Verantwortung für irgendwas geben«, sagte ich. »Eine kleine Erleuchtung würde mir reichen, auch nur eine halbe.«

»Nur?«, sagte er, noch eine Spur von Lachen in der Stimme.

»Ja«, sagte ich. »Um mich in dieser ganzen Dunkelheit zurechtzufinden.«

»Aber du kannst das Licht nicht von den *anderen* erwarten«, sagte er.

»Warum nicht?«, fragte ich. »Wenn sie es haben.«

»Sie würden *so tun*, als hätten sie es, auch wenn es nicht stimmt«, sagte er.

»Nicht, wenn du ihnen vertraust«, sagte ich. »Wenn du weißt, dass du ihnen vertrauen kannst.«

»So sind die professionellen Gesprächspartner *Gottes* entstanden, Pietro«, sagte er. »Die Hüter der absoluten Wahrheit mit ihren kleinen kalten Augen.«

»Das habe ich nicht gemeint«, sagte ich.

»Du warst aber nah dran«, sagte er.

»Und nenn mich nicht Pietro«, sagte ich. »Nenn mich Pjotr.«

»Einverstanden«, sagte er.

»Es ist freundschaftlicher«, sagte ich.

»Da hast du recht«, sagte er.

»Näher«, sagte ich.

»Ja«, sagte er. »Und wenn wir jetzt versuchen würden, ein bisschen zu schlafen?«

»Na gut«, sagte ich, obwohl ich hellwach war und noch mehr Fragen hatte als zuvor.

»Gute Nacht, Pjotr«, sagte er.

»Nacht, Durante«, sagte ich: Es war vielleicht das zweite Mal, dass ich ihn mit Namen anredete. Gleich darauf übermannte mich der Schlaf, von der Fußspitze bis zum letzten Gedanken.

*Ich erwachte, als das Licht im Heuschober
schon durch alle Ritzen drang*

Ich erwachte, als das Licht im Heuschober schon durch alle Ritzen drang; meine Uhr zeigte halb neun. Durante und die Hunde waren fort, ihre Spuren im Heu schon verwischt. Es war mir unerklärlich, wie ich schon wieder so tief hatte schlafen können, dass ich sie nicht gehört hatte; irgendwie beunruhigt schlüpfte ich in meine Sandalen.

Über die Holzstücke und Steine im feuchten Gras stolpernd, ging ich auf Nickis Haus zu. Oscar, Krill und Tofu kamen mir ohne große Begeisterung entgegen und wedelten verhalten. Ich ging einmal rund um die große Eiche mit dem Baumhaus und empfand ein wachsendes Gefühl von Leere, das mir vom Magen her zu Kopf stieg und mich verunsicherte. Die Leiter, die Durante gebaut hatte, war verschwunden und auch nicht in den niedrigen Sträuchern in der Nähe versteckt. »Durante?«, rief ich versuchshalber, aber ohne Erfolg.

An Nickis Haus angekommen, betätigte ich den Türklopfer. Da niemand antwortete, trat ich ein. Nicki stand am Herd und rührte mit dem Kochlöffel in einem Töpfchen, vielleicht Haferbrei. Lara und Vicki saßen am Tisch. Alle drei schauten mich an: »Wo ist Papa?«, fragte Lara.

»Ich suche ihn auch«, erwiderte ich.

Nicki schüttelte den Kopf.

»Die hat er für uns gemacht«, sagte Lara und hob ein Püppchen aus Pinienzapfen hoch.

»Er hat sie uns ins Zimmer gebracht«, sagte Vicki. »Beim Aufwachen haben wir sie auf dem Kopfkissen gefunden.«

»Schön«, sagte ich.

»Lass bloß die Hunde nicht rein!«, sagte Nicki.

Ich nickte kurz zum Gruß, drehte mich um und scheuchte Oscar, Tofu und Krill hinaus.

Dann ging ich an den schmalen Strand am See, aber auch dort war Durante nicht. Dafür sah man noch seine Spuren von der Nacht zuvor – und meine. Wenn man genau hinschaute, konnte man die Abfolge unserer Bewegungen nachvollziehen; und auch unsere Gespräche, die Gedanken, die mir durch den Kopf gegangen waren, während wir den Himmel betrachtet hatten.

Mit den Hunden im Gefolge lief ich zu dem Haus aus Holz und Stein zurück und klopfte auf der Seite von Nickis Eltern an die Tür. Ihre Mutter öffnete und sagte sehr herzlich: »Guten Tag.«

»Guten Tag.« Ich hielt Oscar am Halsband fest, weil er unbedingt hineinwollte. »Haben Sie zufällig Durante gesehen?«

»Ja«, sagte sie. »So gegen sieben hat er Urs ein Geschenk vorbeigebracht.«

»Und dann?«, fragte ich.

»Dann ist er weggegangen«, sagte sie. »Er musste weiterreisen.«

»Wie, weiterreisen?«, fragte ich.

»Ich dachte, ihr würdet zusammen abfahren«, sagte sie.

»Das dachte ich auch«, sagte ich.

»Tut mir leid.« Sie wirkte ehrlich betrübt.

»Hat er Ihnen nicht gesagt, wo er hinfährt?«, fragte ich. Meine Beine zuckten, wollten sofort loslaufen, aber in welche Richtung?

»Nein«, sagte sie und schüttelte den Kopf.

Ich warf einen Blick in das Wohn- und Esszimmer hinter ihr, es war genauso geschnitten wie bei Nicki, aber aufgeräumt und sauber, geschmackvoll eingerichtet, mit gut erhaltenen Möbeln und hellen Stoffen, und in einer Ecke hing mit seiner Kaskade zarter grüner Blättchen ein Topf mit Venushaar. Urs saß in einem Sessel, die Augen im Licht halb geschlossen. Oscar machte sich los und ging freudig wedelnd zu ihm. Urs öffnete die Augen, streichelte ihn mit einer kaum merklichen Bewegung seiner rechten Hand. Auf einem niedrigen Tischchen vor ihm lag das japanische Schwert in der Hülle aus hellem Leder. »Ist das Durantes Geschenk?«, fragte ich Nickis Mutter.

»Ja«, sagte sie. »Ein japanisches Schwert, sehr schön. Wollen Sie es sehen?«

»Danke, ich kenne es«, sagte ich.

»Sie können sich gar nicht vorstellen, wie glücklich Urs darüber war«, sagte sie. »Richtig glücklich.«

»Das freut mich«, sagte ich.

»Haben Sie von dem Meteoriten gehört?«, erkundigte sie sich.

»Was?« Ich fragte mich, ob sie jetzt auch durchgeknallt war, vielleicht wegen des Schocks vom vorigen Tag.

»Ich habe es im Radio gehört«, sagte sie. »Er ist gestern Nacht in ein Dorf hier in der Nähe gestürzt.«

»Am See?«, sagte ich.

»Ja«, sagte sie. »Er ist im Dach eines Hauses eingeschlagen, zum Glück war es unbewohnt.«

»Wirklich?«, sagte ich; mir war ganz schwindlig.

»Unglaublich, nicht wahr?«, sagte sie. »Wir hätten ihn sehen können, hier vom Haus aus.«

»Tja«, sagte ich.

»Darf ich Ihnen etwas anbieten?«, fragte sie. »Einen Tee, ein Glas Obstsaft?«

»Nein, tausend Dank«, sagte ich. »Ich muss jetzt auch los.«

»Dann gute Reise«, sagte sie.

»Danke«, sagte ich. »Auf Wiedersehen.« Ich drückte ihr die Hand, winkte Urs kurz zu.

Er schien ganz auf Oscar oder auf wer weiß was konzentriert zu sein und sah es nicht.

»Oscar, gehen wir?«, sagte ich. Er folgte mir erst, als Nickis Mutter mir die Haustüre öffnete, und lief vor mir hinaus.

Mit allen drei Hunden ging ich ums Haus, und dabei verwandelte sich mein Gefühl der Leere in immer größere Orientierungslosigkeit. Auch Splitter von praktischen Gedanken tauchten auf: etwa, wie ich einen Bahnhof erreichen sollte, wie ich mit einem Hund von neununddreißig Kilo von Zürich nach Graz kommen sollte, wie ich mit mehreren Gepäckstücken und einer Frau, in die ich nicht mehr verliebt war, von Graz nach Trearchi zurückkehren sollte und von Trearchi nach Hause und wie ich dann wieder mit ihr zusammenarbeiten sollte, anstatt zurückzueilen zu ihrer Schwester. Es waren nur Bruchstücke, die durch meinen wachsenden allgemeinen Sinn- und Orientierungsverlust noch mehr zerfielen.

Ich bog um die Ecke, hinter der die Autos standen, überzeugt, die Stelle, wo der alte Mercedes geparkt hatte, leer vorzufinden, aber da stand er, der alte Mercedes. Ich war völlig verblüfft, bis mir unvermittelt der Gedanke kam, dass Durante vielleicht doch nicht abgefahren war, ohne mir etwas zu sagen, sondern noch hier in der Nähe auf mich wartete. Aber es war nur so eine Idee, die wie ein Tropfen Licht in der Dunkelheit verging, als ich das gefaltete blaue Blatt Papier unter dem Scheibenwischer sah. Ich nahm es und strich es mit begierigen Fingern glatt. Es war dicht beschrieben, mit engen, steilen Buchstaben, gebeugt wie vom Wind der Empfindungen:

Mein lieber Pjotr,
Du hast so tief geschlafen, es wäre ein Verbrechen gewesen, Dich aufzuwecken. Es tut mir leid, dass ich mich nicht von Dir verabschiedet habe, aber Abschiedsszenen sind sowieso nicht meine Stärke, und ich muss jetzt aufbrechen, bevor es spät wird. Behalte das Auto ruhig, bis mein Freund Dir Deinen Bus gerichtet hat (er hat Deine Telefonnummer und wird Dir Bescheid sagen). Gib Astrid einen Kuss von mir und Ingrid auch, falls Du sie siehst. Es sind wirklich zwei interessante Frauen, auch wenn Dich diese Bezeichnung irritiert. Folge Deinem Instinkt, und denk daran, dass kaputte Geschichten sich nicht magisch wieder einrenken wie in den amerikanischen Filmen, wenn einer der beiden Hauptpersonen bewusst wird, was sie alles verlieren würde etc. Erprobt Eure winzigen Ruder gegenüber der Kraft der

Strömung, stützt Euch darauf. Streichle Oscar noch einmal ganz besonders für mich. Er ist ein wahrhaft positiver Geist. Und bring Nimbus eine Tüte frische Karotten von mir, wenn Du kannst. Das japanische Schwert habe ich Urs geschenkt, für ihn ist es jetzt wichtiger als für Dich. Zum Ausgleich lasse ich Dir meinen Hut da. Halt ihn in Ehren.

Durante

Während ich die letzten Worte las, spähte ich in den alten Mercedes und sah den Strohhut auf dem Rücksitz liegen. Vorsichtig öffnete ich die Autotür, als sähe ich ihn schon davonfliegen. Ich nahm ihn in die Hand; er war viel leichter, als ich vermutet hatte, als wäre er fast nur aus Luft. Ich setzte ihn auf und drückte ihn langsam fest. Ich ging ein paar Schritte, betrachtete die Häuser, die Bäume, den See weiter unten. Das Seltsamste war, dass es mir trotz meiner Verstörung über Durantes womöglich definitives Verschwinden nun besserging. Das Gefühl der Leere war noch da, zusammen mit einem leichten Schwindel, aber die Orientierungslosigkeit war auf ein annehmbares Maß zurückgegangen, mir schien, dass ich damit leben konnte.

Ich zog den Hut tiefer in die Stirn, strich mit den Fingern über die Krempe. Ich lief zwischen den Bäumen hindurch, atmete ungleichmäßig. Ich fühlte mich wie ein zu Hause rausgeflogener Junge, der lernen muss, allein mit dem Leben zurechtzukommen, und darüber bestürzt ist, aber auch denkt, dass es ihm möglicherweise gelingen könnte. Die drei Hunde liefen hinter mir her: nicht ganz so wie hinter Durante, aber doch fast.

*Bitte beachten Sie
auch die folgenden Seiten*

Andrea De Carlo im Diogenes Verlag

Vögel in Käfigen und Volieren
Roman. Aus dem Italienischen von Burkhart Kroeber

Fjodor Barna, ein junger Amerikaner in Mailand, fühlt sich fremd in einer Gesellschaft, die nur aus vorgestanzten Figuren besteht. Doch anstatt zu protestieren, beobachtet er nur und wundert sich. Dann trifft er auf eine, die fliegen kann: Malaidina, ein Wesen aus einer anderen Welt, der er nachzujagen beginnt.

»Was Andrea De Carlo in seinem Roman *Vögel in Käfigen und Volieren* unternommen hat, ist nichts weniger als die erzählerische Bearbeitung eines der zentralen politischen Themen der zweiten Hälfte des 20. Jahrhunderts, jener merkwürdig imaginäre Krieg, den insbesondere junge Menschen gegen die ›Macht‹, gegen ›das System‹ anzuzetteln versuchten…«
Michael Rutschky

»Atemlos gelebt, atemlos gelesen. Ein Italiener macht deutschen Romanciers Tempovorgaben. Dabei entstand eine neue Gattung: der Liebeskrimi. Das alles in einer Sprache, die nicht lange in sich verweilt, aber dennoch fotografisch genau ist. Ein wildes Buch.«
Szene, Hamburg

Creamtrain
Roman. Deutsch von Burkhart Kroeber

Ein junger Italiener kommt durch den Zufall einer flüchtigen Ferienbekanntschaft nach Los Angeles, wo er unbekümmert in den Tag hineinlebt, sich mit Supermarkt-Diebstählen und Gelegenheitsarbeiten durchschlägt, bis er als Italienischlehrer an einem Privatinstitut die Hollywood-Diva Marsha Mellows kennenlernt, deren Film *Creamtrain* er beinahe auswendig kennt…

»Kritisch äußert sich Andrea De Carlo über seine Erfahrungen in Amerika, die er sich in seinem ersten Roman *Creamtrain* vom Leibe geschrieben hat. Mit diesem Buch, dessen Manuskript sein Sponsor und Lektor Italo Calvino betreute, wurde Andrea De Carlo auf Anhieb zum meistversprechenden literarischen Debütanten.« *Sender Freies Berlin*

»*Creamtrain* ist ein perfektes Buch, sehr gut geschrieben, sehr gut zu lesen. Macht Spaß. Unterhält. Ist cool. Stimmig. Kein Wunsch bleibt offen.«
Der Falter, Wien

Macno
Roman. Deutsch von Renate Heimbucher

Schauplatz des Romans ist die Hauptstadt eines imaginären Landes. Die Handlung spielt im Regierungspalast, wo Macno, ein ehemaliger Rockstar, als Diktator mit seinem Gefolge lebt, als da sind ein Pianist, ein Medienexperte, ein Botaniker, eine Ballerina und ein Schriftsteller, der als Leibwächter fungiert.

»Über die Hohe Schule des Liebeswerbens, über die Ausstrahlung der Macht und über die Gefahren des Fernsehens hat Andrea De Carlo eine Parabel geschrieben – die den Leser bis zum Schluss in Atem hält.« *Frankfurter Allgemeine Zeitung*

Yucatan
Roman. Deutsch von Jürgen Bauer

Andrea De Carlo taucht in diesem Buch in die metaphysisch und mystisch geprägte Welt Mittelamerikas ein. Im Mittelpunkt des zivilisationskritischen Romans steht der Regisseur Dru Resnik, der mit seinem Assistenten nach Mittelamerika reist, um einen Schriftsteller ausfindig zu machen, dessen Buch er verfilmen will. Doch schon bei der Zwischenlandung in Los

Angeles zeichnen sich Schwierigkeiten ab: Resnik erhält mehrdeutige Nachrichten über den Verbleib des Schriftstellers und wird schließlich durch anonyme Anrufe bedroht...

»Bemerkenswert ist nicht nur die Präzision, sondern auch die Wertfreiheit seiner Beschreibungen. Der Verzicht auf die Attitüden eines schöngeistigen Antiamerikanismus versetzt De Carlo in die Lage, ohne Zorn und Eifer bestimmte zeitgenössische Phänomene zu registrieren, die ihren Ursprung auf der anderen Seite des Atlantiks gehabt haben mögen, aber nicht auf Amerika beschränkt geblieben sind. Dank seiner Fähigkeit zur Nuancierung erkennt man jedenfalls in *Yucatan* überall die Wirklichkeit wieder, in der wir leben.«
Frankfurter Allgemeine Zeitung

Zwei von zwei
Roman. Deutsch von Renate Heimbucher

Andrea De Carlo erzählt die Geschichte einer Freundschaft und exemplarisch die Geschichte seiner Generation. Am Anfang steht das Jahr 1968 mit seinen Hoffnungen und seinen Utopien. Doch die Ideale verwirklichen? Innerhalb der Leistungsgesellschaft, wie es Mario versucht? Oder eher wie Guido: als radikaler Außenseiter? Ein Roman über zwei unterschiedliche Lebenswege, die an der gleichen Gabelung begonnen hatten.

»Andrea De Carlo hat mit *Zwei von zwei* einen Entwicklungsroman mit utopischer Perspektive und zugleich die Geschichte der Generation der sechziger und siebziger Jahre des 20. Jahrhunderts geschrieben. Das Buch trifft die Gefühlslage einer Generation.«
Frankfurter Allgemeine Zeitung

»Selten ist Hoffnung und Scheitern der 68er Bewegung exemplarischer und unterhaltsamer geschildert worden.« *Österreichischer Rundfunk, Wien*

Techniken der Verführung
Roman. Deutsch von Renate Heimbucher

Ein junger Autor zwischen der Frau, die er liebt, und dem Literaten, den er bewundert und der ihn fördert: In diesem modernen Künstlerroman wird das Schriftstellerdasein zum Abenteuer. Unter De Carlos Feder entsteht ein spannendes und scharfes Bild des heutigen – korrupten – Italien: Der Leser blickt hinter die Kulissen und erfährt Aufschlussreiches über das Innenleben von Redaktionsstuben und Literaturbetrieb…

»Ein hervorragendes Buch. Es ist eine bittere Einführung in zynische Lebenswahrheiten, ein präzises Abbild eines Italien, in dem 1991, als das Buch dort erschien, die Bestechungsskandale noch nicht aufgedeckt waren. Erstaunlich, wie anschaulich Andrea De Carlo die Unterschiede zwischen Mailand und Rom, wie genau er die korrupten Methoden der literarischen Gesellschaft, wie direkt er die verwirrten Eindrücke seiner Protagonisten wiedergibt. Es besticht, wie Kritikerjargon, hohle Theorien über Kunst, Rezensionsrituale entlarvt werden – allein dadurch, dass der Autor seine Figuren denken und sprechen lässt.«
Der Spiegel, Hamburg

Arcodamore
Roman. Deutsch von Renate Heimbucher

»Nie wieder«, denkt Leo Cernitori nach seiner gescheiterten Ehe, bis er die rätselhaft reizvolle Manuela trifft und sich dem Spannungsbogen einer neuen Liebe doch nicht entziehen kann. Was mit Leidenschaft beginnt, steigert sich über Eifersucht und Verwüstung zum bedrohlichen Finale Furioso.

»Andrea De Carlo analysiert in diesem Roman intelligent und präzise den Bogen der Gefühle. Bis hin zu dem fatalen Moment, in dem die Spannung nicht mehr zu ertragen ist.« *Franziska Wolffheim / Brigitte, Hamburg*

»Ein zeitgenössischer Roman über die Freuden und Leiden einer erotischen Liebesbeziehung und über die Schwierigkeit, Nähe und Distanz richtig zu dosieren.« *Edith Jörg / Annabelle, Zürich*

Guru
Roman. Deutsch von Renate Heimbucher
(vormals: *Uto*)

Peaceville im ländlichen Connecticut: ein Paradies des Friedens, der Freude und der Nächstenliebe. So wollen es zumindest die Anhänger des Gurus, die sich dort niedergelassen haben. Um den Frieden von Peaceville ist es allerdings geschehen, als der junge Italiener Uto dort auftaucht. Mit seiner Punkfrisur, der Ledermontur, seinen durchlöcherten Socken und der Sonnenbrille tritt er gegen das unermüdliche Lächeln der in sanfte Farben gekleideten Sinnsucher an – und weckt durch sein mitreißendes Klavierspiel geheime Sehnsüchte hinter der Fassade der guten Vorsätze.

»Eine brillante Komödie, die nach Verfilmung schreit. Eine ironische Liebeserklärung an eine Jugend, die sich um verlogene Konventionen nicht kümmert. Und eine Absage an die Generation, deren politisches Aufbegehren in Geldscheffeln und Ökospießertum geendet ist.«
Christoph Klimke / Der Tagesspiegel, Berlin

Wir drei
Roman. Deutsch von Renate Heimbucher

Livio ist verliebt in Misia, doch sie liebt Marco, der ihre Gefühle zwar erwidert, doch vor Bindung ebenso zurückscheut, wie er das Establishment fürchtet. Und dennoch: Trotz wildbewegter Zeiten reißen die Bande zwischen den dreien nicht. *Wir drei* ist zum Kultbuch geworden in Italien: Nicht nur mit zwanzig hat man das Leben noch vor sich, sondern auch mit vierzig, wenn man zu Aufbruch und Abenteuer bereit ist. Das Geheimnis? Leidenschaftlich sein, in der Liebe, der Freundschaft, als Künstler ...

»Andrea De Carlo kann emotionale Extremsituationen so glaubwürdig schildern, dass man als Leser das Gefühl hat, selbst mittendrin zu stehen. *Wir drei* ist ein glänzend geschriebener Roman über Leidenschaft, Eifersucht und Lebensangst.«
Franziska Wolffheim / Brigitte, Hamburg

»Rasant, gefühlsecht, grandios komponiert. Ein Roman, der ins Herz trifft.«
Ariane Bertsch / Freundin, München

Wenn der Wind dreht
Roman. Deutsch von Monika Lustig

Wer hat ihn nicht – den Traum von einem glücklicheren Leben, weitab von Handygeklingel, Hektik und Verkehr? Fünf Städter suchen ein Haus auf dem Land und das einfache Leben in der Natur. In den Wäldern Umbriens finden sie es – und es ist ein Alptraum.

»Gemütlich ist diese Geschichte mit ihren bisweilen grotesken Überzeichnungen nicht, dafür scharfsinnig, ruppig und witzig. De Carlo entwirft das funkelnde, vitale Gruppenporträt aus wechselnden Perspektiven und steigert die Spannung virtuos. Das glänzend geschriebene Buch war in Italien ein riesiger Erfolg. De Carlo ist ein knallharter Zeitgeistbeobachter und genauer Kenner seiner Generation.«
Angela Gatterburg / Der Spiegel, Hamburg

Das Meer der Wahrheit
Roman. Deutsch von Maja Pflug

An einem Tag im Spätherbst erhält Lorenzo einen Anruf von seinem Bruder Fabio: Ihr Vater, der international geschätzte Virologe Teo Telmari, ist gestorben.

Lorenzo verlässt bestürzt sein Haus in der apenninischen Wildnis und reist nach Rom, wo er erfährt, dass sein Vater Hüter eines hochbrisanten Geheimnisses war.
Während Fabio dadurch seine politische Laufbahn gefährdet sieht, möchte Lorenzo fortführen, was der Vater begonnen hat. Mit dem Auftauchen einer mysteriösen jungen Dänin eskaliert der Bruderzwist…

»Die Lektüre von *Das Meer der Wahrheit* bewegt. Und sie macht Freude. Weil Andrea De Carlo schnörkellos, pointenprall und politisch positionsfreudig eine in jeder Hinsicht zeitgemäße Geschichte erzählt. Und weil er endlich in Gänze zu seiner früheren Form zurückfindet.« *Hendrik Werner / Die Welt, Berlin*

Als Durante kam
Roman. Deutsch von Maja Pflug

Pietro und Astrid leben in den Hügeln östlich des Apennins, weben Stoffe von Hand und verkaufen sie an Privatkunden oder kleine Geschäfte. Ein einfaches, gutes Leben – das ist es, was sie schon immer wollten und nun seit einigen Jahren führen. An einem heißen Nachmittag im Mai erscheint ein Fremder vor dem Haus von Pietro und Astrid. Seltsam: Der Hund, der sonst immer bellt, lässt sich streicheln. Astrid ist fasziniert, Pietro irritiert. Durante fragt die beiden bloß nach dem Weg zu einem Hof. Doch das allein reicht, um das Paar zutiefst zu verstören.
Wie schon in *Zwei von zwei* prallen in diesem Roman unterschiedliche Welten und Vorstellungen aufeinander. Wobei gerade dadurch auch wundersame Freundschaften entstehen.

»De Carlo kehrt zurück zu den Themen, die lange Zeit seinen Romanen Substanz und Farbe verliehen haben: die Kraft der Freundschaft, die Jahreszeiten

der Liebe und die nicht ganz frustrationsfreie Suche nach der eigenen Bestimmung.«
Corriere della Sera, Mailand

»Mit knappen, präzisen Dialogen bringt Andrea De Carlo die Lebensprobleme seiner Generation auf den Punkt.«   *Leandra Graf / Schweizer Familie, Zürich*

Sie und Er
Roman. Deutsch von Maja Pflug

Daniel hat eine halbe Flasche Wodka intus und fährt viel zu schnell. In der Peripherie von Mailand kommt es zum Crash – und zur ersten Begegnung mit Clare. Clare ist Amerikanerin und liiert mit einem Anwalt, der ihr die nötige Sicherheit gibt. Daniel ist Schriftsteller und Vater zweier halbwüchsiger Kinder. Die Literatur ödet ihn nur noch an, genauso wie die Frauen. Mit dem Unfall beginnt zwischen Clare und Daniel ein Wechselspiel von Anziehung und Abstoßung, von geschenkten und verpassten Momenten. Mailand, Ligurien, die Provence und Kanada sind nur die äußeren Stationen einer Suche nach Echtheit und Ehrlichkeit – in einer Liebe, die eigentlich kaum möglich scheint.
Tiefsinnig wie *Zwei von zwei*, packend wie *Vögel in Käfigen und Volieren*, erotisch wie *Arcodamore* – Andrea De Carlo, wie man ihn liebt.

»In seinem jüngsten, leidenschaftlichen Roman wirft sich Andrea De Carlo ohne Sicherung in eines der geheimnisvollsten Themen: die Liebe.«
Roberta Bottari / Il Messaggero, Rom

Fabio Volo
im Diogenes Verlag

Einfach losfahren
Roman. Aus dem Italienischen
von Peter Klöss

Micheles Leben ist perfekt: Job, Freunde, Frauen – alles bestens. Bis sein engster Freund Federico aus heiterem Himmel beschließt, den Alltag hinter sich zu lassen und einfach loszufahren. Allein zurückgeblieben, stürzt er sich in die Eroberung von Francesca und hat Erfolg: Michele und Francesca sind für ein paar Monate im siebten Himmel. Doch bald lassen ihn Alltag und Routine zweifeln. Eine Nachricht von Federico rüttelt ihn wach, und nun beschließt auch er, einfach loszufahren.

»Ein frisch-frecher Roman über eine Männerfreundschaft und den mutigen Aufbruch in ein Leben abseits vorgegebener Wege.«
Frankfurter Allgemeine Zeitung

»Fabio Volo formuliert, wie es ihm sein Name, der im Deutschen ›Flug‹ bedeutet, vorschreibt: federleicht, traumwandlerisch sicher, schwebend schön.«
Hendrik Werner / Die Welt, Berlin

»Eine Hymne ans Leben – die Geschichte eines Mannes, der zu lieben lernt.« *Ansa, Rom*

Auch als Diogenes Hörbuch erschienen,
gelesen von Heikko Deutschmann

Noch ein Tag und eine Nacht
Roman. Deutsch von Peter Klöss

Wecker, Kaffee, Straßenbahn, Büro, Fitness, Pizza, Kino, Bett (wenn möglich nicht allein) ... So sieht Giacomos Leben aus, ewig gleiche Tage unter dem fahlen Himmel einer italienischen Großstadt. Eines Morgens fällt Giacomo in der Straßenbahn eine junge Frau auf. Am nächsten Tag sitzt sie wieder da. Über Monate beobachtet Giacomo sie, ohne sie anzusprechen – das morgendliche Treffen wird für ihn zum geheimen Rendezvous. Als schließlich sie ihn anspricht, ist er für ein paar Sekunden auf Wolke sieben. Gleich darauf schlägt er aber hart auf dem Boden auf: Denn Michela geht fort. Für immer. Nach New York. Giacomo versucht, Michela zu vergessen, sich für andere Frauen zu interessieren. Doch schließlich packt er seinen Rucksack und reist ihr hinterher.

Verspielt, berührend, sexy – die Liebesgeschichte von Michela und Giacomo vor der traumhaften Kulisse Manhattans hat in Italien schon über eine Million Leser begeistert.

»Fabio Volo beschreibt eine dritte Form von Liebe: keine simple Bettgeschichte, keine Für-immer-und-ewig-Geschichte, sondern eine Lovestory nach dem Motto: ›Sehen wir mal, ob wir fähig sind, uns wenigstens für eine bestimmte Zeit aufrichtig zu lieben.‹«
La Repubblica, Rom

*Anthony McCarten
im Diogenes Verlag*

»Anthony McCarten hat die unglaubliche Gabe, Geschichten so aufzuschreiben, dass es einem das Herz zerreißt, während man über sein Einfälle, Sprüche und seinen unbesiegbaren Humor lacht.«
Hamburger Abendblatt

»McCarten pflegt den satirischen Ton, ohne waschechte Satiren zu schreiben. Er ist, wie man so sagt, ein geborener Erzähler. Ihm sitzt, wie bei Shakespeare, der Schalk im Nacken.« *Die Welt, Berlin*

»Anthony McCarten ist unter den literarischen Exporten aus Neuseeland einer der aufregendsten.«
International Herald Tribune, London

Superhero
Roman. Aus dem Englischen
von Manfred Allié und
Gabriele Kempf-Allié
Auch als Diogenes Hörbuch erschienen,
gelesen von Rufus Beck

Englischer Harem
Roman. Deutsch von Manfred Allié
und Gabriele Kempf-Allié

Hand aufs Herz
Roman. Deutsch von Manfred Allié
Auch als Diogenes Hörbuch erschienen,
gelesen von Rufus Beck

Liebe am Ende der Welt
Roman. Deutsch von Manfred Allié

Ganz normale Helden
Roman. Deutsch von Manfred Allié
und Gabriele Kempf-Allié
Auch als Diogenes Hörbuch erschienen,
gelesen von Rufus Beck und Jo Kern